한백림 新무협 판타지 소설

천잠비룡포

Fantastic Oriental Heroes

天蠶飛龍袍

천잠비룡포 17

한백림 新무협 판타지 소설

초판 1쇄 찍은 날 § 2021년 8월 25일
초판 2쇄 펴낸 날 § 2024년 12월 2일

지은이 § 한백림
펴낸이 § 서경석

편집책임 § 황창선
편집 § 박현성

펴낸곳 § 도서출판 청어람
등록번호 § 제387-1999-000006호
등록일자 § 1999. 5. 31
어람번호 § 제2-2925호

주소 § 경기도 부천시 부일로 483번길 40 서경B/D 3F (우) 14640
전화 § 032-656-4452 팩스 § 032-656-4453
E-mail § chungeorambook@daum.net

ⓒ 한백림, 2006

ISBN 979-11-04-92520-7 04810
ISBN 978-89-251-0108-8 (세트)

한백림 新무협 판타지 소설
천잠비룡포
Fantastic Oriental Heroes
天蠶飛龍袍
17
신마(神魔)
도서출판 청어람

목차

大戲飛龍袍

제55장 환혼(還魂)

"의협비룡회가 의협문으로 시작했던 것, 그리고 근래 의협회와 비룡문이라는 양대 축으로 내홍을 겪게 된 것은 아주 시사하는 바가 커. 신생문파가 명문대파로 성장하기까지 얼마나 지난한 과정을 거쳐야 하는가를 단적으로 나타내는 일례라 할 수 있지."

"그게 내홍이라고 할 수 있겠습니까?"

"대군사 양무의가 일선에 있었을 때를 생각해 봐. 그 정도면 큰일이지, 큰일이고말고."

"그런데 왜 의협회고 왜 비룡문인 겁니까? 뭐가 문제인 거죠?"

"이야기가 길어질 텐데."

"괜찮습니다. 시간 많습니다."

"그렇다면야. 여하튼, 의협문이 처음 개파할 때는, 사실 문파라 하기에도 애매했지. 일종의 장원 형태에 가까웠어. 영웅이 큰 집을 세우고 자기를 따르는 여러 봉공들을 데려와 힘을 더한 후 산하에 전투력을 갖춘 무인들을 모집하여 세력화하는, 전형적인 무림 장원 구조였단 말이야. 난세에 흔히 나타나는 문파 형태인데, 이런 건 잘해봐야 이 세대 정도 가는 거고, 보통은 한 세대조차 버티지 못하고 스러져. 그나마 문주가 비룡제라서 여기까지 온 거지. 비룡제는 거침없는 성정 때문에 무투파로 알려져 있지만, 전체적으로 보면 만능형 효웅에 가까워. 무공이 강한 자들보다 머리가 좋은 자들을 적극적으로 중용했지. 양무의를 봐. 아마 의협비룡회 초창기 고수들 중에 양무의보다 약한 이는 하나도 없을 거야. 특히나 양무의는 양다리를 제대로 쓸 수조차 없는 걸로 알려져 있었어. 그럼에도 양무의는 공식적 이인자였을 뿐 아니라, 때에 따라서는 문주 대행이라고 해도 될 만큼 실질적 일인자 역할을 해왔지. 비룡제는 문파 앞에거는 현판일 뿐이고, 태사의엔 양무의가 앉아 있다 말하는 자도 있었을 정도야. 하지만 그건 잘못된 평가였지. 아주 많이. 양무의는 단 한순간도 비룡제를 통제할 수 없었어. 통제할 시도조차 안 했거든. 그는 비룡제의 결정에 따라 완벽하게 전략을 수행했던 불세출의 모사일 뿐, 권력지향형 지략가가 아니야. 게다가 누구보다 냉정한 듯하지만, 몹시 낭만적인 이상가였기도 했지. 비룡제랑 뜻이 맞았던 건 그래서야. 둘 다 얼마나 고되고 외로운 유년 시절을 보냈는지는 모르겠다만, 그들은 문파가 하나의 가족 같길 원했어. 울타리 안에서 서로를 믿고 기쁨과 슬픔을 공유하는 문파, 듣기에는 아주 좋지. 그러나 무림인이란 애초에 칼밥을 먹고 사는 사람들이야. 비정강호란 말이 괜히 나온 게 아니거든. 이런 문파는 문도들의 기량 성장이 쉽지 않아.

정도와 사도를 막론하고, 유서 깊은 문파가 되기 위해서는 자체적으로 길러낸 인재들이 많아야 하는데 물렁물렁한 문규로는 고수 양성이 어렵지. 가족처럼 단란하되, 장수처럼 굳건한 무인들을 키우려면 모든 면에서 아주 섬세한 접근이 필요해. 화산파를 떠올리면 쉬워. 원래 화산파는 실력지상주의의 냉혹한 문풍을 지녔지만, 질풍검을 배출한 뒤, 화산은 이상과 실재가 합치된 정교한 문파 구조를 확립했지."

"화산 이야기로 넘어가는 겁니까? 거긴 지금 최전성기인데, 굳이……."

"그도 그렇군. 확실히 의협비룡회는 아직 전성기를 맞이하지 못했다고 봐야 할 거야. 오히려 퇴보하는 느낌이니 전성기가 영영 안 올지도 모르고."

"그래도 용린각주와 적벽군사란 인재가 나왔잖아요."

"그 둘이야 그래, 문파 내에서 성장했고 아주 뛰어났어. 의협비룡회가 후대까지 이어질 수 있었던 가교였다는 점에서는 절대적으로 중요한 재원이었지. 그런 이들이 적절한 시기에 나오지 않았더라면 의협비룡회는 비룡제 일 세대짜리 문파로 끝났을 가능성이 농후해. 다만, 안타깝게도 그들은 무공이 흠이었어. 어쩌면 그 또한 아주 상징적인 의미가 있다고 봐. 용린각주가 어떻게 되었는지 알잖나? 의협비룡회도 그렇지. 애초에 아주 강력한 무투집단이었으나 지금은 달라. 무공이 도리어 문제니까."

"구주신창이 있는데요? 근래에는 황금륜이나 용선녀(龍仙女)도 있고요."

　"구주신창은 창왕의 직계혈족이 나타나면서 무공 강탈 논란에 휩싸였잖아."

　"그래도 신창이 만창을 꺾은 건 사실이잖아요. 진짜 직계혈족이라면 도리어 고마워할 일이라 생각합니다."

　"그거야 아는 사람들끼리나 하는 이야기지. 그 정도 추문이면 정도문파로서 민간에서의 타격이 상당해. 비룡제의 과거가 다시 수면 위로 떠오른 계기도 되었고."

　"적벽 이야기요? 참 사람들은 좋은 건 쉽게 잊고 나쁜 건 오래 기억하는 것 같습니다. 비룡제가 강호에 한 일이 있는데도 말이죠."

　"문파가 조용하면 누가 뭐라 그러겠어. 용선녀도 봐라. 얼굴도 째까매 가지고 그게 어떻게 선녀냐. 파황의 마룡이지. 의협회니 비룡문이니 분란이 일어난 것도 다 고것 때문이야. 문파를 물려주려 해도 그런 것에는 물려줄 수가 없을 테니까."

　"그래도 황금륜은……."

　"그놈 하나 멀쩡한 건 인정한다. 하지만 비룡제의 진전을 잇지 못했어. 금륜의 선택을 받을 거다 어쩐다 말은 많아도, 그게 되겠냐?"

　"강호의 일은 모르는 거라고 항상 말씀하셨잖아요."

　"그래. 비룡제나 양 군사도 다 똑같아. 천재도 미래를 완전히 볼 수는 없어. 새로운 무인들을 들일 때는 일이 이렇게 될 줄 몰랐겠지. 용린각주나 적벽군사 정도를 키웠으면 그들을 주축으로 어떻게든 해결을 봐야 했다고 봐. 문파가 명문으로 성장하는 데 가장 적합한 구조는 사부에게 사사했거나 본인이 창안한 독문무공으로 일가를 이룬 후, 종사로서 재능 있는 제자들을 들이고 그 일파무공을 이어서 원류가 같은 공부로 문파의 문인들이 규격화된 성취를 이루도록 전념하는 것이야. 그런 면에서 비룡진기와 여의심공은 아주 좋은 무공이었지. 다만 시간이 문제였어. 정공으로 고수를 만드는 데는 시간이 오래 걸리지. 단시간 내 문파의 전력 확대라는 측면에선 이해가 가지만, 그래도 쌍각투왕 류기나 궁왕 동 대협 같은 인물들을 굳이 데려올 필요가 있었는가에 대해서는 의문의 여지가 있어. 애초에 의협문을 의협비룡회라는 이름으로 개명했을 때에는 참룡방 영입에 더해서 정병화 되어 있는 운남 무인들을 하나로 묶고, 더불어 타 문파 출신이라도 무제한 받아들이려는 속내가 있었을 거야. 출신을 따지지 않는다는 거지. 여기서 재미있는 것이, 비룡제는 의협비룡회라는 깃발을 내걸고도 회주가 아니라 문주로 불렸어. 그럼 그냥 의협비룡문의 일문으로 체계를 잡고 폐쇄적으로 운영하는 것이 더 나았을지 몰라. 비룡제나 양 군사나 똑똑한 자들이니 당연히 그런 생각을 했을 거야. 다만, 인재 욕심을 끝까지 버리지 못한 거지. 적벽군사 이복에서 황금륜 곽준까지 세대교체는 잘 이루어졌지만, 외부 인사 출신이자 봉공이 된 쌍각

투왕 같은 이들도 목소리가 커져 버렸어. 무공 연원도 다르고, 성장한 출신지도 다르니까 애초에 생각하는 방식도 다른 건데 난세를 겪고 문파가 강요한 가족적 전우의식은 괜히 끈끈하기만 했어. 일 세대의 미친 광표창왕처럼, 무슨 사고를 쳐도 내칠 수가 없는 거야. 비룡제도 없는 지금은 그런 이들을 침묵시키는 게 불가능한 거지."

"그래도 용선녀 말이라면 꼼짝을 못 한다고……."

"결이 다르잖아. 비룡제는 툭 하면 쥐어 패면서 따르라고 하진 않았어. 그건 용선녀가 아니라 마룡이라고."

"혹시 그거 아드님이 용선녀에게 져서 악감정이 있으신 것은 아니죠?"

"……."

"말씀 못 하시네요."

"지금 이렇게 나온다는 거냐? 니 애비가 아니라 굳이 나한테까지 와서 비룡회 이야기를 묻는 걸 보면 말이다, 너 혹시 그 마룡을 좋아하는 거니?"

"……."

"네놈도 말문이 막혔구나."

천룡상회 용안(龍眼) 상주와 소림속가 최고신성 백한영의 대화.
말년에 지켜보며 옛일을 추억하다.

"*끼*아아아아아악!"

단운룡이 귀차 앞에 당도하자 귀차가 비명성을 내뱉으며 하늘로 솟구쳤다. 천잠보의에서 번져 나오는 빛이 싫은 듯, 귀차는 상당히 높은 곳까지 날아올랐다.

그러면서도 귀차는 완전히 사라지지 않았다.

귀차가 하늘 위를 선회했다. 단운룡은 귀차가 그를 경계하면서 소년을 보고 있음을 알았다. 요괴의 눈이지만 탐욕 어린 시선을 느낄 수 있었다.

단운룡은 곧바로 소년에게 다가갔다. 휘엉청 휘어지던 붉은 그것이 다시 현의 등줄기 안으로 들어갔다. 등판의 찢어진 피부에선 신기하게도 피가 흘러나오지 않았다.

다 열렸던 등줄기는 오히려 괜찮았지만, 다리의 상처는 그렇지 않았다. 다리에서 흘러나오는 출혈이 상당했다. 현도 정신이 혼미한 상태로 얼굴이 백지장처럼 창백했다.

단운룡은 곧바로 현을 들어 올려 다리를 점혈했다. 출혈이 다소 줄어들었다. 끙끙대기에 아예 혼혈까지 점혈했다. 소년의 몸이 축 늘어졌다. 단운룡이 손가락에 광극진기를 집중했다. 파직! 하고 뇌기가 튀었다. 단운룡은 망설임 없이 소년의 상처에 손가락을 집어넣었다.

치이익! 하고 매캐하게 타는 냄새가 연기와 함께 솟아올랐다. 혈관을 지져 버리자 출혈은 금방 멎었다. 단운룡은 한 손으로 가슴 앞에 현을 안고 곧바로 몸을 날렸다. 요괴를 뚫고 번술을 펼치며 이전이 있는 곳까지 돌아왔다. 현을 구해 오는 데는 그야말로 촌각의 시간도 걸리지 않았다. 이전과 이복을 제외한 모두가, 아니, 이전과 이복도 함께 단운룡을 경이와 경악의 시선으로 보았다.

"지켜."

단운룡이 현을 이전에게 건넸다.

그리고 다시 몸을 돌렸다. 귀차가 계속 비명을 지르며 하늘을 날고 있었다. 그 날카롭고 듣기 싫은 비명성도 계속 듣다 보니 매번 다르게 들렸다. 그때그때 나름의 의사를 표현하는 것 같았다. 지금의 비명에선 혼란스러움이 느껴졌다. 어수선

한 날갯짓에서는 초조함까지 엿볼 수 있었다. 더 이상 지배자의 활공으로 생각되지 않았다.

"해제."

단운룡이 앞으로 나서며 장창을 한 번 흔들었다. 그러자 천잠보의가 살아 있는 것처럼 풀려 나와 단운룡에게로 날아들었다. 움직임이 그야말로 사람 같았다. 깃대를 타고 올라 단운룡의 몸을 덮어 요술처럼 한 몸이 되었다. 분신이 다시 몸으로 돌아온 것처럼 보였다.

단운룡이 장창을 땅바닥에 콱 찍어 박았다.

그의 눈에 토루와 화두가 날뛰는 광경이 비쳐 들었다. 단운룡의 출현으로 요괴 떼가 박살 나 흩어지면서 엽단평과 평요보, 동풍릉은 운신의 자유를 얻었다. 허나 그들은 화두, 토루, 알유라는 세 대요괴를 쉽게 제압하지 못했다. 평요보와 동풍릉은 몸 상태가 온전치 않았다. 엽단평이 그 둘까지 보호하며 싸워야 했다.

"끼아아아!"

위에서 들리는 비명 소리가 또 달라졌다. 저쪽에 남아 있던 잡다한 요괴 무리가 집결하여 이쪽으로 달려오기 시작했다. 화두가 땅을 거세게 내려쳤다. 엽단평과 평요보가 물러나자 번쩍 뛰어 단운룡에게로 날아들었다.

콰앙! 화두의 발바닥이 땅을 부쉈다.

화두는 미개한 선택을 했다.

단운룡은 멀리 피하지 않았다. 단 일 보만 옆으로 갔을 뿐이다. 움푹 패인 구덩이 안에서, 단운룡은 화두의 다리 바로 옆에 붙어 있었다.

후욱.

단운룡의 몸이 짧은 회전을 시작했다.

진각으로 땅을 밟고, 몸을 돌린다. 회전력이 허리를 타고 올라 어깨와 등에 집중되었다. 그 진기의 흐름을 따라 천잠보의에 아름다운 빛 무리가 서렸다. 힘이 집중되는 어깨에서 은백색과 금색의 빛이 무섭게 소용돌이쳤다.

광혼고가 전개되는 그 모든 과정은 찰나 같은 순간에 이루어진 일이었다. 광극진기가 화두의 다리에서 폭발했다.

콰앙! 퍼어어억!

화두의 두꺼운 다리가 파괴되어 날아갔다. 뼈와 살이 터져 나와 후두둑 땅 위를 수놓았다. 그 강했던 괴물의 육체가 단숨에 무너지는 광경은 그 괴물들이 처음 나타났을 때와 마찬가지로 대단히 비현실적이었다.

"쿠오오오!"

무릎 아래가 통째로 사라졌다. 화두의 몸이 기울어졌다. 화두는 괴성을 지르면서도 어리둥절해 보였다.

쿠웅!

화두가 손으로 땅을 짚고 버텼다. 화두의 눈이 땅에 있는 인간을 보았다. 몸에 빛을 두른 인간이 대요괴를 올려보고 있었다.

"쿠와오오오오오!"

화두가 아래쪽으로 입을 벌렸다. 단운룡은 그 자리에 그대로 서 있었다. 화륵! 하고 화두의 입안에서 불씨가 피어올랐다. 저쪽에서 이전이 소리쳤다.

"문주님! 피하십……!"

화르르르르륵!

이 화두의 염화방사는 아주 빠르고 강력했다. 기울어진 채거의 수직으로 뿜어내는 화염이 땅바닥과 요괴 시체들을 태웠다. 거센 열기가 일어났다.

화륵! 화르르륵!

이전은 두 팔을 수평으로 들어 얼굴로 끼쳐드는 열기를 막았다. 그러면서 팔 사이로 불길을 쏟아내는 화두를 보았다.

퍼어어억!

이전은 무언가 터져나가는 소리를 들었다. 아주 크고 강렬한 소리였다.

"……!!"

열기가 갑자기 사라졌다. 이전은 자신의 두 눈을 의심했다. 화두의 머리가 박살 나 공중으로 흩어지고 있었다.

꾸웅!

화두의 몸체가 그대로 땅에 무너져 내렸다.

문주, 단운룡은 그 앞에 오연히 서 있었다. 불꽃이 빛나는 옷 주변을 감싸고 돌았다. 붉고 푸른 불길이 몇 번이나 몸을 휘감다가 단운룡의 가슴 앞에 모여들었다.

훅! 하고 불길이 사라졌다. 이전의 눈이 휘둥그레 떠졌다. 옷이 불길을 빨아들인 것 같다는 괴상한 생각마저 들었다.

단운룡이 목 없는 화두의 몸체 위로 올라갔다. 보의는 이제 약간의 붉은 빛을 띠고 있었다. 언뜻언뜻 어깨 어림과 허리 어림에서 불처럼 일렁이는 빛도 새어 나왔다.

단운룡의 눈이 이번엔 토루에게로 향했다. 하늘에서 외마디 비명성이 들리고, 토루도 단운룡에게로 발을 돌렸다.

텅! 두두두두두!

토루가 땅을 박찼다. 토루가 무시무시한 속도로 돌진해 왔다. 단운룡은 그 사이 화두의 몸체에서 내려와 단단한 평지에 서 있었다. 그리고 그는 그 자리에 선 채 전혀 피할 생각이 없어 보였다.

"엇!"

평요보가 짧은 경호성을 내고, 동풍릉은 소리 없이 얼굴을 찌푸렸다. 단운룡이 평요보와 똑같은 실수를 하나 보다 했다.

단운룡이 손을 들어 올렸다. 반쯤 편 손바닥에서 웅웅거리는 소리가 났다. 그의 손이 삽시간에 옅은 붉은색과 옅은 푸른색을 띠었다.

쫘아앙!

폭음이 터졌다.

우지끈!

단운룡의 극광추가 토루의 이마를 찍었다. 돌진하던 토루의 몸이 구겨지듯 꺾이고, 두 앞다리가 부러져 기이한 각도로 비틀렸다.

단운룡은 한 발도 물러나지 않았다. 그가 선 땅의 흙에는 어느새 동심원이 생겨나 있었다.

쿵!

토루가 단운룡의 앞에서 그대로 허물어졌다.

"궤에에……."

머리가 함몰된 토루가 신음성 같은 괴성을 지르며 꿈틀 움직였다. 단운룡의 손바닥이 수도로 변했다.

위잉! 스각!

광검결이 토루의 목을 쳤다. 머리와 목이 분리된 토루는 더이상 아무 소리도 내지 못했다. 움직임도 완전히 멎었다.

단운룡이 아무렇지 않게 걸어가 하늘을 올려보았다.

정적이 흘렀다.

아무도, 아무 말도 할 수 없었다.

"저건 왜 안 내려오지?"

단운룡이 물었다. 대답할 수 있는 이는 이전밖에 없었다.

"빛을 두려워한다 하였습니다. 혹, 보의의 빛을 더 강하게 할 수 있으시다면 완전히 쫓아버릴 수도 있을 겁니다."

단운룡이 고개를 돌려 그를 보았다.

"쫓아버릴 게 아냐. 무의에게 더 배워야겠군."

단운룡이 웃었다. 이전은 단운룡의 웃음이 그의 몸에 두른 빛의 옷처럼 눈부시다고 생각했다.

단운룡이 한 번 낮고 긴 호흡을 했다.

그는 이전의 말처럼 빛을 키우는 대신, 빛을 누그러뜨렸다.

후욱.

천잠보의의 빛이 가슴 중심으로 모여들더니 점차 사라져갔다. 호흡 몇 번 할 시간 만에 천잠보의는 은은한 백금빛을 지닌 백의 장포가 되어버렸다.

그의 주위를 밝히는 환함이 사라지고 어둠이 사위를 덮었다.

"끼아아아아아아아아아!"

그 변화를 환영하듯 하늘에서 긴 비명성이 울려 퍼졌다.

그때서야 저쪽에서 알유를 반 토막 낸 엽단평이, 단운룡에게로 다가와 목례를 했다.

단운룡은 한 번 더 웃었다. 그가 먼저 엽단평에게 말했다.

"수고했어."

엽단평이 움찔했다. 단운룡의 웃음 어린 목소리엔 오랜 시간 봐온 엽단평도 처음 들어보는 따뜻함이 실려 있었다.

"아닙니다."

엽단평은 담백하게 답하고 더 말하지 않았다.

그것으로 충분했다. 인정받았으니 됐다. 앞으로 더 잘하면 그만이었다.

"그럼, 저걸 어떻게 한다?"

엽단평은 밝은 귀로 단운룡의 중얼거림을 들었다. 막야흔만 있어도 좋겠다고 생각했다. 헌데 문주가 직접 왔다.

엽단평 그도, 웃음이 나올 것 같았다.

*　　　　　*　　　　　*

무공도사들은 지붕 위에서 그들을 보았다.

"저, 저, 저건 누굽니까?"

"내가 알겠느냐."

"저 검객과 아는 사이 같은데요?"

"그래 보이는구나."

"그리고 저기 알유 시체가 하나 더 있어요, 사형."

"저번 거가 상태가 너무 좋았어. 이번에도 같은 질의 독단이 나올 거란 보장도 없다."

"화두의 몸에서는 염화단(炎火丹)이 발견된다지 않았습니까?"

"우리도 책으로만 알고 있는 것 아니었더냐."

"그렇게 의기소침해하지 마시고 이 앞을 보십시오. 곤륜산 토루의 뿔과 화두 시체가 둘이나 있습니다. 옹화도 큰 놈의 단전에선 괴력단(怪力丹)이 나올 수 있다 했어요. 이게 황금밭이 아니고 뭐겠습니까?"

"저들이 그 가치를 몰라야 황금밭이 되는 것이지."

"그럼 일단 챙길 수 있는 거라도……."

"허튼 생각 하지 마라. 결국 우리가 이 싸움에 얼마나 도움이 되었느냐에 따라 우리 몫도 주장할 수 있는 거다. 과욕은 화를 부른다. 알유의 독단도 그래. 우리 물건이 아닌 것을 거저 얻었으니, 하루 만에 우리 손을 떠난 것 아니겠느냐."

동명이 진지하게 사제를 나무랐다. 동청이 고개를 숙였다.

"제가 생각이 짧았습니다, 사형."

"그렇지 않다. 우리도 여태 목숨을 걸었으니, 가져갈 만큼은 가져가야지."

동명이 일어났다. 그가 하늘을 바라보며 말을 이었다.

"아무래도 저들은 저 구두조마저도 잡을 생각인 것 같다. 다만 저 고수가 하늘을 날지 못하는 이상… 이상… 이상? 혹시 날 수 있는 건 아니겠지? 설마 허공답보라도?"

"서, 설마 그러겠습니까."

동청이 고개를 설레설레 흔들며 말했다. 복부를 움켜쥐고 있는 동순이 반대로 고개를 끄덕이며 응수했다.

"또 모르지요. 저 정도 고수라면 허공답보가 가능할지도요."

동명과 동청이 동시에 동순을 바라보았다.

"왜요, 뭐 틀린 말 했습니까."

동명이 한숨을 쉬었다.

"후. 상처나 어떻게 해봐라."

"의원에게나 데려다 주십쇼."

"꼬박꼬박 말대꾸는."

이 싸움은 사람만 성장시킨 것이 아니라 사람의 관계도 변화시켰다. 사형제는 이제 전우가 되었다. 체면을 차리며 사문에서는 주고받지 않았을 말들을 스스럼없이 주고받았다.

"동 형, 이거 다시 쏠 수 있겠소?"

동명이 이번엔 동성을 향해 물었다.

"물론이오. 망가진 데도 없잖소."

"그럼 저기까지도 닿겠소?"

동명이 하늘 위 귀차를 가리키며 물었다.

"조금만 낮게 날면 충분히 닿을 거요."

"그럼 맞히는 것은?"

동성은 곧바로 대답하지 못했다. 그가 귀차를 유심히 보았다. 그가 답했다.

"속도가 만만찮소. 솔직히 말해, 쉽지는 않을 것 같소."

"그럼 저 철망은 어떻소?"

동명이 땅바닥에 펼쳐진 응조 사냥용 쇠그물을 가리키며 물었다. 쇠그물은 연화폭죽 한 수레의 폭발에도 용케 멀쩡해 보였다.

"저건 고작 매잡이에나 쓰는 물건 아니오? 저걸로 저런 괴물이 잡히겠소? 보시오, 큰 어망이라도 있어야 할 덩치잖소."

"몸체나 날개에 걸쳐지기만 해도 될 거요."

동명의 말에 동성이 미간을 찌푸렸다. 이내, 고개를 갸웃하며 말끝을 흐렸다.

"그 정도라면 될 수도……."

동명은 그것을 긍정으로 들었다. 그가 재빨리 땅에 내려가 쇠그물을 손에 쥐고 올라왔다.

"여기에 견혈부적을 달자."

동순이 끙끙대면서 몸을 일으키고 동청이 옆에서 도왔다. 쇠그물 곳곳에 부적을 열 장이나 매달았다. 헌데 막상 화살에 묶어 연노에 올리려 하자 동성이 고개를 저으며 난색을 표했다.

"어째, 이게 더 어려울 것 같소만. 이런 걸 펼쳐 쏘려면 다른 장비가 더 있어야 하오."

"그럼 이 그물은 왜 챙겨 온 게요?"

"그걸 내가 아오? 우리가 가져온 물건도 아닌데."

동성이 핀잔주듯 말했다. 모두가 잠시 침묵했다. 이제 지붕 근처엔 요괴들도 거의 없었다. 귀차의 울부짖음에 모조리 저쪽으로 몰려가서 빛의 깃발을 휘두르는 압도적 고수에게 학살을 당했다. 덕분에 생각할 여유란 것도 생겼다.

"사형, 부적을 쓰는 것은 어떻겠습니까?"

"부적을?"

"화살이 구두조의 머리 위에 이르렀을 때, 화폭부적으로 그물을 투하하는 겁니다."

동순의 말에 동명이 손바닥을 쳤다.

"그거 좋은 생각이다."

강철 화살촉 앞에 펼쳐지기 쉽도록 그물을 매달았다. 날리기엔 화살꼬리에 매다는 것이 균형 면에서 좋았겠지만, 꼬리 쪽에 매달았다가는 발사시에 걸릴 것 같았다. 동성은 이렇게 쏘는 것은 처음이고 너무 어려운 일이라며 연신 약한 소리를 했다. 하지만 막상 화살을 시위에 걸자 명궁의 눈빛이 발했다.

"쏘겠습니다."

동성이 이리저리 거리를 재고 걸쇠를 한껏 위로 올려 조준을 완료했다. 동순이 끙끙대며 손을 받침대를 누르고 동청이 마저 지지했다.

퉁! 쐐애애액!

강철화살이 밤하늘을 날았다.

막 낮게 날던 귀차보다 훨씬 위로 올라갔다. 아예 빗나가는 궤도라 귀차도 흘끔 머리를 돌리는 것 같더니 화살 쪽은 신경도 쓰지 않았다.

"급급여율령!"

쏘는 순간부터 웅얼거리던 동명이 수인을 맺으며 주문을 완성했다.

픽!

귀차의 한참 위쪽 하늘에서 작은 폭음이 들렸다.

퍼얼럭!

귀차는 아래쪽에만, 오로지 현과 단운룡에게만 온 신경을 집중하고 있었다. 머리 위쪽에서 하강하는 그물을 감지하지 못했다. 거의 닿을 때가 되어서야 무언가를 느낀 듯, 날개를 빠르게 해쳤지만 이미 늦었다. 치켜올리던 날개 오른쪽에 그물이 착! 하고 감겨들었다.

"끼아아아아아아아악!"

귀차의 입에서 무지막지한 비명성이 터져 나왔다. 그 어느 때보다도 듣기 싫은 소리가 울려 퍼졌다. 마치 지옥에서 들려오는 절규 같았다.

펄럭! 펄럭! 푸드드득!

귀차는 몸부림치듯 날개를 휘둘렀다.

철그물이 문제가 아니었다. 그물과 함께 내려앉은 부적에서 연기가 솟고 있었다. 피처럼 붉은 연기였다. 마치 날개의 살갗이 터져 피보라가 일어나는 것처럼 보였다.

"끼아아악!"

귀차가 공중에서 몸을 뒤틀며 발톱으로 날개 쪽을 그었다. 철그물이 맥없이 잘려 나갔다. 발톱이 제 날개까지 베어내며 실제로 핏물이 쏟아졌다.

철그물과 부적들이 추락했다. 무공도사들과 동성은 과감했다. 효과가 있음을 확인하기도 전에 벌써 두 번째 화살을 시위에 걸고 있었다.

"끼악! 끼아아악!"

하지만 그들은 귀차의 위험성을 너무 간과했다. 귀차가 바로 공중에서 그들을 향해 머리를 돌렸다.

"이, 이쪽으로 오려는 거 같은데요."

당연히 예상했어야 했던 일이다.

"연, 연화폭죽이······!"

"일단 쏩시다!"

그들은 허둥댔다. 그 모습이 훤히 보였다.

"뭐냐, 저 멍청이들은."

단운룡이 물었다.

"영제현 순양궁 무공도사들입니다."

"바보들이지만, 잘했군."

단운룡이 앞으로 나섰다.

귀차가 빠른 속도로 하강하고 있었다.

"견혈부적이 효과가 있음을 확인했습니다. 부적시를 쏠까요?"

이전이 말 빠르게 물었다.

"그런 거 말고."

단운룡이 이전의 말을 끊었다. 오래전 읽었던 강호무림록 무림 문파의 정보를 머릿속에서 끄집어냈다. 단운룡이 통성명도 하지 않은 평요보를 보고 대뜸 말했다.

"시양회 청색창, 직선적 창법 보유. 영감, 투창술도 좀 하지?"

"영감?"

"급해, 저거 좀 맞혀 봐."

단운룡은 대답도 기다리지 않은 채 먼저 몸을 날렸다. 안채 쪽으로 나아가는 그를 따라 은은한 빛의 잔상이 남았다.

쐐액! 퍼엉!

지붕 위에서 그들은 용케 두 번째 연노까지 쏘았다. 강철화살만 쏜 게 아니라 그물도 똑같이 투하했다.

촤악!

"끼아아아아아아!"

콰아아아아아앙!

여러 소리가 한꺼번에 울려 퍼졌다. 그물이 귀차의 몸통에 떨어지고, 귀차가 비명을 질렀다. 귀차의 몸과 발톱이 지붕을 강타했다. 콰직! 우지끈! 소리와 함께 대형 연노가 산산조각이 났다.

무공도사들과 동성이 땅으로 뛰어내렸다.

"끼아아아아아아아아아!"

귀차가 아주 강력한 탈혼명을 내질렀다. 동청이 급하게 부적을 꺼내며 주문을 외웠지만 소용없었다. 출혈로 멀리 뛰지 못한 동순도 마찬가지였다. 귀차의 비명성에 두 사형제가 그대로 꼬꾸라졌다. 동명은 다른 방향으로 뛰면서 주문을 외웠는데 그나마 방비가 빨라서 혼백을 빼앗기지 않았다. 동성은 가장 약했지만 지붕이 부서지는 서슬에 어쩌다가 가장 멀리 날아서 화를 면했다. 대신 무릎과 발목을 다쳤다.

그사이에 단운룡은 벌써 안채 앞이었다. 엽단평이 죽이고 죽인 요괴 시체들이 원을 그리고 있었다. 단운룡이 땅에 두

발을 박고, 가슴 앞에 두 주먹을 모았다.

파지지직!

붙어 있던 주먹을 한 치 정도 떼자 그 안에서 뇌전이 일어났다. 뇌기가 시위를 떠난 화살처럼 양팔을 타고 중단으로 치달았다.

퀴잉!

광핵이 회전했다.

'마신.'

퍼버버벅! 하고, 주위의 요괴 시체들이 터져나갔다. 피와 살이 동심원을 그렸다. 단운룡의 몸이 반신은 붉은빛, 반신은 푸른빛을 띠기 시작했다. 백금빛 소용돌이가 천잠보의 전면에 떠올랐다.

단운룡이 손을 뻗었다.

부적 붙인 쇠그물이 귀차의 몸을 파고들었다.

치이익!

"끼아아아아악!"

귀차의 등에서 연기가 피어올랐다. 대요괴가 고통에 겨운 괴성을 내질렀다. 귀차가 몸부림을 쳤다. 귀차의 몸집에 비해 쇠그물의 크기가 너무 작았다. 단운룡이 마신의 자기력으로 쇠그물을 옥죄었지만 금세 벗어날 것 같았다.

"지금!"

그래서 창을 쓰라 한 것이다.

쐐애애액!

파공성이 터졌다. 강철화살보다 더 강력하고 굵은 한 줄기 직선이, 귀차의 날개로 파고들었다.

퍼억!

"끼아아악!"

청색창이 귀차의 날갯죽지에 박혔다. 단운룡이 한 손을 더 올렸다. 늙은이가 엉뚱한 걸 던졌다. 광극진기를 끌어올렸지만 자력이 잘 걸리지 않았다. 쇠붙이가 창날밖에 없었다. 청색창은 목창이었다. 단단한 청피목(青皮木)으로 만든 창대에 날만 강철인 데다가 그 날마저도 귀차의 날갯죽지를 뚫어서 덜렁거리고 있었다. 광극진기 마신으로 끌어당기려 해도 오히려 창대가 빠져나갈 듯 흔들리기만 했다.

"철창을 써!!"

철그물이 벗겨지고 있었다. 청색창도 뽑히기 직전이었다.

치익! 촤악!

철그물이 벗겨지자 귀차가 힘껏 날개를 폈다. 바람이 일었다. 귀차는 바로 공중으로 날아오르는 대신, 되레 단운룡 쪽으로 머리를 돌리고 입을 벌렸다.

귀차의 입에서 비명성 대신 웅웅거리는 기이한 울림이 울려나왔다. 여덟 개의 인면이 동시에 입을 열었다.

아주 공포스럽고 기괴한 모습이었다. 아홉 개의 열린 입에서 울려 나온 진동이 귀차의 머리 앞에서 공명했다.

위이이이이이잉!

기(氣)가 무섭게 회전하는 소리가 들렸다. 기의 회오리가 바람을 만들었다. 바람 소리가 칼바람처럼 날카로웠다.

"귀선급 풍삭술!! 피하십시오!!"

건물 잔해 쪽에서 기어 나온 동명이 경고했다.

콰콰콰콰콰콰!!

화두의 염화방사를 훨씬 상회하는 기운이 느껴졌다. 요괴들의 시체가 갈려 나갔다. 모든 것을 절삭하는 바람의 술이 단운룡의 전신을 덮쳤다.

키잉! 퀴이이잉!

삭풍 앞에 선 천잠보의가 기성을 냈다. 보의의 술법방어가 발동했다.

보의에서 꽃이 피듯 빛이 피어났다. 빛줄기가 겹겹이 펼쳐졌다. 겉에 핀 빛 무리가 예리한 바람을 비껴냈다. 속에서 피어오른 빛은 몰아치는 바람과 역방향으로 회전하며 파괴력을 상쇄시켰다. 삭풍의 축이 되는 회선풍력은 광구가 빨아들여 흡수했다.

콰아아아아!

풍삭술이 파훼되고 있었다. 비껴나는 삭풍은 단운룡의 전면과 사방을 긁으며 온 땅에 검상 같은 자욱을 남겼다. 그러나 단운룡의 몸에는 흠집 하나 내지 못했다.

후우우우욱!

바람이 완전히 흩어졌다.

"끼아아아아아아아아아아!!"

오롯이 서 있는 단운룡을 보며, 귀차는 놀란 듯 거센 비명성을 내뱉었다. 괴성은 곧바로 탈혼섭백의 힘을 뿜어냈다.

단운룡은 그 기운이 심혼에 침투하는 것을 느꼈다. 광구에서 광극진기가 일어났다. 광극진기는 뇌(雷)의 힘이자 뇌(腦)의 힘이었다. 귀차의 요기는 강력했지만, 그 정도로는 광극진기의 강대한 힘에 간섭할 수가 없었다.

"어딜."

그렇기에 단운룡은 한순간의 멈칫거림조차 없이 자유로울 수 없었다. 그의 손이 빈 공간을 훑었다.

마신의 자기력이 땅에 떨어진 철그물을 휩쓸었다.

휘리릭!

철그물이 날아올라 귀차의 한쪽 다리에 얽혀들었다.

몸통에 걸쳐진 정도로는 속박이 쉽지 않았다. 그래서 다리에 감았다. 귀차가 대경하여 몸을 비틀었다.

"끼아아악!"

퍼얼럭! 펄럭!

풍삭술과 탈혼명 무엇도 통하지 않았다. 다리까지 묶였다. 귀차가 미친 듯이 날개를 움직였다. 그 날갯짓의 기저엔 바람술법까지 깃들어 있는 듯, 몰아치는 바람이 아주 강력했다.

'이걸로는 안 돼.'

철그물만으로는 잡아두기가 만만치 않았다. 날갯죽지에 박혔던 창대는 진즉에 뽑혀 떨어졌는지 보이질 않았다. 날개를 뚫은 상처가 순식간에 사라지고 있었다. 고속 재생능까지 지닌 모양이었다.

"철창!"

단운룡이 다시 한번 뒤를 향해 소리쳤다.

평요보와 동풍릉은 단운룡을 도와주기 위해 접근하다가 풍삭술의 기세에 대경하여 물러난 상태였다. 단운룡의 한 마디에 평요보가 자신의 한철창, 한남을 흘긋 내려다보았다.

첫 토루와의 충돌 때 창날 부위가 구부러져 투창술을 제대로 펼치는 게 불가능했다. 자신의 애창 대신 수하의 청색창을 받아 던져야만 했던 이유였다.

잠시 망설이는 사이에 엽단평이 달려와 평요보의 앞에 섰다.

"그 창을 씁시다."

"보다시피……"

"피하지 마십시오."

엽단평이 평요보의 말을 끊고 검자루에 힘을 더했다. 그의 전신에 급격한 어둠이 깃들었다. 검이 무시무시한 속도로 망가진 창날 밑을 갈라냈다.

쨍그랑!

창날과 벽옥 장식이 땅바닥에 떨어지며 경쾌한 소리를 냈다. 한철 창대가 긴 사선으로 비스듬히 깎였다. 잘라낸 끝은 원래 있던 창날 이상으로 날카로웠다.

"허어… 한철정강이……!"

"이제 던질 수 있을 겁니다."

엽단평은 그리 말하고 자신도 땅을 박차 단운룡 쪽으로 달려갔다.

평요보는 이 무시무시한 자들의 정체가 무엇일까 생각했다. 동시에 생각을 멈춰야 할 때임도 알았다.

정련한철이 단숨에 잘렸다고 놀라워할 때가 아니었다. 보창의 손상을 아까워할 상황도 아니었다. 평요보는 마음을 다스리며 날카롭게 깎인 한철창을 들고 귀차를 조준했다.

쐐애애애액!

평요보는 전력을 다했다. 그의 손에서 철창이 폭출되었다. 직선은 무섭게 뻗어 나가 귀차의 몸통까지 이어졌다.

귀차는 말 그대로 요사한 괴물이었다. 위험을 느끼고 공중에서 몸을 틀어 평요보의 투창을 피하려 했다. 움직임이 몹시 거칠고 빨랐다. 귀차가 직격 궤도에서 벗어났다. 이대로면 날갯죽지나 겨우 뚫을 수 있을까 싶었다.

'어딜.'

단운룡의 손이 슬쩍 움직였다. 평요보의 투창이 일순간 곡선을 그렸다.

퍼억! 콰직!

몸통에 제대로 박혔다. 지겹게 들은 비명 소리가 또다시 울려 퍼졌다.

투창에 마신의 힘을 집중했다.

단운룡의 손이 허공을 잡아당겼다. 귀차의 몸이 끌려왔다.

귀차의 인면들이 입을 벌렸다. 바람이 일었다. 풍술(風術)까지 펼쳐가며 도망치려 함이었다.

단운룡은 마신의 진기운용을 극성으로 끌어올렸다. 철그물에 실린 힘을 빼고 박혀 있는 창에 힘을 쏟아 넣었다. 무형의 손이 돋아난 느낌이었다. 허공을 격하고 한철창을 단단하게 잡았다. 한쪽 손을 밀었다. 한철창이 더 깊이 박혔다. 귀차가 찢어지는 비명성을 냈다.

귀차가 날개를 미친 듯이 펄럭였다.

단운룡의 마신기도 요동쳤다.

확실히 붙들어야 했다. 두 손으로 철창의 양쪽 끝을 잡아당기며 강력한 힘을 더했다.

'구부러져라!'

위이이이잉! 퍼석! 파지지직!

단운룡의 주위에 생긴 동심원이 찰랑 흔들리며 더 깊어졌다. 발목까지 땅에 박혔다. 천잠보의에서 일어나는 빛의 소용돌이도 더 빨라졌다.

술법까지 쓰면서 하늘로 날아오르려는 거체를 붙잡아 끌어내리는 데에는 아직 행동의 제약이라는 것이 있었다. 대신 힘은 더더욱 강력해졌다.

귀차의 몸에 박힌 한철창이 휘어졌다. 어떤 괴력의 내공고수라도 한철정강 창대를 맨손으로 휘는 것은 쉬운 일이 아니었다. 단운룡은 그걸 손도 대지 않고 했다.

그게 규산에서 얻은 힘이다.

휘어진 창을 양쪽에서 잡아당겼다. 충분하다. 말고삐를 잡은 것처럼 힘 전달이 안정적으로 변했다.

"끼아아아악!"

우우우우웅!

귀차는 더 날아오르지 못했다. 귀차 인면들의 입이 모조리 열리고 풍술의 힘이 더해졌지만, 고도는 더 낮아졌다.

됐다. 이 높이면 충분하다. 단운룡이 소리쳤다.

"단평! 날개 잘라!!"

엽단평이 뛰었다. 단운룡이 그 뒷모습을 보았다. 광극진기가 머릿속을 누볐다. 예지에 가까운 능력이 앞으로의 일을 계산했다. 엽단평의 속도, 검격의 범위, 귀차의 위치가 단운룡의 머릿속에서 빠르게 구축되었다. 귀차가 보여준 능력과 엽단평의 검력이 광극진기로 가속된 예측력과 만났다.

미래를 본 것처럼 단운룡이 이어 말했다.

"나와라, 보의."

천잠보의가 단운룡의 몸에서 벗겨져 나왔다. 보의가 빛을 품고 빙글 돌아 단운룡 앞에 착지했다.

"단평을 보호해!"

천잠보의가 사람처럼 뛰면서 엽단평을 따라 뛰었다. 그 뒷모습은 어딘지 단운룡을 닮아 있었다. 기사(奇事)도 그런 기사가 없었다.

탁! 탁!

엽단평이 안채 잔해를 박차고 박차 하늘 위로 몸을 띄웠다. 그가 공중에서 귀차에게 검을 겨눴다.

"끼아아악!"

귀차는 순순히 당해주지 않았다. 대요괴가 몸을 비틀었다.

팔개인면 중 네 개가 엽단평에게로 향했다.

우우우웅!

뻥 뚫린 입에서 풍삭술이 펼쳐졌다. 풍삭술은 아주 강했다. 밀어내는 정도가 아니라 난도질을 할 수 있는 힘이었다. 바람이 엽단평의 전면에서 휘몰아쳤다.

콰콰콰콰!

풍삭의 힘이 엽단평에게로 집중되었다.

훅! 하고 빛의 인형이 엽단평의 앞에 나타났다. 엽단평처럼 부서진 건물을 박차고 뛰어오른 천잠보의였다.

키잉! 키잉! 콰아아아아!

칼바람이 천잠보의에 흡수되었다. 먹어치우듯 순식간에 술법을 무산시켰다. 엽단평 앞에 남은 것은 이제 잔잔한 어둠뿐이었다. 그의 검이 밤을 갈랐다.

후웅! 촤아아아악!

피가 튀었다.

죽립 검객이 도약하고 광채 보의가 하늘을 가로질렀다.

큰 날개가 대요괴의 몸에서 떨어져 나갔다. 귀차가 땅으로 추락했다. 놀라운 광경이었다. 그것은 그야말로 신화 속의 한 장면처럼 보였다.

꾸웅!

귀차의 발톱이 땅에 박히고, 귀차의 몸이 피를 뿌렸다. 새의 머리와 인면들 모두가 흉악하게 일그러져 있었다.

펄럭! 쿠웅!

잘려 떨어진 날개가 귀차의 뒤에 널브러졌다. 귀차가 휙 몸을 돌렸다. 움직임이 몹시 빨랐다. 귀차가 땅바닥으로 몸을 기울이자 날개가 꿈틀거리며 잘린 위치로 올라와 붙었다. 잘린 면이 급격하게 재생되었다. 촌각의 시간만 있으면 다시 날아오를 수 있을 것 같았다.

하지만 단운룡을 그걸 두고 봐줄 남자가 아니었다.

"별 걸 다 하는군."

단운룡은 이미 귀차의 옆에 서 있었다.

발이 풀렸으니 더 시간을 끌 이유가 없었다.

귀차가 대요괴의 본능으로 그의 존재를 감지하고 긴 발톱을 휘둘렀다. 단운룡은 피하지 않았다. 검처럼 세워진 그의 광검결은 진즉에 마신광극의 검날을 벼리고 있었다.

쳉! 쩌엉! 쩨애앵!

단숨에 내려쳤다. 광검결이 귀차의 발톱을 부숴 버렸다.

보도와도 같았던 발톱 세 개가, 잘리고 깨지고 부러졌다.

섬광 같은 공격이 이어졌다.

단운룡의 몸이 무서운 속도로 회전했다. 연환으로 펼쳐지는 마신마광각이 귀차의 다리에 작렬했다.

퍼어엉!

귀차의 다리 하나가 그대로 터져나갔다. 귀차의 몸이 기울어졌다.

"이만 죽어라."

단운룡은 한순간도 여유를 주지 않았다.

단운룡의 몸 주위로 뇌기의 동심원이 퍼졌다. 퉁, 하고 가볍게, 뇌전처럼 빠르게, 반만 접은 손바닥이 귀차의 몸을 꿰뚫었다. 극광추의 마신진기가 근육과 흉골을 박살 내고 귀차의 심장에 꽂혔다.

퍼억.

작은 소리와 함께 심장이 터졌다.

푸화하하학!

마신발경의 소용돌이가 으깨진 심장 뒤로 휘몰아쳤다. 귀차의 등이 터졌다. 귀차의 등 뒤로 박살 난 척추뼈와 내장이 쏟아졌다.

꿍! 하고 귀차의 몸이 허물어졌다.

귀차는 심장이 사라지고도 계속 움직였다. 재생 가능성 따위를 남겨둘 이유가 없었다. 도망치게 둘 생각도 없었다.

단운룡이 귀차의 뒤로 돌아갔다. 뒷머리에 발을 대고 양쪽 날갯죽지를 잡았다.

우직! 우드드드득!

양 날개를 그대로 뽑아서 둘 다 멀리 던져 버렸다. 마신을 발동한 단운룡은 상상초월의 완력을 지니고 있었다.

처참하게 망가진 귀차의 몸체는 계속 꿈틀거렸다. 그러나 이미 재생 한계를 넘어선 듯, 한 번 요동칠 때마다 서서히 요기가 흩어지고 있었다.

단운룡이 손짓하자 천잠보의가 다시 다가와 몸을 덮었다. 마신 발동을 해제했다. 천잠보의에서 형형색색 빛이 요동쳤다. 불길 같은 빛이 피어올랐다가 급격히 사라졌다. 바람처럼 휘돌던 색채도 한순간에 흩어져 버렸다.

단운룡이 긴 숨을 내뱉었다. 천잠보의 백금빛 광채가 급속도로 어두워졌다. 대신 단운룡의 신색은 좀 더 평온해졌다.

"죽은 겁니까?"

이전과 이복이 달려왔다.

굳이 대답을 듣지 않아도 그래 보였다. 심장이 터지고 척추가 반파되었다. 어떤 생명체라도 생명 활동이 소실될 만한 손상이었다. 들끓던 요기가 급격하게 가라앉고 있었다. 꿈틀거리는 빈도도 줄어들었다.

"어르신, 어르신!"

이전이 진달의 몸을 흔들었다.

하지만 진달은 전혀 깨어날 기미가 보이지 않았다. 사연이 있음을 짐작한 단운룡이 이전에게 말했다.

"어떻게 된 것인지 마저 설명하라."

"아, 이 요괴는 귀차라고 불립니다. 혼을 빼앗는 괴이한 능력이 있는 것으로 보입니다. 추군마 어르신은 거기에 당한 것이구요. 요괴를 죽이면 혼이 되돌아올 수 있다고 들었습니다. 다만, 아직 변화가 없어서 걱정입니다."

그 이야기를 들은 단운룡이 바로 손을 올렸다. 그의 손에 광극진기가 모여들었다. 심장을 터뜨린 것으로 부족하다면 머리를 부숴서 완전한 죽음을 선사하면 될 일이었다.

"잠시, 잠시만요! 대협, 잠시만요!"

막 손을 내리치려 할 때, 무공도사 동명이 허겁지겁 달려와 그를 만류했다.

*   *   *

단운룡이 동명을 바라보았다.

동명은 눈조차 직접 마주치지 못했다. 대요괴들을 차례로 압살하는 무위를 직접 보았거니와, 범접치 못할 기운이 전신에 가득했다. 술법을 익혔기에 더 민감하게 느낄 수 있었다.

"말하라."

"네, 저, 저는 대순양만리궁의 무공도사 동명이라 합니다. 저도 이런 귀선급 요괴를 본 것이 처음이나, 탈혼섭백의 술을 쓰는 귀물이나 귀신은 적지 않게 봐 왔습니다. 대체로 이런 계통의 요괴들은 혼을 섭취하거나 간섭하여 감각을 공유하거나 기억 또는 지식을 흡수하는 경우가 많습니다. 이… 요괴가 펼친 것도 그런 술법이라 한다면 아마도 이 환혼부적과 주술이… 효과가 있을 것이라… 생각합니다."

동명은 당연한 하대를 듣고, 어느새 머리까지 조아리고 있었다. 그가 어렵게 말을 끝맺었다. 단운룡은 잠시 그를 보고는 순순히 손을 거두었다.

"그럼, 해보게."

단운룡이 고개를 한 번 끄덕이고 아예 뒤로 물러났다.

단운룡은 만인지상의 오연함을 지녔고 그것을 드러내는 데도 아무런 거리낌이 없었다. 하지만 그는 더 이상 건방져 보이지 않았다. 그는 이제 유연하게 다른 사람의 말을 들을 줄 알았다. 단운룡이 내준 자리에 동명이 섰다.

"그, 그럼……."

흩어지고 있는 요기를 견디는 것만으로도 버거워하는 느낌이었다. 그가 주문을 열심히 외우면서 부적을 꺼내들었다.

그가 귀차의 인면들을 내려다보았다. 인면들은 하나같이 고통스러운 표정으로 기괴하게 일그러져 있었다. 그는 두려움을 참으며 훑어보다가 아래쪽 인면 두 개를 보고 눈을 번쩍 떴다.

동순, 동청의 얼굴과 어딘지 비슷해 보였다. 생김새가 이상했지만 보면 볼수록 닮은 것 같았다.

그가 결연한 표정으로 동순처럼 생긴 인면의 이마 부위에 환혼부를 붙였다. 그의 주문이 더 빨라졌다. 인면이 더 기이하게 변했다. 검은색 핏발이 섰다. 얼굴의 색깔도 몹시 불쾌한 회색으로 변했다.

"저만으로는 부족합니다. 술사분은 더 없습니까?"

동명이 땀을 뻘뻘 흘리며 주위를 둘러보았다.

불행히도 술법을 익힌 사람은 아무도 없었다. 나서는 자가 없자 동명이 다시 정신을 집중하여 주문을 외웠다.

힘에 겨워 보였다. 점차 동명의 주문이 느려졌다.

이복이 어딘가에서 항아리 하나를 가져온 것은 포기가 눈앞에 있을 때였다.

"아직 남아 있었습니다. 이걸 써보죠."

동명이 힘에 부친 얼굴로 이복을 돌아보았다. 이복이 들고 온 항아리에서는 좋지 않은 피비린내가 났다.

"이것은?"

"들개 피입니다."

이복과 동명의 눈빛이 허공에서 교차했다. 이복은 더 망설이지 않았다. 뻥 뚫린 인면의 입에 피를 흘려 부었다. 인면의 반응은 즉각적이었다. 피를 얼마 떨어뜨리지도 않았는데 눈구멍이 까맣게 커지면서 입을 딱 닫혔다.

동명은 이때다 싶은 모습으로 수인을 여러 번 바꿔 맺으며 주를 외우더니, 여율령! 하면서 손에 든 도목검을 딱 쳤다. 인면의 눈구멍이 점점 커져서 합쳐지더니, 아예 얼굴 전체가 하나의 까만 구멍으로 바뀌었다.

　'끼아아악!'

　비명 소리는 귀로 들리는 것이 아니라, 의식에 와 닿는 것처럼 아련했다.

　구멍에서 눈에 보이지 않는 기운이 솟아나왔다.

　그 기운은 하늘로 올라가려다가 덜컥 멈추더니, 어디론가 빠르게 사라졌다. 동명이 무언가를 느낀 듯, 건물 잔해 쪽으로 눈을 돌렸다.

　오래 기다리지 않았다. 부서진 건물들 저편에서 배를 움켜진 남자가 나타났다. 귀차의 탈혼명에 혼이 나갔던 동순이었다.

　"사제!"

　"사, 사형!"

　동명이 크게 반색을 했다.

　"서, 성공입니다!"

　그가 양손을 가슴 앞에 모으고 엄지손가락 두 개를 치켜 올렸다. 보통 첫 번째 또는 최고라는 뜻으로는 엄지가 아니라 검지를 썼다. 무공도사들은 특이하게도 엄지손가락을 올렸다. 순양궁 영제현의 지역적 특성인지, 아니면 요즘 유행하는 것인지는 알 수 없었다.

그가 한층 밝아진 얼굴로 다시 귀차 앞에 섰다.

부적을 붙이고 피를 부었다. 머지않아 한쪽 구석에서 동청이 기어 나왔다.

동순은 무인들의 도움을 받아 상처를 돌보았고, 동청은 혼을 빼앗겼다가 되찾았으면서도 꽤나 멀쩡한 모습으로 곧바로 동명의 곁에 서서 주문을 도왔다.

의식 없던 이들이 하나둘 깨어났다. 진달도 정신을 차렸다. 다만 기력이 너무 쇠했는지, 일어나 혼자 걷지 못하고 이전과 엽단평의 부축을 받아야 했다.

여덟 개의 인면에 모두 부적을 붙이고 피를 부었다. 서수양을 제외한 모두가 깨어났다. 서수양은 가장 먼저 의식을 잃은 희생자였다. 부르고 흔들어도 일어나지 않자 시양회 측 모두가 암담한 표정이 되었다.

동명이 말했다.

"아직 하나 남았습니다."

동명은 두 사제들을 보고 결연한 표정을 지었다. 세 명 무공도사가 동시에 주문을 외우기 시작했다. 그 소리는 아주 기이하면서도 듣기 싫지 않았다.

세 도사가 본체로 짐작되는 귀차의 머리에 환혼부적을 붙였다. 벌어진 부리 안으로 검붉은 들개 피를 흘려보냈다.

귀차의 몸체가 덜컥 흔들렸다.

주위에 둘러섰던 이들 대부분이 움찔 뒤로 물러났을 만큼,

귀차의 움직임은 갑작스러웠다. 그러나 귀차는 다시 살아나는 것이 아니었다. 귀차의 머리가 진흙이 무너지듯 뭉개졌다. 그러더니 머리 위쪽에서 울룩불룩 새로운 머리 형태가 솟아나기 시작했다.

세 도사가 땀을 비처럼 쏟았다.

새로 돋아난 머리는 새의 그것 같다가, 다시 사람의 머리처럼 변하더니, 이내 포도송이처럼 징그럽게 변화했다.

무공도사들이 품(品) 자 형태로 서서 빠르게 수인을 맺었다. 많은 무인들이 그들보다 강했지만, 아무도 그들을 경시할 수 없었다. 그들은 다른 영역의 전문가였다. 무공도사들의 주문이 끝났다. 그들이 한 목소리로 소리쳤다.

"혼백은 있어야 할 곳으로 돌아가라! 옴 급급여율령, 사바하!"

기괴한 포도송이가 한꺼번에 터졌다. 아주 고약한 액체가 터져 나올 것 같은 형상이었지만, 아무것도 튀지 않았다. 대신 그 안에서는 나온 것은 은은한 빛 무리였다. 빛은 이내 희미해지며 사방팔방으로 흩어졌다.

"흡! 후우우우우우우."

마지막으로 누워 있던 서수양의 호흡이 달라진 것은 그 빛 무리가 흩어진 직후였다. 십삼창 무인들이 서수양을 흔들었다. 서수양의 눈이 희미하게 뜨였다.

"……!!"

시양회는 진중한 정도 문파였다. 십삼창 무인들은 체면을 차린다고 소리쳐 기뻐하진 않았으나 그래도 표정들은 힘껏 환호성을 지르는 사람들과 다를 바가 없었다.

죽고 다친 사람들이 있다는 것이 안타깝지만, 잘된 일은 잘된 일이었다. 마지막 십삼창의 회복과 함께, 그들은 승리의 순간을 충분히 만끽했다.

꾸륵, 꾸르륵.

기성을 내며 몇 번 더 꿈틀거리던 귀차의 몸이 완전하게 무너졌다.

커다란 신체에는 새로 돋아났던 머리 부분과 본체의 머리, 그리고 팔대인면이 다 까맣게 뚫려 열 개의 동공(洞空)이 생겨 있었다.

요기까지 모두 사라진 그 몸체는 그저 아주 큰 날짐승의 시체와 다를 바가 없었다. 좌중이 새삼스레 구멍이 숭숭 뚫려 비틀린 시체를 내려다보았다.

귀차에게 영혼을 빼앗긴 다른 사람들이 있다면 그들 모두가 회복하길 바랐다. 터져 나와 흩어진 빛 무리가 각각 사람의 영혼이었다면, 부디 제 몸을 찾아가길 빌었다.

"고생들 했다."

싸움이 끝났다.

단운룡이 손을 뻗어 이전의 어깨를 두 번 두드렸다. 잘했다는 뜻이었다.

엽단평과 이전, 이복 형제, 그리고 진달을 둘러보았다. 단운룡의 시선을 받은 진달이 고개를 숙이며 입을 열었다.

"문주, 제가 심려를……."

"심려는 무슨. 살아 있어줘서 고맙지."

진달이 놀라 퍼뜩 단운룡을 올려보았다. 그가 아는 젊은 문주는 이렇게 말하는 남자가 아니었기 때문이었다. 하지만 단운룡은 이미 진달을 보고 있지 않았다.

그의 시선은 이제 필멸자, 현에게 닿아 있었다.

"아이부터 돌봐야겠군."

현은 이복이 들고 있었다. 지혈은 했지만, 얼굴은 여전히 창백했고 호흡 소리가 좋지 않았다. 깊은 상처도 채 꿰매질 못했다. 치료가 급했다.

막 장내에서 떠나려는데, 두 사람이 다가와 단운룡의 앞에 섰다. 한 명은 늙었고 한 명은 컸다.

"평요보라 하네. 시양회주직을 맡고 있지."

"대동장주 동풍룡일세."

두 사람은 단운룡에게 물어보고 싶은 것이 아주아주 많은 눈치였다. 모든 것이 의문이었을 것이다. 일산오강의 둘이 고전을 면치 못한 요괴들을 단숨에 제압하더니, 하늘을 나는 대요괴마저 상처 하나 없이 죽였다.

평요보가 투창술로 거들긴 했지만, 결정타는 아니었다. 평요보 자신이 더 잘 알았다. 동풍룡은 아예 끼어들지도 못했다. 주위에서 달려드는 잡스런 요괴들을 도륙하면서 방어조력자로 전락했다.

젊디젊은 얼굴로 허공섭물처럼 보이는 전설적인 공부를 펼쳤다. 빛나는 옷으로 분신술 같은 기예까지 선보였다.

이런 고수는 세상에 흔치 않았다. 눈으로 보이는 나이까지 감안하면, 열 손가락 안에 꼽을 수나 있을까 싶었다. 정체와 목적, 무공내력과 예정된 행보, 전부 다 중요했다.

단운룡은 그런 그들의 눈빛을 고스란히 읽고, 단숨에 그 모든 것을 일축해 버렸다.

"의협비룡회 단운룡이오. 사후 처리에 대해선 추후 우리 쪽에서 연락하겠소."

경황없이 싸울 때야 영감이니 맞혀보라느니 막말을 했지만, 지금은 달랐다. 대화를 거부하는 말이기는 해도 어투에 예의가 없진 않았다. 상대방이 회주와 장주로 공적인 신분을 들먹였으니 단운룡도 말투를 바꿔야 마땅했다.

의협비룡회는 독존사도의 문파가 아니었다. 협의정도의 길을 걷기 위해서는 문파의 수장이 명문정파의 그릇을 갖고 있어야만 했다.

엽단평과 진달은 단운룡의 어조만으로도 그가 달라졌음을 다시 한번 깨달았다. 일산오강의 입장에서는 이 정도만으로도 겪어보기 어려운 무례였겠지만, 단운룡을 오래 안 자들로서는 그것이 상대에 대한 충분한 존중임을 알았다.

단운룡은 더 말하지 않고 발을 옮겼다.

평요보와 동풍룡은 망연자실한 표정으로 길을 열어주었다. 막을 명분이 없었다. 등줄기에서 요사한 것이 튀어나왔던 소년을 데려가는 것도 그냥 넘길 일이 아니었다만, 평요보는 그역시도 제지하지 못했다.

단운룡은 하늘 나는 귀차를 기상천외한 방법으로 죽였다. 그 덕분에 항자료, 서수양, 허관이 살아날 수 있었다.

은인이었다.

평요보는 의협비룡회의 이름을 머리와 가슴에 새겼다. 동풍룡도 그랬다.

일산오강, 산서 무림이 단운룡을 알게 되었다.

*   *   *

아직도 날은 밝지 않았다.

단운룡 일행이 아무도 없는 길거리를 가로질렀다. 목적지는 여의각 분타였다. 다친 현과 기력 없는 진달 때문에 속도는 빠르지 않았다.

탁탁탁탁! 하고 누군가 뛰어오는 소리가 들렸다. 그들이 몸을 돌렸다.

"헉, 헉, 헉."

쫓아온 이는 간밤의 싸움을 함께한 궁병 중 하나였다. 그는 다리를 절면서도 열심히 뛰었다. 그가 일행의 앞에 이르러 군례를 취했다.

"저는 성벽궁수 동성이라 합니다. 혹시 어디를 가시든 저를 좀 데려가 주실 수 없으시겠습니까?"

"이유는?"

단운룡이 대뜸 물었다. 동성이 어색하게 웃으며 기어들어가는 목소리로 말했다.

"군용 연노를 반출했다가 다 부서졌으니, 돌아가야 치도곤을 면치 못할 겁니다. 어차피 저는 천애고아라 이곳에 미련도 없습니다. 대인들께서 보여주신 무위에 크게 감명을 받아, 무작정 이렇게 따라왔습니다."

"탈영을 하겠다?"

"이미 군역은 다 채웠고, 달포마다 녹봉을 받는 고용 병사였습니다. 이렇게 떠나면 이번 달 녹봉을 못 받긴 하겠으나, 괜찮습니다. 남아로 태어나 활 쏘는 것 하나는 자신 있다 했지만 오늘 일을 겪고 보니 제 재주는 아무것도 아니었습니다. 세상을 넓게 보고 싶다는 마음이 일었습니다."

동성은 벌벌 떨면서도 할 말을 다 했다. 말에도 조리가 있었다. 머리가 좋고 강단도 있어 보였다. 이미 성년이라 무공을 대성하기는 쉽지 않아 보였지만, 원래 단운룡은 그런 것에 한계를 두고 사람을 보는 이가 아니었다.

"알았다."

단운룡이 말했다. 그리고 바로 발길을 돌렸다. 일행도 다한 몸인 것처럼 함께 돌아섰다.

동성만 그 자리에 남았다.

그대로 그들이 걸어가자 동성은 망연자실한 표정이 되었다. 하기야 스스로 생각해도 미친 이야기였다. 그렇게 괴물들을 죽이는 초고수가 뭐가 아쉬워서 나이도 다 찬 일개 궁병을 거두어 주겠는가. 절대적인 고수에게 말 한 번 붙여본 것으로 만족하려는데, 한 줄기 목소리가 그의 귀를 파고들었다.

"거기서 뭐 하시오? 어서 따라오시오."

이전이었다.

그가 그를 보며 손짓하고 있었다. 동성의 얼굴이 활짝 펴졌다. 다쳐서 퉁퉁 부은 발목으로 열심히 그들을 쫓아갔다.

*   *   *

"저게 대체 뭐냐?"

"나도 모르겠다."

"두 번째 화두의 염화술은 대괴급의 수준을 훌쩍 넘어 있었어. 그런데도 그을린 자국 하나 없었다."

"나도 봤다."

"구두조는 저렇게 죽을 마물이 아니야. 저만큼 혼을 먹은 귀차는 우리도 통제 못 한다."

"나도 안다."

"귀차는 산휘의 격풍에 준하는 풍삭술을 썼다. 그런 주술까지 가능한지는 처음 알았다. 고획조에 금제를 더 가해야겠어. 그나저나 풍삭술까지 완벽하게 막다니. 술법이 아예 통하지 않는 걸까? 저런 놈들은 들어본 적이 없다."

"나도 없다."

"게다가 우리 쪽 본 거 맞지? 이렇게 멀리 있는데?"

묻는 이가 눈에 대고 있던 길쭉한 원통형 물건을 내렸다. 원통의 양쪽 끝엔 유리알이 붙어 있었다. 원통을 들고 있던 이의 얼굴은 창백했고 눈빛이 아주 깊었다. 송곳니가 아주 날카롭고 길어 보였다.

"나도 느꼈다."

오로지 짧은 말로 대답하는 이는 이마에 눈이 하나 더 있었다. 세 개의 눈동자는 모두 색깔이 달랐다. 그는 아무런 도구의 도움 없이도 멀리 볼 수 있었다. 길쭉하게 수직으로 찢어진 눈이 감겼다. 이마엔 한 줄기 가느다란 흉터 같은 자국만 남았다. 젊은 얼굴에 이목구비가 아주 또렷했다.

"귀물들의 이상 발생으로 수거차 나왔다가 엄청난 걸 봤다. 애초에 귀문(鬼門)은 왜 열렸던 거지? 어딘지도 모르겠던데, 위치는 확인했나?"

"나도 못 했다."

"나는 숲으로 돌아가겠다. 너는?"

"나도 돌아간다."

"사도를 본 건 오랜만이다. 나는 숲의 명륜자(明蝓者)다."

"나는 십삼이다."

"가라."

얼굴이 창백한 이가 먼저 몸을 날렸다. 그가 순식간에 까만 숲으로 사라졌다. 삼안의 청년은 어둠을 보았다. 청년은 이내, 어둠에 스며들었다.

                    *   *   *

단운룡 일행을 쫓아온 것은 동성만이 아니었다.

그들은 뒤로 따라 붙은 것이 아니라 앞질러서 일행의 길을 가로막았다. 머리가 붉은 여인과 머리가 산발인 남자였다.

단운룡의 보의에서 은은한 빛이 명멸했다. 머리카락이 엉망 진창이고 얼굴에도 털이 많은 남자가 흠칫 뒤로 물러났다.

"흥, 겁먹지 말아라."

여인이 코웃음을 치며 말했다.

단운룡이 멈춰 섰다. 기세를 일으키지 않았는데도 위압감이 엄청났다. 이전이 황급히 단운룡의 옆으로 가서 말했다.

"이들은 아마도 이 필멸자 소년을 지켜온 존재들로 여겨집니다. 아까의 일전에서는 중요한 전력이 되어주기도 했습니다."

"요괴들이?"

단운룡은 이미 그들의 정체를 알고 있었다.

기(氣)가 사람의 기가 아니었다. 규산에서의 뇌격 수련으로 광핵을 완벽하게 다루게 된 단운룡은, 무공이 넘쳐 술법의 경계를 넘나드는 경지에 이르고 있었다.

"광룡(光龍)의 인신(人身)이여, 소녀는 맹괴 일족으로 아직 사람의 이름은 없습니다. 바라옵건대, 그 소년을 저희에게 돌려주실 수 있으실까요?"

단운룡이 이복의 품에 안긴 현을 내려다보았다.

그가 현을 보고 다시 그들을 바라보았다.

"안 돼."

단운룡의 대답은 짧았다.

맹괴 여인의 눈이 가늘어졌다. 짐승과 같은 눈빛이 되었다.

"그 아이는 저희에게 가족과 같습니다. 다시 청하오니, 부디 저희와 살게 해주십시오."

여인은 사람처럼 인내심을 보였다.

그때였다. 옆의 풀숲에서 작은 동물이 툭 튀어나왔다.

'어……?!'

이전은 소리 내지 않고 놀란 표정을 했다.

작은 동물은 하얀색 여우의 형상을 하고 있었다. 일전에 정안사 뒤편에서 보았던 바로 그 여우였다. 가벼운 몸놀림으로 뛰어온 여우가 일행과 남녀 요괴들 사이에서 멈췄다.

"수작 부리지 마."

여우가 사람의 말을 했다.

단운룡은 전혀 놀란 기색이 아니었다. 마치 이들의 출현을 전부 예상하고 있었다는 듯 태연하기만 했다.

"흥! 아직도 정신을 못 차렸느냐?"

"정신을 못 차린 건 너희들이지. 날 내쫓은 걸로 모자라서 일을 이 지경으로 만들어?"

여우는 앙칼진 소녀의 목소리로 말했다.

그러면서 여우는 점점 형태가 변했다. 뾰족했던 귀가 토끼 귀처럼 길어졌다. 하얀 털에도 무늬가 생겼다. 몸집은 작았지만, 상서로운 기운이 온몸에서 넘실댔다.

"너야말로 능력이 개화했다고 불상 뒤에 숨어서 이적을 행했잖아! 네가 우리 현이를 위험에 빠뜨린 거야!"

"그건 현이가……!"

"인화술도 못 연 주제에 그딴 일을 벌이고 다니면 뒷감당은 누가 해? 네가 지금 여기 나타날 자격이 있긴 해?"

"그러는 너희는! 인화의 법력을 쌓으면 조용히 사라지기로 약속했잖아! 욕심을 계속 부리니까 이런 일이 생긴 거야!"

"너야말로! 왜 계속 얼쩡대 가지고!"

듣자 하니 마치 아이들이 싸우는 것 같았다.

"그만."

단운룡이 한마디에 그들의 목소리가 딱 멎었다. 단운룡의 시선이 여우 요괴에 꽂혔다.

"가까이 오라, 백여우."

"백이서."

여우가 단운룡을 돌아보더니 세 글자를 말했다.

"그건 네 이름인가?"

"그래."

"너의 기(氣)에서 강력한 생명력이 느껴진다."

"그, 그래서?"

"그건 다른 사람에게도 나눠 줄 수 있어 보이는데?"

"마, 맞아."

백이서가 정곡을 찔린 것처럼 놀란 말투로 대답했다.

"이리 와서 아이의 상세를 살펴라."

단운룡이 말했다. 작은 동물과 사람의 말로 대화하는데도 오랫동안 그리해 온 것처럼 몹시 자연스러웠다.

백이서가 달려와 현에게 고개를 들이밀었다. 창백한 얼굴과 다리의 상처를 본 백이서가 맹괴와 활회 쪽을 슬쩍 돌아보며 이를 갈았다.

"내려줘."

백이서가 이복을 올려보며 말했다.

문주가 그리도 태연하니 문도들도 요괴와의 대화를 애써 편하게 받아들이려 했다. 이복이 조심스레 현을 안아 내렸다. 백이서가 한 번 더 사람처럼 부탁했다.

"아예 눕혀주는 게 좋아."

이복은 아예 털썩 가부좌를 틀고 앉아서 양다리 위에 현을 눕혔다. 구부정한 등에 체구가 작고 몸이 말랐다.

백이서가 쪼르르 현의 머리맡으로 갔다. 현의 이마에 백이서가 자신의 둥근 이마를 가져다 대었다.

화악!

백이서의 몸에서 색깔을 표현할 수 없는 빛이 새어 나왔다. 그것은 모든 색을 품은 것 같기도 했고, 아무 색이 없는 것 같기도 했다.

빛이 현의 이마에서 몸으로 스며들었다.

쫙 갈라져 있던 현의 다리가 아물기 시작했다. 혈관이 자라나고, 살이 차올랐다. 시간은 꽤 걸렸다. 일다경 정도가 지나자 피부까지 붙었다. 그동안 모두는 잠자코 기다렸다. 맹괴와 활회, 두 남녀 요괴는 안절부절못해 보였다. 현과 딱 붙어 있는 백이서의 모습을 보며 질투하듯 눈을 빛냈다.

"다 했어."

백이서가 현의 몸에서 떨어져 나왔다.

백이서는 상서로운 기운이 다소 줄어든 느낌일 뿐 딱히 지쳐 보이거나 힘이 빠져 보이지도 않았다. 단운룡은 그 모든 것을 흥미로운 눈빛으로 바라보았다.

그가 맹괴 여인와 활회 남자 쪽으로 고개를 돌렸다.

"아이를 보호해 왔다고?"

"그, 그래요."

"간밤의 일을 생각하면 앞으로는 힘들어 보이는데."

단운룡은 또 정곡을 찔렀다.

"그, 그건 숲에 이상이 생겨서……."

"고생이 많았겠다. 앞으로 아이는 우리가 보호하마."

"뭐라고요? 현이가 어떤 아이인데!"

"우린 이 아이가 필멸자라는 사실을 알고 있다. 어제와 같은 일이 일어난 건 나름의 복잡한 이유가 있어서겠지. 또한 또다시 그런 일이 발생하지 않으리라는 보장이 없다. 아이는 우리가 맡아서 위험을 막아 줄 것이다."

"그건 안 돼!"

맹괴의 머리카락이 곤두섰다. 얼굴도 짐승처럼 변해갔다.

단운룡은 잠자코 그들을 보았다.

그가 흐름을 끊듯이 물었다.

"아이는 너희에게 무엇이지?"

험상궂게 변하던 맹괴의 얼굴에 묘한 표정이 깃들었다. 마치 스스로에게 같은 질문을 너무 많이 한 나머지 답조차 잊어버린 얼굴이었다.

단운룡이 다시 물었다.

"나는 너희들의 눈에서 깊이 감추어진 탐욕을 본다. 이 아이는 너희들의 먹이인가?"

"아, 아냐!!"

이모 맹괴가 소리쳤다. 마치 현실을 부정하는 것처럼 들렸다.

"그러면?"

답은 뒤에 있는 활회, 삼촌이 했다.

"가. 가족. 가족. 이다."

삼촌의 말에 이모가 고개를 끄덕였다.

그게 맞다. 활회의 말처럼, 그래야 했다.

"가족이라. 그럼 앞으로도 계속 가족일 자신이 있나?"

단운룡이 다시 물었다. 이모와 삼촌은 말문이 막힌 듯 쉽사리 대답하지 못했다. 단운룡이 말을 이었다.

"가족이라 하였으니, 앞으로도 가족으로 살아라. 아이 앞에서 사라지라는 말이 아니다. 우리가 아이를 보호하는 곳과 가까이에 거하고, 사람처럼 지내라."

그의 말을 들은 백이서가, 뒤에서 소리쳤다.

"안 돼요! 저들은 언젠가 현을 해치고 말 거예요."

단운룡이 백이서를 돌아보며 물었다.

"너는 아닌가?"

백이서도 대답하지 못했다. 단운룡이 말했다.

"아이를 해치면, 죽는다. 누구든 아이를 차지하려 해도, 죽는다. 다른 사람들을 해해도, 죽는다."

어조는 아주 담담했다. 세 요괴는 말이 없었다. 위협 같은 말이 공포로 각인되었다.

침묵이 이어졌다. 가장 먼저 입을 연 것은 거의 몸을 말다시피하고 웅크리며 두려움을 참던 백이서였다.

"알겠어요. 그리할게요."

단운룡이 다른 둘을 돌아보았다.

"소녀도 그러겠습니다."

"하겠. 습. 니다."

삼촌과 이모가 고개를 조아렸다.

"사람이 되고 싶으면 사람의 법도를 따라라. 사람이되 사람 같지 않은 자들이 많은 세상이다. 진정 도리를 지키고 선한 마음으로 산다면 요괴 같은 사람보다 더 귀한 존재가 될 수 있을 것이다. 그리하면 현과도, 우리와도 가족이 된다."

단운룡이 그리 말하고 걸음을 내디뎠다. 일행이 그의 뒤를 따랐다. 백이서가 자연스럽게 이복과 이전 사이에서 걸었다.

맹괴와 활회가 옆으로 물러나 길을 텄다. 그들은 어쩔 줄 몰라 하는 것 같았다. 뒤처진 그들의 귓전에 한줄기 목소리가 들렸다.

"거기서 뭐 하시오? 어서 따라오시오."

이전이었다. 그는 동성에게와 똑같은 말을 했다.

맹괴와 활회가 사람 같은 표정을 했다. 그들이 발소리도 내지 않으며 일행의 뒤에 따라붙었다.

*   *   *

"항산에서의 변고는……."

"북경이 먼저다."

단운룡의 결정에 일행은 북동으로 산서를 가로질렀다. 백이서의 능력은 외상뿐 아니라 기력 쇠약에도 효과가 있었다. 진달은 백이서의 곁에 있는 것만으로도 빠르게 기운을 되찾아 갔다.

"약사여래는 역시 너였구나."

진달이 백이서를 보며 말했다. 진달이 손을 뻗어 마차 맞은 편에 앉은 백이서의 머리를 쓰다듬으려 했다.

"손대지 마!"

백이서가 앙칼지게 소리치며 현의 품속으로 파고들었다. 백이서가 진달 쪽으로 머리를 치켜들고 신경질을 냈다.

"진짜! 나이도 어린 게 너래애. 드럽게 끈질겨 가지고. 어찌나 들쑤셔 대든지!"

"나이가 어려……?"

"우리 일족이 공을 쌓아 사람 말을 하려면 일 갑자부터 시작이네요! 저 밉상 맹괴 언니랑 바보 같은 활회 오라버니도 다들 백 살은 거뜬히 넘는다고!!"

"아이고, 어르신을 제가 몰라뵈었습니다."

"뭐야? 갑자기 그렇게 태도 바꾸기야?"

"약사여래의 현신이니 당연히 나이가 많으실 텐데 제가 생각이 짧았습니다."

진달이 웃음기를 머금고 포권을 취했다. 진달은 아주 경험이 많은 강호인이었다. 그 말은 곧, 능구렁이라는 뜻과도 상통하는 바가 있었다.

"쟤, 진짜 기분 나빠."

백이서가 홱 고개를 돌렸다.

모양만 귀가 긴 여우지, 말하는 것이나 토라지는 것이나 정말 작은 소녀 같았다. 옆에 앉아 있던 이전이 조심스레 물었다.

"그런데, 정말 약사여래가……"

"그래! 내가 했다! 내가!"

백이서가 버럭 화내고는 현의 품 안으로 들어가 버렸다. 현이 마차에 탄 사람들을 돌아보며 말했다.

"제가 시킨 거예요. 이서는 잘못 없어요."

현은 어른들의 눈치를 봤다.

중앙에 타고 있던 단운룡이 말했다.

"아무도 잘못했다고 말한 적 없다."

현이 단운룡을 올려보았다. 아직도 소년의 눈은 불안해 보였다.

"사람들이 요괴들 때문에 다친 것은 너 때문이 아니다."

단운룡이 힘주어 말했다.

단운룡은 소년이 느끼는 감정을 정확히 꿰뚫어 보았다.

그는 남들과 다른 유년 시절이 무엇인지 경험으로 알았다. 다른 아이들이 땅에 떨어진 당과를 호호 불며 주워 먹던 때에, 그는 시체들 사이에서 끄집어낸 갑옷들을 피를 닦아 주워 입었다.

현이 전장을 겪지는 않았을 테지만, 말하는 짐승, 요괴들과 함께 살았다. 무서워해야 할 때 무서워하지 않고, 겁내지 않아도 될 때 겁을 낸다. 묘하게 현실감이 떨어지는 소년의 표정은, 그 시절 소마군 아이들의 얼굴과 이상하게 닮아 있었다.

"저 때문이 맞잖아요."

"네가 있어 요괴들이 많아졌다면 그것이 잘못처럼 느껴질 수 있다. 허나, 잘못한 것은 네가 아니라 너를 그리 태어나게 한 하늘이다. 너는 사람이 아픈 것을 싫어하여 그 작은 것으로 하여금 사람들을 고치게 한 모양이다. 너는 사람이 지극히 악해질 수 있는 상황에서도 선함을 갖고 있었다. 나는 그렇게 살지 않았다. 나는 하늘의 뜻을 내 뜻으로 가져와 하늘 나는 용(龍)인 것처럼 허울을 입었다. 너는 나와 다르다. 너와 같음이 진정한 사람의 길이다. 너는 잘못됨이 없으며 오롯이 옳다. 그러니 절대로 자신을 싫어하지 말라. 당당하게 가슴을 펴도 된다."

단운룡은 마치 명령하듯 말했으나, 그 안에는 깨달음의 진심이 있었다. 현이 몸을 폈다. 그러자 구부정한 허리가 정말로 곧게 펴졌다.

"정말 제가 잘못된 것이 아닌 건가요?"

"네 안에 있는 그것을 두려워하지 마라. 너는 너 자신으로 인해, 네 안에 있는 그것으로 인해, 다른 사람이 다치는 것을 무서워한다. 무릇 모든 물건이란 쓰는 자의 뜻에 따라 의미가 결정되는 법이다. 네가 그토록 사람을 아끼고 걱정한다면, 그것은 너를 지키고 세상을 지킬 것이다. 그것은 네 뜻을 따를 터이니 너는 네 자신의 마음을 믿어라."

단운룡은 전에 없이 말을 길게 했다.

마치 어린 시절의 자신에게 하는 말 같기도 했다.

현이 고개를 굳게 끄덕였다.

"그리고."

단운룡이 몸을 살짝 숙이며 말을 이었다.

"그 약사여래에 대한 것 말이다……."

단운룡이 이번에는 백이서를 불렀다.

고개를 빼꼼 내민 백이서가 단운룡의 말을 들었다. 두런두런, 사람과 요괴의 이야기가 흐르며 마차가 관도를 탔다.

북경이 저 멀리, 길 끝에 있었다.

*   *   *

"소녀는 저쪽 집에서 지내도록 하겠습니다."

맹괴는 놀랍게도 돈이 많았다.

집 하나를 덜컥 구할 만큼의 은자가 품속에서 나왔다.

사람처럼 흥정도 할 줄 알고 글씨도 쓸 줄 알았다. 거기에 요괴의 능력이 보태지면 큰돈을 모으는 것도 충분히 가능하겠다 싶었다.

"나이 많다면서. 왜 꼬박꼬박 소녀래?"

진달은 백이서와 친해졌다. 손도 못 대게 했던 백이서는 이제, 진달의 구부정한 어깨에 올라와 있었다.

"맹괴, 저것은 말을 기방에서 배워서 그래."

"언니라고 하지 않았던가?"

"저게 들을 때나 언니지."

맹괴와 활회는 작지도 크지도 않은, 딱 현이 살던 곳과 비슷한 집에 들어갔다.

북경 한쪽의 한적한 택가였다.

일행이 방향을 틀었다.

큰길 건너편에 하나의 장원이 보였다. 대문 앞에 이르기도 전부터 은은한 약향(藥香)이 코끝에 전해졌다.

대문의 현판에는 월궁(月宮)이란 글자가 써져 있었다.

단운룡과 엽단평은 특히 감회가 남달랐다.

그들이 문을 두드렸다.

"왔는가."

궁무결을 오랜만에 만났다.

궁무결의 얼굴엔 더 이상 원망과 분노가 깃들어 있지 않다. 대청 한쪽에는 몸에 좋다는 약병과 약재가 수도 없이 쌓여 있었다.

그동안 의협비룡회에서 보내온 물건들이었다. 유명하다는 의원들이 수시로 집을 오갔다. 여의각 대원들이 수시로 오가며 월궁의 잡일을 도맡았다. 궁무결의 마음이 눈 녹듯 풀어질 만도 했다.

"이쪽이다."

궁무결은 자연스럽게 그들을 이끌었다.

단운룡이 고개를 끄덕이며 그와 눈을 마주쳤다. 아무 말 없이 많은 대화가 오갔다. 그거면 충분했다. 마음을 주고받았다.

단운룡은 말로 먼저 장담하는 대신, 현의 손을 잡고 궁무예의 앞에 섰다. 궁무예의 모습은 처참했다. 입에는 관이 꽂혀 있고 얼굴은 삐쩍 말라 해골 같았다. 온몸이 그랬다. 숨만 쉬는 송장이나 다름없었다.

"노괴."

그의 목소리는 어느 때보다 따뜻했다. 단운룡은 그답지 않게 머뭇거렸다. 그조차도 쉽게 나오지 않는 말이었다.

"사일적천궁을 찾았어."

궁무예는 그 말에도 미동조차 하지 않았다. 반응한 것은 궁무결이었다. 그의 얼굴이 서릿발처럼 굳어졌다. 눈이 커지고, 핏발이 섰다.

현이 단운룡을 올려다보았다.

아이는 시체 같은 궁무예를 무서워했다. 자신을 사일적천궁이라는 물건이라 말한 것에도 놀란 것 같았다.

이어지는 단운룡의 말에, 현은 바로 안정을 찾았다.

"그런데 사일적천궁은 노괴 거가 안 될 거 같아. 그건 이 아이 거거든. 빌려서 쏴보는 거야, 뭐, 노괴가 알아서 해."

여전히 궁무예는 꿈쩍도 하지 않았다.

궁무결이 천천히 입을 열었다.

"설마……?"

"그럼 농담이겠어?

단운룡이 웃었다.

궁무결이 허! 하고 허탈한 한숨을 내뱉었다. 단운룡이 말은 막 해도, 이런 상황에서 허튼 소리를 할 남자는 결코 아니었다.

"정말 있었다고?"

궁무결이 중얼거렸다.

집착은 형에게만 있었던 것이 아니었나 보다. 사일적천궁의 전설은 그의 인생까지도 좌지우지해 왔다. 앙천광소를 뱉어야 할지, 눈물을 흘려야 할지 알 수 없는 표정이었다. 궁무결의 얼굴이 세월만큼의 무게로 일그러졌다.

"어, 어디에 있는가? 그것은?"

실물을 봐야 했다. 궁무결은 거의 넋이 나가 있었다. 이래서야 그토록 사일적천궁을 찾아왔던 것이 궁무예였는지, 궁무결이었는지 구분조차 안 될 지경이었다.

"현, 보여줘."

"네."

단운룡은 그저 스쳐가는 보호자 역할에 그치려 하지 않았다. 현이 자신의 의지로 적천영물을 등에서 현현하게 하는 것까지 가능하게 만들었다. 강우의 이능을 뽑아낸 적 있었던 이

전도 다시 한번 도움이 되었다.

"읍, 이익."

현이 이를 악물었다.

그러자 등 쪽의 옷이 불쑥 부풀어 올랐다.

"아야, 또 찢어지겠네."

현의 말이 신호가 된 것처럼, 옷이 좍 하고 갈라졌다. 옷 사이로 한 줄기 붉은색 줄기가 솟아났다. 궁무결의 입이 딱 벌어졌다.

"잘했다. 그만."

현이 숨을 흡, 하고 들이켰다. 붉은색 줄기가 마디마디 한 번 굽이치더니 그대로 등속으로 파고들었다. 등 뒤쪽 옷이 두 갈래로 찢어져 팔락거렸지만, 피부는 열린 적조차 없었던 것처럼 말끔하게 아물어 있었다.

"이, 이게……."

"적천궁은 보통의 궁시가 아니라 기생영물이라더군. 아직은 활의 형태조차 갖추지 못했지만, 아이의 성장에 따라 철궁처럼 단단하게 쓸 수 있을 거야."

단운룡이 이전에게 눈짓했다.

이전이 바로 궁무결에게 하나의 옥갑을 받들어 올렸다.

궁무결은 정신없는 표정으로 옥갑을 받아 뚜껑을 열었다. 그 안에는 고운 금빛을 내는 실타래가 담겨 있었다.

"천잠사다. 적천궁이 다 크면 시위로 써."

궁무결은 그에게 고맙다는 말을 하지 못했다.

차마 그런 말이 안 나오는 모양이었다.

"아이는 맡아줘. 똑똑하더라고. 가르칠 맛 날 거야."

"제자는 더 안 받……."

"그리고 이 친구도 좀 받아줘."

단운룡이 광검결처럼 궁무결의 말을 끊고 동성을 가리키며 말했다. 점차 정신이 돌아온 듯 궁무결이 전처럼 근엄한 표정을 짓기 시작했다.

"내 지금 말하지만, 나는 더 제자를 가르칠 생각이……."

"생각 바꿔. 사일적천궁도 찾았으니까. 그냥 세상이 달라졌거니 해."

단운룡은 거침이 없었다.

옆에서 '혹시 월궁이라 함이…….'라며 속삭이던 동성에게 이전이 고개를 끄덕여 주었다. 숨죽여 말하던 동성의 입에서 기어코 평상시의 목소리가 터져 나왔다.

"천하제일궁사!!"

동성이 두 손으로 자신의 입을 틀어막았다.

단운룡이 웃으며 말했다.

"그렇다잖아. 어서 신궁께 배사지례 올려."

동성이 오체투지하더니 미친 듯 궁무결에게 절을 했다. 그걸 본 현이 어리둥절해하다가 똑같이 절을 하려고 허리를 숙였다.

단운룡이 다가와 손을 들어 현의 몸을 막았다. 그러고는 양 어깨를 잡아 한쪽으로 몸을 돌려세웠다.

"넌 저쪽."

단운룡이 누워 있는 궁무예를 가리켰다.

절을 하는 동성을 말리려던 궁무결이 다시 고개를 퍼뜩 들고 단운룡과 현 쪽을 보았다.

현이 절을 하고 있었다. 누워 있는 궁무예에게.

현은 한 번, 두 번, 세 번, 정성스레 구배지례를 올렸다.

무슨 짓이냐 물으려 했다. 그런데 도저히 멈추라는 말이 나오지 않았다. 궁무결은 긴 세월의 경험으로 무언가 놀라운 일이 벌어지고 있음을 알았다.

그리고.

진달의 어깨 위에 앉아 있던 백이서가 폴짝 바닥 위로 내려섰다. 백이서가 한 발 한 발 우아하게 움직여 누워 있는 궁무예의 머리맡으로 갔다.

현의 구배지례가 끝났다. 절을 하고 나자, 현은 더 이상 궁무예가 무섭지 않았다. 현은 언젠가의 꿈을 기억했다. 백발성성한 할아버지가 허허 웃으며 자신을 어깨 위에 올리고 있었다. 진짜처럼 생생한 꿈이었다.

쪼르르 달려간 백이서가 작은 주둥이를 앙 물고, 둥근 이마를 궁무예의 이마에 댔다.

북산경에서 말하길 이서는 귀한 동물이라 병을 막아주고 사람을 치료한다고 하였다. 평요고성 약사여래상 뒤에서 아픈

자를 고치던 이서가 지금 오랜 시간 죽은 것과 다름없었던 궁무예를 만나 혼을 되돌리는 신통력을 발휘하기 시작했다.

＊　　　　＊　　　　＊

"이복, 네가 남아서 요괴들의 침습에 대비해라."
"알겠습니다."
맡길 사람이 달리 없었다.

요괴와의 싸움은 무인과의 결투와 근본적으로 궤를 달리했다. 그만한 요괴전의 경험이 있다는 것만으로도 이전과 이복은 대체 불가의 인재가 되었다. 단순히 어떤 요괴를 어떻게 잡고의, 어떻게 쫓아내고의 문제가 아니었다. 월궁에 요괴들이 몰려오게 될 경우, 한 번이라도 현을 빼앗기면 그것으로 끝날 싸움이 될 터였다.

궁무결이란 고수가 있는 것이 다행이었다.

"오래 걸릴 거야."

백이서는 궁무예를 두고 그렇게 말했다.

모든 의원이 고개를 설레설레 저었었다. 그러나 사람이 아닌 백이서는 못 고친다 말하지 않았다.

궁무예가 과연 일어날 수 있을지, 언제 일어날지 모르는 일이었다. 가용 전력으로 계산할 수 없었다.

이복은 평요고성에서 있던 싸움을 궁무결에게 말했고, 궁무결은 선뜻 믿지 못할 이야기도 진지하게 받아들였다. 근래에 북경 근처에서도 괴이한 짐승이 나타나 지원 요청을 받은 적이 있다며, 직접 출정하진 못했으나 병사들이 죽인 괴물의 크기가 십 척에 이른다 하였다. 궁무결은 곧바로 연이 닿아 있는 군부 고위직에게 연락을 넣었다. 개발 후 실전 배치가 무산된 사출형 궁병기 십여 기를 비밀리에 납품받았다. 비용은 물론 의협비룡회가 댔다.

거대한 연노며 연사형 기계궁시가 깊은 밤을 틈타 줄줄이 수레에 실려 오는 것을 보고서야 어느 정도 안심을 했다. 이미 요괴들을 겪어본 고성 분타의 여의각 무인들 두 명이 북경 분타로 전환배치 되었고, 순양궁을 비롯한 고명한 도술문파들의 부적들을 대거 구입하여 월궁 한쪽에 쌓아두었다.

그들은 그렇게 만반의 대비를 했다.

떠나기 전날 만월이 밝은 밤, 단운룡은 보의를 덮어 가렸던 녹색 장포를 벗고, 아무도 대동하지 않은 채 월궁에서 나왔다.

달빛이 고왔으나 밤은 야심하여 오가는 이가 드물었다. 단운룡은 북경을 단숨에 가로질러 자금성 앞까지 왔다. 은은한 백금빛이 밤을 뚫는 그의 뒤로 아름다운 잔영을 남겼다.

자금성은 막 건설에 박차를 가하고 있었다. 완성되지 않은 공사 현장까지도 웅장했다.

단운룡이 드넓게 트여 있는 광장에 섰다. 자금성 앞 광장에는 아무도 없었다. 마치 출입이 통제되기라도 한 것처럼 인적이 전무했다.

북경에 당도한 순간부터 느꼈다.

저 문 안쪽 자금성 중심에는 하늘에 맞닿은, 하늘을 거스른 존재가 있었다.

누군지도 알았다.

사부와 같은 곳에 서 있었던 자, 사패 진무혼을 떠올렸다.

진무혼은 당대의 천하제일인이었다. 사부의 회상 속에서 철위강은 그저 폭력의 화신이자 천고의 무뢰한이었지만, 진무혼만큼은 진짜 무인이었다고 인정하길 주저치 않았다.

그러나 진무혼의 아들인 저 존재는 천하제일인도 뭣도 아니었다. 인간의 규격을 초월하여 하늘의 법칙을 무시한 괴수가 저기에 있었다.

그리고 자금성의 문이 열렸다.

그가 마침내 황제의 거처에서 나와 단운룡의 앞에 섰다.

*   *   *

"드디어 보는군."

그가 말했다.

한쪽 귀엔 진홍빛 귀걸이를 했다. 나이는 기껏해야 이립처럼 보였으나 실제 나이일 리 없었다. 권태로운 눈빛만으로도 충분히 알 수 있었다.

윗머리를 길러 넘긴 그는, 신비로움을 온몸에 보의처럼 두르고 있었다. 하얀 옷에 금색 무늬가 화려했다.

그를 앞에 둔 단운룡의 보의에서 백금색 빛이 솟아올랐다. 두 사람의 복장은 어딘지 모르게 비슷했다. 그래서인지 둘의 기도도 닮아 보였다.

'이런 놈을 죽이라고.'

실소가 나왔다. 근래 들어 단운룡은 웃음이란 새로운 공부를 익히게 되었구나 생각했다.

사부도 참 대단하다. 제자에 대해 그릇된 자부심을 가지신 건지, 아니면 스승으로의 역량에 지나친 자신감을 지니신 건지, 도무지 알 수가 없었다.

"단운룡이다."

당당하게 이름을 말했다.

사부가 그리 기대했다면, 기대를 저버릴 순 없었다.

"나는 진천이다."

단운룡은 진천을 보았다. 진천이 지닌 기운의 성질을 가늠할 수가 없었다.

기이한 인간이었다.

선악으로 구분할 수 없고, 오행이나 팔괘와 같은 속성으로 재단할 수도 없었다. 모든 것이 다 있고 모든 것이 다 없었다. 그처럼 설명할 수 없는 근원적인 것을 보통 혼돈이라고 부르지만, 단운룡은 진천이 그 혼돈마저 넘어선 자임을 알았다.

"날 부른 이유는?"

단운룡이 물었다.

진천은 강했다. 이미 무공으로 강함을 논할 수 있는 자가 아니었다. 애초에 인간과 싸우는 이가 아니라 섭리와 줄다리기를 하는 자였다. 겨루고 이기는 차원의 문제가 아니다. 진천은 자신만의 세계에서 다른 방식으로 고군분투하는 자였다.

"내가 너를 너무 늦게 만났구나."

진천은 단운룡이 자신을 제대로 보았음을 알았다.

그의 말에 단운룡이 대답했다.

"영영 만나지 않아도 좋았을 텐데."

"그도 그렇군."

이번엔 진천이 웃었다.

붉은 입술이 그리는 미소는, 인간 아닌 자가 인간을 흉내 내는 것처럼 이질적이었다.

단운룡은 그걸 보며 흥미를 느꼈다. 그가 말했다.

"출발선이 달랐던 건가? 그렇게 외로움을 타서야."

진천은 한 번 더 웃었다.

이번 웃음은 조금 더 인간 같았다. 그가 아주 당돌한 아이를 보는 듯한 시선으로 단운룡을 보았다.

"고민을 했다. 과연 너는 선택될 것인가. 완성에 가까워진 자는 오히려 제어가 쉽거든. 그게 또 한편으로는 어려운 부분이라서."

"누구 마음대로 선택을 해?"

단운룡이 물었다.

도발적이었지만, 어조는 진지했다. 불쾌감에 하는 말이 아니었다. 단운룡은 진천을 누구보다 깊이 보았다.

그가 천천히 손을 들어 하늘을 가리켰다.

그게 단운룡의 질문에 대한 대답이었다.

진천은 세상과 사람을 좌지우지하려는 자가 아니었다. 오히려 그 반대였다. 저런 힘을 지니고도, 진천은 무엇 하나 마음대로 할 수 없었다.

"나는 너무 일찍 세계의 진실에 닿았다. 너 또한 이미 엿보기 시작했겠지만, 나는 좀 더 많은 것을 본다. 네 세대에서 미래 예측이 불가능한 이는 몇 명 없다. 나는 그런 사람이 필요하다."

그가 천천히 세상의 비밀을 알려주듯 말을 이었다.

"천도, 섭리, 이치, 운명, 또는 신. 위에서 정하는 것은 만변이며 또한 불변이다. 우리는 이 세상에 태어난 순간부터 어떤 역할을 부여받는다. 그리고 역할을 완수한 후엔, 대부분 끝없는 공허에 시달리지. 우리의 혼(魂)이 우리 것이 되기 위해서는 저 위에 맞설 수 있는 이들이 더 있어야 한다."

"그게 나다?"

"모른다."

"많은 것을 본다면서."

"너의 미래는 볼 수 없다."

"그거 재밌군."

단운룡이 웃었다. 그가 덧붙여 말했다.

"나는 당신 미래가 보이는데."

"내 미래가 보인다고?"

허무에 짓눌려 보이던 진천의 두 눈에 처음으로 흥미롭다는 빛이 떠올랐다.

단운룡이 말했다.

"지금이야 지독하게 외로워 보인다만, 하는 꼴을 보니 죽을 땐 고독하진 않겠다."

진천이 흩어졌던 시선을 모으듯, 단운룡을 다시 보았다.

그가 되물었다.

"그래 보이나?"

"그래, 그렇다."

진천은 배분이 몹시 높았다. 연배도 단운룡보다 한참 위였다. 진천의 힘을 감지라도 할 수 있는 모든 이들은, 그를 몹시 어려워했다.

단운룡은 달랐다. 한참 위의 형에게도 함부로 굴 수 있는, 아주 건방진 동생처럼 말하고 있었다.

그럴 수 있다.

진무혼의 아들과 소연신의 제자다. 항렬로 따지자면 차이가 없다. 진천은 오랜만에 이 세상으로 돌아와 인연의 친근함을 느꼈다.

"아버지는 깨달으려 하지 않는 사람이다. 가장 강했던 이는 애초부터 깨달음에 관심이 없고, 가장 먼저 깨달아야 하는 이는 지금까지도 정을 잊지 못해 번민하고 있다. 그래서 아버지는 네 사부를 좋아했지. 가장 사람처럼 살았던 이인데도 가장 먼저 깨달음에 닿았다. 너를 보니 알겠다. 너는 나머지 둘보다 훨씬 더 나와 가깝다. 너는 나처럼 호와 불호의 경계에 서서 많은 분란을 낳을 것이다. 그래도 넌 중요하다. 이제 나는 마음을 정했다. 네가 내 일을 거들기를 바란다."

"나는 뜬구름 잡는 당신 화술이 마음에 안 들어. 우리는 지금처럼 서로 먼 사이인 게 좋겠다."

"그렇게 마음대로 할 수는 없을 거다. 정 태감 측에서는 아직 접촉하지 않은 건가?"

"태감이라면 황실일 텐데. 그런 것도 못 보나?"

"그는 역사에 남을 자다. 그에게는 개입하지 않는다."

"그렇군."

단운룡은 진천과 직접 대화하는 것만으로도 한 발 위의 경지에 올라설 수 있었다. 무슨 말이 나올지 먼저 알고 단언했다.

"운남은 못 줘."

단운룡의 말에 강한 힘이 실려 있었다. 대답하는 진천의 목소리는 더 유연했다.

"영락과 태감은 더 좌시하지 않을 것이다. 나는 너의 자유를 위하여 족쇄를 채워야 한다. 그건 이해하겠지?"

"족쇄를 채워줄 테니, 협조하라?"

"그렇게 해석해도 무방하다."

"하늘에 닿은 것치고는 참으로 세속적인 해법이로군."

"말했듯, 내가 너를 너무 늦게 만났다."

단운룡이 진천을 똑바로 바라보았다. 그가 물었다.

"일찍 만났더라면?"

"나는 모든 것을 알지 못한다. 네가 이렇게 빨리 성장할 줄도 몰랐다. 무엇보다, 일어나지 않은 일에 대한 가정은 지금와서 어떤 의미조차 없다."

단운룡은 진천을 이해했다.

존재로만 느낄 때는 참으로 탐탁지 않았는데, 막상 마주하자 싸울 마음이 들지 않았다. 대신 다른 것이 궁금해졌다.

"몇이나 있는 거지?"

"너까지 더하면 열이다."

"생각보다 많군."

"적은 거다."

그것도 이해했다. 단운룡은 진천의 기세와 눈빛과 손짓을 보며, 말로 듣는 것보다 훨씬 많은 것을 들었다.

진천은 하늘을 위진하고, 하늘을 견제하여, 마침내 하늘을 제압하려는 자다. 단운룡은 하늘에 순응하여 순리에 자신을 던지는 것보다, 진천의 방식이 더 마음에 들었다.

"부탁이 있다."

단운룡은 자신이 먼저 진천에게 그런 말을 할 것이라고는 단 한 번도 상상조차 한 적이 없었다.

"신궁?"

진천이 되물었다.

정확했다. 이 신마요선의 절대자는 사부와 비슷한 방식으로 말한다. 싫지 않다. 사부는 넘고자 해도 넘을 수 없는 존재다. 이자는 그런 면에서 좋다. 넘어서고자 하는 목표로는 아주 제격이었다.

"요괴들이 필멸자를 노린다. 대비는 했다. 의미가 있는지는 모르겠지만."

단운룡은 현의 존재를 감추지 않았다. 진천은 이미 다 알고 있을 것이다. 직접 본 진천의 존재감은 천외천이었다. 이런 자가 있는데, 평요고성 때처럼 요괴 떼가 나타날 수 있을까. 그런 의구심마저 들 정도였다.

"너의 준비는 의미가 있다. 앞으로 나는 황실을 자주 비우게 될 것이다."

단운룡은 진천의 말을 통해, 그가 월궁의 방어태세를 이미 다 파악하고 있음을 알 수 있었다. 진천은 신이 아니다. 그가 아무리 사부처럼 세상을 본다 해도, 온 세계의 일을 한 눈에 다 파악하고 있을 리는 만무했다. 아마도 그는 궁무결이 주문하고 의협비룡회가 대금을 지불한 특수 궁병기들에 대해 금의위, 또는 동창의 보고를 받았을 것이다.

그게 이 만남을 만든 것이다. 진천도 인간이다. 아직은, 분명 그랬다.

"믿어도 될까?"

그래서 단운룡은 다시 물었다. 앞뒤 다 자른 그 질문에 진천이 단운룡을 똑바로 쳐다보았다.

"그가 그렇게 중요한가?"

진천이 또 한 번 되물었다.

"중요하다."

"그렇다면, 너는 아직 멀었다."

"멀지 않았다. 사람을 장기말로 보는 경지를 말하는 거라면, 나는 애초에 서 있는 길이 달라."

진천이 침묵했다. 짧은 침묵이지만 영원처럼 길었다.

"너의 말도 일리가 있다."

이번엔 진천이 깨달음을 얻은 것 같았다. 단운룡은 진천의 눈에서 우주(宇宙)를 보았다. 마침내 진천이 말했다.

"신궁의 안전에는 만전을 기하마."

단운룡은 그 말의 무게를 충분히 알았다.

"고맙다."

단운룡의 진심 어린 한마디에 진천의 눈동자가 미세하게 흔들렸다. 진천이 말했다. 붉은 입술이 감춰진 흡족함으로 미소를 만들었다.

"너는, 진정 협제의 하나 된 제자가 맞군."

"그래."

단운룡이 대답하고, 덧붙였다.

"그러니까, 아무 때나 부르지 마라."

이야기가 끝났다.

단운룡은 절대자의 시선을 태연히 받으며 등을 돌렸다. 천하를 논하는 길에 올랐지만 발걸음은 무겁지 않았다.

단운룡은 그렇게 제천회의 일인이 되었다.

그리고.

제천회는 무림의 전설이 된다.

                    *   *   *

공사와 부역을 부르는 요괴, 활회가 북경에 왔다.

자금성 축조로 수많은 민초들이 토목축성에 동원된다.

평요고성 때도 그랬다. 고성의 성벽은 십 년에 걸쳐서 높아져만 갔다.

선후관계는 명확하지 않다.

난세가 되었기 때문에 요괴들이 번성한 것인지, 요괴들이 출몰하기에 난세가 된 것인지는 알 수 없었다.

범상치 않은 모든 것을 뒤로하고 북경에서 나왔다.

엽단평과 이전이 단운룡의 뒤를 따랐다.

진달은 남겼다. 기력은 완전히 되찾았으나 그는 그대로 할 일이 있었다. 진달은 수완가였고, 요괴와 관련된 일도 겪었다. 그는 심지어 소연신과도 얼굴을 마주한 적이 있었다.

진달이 적임자였다.

저 진천이란 괴물이 도사리고 있는 황실은 난세 최대의 복마전이라고 해도 과언이 아니었다. 황실과의 대화를 맡길 인재가 달리 없었다. 그라면 진천의 초월적인 기도에도 의협비룡회의 뜻을 온전히 전할 수 있을 거라 기대했다. 경험은 그래서 중요하다. 무공 고하는 문제 될 것이 없었다.

항산까지 여정은 순탄했다. 무엇보다 북경에서 가까웠다. 다만 항산은 중원오악 중 북악(北岳)이라 하여 천하의 명산이자 대산이라는 점이 문제였다. 고성에서야 깜깜한 밤 연화폭죽 불빛이 충천하여 쉽게 위치를 찾을 수가 있었지만, 이곳은 달랐다. 단운룡의 감각이 아무리 뛰어나도 북악 전체를 아우르는 것은 불가능했다. 게다가 위타천은 하늘을 난다. 발견하고 쫓아간다 해도 기동력에서 상대가 되지 않았다. 즉, 싸우려 해도 저쪽에서 응전하지 않으면 잡을 도리가 없다는 뜻이었다.

위타천을 찾는 것이 어렵다면, 환신 측에서 요구한 천잠사라도 전달해야 했다. 북방 대결계의 이상과, 위타천의 출현은 따로 분리해서 생각할 일이 아니었다. 반드시 연관이 있을 것이다. 그래서 그들은 먼저 약속 장소인 북악묘로 향했다.

그리고.

그들은 북악묘의 부서진 현판 앞에 섰다.

해 질 무렵의 북악묘는, 불에 탄 잿더미가 되어 있었다.

*   *   *

항산의 밤은 낮과 조금 달랐다. 산 곳곳에서 상서로운, 또는 괴이한 기운이 솟아나기 시작했다.

단운룡이 북악묘 폐허에서 야숙을 결정했을 때, 항산 반대편 회선애(會仙崖) 골짜기에서는 남색 옷을 입은 도사 네 명이 온 힘을 다해서 주문을 외우고 있었다.

회선애는 말 그대로 신선들이 모이는 바위라고 했다.

전설 밑에 선 도사들 앞에는 청정한 기운을 뿜는 노송(老松) 한 그루가 서 있었다. 줄기마다 서기(瑞氣)가 흐르는 신수(神樹)였다. 산사람 모두가 절을 하러 오는 신송목(神松木)엔 가지마다 형형색색의 천 조각이 매달려 있었다.

"북제께서는 부디 진노함을 풀어주시고, 북악 아래 모든 백성들의 고난을 어여삐 여기시어, 북쪽 세상 귀기를 거둬주시길 기원하나이다…… 북제께서는 부디 진노함을 풀어주시고, 북악 아래……"

"여율령, 여율령……"

"북제께서는 부디……"

그들의 주문은 주술보다 기도에 가깝게 들렸다. 그만큼 절박했고 간절했다.

"잠시만."

도사 하나가 손을 들며 주문을 멈추었다.

"모든 백성의 고난을 어여삐 여기시어……."

셋이 주문을 멈춘 와중에도 하나는 무아지경으로 기원을 거듭하고 있었다.

도사의 얼굴에서는 땀이 비 오듯 쏟아졌다.

"무언가가 온다."

웅웅, 우우웅, 우웅웅.

세 도사가 들고 있는 팔괘경에서 기이한 울림이 일어났다. 그 울림은 아주 다급하고 불규칙했다. 혼란의 팔괘명은 경고의 신호다. 도사들의 얼굴이 창백하게 굳어졌다.

화륵!

밝은 빛이 일어났다. 서기가 흐르는 신송목 앞에 있었다 해도, 깜깜한 밤 불빛은 눈이 확 뜨거워질 만큼 눈이 부셨다.

아니, 실제로 뜨거워진 것이 맞다.

빛은 화마(火魔)가 뿜어낸 빛이었기 때문이었다.

"화술! 화술이다!"

"피해!!"

도사들이 다급하게 흩어졌다. 멈추지 않고 가장 열심으로 기도하던 도사가 가장 먼저 희생양이 되었다.

화륵! 화르르르륵!

"귀기를 거두어 주시기를… 으억, 으어어어어!"

불길은 몹시 거셌다. 불빛은 순식간에 도사의 몸을 집어삼켜 버렸다. 공포스러운 광경이었다. 화염이 비명성마저도 새까맣게 태워버렸다.

화륵! 콰아앙!

"으아아아악!"

훅 날아온 불덩어리가 도망치려던 도사 한 명을 더 불태웠다. 두 명의 도사가 삽시간에 타오르는 것을 보며, 도사 하나는 떨리는 손으로 부적뭉치를 꺼내들었다.

달리면서 주문을 외웠다. 부적뭉치가 파라락 떠올라 도사의 등 뒤에서 원을 만들었다.

피화의 주였다. 그러나 날아드는 화구에 담긴 술력은 부적술의 도력을 아득히 초월해 있었다.

치지직! 화륵! 치이이익!

부적들이 하나둘 불에 타서 사라졌다. 불덩이는 부적들을 순식간에 잡아먹었다. 불꽃이 도사의 등판에 작렬했다.

"크아악!"

세 번째 도사가 불길에 휩싸였다.

한 명 남은 마지막 도사는 그야말로 필사적으로 도망쳤다.

엄청난 술법이었다.

사람을 통째로 태울 수 있는 화구(火球)의 술법을 이렇게 연속으로 구사할 수 있는 술사는 중원 천하를 다 뒤져도 몇 명되지 않았다. 도주는 부끄러워할 일이 아니었다.

사사사삭!

빽빽한 숲으로 몸을 던졌다.

제아무리 흉포한 악술사라도 이런 숲에 불을 지르진 않을 거라 생각했다. 산불이 나면 숲이 망가지는 것으로 끝나지 않았다. 무엇보다 신송목까지 불탈 수 있었다. 거기까지 생각이 닿자 등줄기가 오싹해졌다.

'설마!'

설마가 아니었다. 미친 듯이 오르막길을 뛰다가 퍼뜩 뒤를 돌아보았다.

'안 돼!!'

그의 얼굴이 고통과 절망으로 일그러졌다.

하늘이 내린 나무가 불타고 있었다. 동료 도사들이 죽은 것도 죽은 것이지만, 신송목은 그들의 목숨보다 훨씬 더 중요한 신수였다.

활활 타오르는 불빛은 상서로운 신송목의 기운을 품고서 천제의 축복마냥 온 사방을 밝게 비추고 있었다.

저 불빛이 다하고 나면 무슨 일이 벌어질지 너무나도 잘 알고 있었다. 애초에 신송목을 노린 거였다. 미리 예상했어야만 했다.

'그래도 방도가 없었을 것을……'

도사는 좌절했다.

북방결계가 무너지는 싸움에서 수도자들을 너무 많이 잃었다. 숫자가 충분했어도 결과는 마찬가지였을 것이다. 진과 결계를 치고 방어한다 해도, 이런 화술을 쓰는 자는 막지 못했을 것이 자명했다.

재앙을 막으려는 사람들에게 지금 사태라도 알려야 했다.

신송목을 잃은 것은 수도자 일백 명을 잃은 것보다 더 큰 손실이었다.

그가 다시 뛰었다. 뛰려고 했다.

텅!

한 남자가 나타났다. 뚝 떨어진 것처럼 갑자기 앞을 가로막았다.

'이럴 수가……!'

도사의 얼굴이 경악으로 굳어졌다.

남자가 몸을 날려 왔다. 속도가 무시무시했다. 일권이 날아드는 것을 보았다.

퍼억! 하는 소리를 들었다.

그것이 도사가 들은 생애 마지막 소리였다.

＊　　　　＊　　　　＊

회선애 신송목은 오랫동안 불탔다. 마지막 불꽃이 가느다란 연기가 된 것은 인시가 거의 다 지나 묘시가 가까워 온 때였다.

키엑! 키아아악!

꿰에에엑!

깊은 밤, 비석굴 골짜기에 깔린 깊은 어둠이 괴성으로 가득 찼다. 거대한 소굴이라도 있는 것처럼, 요괴귀물들이 어둠 속에서 쏟아져 나왔다.

요괴들은 목적지가 따로 있는 것 같지도 않았다. 몇 개든 달린 눈알들로 귀기를 흩뿌리며 밤을 달리고 산짐승을 잡아먹었다.

한 무리의 요괴 떼가 작은 산촌에 이르렀다.

몇 가구 되지 않는 산촌 마을 민가에는 아무것도 모르는 산민들이 곤하게 잠을 자고 있었다. 마을의 어떤 집에도 영험한 부적 한 장 붙여 있지 않았다. 짐승과 귀신을 쫓는 미신적 물건들이 아예 없지는 않았지만, 이만한 요괴 떼에겐 아무런 소용이 없었다.

요괴 떼가 물결처럼 마을을 덮쳤다.

작고 가난한 산촌의 주민들이 단숨에 몰살당했다. 집 안까지 파고든 요괴들의 이빨은 노인과 아이를 가리지 않았다. 선량하고 정겹던 삶의 터전이 피로 얼룩졌다.

사람과 가축이 죽고, 집과 담이 무너졌다.

묘시가 다 가고 해가 뜨려 하자 귀물들은 다시 어두운 숲으로 돌아갔다.

참상만 남았다.

항산 곳곳에서, 하룻밤 내 비슷한 일이 계속되었다.

                    *   *   *

단운룡은 요기가 충천하는 것을 느끼고, 일행을 이끌고서 가장 가까운 요괴 무리를 향해 달렸다.

밤 동안 요괴 삼십여 마리를 죽였다. 요괴들은 단운룡을 쉽사리 공격하지 않았다. 대다수의 요괴들은 단운룡을 지극히 두려워했다. 멋모르고 달려들던 요괴들도, 진기를 일으키면 곧바로 대가리를 돌려 어둠 속을 향해 도망쳐 버렸다. 그것은 그것대로 난감했다. 일일이 쫓아가 죽이기엔 수도 많고 산야도 넓었다. 귀차처럼 지휘할 존재가 없는 이상, 요괴들은 조직적인 무리행동을 할 줄 몰랐다. 차라리 떼로 몰려드는 거라면 단숨에 많은 수를 구축할 수 있었다. 그러나 각각 흩어진 괴물들은 야생 동물과 비슷한 습성을 보였다. 귀물들은 위협을 느끼고 먼저 숨었다. 넘치는 무력을 지니고도 어찌할 방도가 없었다. 상황 파악과 대책 마련이 절실했다.

해가 뜨자 그래도 낮이라고 요괴들을 찾기가 어려워졌다.

이전을 인근 도시인 보정으로 내려보냈다. 천잠사 옥갑은 엽단평이 맡았다. 보정은 제법 규모가 있는 도시였지만, 여의각 상주 인원이 한 명밖에 없는 곳이었다. 다행히 북경 지부가 가까워 대원을 임시로 수급받는 데는 문제가 없었다. 지금쯤 항산에 도착해 있을 관승, 왕호저 및 비룡각 무인들의 위치도 정확하게 알아 오기로 했다.

단운룡은 항산 정상인 천봉령에 올랐다.

북송의 곽희는 오악을 두고 말했다.

태산은 앉은 듯하고, 화산은 서 있는 듯하며, 형산은 날아갈 것 같고, 숭산은 누워 있는 것 같으며, 항산은 움직이는 것처럼 보인다.

항산의 산세는 그처럼 물결치듯 다채로워야 했다. 구름과 절벽과 소나무가 절경을 이루면서 호연지기를 절로 일으켜야 옳았다. 숱한 시인묵객들이 그렇게 말했었다.

지금의 항산은 그렇지 않았다.

오악(五嶽)에 꼽히는 대산 전체가 그렇게 음산해 보일 수가 없었다. 악몽을 꾸는 듯 비현실적이었다.

대낮이라 요괴들이 어둠속으로 숨어들었다지만, 보이지 않아도 분명 여기저기에 있었다. 시간이 지날수록 숫자도 점점 더 늘어나는 것 같았다.

꼭대기에서 내려다보고만 있을 때가 아니었다. 뭐라도 해야 했다. 귀기가 가장 들끓는 곳부터 살피기로 했다.

단운룡은 엽단평과 함께 빠른 속도로 산을 내려갔다.

*　　　　　*　　　　　*

단운룡이 능선을 따라 달리고 있는 그때였다.

엽단평처럼 죽립을 굳게 눌러쓴 남자 하나가 과로령 산길을 오르고 있었다.

'북악이란 산이 무슨……'

그는 당혹감을 먼저 느꼈다.

한낮의 들숨에서조차 음기(陰氣)가 느껴지는 것 같았다. 비라도 쏟아지려는가 싶어 하늘을 올려 보았다.

까만 비구름은커녕, 맑은 창천이 하늘 가득 펼쳐져 있었다.

그런데 산은 왜 이런지 모를 일이었다. 해가 비치는 곳마저도 어둡게 느껴졌다. 그늘진 곳은 훨씬 더 어두웠다.

하늘에서 시선을 거두려는데, 시야 한쪽으로 이상한 것이 비쳐들었다. 다시 고개를 들었다. 창공 저편에 뭔가가 보였다.

'새……?'

이쪽 봉우리에서 저쪽 절벽으로 무언가가 날아가고 있었다. 새라기엔 너무 컸다. 무엇보다, 날개가 달려 있지 않았다.

그의 얼굴이 딱딱하게 굳어졌다. 그것은 새가 아니라 사람이었다. 곧바로 죽립을 뒤로 걷고 하늘 나는 그림자를 따라 빠르게 몸을 날렸다. 뛰는 정도로는 안 된다. 날아가는 속도가 너무 빨랐다. 신법을 펼쳤다.

그의 신형이 앞으로 혹 튀어나갔다.

속도는 대단했지만 균형이 어긋나 보였다. 그의 한쪽 발에서는, 삐걱거리는 금속성이 울려 나오고 있었다.

용케 시야에서 놓치지 않고 따라갔다.

하늘 나는 자의 고도가 낮아졌다.

쫓는 것이 쉽지 않았다. 멀어지면 놓칠 것이요, 너무 가까이 가면 들킬 것이다.

나는 자의 뒷모습을 보았다. 이상하다고 생각했다.

갑주가 없었다. 날개 달린 투구도 보이지 않았다.

붉은 옷이 장삼처럼 치렁치렁하게 뒤로 늘어져 있었다. 일반적인 장삼보다 품이 더 넓고 소매가 짧았다. 손목과 팔뚝 절반이 다 드러나 있었다. 그가 아는 위타천의 옷차림과 완전히 달랐다.

'……!?'

위화감을 느낀 것은 순간뿐이었다.

저 골짜기 안쪽에서 괴이한 괴성들이 들린다 싶더니, 온갖 흉과 악을 다 섞어놓은 듯한 괴물들이 떼를 지어 기어 나왔다. 수십 마리 요괴 무리였다.

하늘 나는 자의 고도가 더 낮아졌다. 그의 양손에서 번개와 불덩어리가 생겨났다. 복장이 달라졌다고 막강한 기도가 변하는 것은 아니다. 저 양대 신력의 파동은 절대 잊을 수 없다.

'위타천……!'

군신 위타의 화신이 손에 든 전격을 내리쳤다. 요괴 떼의 중심에서 번쩍 하고 뇌광(雷光)이 터졌다. 폭발하는 뇌격에 요괴 떼 십여 마리가 순식간에 몰살당했다.

'역시 엄청나구나.'

키아아아악! 쿠오오오!

항산에 도착한 이래, 그 역시도 여러 귀물들을 보았다.

직접 맞서서 죽여 보니 상대하기가 제법 까다로웠다. 놈들은 산짐승보다 날래고 공격성은 월등했다. 어두운 산등성이를 따라 무리를 지어 다니는 것도 여러 번 보았다.

이런 놈들이 떼 지어 달려들면 고수들도 쉽사리 상대하기 어렵겠구나 생각했었다.

저놈은 격이 달랐다. 아예 해당되는 이야기가 아니었다.

손에서 불이 날았다. 불길이 휩쓸자 매캐한 연기가 치솟았다. 하늘에 머물며 뿌리는 전격과 화염은 일반적인 전투의 상식을 완전하게 파괴하고 있었다. 귀물들이 두려움에 괴성을 내지르며 사방으로 흩어지기 시작했다.

요괴 떼 하나가 순식간에 분쇄되었다.

화신의 폭력은 그것으로 그치지 않았다. 하늘 위로 한 번 솟구치더니 불덩어리 맺혀 있는 손을 바위 절벽 쪽으로 휘둘렀다.

화르르륵! 콰아아앙!

바위 한쪽이 무너지며 굉음이 치솟았다. 화탄이라도 쏜 것 같았다.

난데없이 무슨 짓인가 했더니, 치솟는 돌먼지 사이에서 한 무리의 사람들이 튀어나오는 게 보였다.

먼저 몸을 날린 것은 흑색 도포를 입은 도사들이었다.

도사들이 허둥대며 부적과 방울을 치켜들었다. 위타의 화신은 준엄한 천신처럼 하늘에 머물며, 징벌의 불길을 무자비하게 내리꽂았다.

화염이 쏟아졌다. 도사 둘이 그대로 불에 타 쓰러지는 것이 보였다. 거의 무저항 상태로 죽은 것이나 다름이 없었다.

죽립을 눌러 쓴 채, 멀리서 지켜보던 그가 이를 악물었다. 한쪽 다리가 찌릿찌릿했다.

지금 전력을 다해 저기까지 뛴다 해도 누구 하나 구할 수가 없었다. 가는 동안 죽을 자는 죽을 것이오, 당도해도 그는 군신을 저지할 능력이 없기 때문이었다.

무력감을 느끼며 일방적인 싸움을 보았다. 아니, 그것은 싸움이라 할 수조차 없었다.

번쩍! 하고 뇌전 한 줄기가 도사를 때렸다. 흑포 도사가 검게 그을린 채 꼬꾸라졌다.

먼 곳에서 지켜보던 그의 눈이 번뜩 빛났다. 거기엔 도사들만 있었던 것이 아니었다. 검은 연기 사이로 청자색 옷을 입은 장대한 체구의 무인이 하나 보였다. 무인은 체격이 좋았다. 허리춤에는 술병 하나가 달려 있었다.

화르륵! 콰앙!

화염이 도사 한 명을 더 삼켰다. 이번 화염은 본래 도사가 아니라 무인을 노렸던 것 같았지만, 무인의 움직임은 아주 빨랐다.

보기 드문 고수였다.

정상적인 박투였다면 저렇게 피해 다니는 데만 급급할 무인이 절대 아니었을 것 같았다. 물론, 저 괴물과 맞상대야 할 수 없겠지만 그래도 강자임엔 이견의 여지가 없었다.

명성이 상당할 것 같았다.

더 가까이 가면 누구인지 짐작이라도 해 볼 수 있었겠지만, 여긴 너무 멀었다. 지금 이 위치에선 저자의 기량이 보통이 아니구나 알아볼 수 있는 것이 한계였다.

번쩍!

번개가 쳤다.

판단력도 좋았다. 고수는 권각술의 달인 같았다. 그런 이가 공중에 떠 있는 적을 상대하는 것은 애초에 불가능한 일이었다. 고수가 도주를 감행했다. 바위와 바위를 뛰어넘고 숲을 향해 질주했다.

위타의 화신이 그를 쫓아 하늘을 달렸다. 당장에라도 잡힐 것 같았지만, 행운은 고수의 편을 들어주었다.

퍼더덕 하는 소리와 함께 거의 사람만 한 괴조 두 마리가 나타났다. 괴조들이 위타의 화신을 향해 괴성을 지르기 시작했다. 그 소리는 옹 또는 옴 하는 울림으로 사위를 흔들었다. 승려들이 발하는 진언음처럼 들렸다.

위타의 화신은 고수를 추격하는 대신 괴조들과의 대치를 택했다. 괴조들의 머리엔 사람의 그것 같은 귀가 붙어 있었다. 눈도 세 개인지 네 개인지 여러 개로 보였다. 괴조의 울음소리가 점점 증폭되었다. 옹 하는 소리가 한참 떨어진 여기까지도 또렷하게 전해졌다.

괴조들은 푸드득 요란하게 날개를 휘저으며 위타의 주위를 어지럽게 맴돌았다. 괴조들의 몸체 앞에서 일렁이는 열기가 휘몰아쳤다. 열풍(熱風)이었다.

화르르르륵!

괴조들은 아주 흉악하게 생겼지만, 지능은 생김새만큼 요악하지 않은 것 같았다. 열풍은 비천의 군신에게 통할 수 없었다. 위타의 화신은 불을 자유자재로 다루는 자였다. 위타의 손에서 불길이 치솟았다. 적색으로 타오르던 불이 청색을 띄고 이내 백화에 이르도록 거세졌다.

열기를 품은 풍술(風術)이 하얗게 흩어졌다.

괴조들이 크게 놀라 요란하게 날갯짓을 했지만, 불길 뒤엔 날개보다 빠른 번개가 기다리고 있었다.

번쩍! 파지지지지직!

뇌광이 두 괴조에 작렬했다. 괴조 두 마리가 그대로 땅으로 떨어져 내렸다.

군신의 위용은 그러했다.

인간에서 요괴까지 말살에 거침이 없었다.

텅!

비천의 무적자가 추락하는 괴조보다 먼저 땅에 내려섰다.

꿍! 꾸웅!

괴조들이 뒤늦게 땅에 떨어지며 머리가 박살 나고 뼈가 뒤틀렸다. 군신이 괴조들의 시체를 향해 한 번 더 손을 휘저었다. 불길이 치솟았다. 괴조들은 쉽게 타지 않았다. 뇌격을 맞았어도 시체에 그을음은 거의 없었다. 열풍의 신통력을 부렸던 만큼, 육신 자체에 내열성이 있는 것 같았다.

그럼에도 화신의 불길을 버텨내진 못했다. 괴조들의 몸뚱이가 기어코 불에 타 뼈를 드러내기 시작했다. 군신은 괴조의 시체가 잿더미가 되기 전에 손을 내저어 화염을 흩어냈다. 발을 들어 툭 치자 갈비뼈들이 바스러졌다. 발끝으로 괴조의 시체를 몇 번 더 뒤적이더니 다른 괴조의 사체로 발을 돌렸다.

뭔가를 찾던 군신이 이윽고 괴조의 잔해에 손을 뻗었다. 몸을 숙였다가 다시 일어난 그의 손엔 옅은 붉은빛을 띠는 구슬 같은 것이 들려 있었다.

군신이 그 물건을 품 안에 넣었다.

그러고는 요괴 떼의 시체들 사이를 휘적휘적 돌아다녔다. 군신은 그 많은 시체들 사이에서 한 번도 허리를 숙이지 않았다.

숲 속에 숨어 있는 그는, 그 모든 것을 보았다.

뛰어나가지 못하는 자신의 모습에 자괴감을 느꼈다. 왜들 그렇게 그보고 변했다 하는지 스스로도 알 것 같았다.

어쩔 수 없다 몇 번을 되뇌었다.

지금 나가서 호기롭게 싸움을 걸봐야 개죽음 아니던가.

비겁하게 엿보듯 지켜보는 것 외엔 할 수 있는 일이 없었다.

시체들 사이를 돌아다니던 군신이 아무것도 없을 줄 알았다는 듯 미련 없이 몸을 돌렸다.

그리고 그는, 비로소 군신의 얼굴을 보았다.

'어……?'

그의 눈이 휘둥그레 떠졌다.

군신이 하늘로 날아올랐다. 떠오르는 군신을 따라 그가 고개를 들었다. 눈을 뗄 수가 없었다. 하늘 저편으로 사라지는 인영을 보며, 그의 눈동자는 끊임없이 흔들리고 있었다.

*　　　　*　　　　*

"대체 이런 괴물들이 어디서 나오는 겁니까?"

무인의 질문은 그곳에 있는 모두의 마음을 대변하고 있었다.

현공사에는 오십여 명의 군웅들이 모여 있었다. 절벽에 지어진 사원이라 터가 넓지 않았다. 현공사 불승병들을 비롯, 승려, 도사, 무인들이 각양각색의 복장으로 다닥다닥 붙어 있었다. 내력을 일으키며 말하지 않아도 모두가 들을 수 있었다.

"아미타불."

질문을 받은 현공사 도승장은 한숨 섞인 불호부터 읊었다. 늙은 도승은 현공사 주지 신분으로 검박한 승복을 입고 있었다. 그는 승복을 입었음에도 이마엔 계인이 없었다. 머리카락도 길러서 도사처럼 올렸다. 현공사는 일반적인 절이 아니었다. 삼교전에 유불선 삼대선인을 모두 모셨다. 현공사의 도승들도 그런 특징을 물려받았다.

"요마들이 어디서 나타나는 것인지는 저희도 알 수가 없습니다."

현공사 도승장이 마치 말이 나오지 않는 듯 어렵사리 대답했다. 무인이 다시 물었다.

"이런 일이 있기는 했던가요?"

"아미타불. 간혹 사나운 맹수나 괴이한 짐승들이 출몰하는 경우가 있긴 했지만, 이런 사태는 처음 있는 일입니다."

도승장은 연신 불호를 읊었다. 불호에선 늙은 주지의 난감함이 그대로 드러났다.

군웅들이 서로서로 나직한 목소리를 냈다. 견내가 워낙 좁았다. 내공 무인 아닌 이가 없는지라, 실제 귀에 들리는 소리는 시장바닥처럼 어수선했다.

그들이 하는 말은 대동소이했다. 이런 일은 겪어본 적이 없다. 괴물들은 몹시 위험하고 사납다. 괴사가 있다 하여 협의지심에 찾아왔다가 큰 낭패를 보았다.

결국 같은 이야기를 다른 방식으로 말할 뿐이었다. 실제로 그들 가운데엔 부상을 입은 자, 옷이 찢어진 자, 지쳐 보이는 자들이 있었다. 아직도 눈을 부릅뜬 채, 칼자루를 놓지 않는 무인도 보였다. 그만큼 불안한 것이다.

이렇게 좁은 사원에서 답답하게 붙어 있는 것도 이 현공사가 절벽에 있어서였다. 현공사는 그 자체로 천혜의 요새와 같았다. 올라오는 길만 틀어막으면 어떤 요괴도 쉽사리 침범할 수 없었다.

무엇보다 군웅 가운데엔 산서 최고의 고수가 있었다. 그로 인해 요새는 불가침의 성역이 되었다. 그것이야말로 이들이 여기에 모인 가장 큰 이유였다.

"성불께서도 모르시는 겁니까?"

이번에는 한 무인이 한쪽에 서 있는 노승에게 물었다.

노승은 아주 선하게 생겼다. 수염 하나 없이 깨끗한 얼굴에 잔주름도 고왔다. 마른 얼굴인데도 강퍅해 보이지 않았다. 염화시중 미소를 머금은 입가엔 넉넉한 품성이 묻어났다. 얼굴 생김으로 일생을 드러낸다 한다면, 일평생을 착한 마음으로 살아왔을 것 같았다.

"저도 아는 바가 없답니다, 시주."

노승은 한참이나 어린 연배의 무인에게도 꼬박 합장을 하며 부드러운 어조로 대답했다 빛바랜 청색 가사엔 청련화(靑蓮花) 자수만 새로 박은 듯 선명했다.

노승 뒤에 모여 있는 승려들은 열 명이나 되었는데, 청년승부터 중년승까지 연령대가 다양했다. 그들 중 다섯은 승려인데도 검을 들었고, 그들 중 다섯은 무기 없이 적수공권이었다.

항산은 산서와 하북의 경계에 있다. 산서 무림이기도 하고, 하북 무림이기도 하다.

모두가 그들이 누군지 알았다.

오대산 십대원력승을 이끌고 지혜의 완성으로 중생을 널리 본다.

우담공법 보견장의 주인이자 일산오강의 일산, 알려진 산서 최고고수, 오대산 문수성불이 바로 그 노승이었다.

"성불께서도 헤아리지 못한다면 이 괴사는 대체 어떻게 해결한단 말입니까?"

천봉령 구천궁의 통현도인이 물었다.

통현도인은 구천궁에서 모시는 신선 장과로처럼 백발이 성성했다. 나이가 한참 많아 보이는 노도사는 한탄처럼 말했지만, 문수성불에게 아주 공경한 태도를 취하고 있었다.

"육도전생을 통해 악업을 쌓은 중생들이 가는 곳을 악취(惡趣)라 부릅니다. 지옥, 축생, 아귀, 수라의 세계를 일컫는 말이지요. 지금 나타나 항산을 어지럽히는 귀물들을 보면 마치 지옥에서 올라온 것과 같고 괴이한 축생의 모습을 하였으며 아귀처럼 생명을 탐하면서 수라의 귀신마냥 살육을 일삼고 있습니다. 불도에서 가르치는 악한 것들이 마음속 번민이 아니라 형상을 가진 실재로 나타난 것입니다. 우리가 사는 중생계의 질서가 무너진 것으로 보이지요. 빈승은 아직 깨달음이 깊지 못하였을 뿐 아니라 속세의 다툼 또한 벗어나지 못했습니다. 중생계의 질서를 되돌리는 경지는 빈승이 감히 논할 바가 못 됩니다. 빈승은 그저 인간계를 어지럽히는 수라들을 물리칠 두 손밖에 가진 것이 없나이다."

문수성불은 불법을 설파하듯 조용하면서도 힘 있는 어조

로 말했다.

원인은 모른다. 열심히 싸우겠다. 아주 간단하게 줄일 수 있는 말이었지만, 군웅들에겐 그와 같은 고수의 일장 설법이 절실했다.

"성불의 말씀을 잘 알겠소이다. 우리 구천궁도도 성불을 도와 이 환란을 넘기 위해 온 힘을 다하겠습니다."

통현도인이 포권을 취하며 고개를 숙였다. 문수성불이 미소를 지으며 마주 합장했다. 도인은 항산에서 이름난 도술사였고, 성불은 무려 일산의 최고승이었다.

두 사람의 대화에 군웅들의 신색이 다소 편해졌다.

그러나 그 안도감은 오래가지 않았다. 현공사 올라오는 좁은 길로 도사 두 명이 날듯이 달려와 비보를 전했다.

"평형관에서 소식을 듣고 아룁니다! 항산 북쪽 대동부 방면에서 괴이한 무리가 나타나 남하하고 있다고 합니다! 수많은 병사들이 죽었고 이동 경로의 마을이 모조리 초토화가 되었다고 들었습니다. 무리의 숫자는 수백 수천으로, 산을 덮으며 움직이는 기세가 아주 흉악하다 말합니다!"

"괴이한 무리라면, 귀물들을 말하는 것이오?"

"아닙니다! 사람처럼 보였답니다."

"사람이면 사람이고 아니면 아닌 게지, 사람처럼 보였다는 것이 무슨 말이오?"

"사람이되, 모두가 귀신이 들린 것처럼 보였답니다. 팔다리가 떨어져도 비명 하나 지르질 않으며 맨손으로 사람의 몸을 찢는다 하였습니다."

마지막 말은 파장이 컸다.

"뭐, 뭐라?"

"그게 무슨……!"

"제대로 들은 것 맞소이까?"

군웅들이 웅성거렸다. 언성을 높여 묻는 자도 있었다.

"그럼 그들은 무림 문파인 게요? 아니면 사병(私兵) 무리라도 되는 겁니까?"

현공사 주지 도승이 그나마 사리에 맞는 질문을 했다. 먼저 말한 도사가 숨을 돌리는 동안 다른 도사가 나서며 대답했다.

"아닌 게 아니라 갑주를 입은 자가 많다 합니다. 처음엔 반역 병사들의 도당인 줄 알았으나, 명확한 지휘 체계는 없는 것 같다 하였습니다."

"무림 문파는 아니라는 건가……."

"그것도 알 수 없는 일이지요. 갑주야 입으면 그만이니까요."

다시 한번 군웅들이 술렁거렸다. 현공사 주지 도승은 꿋꿋이 질문을 했다.

"사교(邪敎) 무리일 가능성은?"

"그게, 가로막는 사람은 예외 없이 죽이고, 심지어 먹는다는 이야기도 들었습니다. 성벽을 맨손으로 기어오르는 괴력을 지니고 있는지라, 평형관도 못 버틸 가능성이 있습니다."

"평형관이 뚫린다 했소이까?"

얼굴에 흉터가 가득하고 병사용 갑옷을 입은 이가 그럴 일 없다는 어조로 되물었다. 도사가 고개를 끄덕이며 대답했다.

"그렇습니다."

"그건 불가능하외다! 평형관은 높은 산에 있어 이곳보다 훨씬 더 방어가 완벽한 성채입니다."

"빈도는 그것들을 직접 보았습니다. 이미 장성을 넘은 무리도 있습니다. 관문이 아니라 밤을 틈타 낮은 성벽을 기어 넘은 무리 같았습니다."

황당함과 경악이 웅성거림을 잦아들게 했다.

요괴들만으로도 감당이 안 되는데, 북악 장성을 넘는 귀신 병사들까지 있단다. 모두가 선뜻 아무 말도 하지 못했다.

불안한 정적 속에서 문수성불이 나섰다.

"빈승이 가겠습니다."

"서, 성불……!"

"아니, 성불께서 가시면…….

"이곳은 평형관과도 멀고 요괴 무리들이 들끓는 산야와도 거리가 있습니다. 이곳에서는 빈도가 없어도 능히 위험을 막을 수 있을 것입니다."

"하지만 성불, 정체를 알 수 없는 무리입니다. 성불께서 위험하실 수도 있습니다."

"빈승은 속세의 병법엔 무지하나, 항산이 뚫리면 중원을 잃는다는 말 정도는 알고 있습니다. 가능한 많은 요괴들을 물리치고, 그 마귀 병대를 막아보겠습니다. 허나, 한 손보다 두 손이 낫고 두 손보다 열 손이 나은 법이라. 빈승이 이렇게 합장하며 시주들께 불법을 구합니다. 중생 구제가 곧 부처의 길이며 모든 이들의 마음속엔 항상 부처가 있나이다. 빈승과 함께 가실 보살님을 간곡히 모시나이다."

다시 한번 정적이 있었다.

"제가 가겠소이다!"

흉터가 가득한 무인이 가장 먼저 소리쳤다.

"빈도도 데려가 주십시오. 구천궁 도사들이 함께할 것입니다."

통현도사가 곧바로 뒤이어 포권을 취했다. 그러자 여기저기서 나도 데려가시오 호기로운 목소리가 뒤따랐다.

산서일산 문수성불의 힘은 바로 여기에 있었다. 조곤조곤 말하는 독경 같은 이야기가 군웅의 마음을 움직였다.

오십여 명 군웅들 중 사십 명이 넘는 군웅들이 문수성불의 뒤를 따랐다. 북쪽으로 향하는 군웅들의 사기는 문수보살의 불광처럼 은은하게 충만해 있었다.

하지만 정작 소식을 들고 온 도사들은 현공사에 남았다.

그들은 왔던 길을 되돌아갈 마음이 조금도 없어 보였다. 그들 눈엔 그저 미망과 공포만이 가득 차 있었다.

북악은 큰 산이었다.

항산은 그 유명한 팔선(八仙)의 두 신선 여동빈과 장과로가 거처로 삼은 산이라 했다. 특히 장과로는 항산에서 수련을 해 신선이 되었다고 전해진다.

그런 만큼 본디 수행자가 많은 산이었다. 여기서 수행이란 종교적 수련뿐 아니라 무공 수련을 포함하는 단어였다.

항산에는 무인들이 아주 많았다.

산짐승을 물리치고 힘쓰는 일을 도맡아 하는 자생적 소규 모 무관에서부터 구천궁 도사들로 구성된 도교 문파까지 아 주 다양한 문파가 자리 잡고 있었다. 항산은 독특하게도 중원 불교 사원들과 서장 불교 사원들이 이곳저곳 혼재되어 자리 잡은 산이었다. 불사들은 나름의 경쟁과 상생 속에 무공을 익 힌 무승(武僧)들을 양성하는 경우가 흔했다.

북악의 이름을 딴 항산파도 있었다. 항산파는 오래전 상당 한 성세를 자랑했던 무파였으나, 원명 교체의 격변기를 겪으 면서 근근이 명맥만 유지되는 수준이었다. 북주검(北柱劍)과 현악권(玄岳拳) 같은 명사가 있긴 해도, 항산을 아우를 만한 상 승 고수들은 아니었다.

항산을 틀어쥔 대표 문파가 없었다.

군웅할거처럼 무인들이 난립했다. 산이라고 하면 어디에나 있는 산적들이 여러 산채를 형성했고, 장성 인근 군병 출신 무인들도 산전에 특화된 소규모 군벌 형태의 방회를 꾸렸다.

수없이 많은 무인들이 항산과 태행산맥 줄기에서 그들만의 삶을 영위했다. 그렇기에 그들은 항산무림이라는 표현을 썼다. 항산무림은 작고 단단했다. 유혈참극이 벌어지는 일은 드물었지만 꽤 활기찬 강호였다.

"오대산 문수성불께서 나섰답니다!"

"어서 가봅시다!"

귀물들의 출현 지역은 항산에만 국한되지 않았다.

태행산맥 줄기를 따라 현악, 백석산, 낭아산 등 주변 산지 어디서나 귀물들이 들끓었다. 괴이한 괴물들이 처음 나타난 것은 서너 달 전쯤이었다. 그때만 해도 통제 가능한 괴사 정도인 줄 알았다. 괴물들은 흉악했지만 군집을 이루지도 않았고, 마을을 습격하지도 않았다.

괴물들이 급증한 것은 한 달여 전부터였다. 괴물들이 삽시간에 불어나고, 불과 이십여 일 만에 수백 명이 목숨을 잃었다. 항산무림 전체가 혼란에 빠지는 것은 당연한 수순이었다.

오대산 문수성불의 가세는 기다려 마지않던 낭보였다. 그에 앞서 산서 분양파에서도 방주인 분양철권 경남방이 직접 나섰다는 소문도 돌았다. 일산과 일강이다. 항산무림의 위기에 산서 최고수 두 명이 힘을 보탠다는 이야기였다.

이 상황에서 항산무림의 자존심 따위는 중요하지 않았다.

외지 무림인들의 침공도 아니요, 이상한 요괴들이 일으킨 혈사였다. 어느 마을이 피바다가 되었다더라 괴소문만 들려오던 때에 일산일강의 도움이란 큰 힘이 되는 소식일 수밖에 없었다.

"하북 쪽에서는 아무런 이야기가 없소?"

"그쪽은 들은 바가 없소."

무인들은 수소문을 하며 북쪽으로 향했다.

요괴들이 나타나면 힘을 합쳐 싸웠다.

변고가 벌어지고 있는지도 모르는 산민들이 많았다. 항산 무림 무인들은 민초들을 산 아래로 피신시키고 마을을 지키며 요괴들을 물리쳤다.

많이 죽고, 더 많이 구했다.

무림인은 그저 칼밥을 먹고 사람의 피를 흘리는 족속들이라 했지만, 이번만큼은 아니었다. 유례없는 요괴의 대란 앞에서 그들은 무인의 존재 가치를 여실히 증명했다.

"평형관이 불안하다던데……."

"장성이 위험하다면 황군을 파견해야 하는 거 아니오?"

"군병이야 진즉에 집결했다 들었소."

"그나마 다행이네그려."

"그게 또 불안한 것이, 백화산 아래 군사들이 진을 쳤지만 천호기(千戶旗)만 올라와 있다 하오."

"고작 천호?"

"산짐승들이 좀 늘어난 정도로 보는 것 같소."

"돌아가는 꼴하고는. 고관대작들의 저택 안에 저 괴물들이 쳐들어와 봐야 정신들을 차리겠군."

"왜 신속하게 대응하지 않는 것인지 도통 모르겠소."

"그러게, 평형관도 사실은 멀쩡한 거 아뇨? 봉화(烽火)에 전령에, 장성이 뚫린다는데 설마하니 그걸 모를까."

"차라리 그런 거면 좋겠소."

평형관이 건재하고 말고에 관계없이, 요괴들은 이미 관문 안쪽부터 기승을 부리고 있었다. 이는 곧 사태의 발원지가 장성 안쪽에서 일어났다는 가정이 설득력을 얻는 대목이었다. 귀신 병사들도 그렇다. 정체불명의 새로운 대적들도 어쩌면 북방으로부터 침공해 온 것이 아닐 수도 있었다.

창과 칼을 든 무인들은 불안과 염려 속에 산을 탔다.

살인 요괴들이 바위산에서 내려와 마을들을 습격했고, 귀신병사들이 장성을 넘어 골짜기를 헤매고 있었다. 그야말로 북악강호 항산무림 사상 초유의 사태였다. 그들은 비슷한 이야기를 들어본 적조차 없었다. 적어도 그들이 나고 자란 시대엔 그랬다.

"저건 뭐요?"

"마차 아니오?"

"이런 험로에 어찌 마차가 다니는 거요?"

"저 기마를 보시오. 엄청 크군. 아니, 저게 말이 맞긴 하오?"

무인들은 요괴 외에도 기이한 광경들을 보았다.

여러 마리도 아니고 단 한 마리의 기마가 마차를 끌고서 산 길을 움직이고 있었다. 마차가 소형이긴 했지만 지붕 위에 커 다란 궤짝이 두 개나 올려져 있어, 이동이 불안정해 보였다.

"헌데 저거 말이오. 어디서 들어본 적 있는 것 같지 않소?"

"글쎄, 나는 잘 모르겠소."

마차는 검은색 바탕에 빛바랜 흰색 줄이 그어져 있었다. 아니, 흰색 바탕에 검은색 줄이 그어져 있는 것처럼 보이기도 했다. 마차는 빠르게 산길을 나아갔다. 엇 하는 사이에 능선을 넘어 사라졌다.

"저들도 범상치 않아 뵈는군."

"항산에 저런 자들이 있었소?"

"그럼 몰랐을라고. 당연히 외지인들이지."

타지의 무림인이 반갑기는 또 처음이었다.

마차가 사라지고 얼마 지나지 않아 길도 없는 비탈길을 관 도처럼 걷는 이들이 나타났다.

셋이었다.

선두에 선 남자는 적동(赤銅)처럼 피부색이 짙었다. 칠흑 같은 머리는 등 뒤로 질끈 묶었고 살갗엔 이국적인 윤기가 흘렀다.

딱 달라붙은 상의가 탄탄한 근육을 그대로 드러냈다. 품이 넓은 바지는 기껏 무릎까지만 덮여 있었다. 바지엔 검고 붉은 줄무늬가 화려했다. 소검 세 자루와 곡도 네 자루가 등과 허리에 주렁주렁 매달려 있었다.

그 정도 차림이면, 숨어 살아도 눈에 띄게 마련이었다. 항산에는 알려진 바가 없었다. 피부색만으로도 이미 이 지역 남자가 아니었다.

일행 또한 평범하지 않았다. 호리호리한 체구의 백발 남자는 몹시 키가 컸고, 움직임이 묘하게 부드러워 사람이 아니라 맹수처럼 보였다. 치렁치렁한 백발이 바람을 맞아 뒤로 흩날리는데, 얼굴은 주름 하나 없이 젊었다.

마지막 남자도 젊었다.

창백한 피부에 청색 무복을 입었다. 신법이 공중을 걷는 것처럼 날랬다. 깔끔한 외모인데도 묘하게 거친 느낌이 났다.

"어째 모두 같은 방향으로 가는 느낌이오."

"문수성불께서 진무령으로 가고 있다 하오. 아마 그래서 그럴 거요. 듣자 하니, 산서 분양파 무인들도 오는 중이라 하외다."

"그럼 우리도 그쪽으로 갑시다."

"이미 가고 있지 않소. 여태 어딜 가고 있는 줄 알았던 게요."

"내 길눈 어두운 건 익히 알지 않소. 서두르기나 합시다."

무인들은 삼삼오오 누가 시키지도 않았는데도 진무령을 향해 모여들었다.

항산은 절새명산(絶塞名山)이라, 요새 새(塞)를 써서 불렀다. 산 곳곳에 방어요새를 구축하기 좋은 지형이라 하여, 치열한 전투가 수없이 일어났던 전쟁의 산이었다.

진무령 또한 요지였다. 좁은 골짜기는 진입이 어렵고, 평평한 분지 양옆으로는 빽빽한 숲까지 있어 적은 수로 대군을 막을 수 있는 전형적인 관문 지형이었다.

심산의 고인들과 못 보던 기인이사들까지 나섰다. 그래도 발걸음은 가볍지 않았다. 항산의 안위가, 중원의 안위가 무인들의 어깨를 산처럼 짓누르고 있었다.

*   *   *

진무령에 무인들을 규합하여 주변 요괴들부터 쓸어낸다.

진무령 너머로 척후를 보내 귀신 병사들의 숫자와 위치를 확인한다. 귀병 군대의 이동 속도와 무력 수준을 가늠하여 방어 작전을 수립한다. 가세한 무인들을 작전에 따라 요소에 배치하고 요괴와 귀병들을 섬멸한다.

그것이 처음 계획이었다. 전부 무용지물이 되었다. 시작부터 최악이었다.

문수성불이 진무령에 당도한 직후, 요괴들은 매복이라도 한 듯 사방에서 쏟아져 나와 문수성불 일행을 공격했다.

진무령으로 오는 동안 무인들이 속속 합류하였기에 망정이지, 현공사에 모였던 무인들로만 싸우려 했으면 진무령 분지에 발조차 내딛지 못했을 것이다.

"구천궁주께서는 후방을 맡아주십시오!"

"원력승들은 전방으로 나서서 살계를 열라!"

문수성불은 본디 오대산 깊은 곳에서 긴 세월을 수양한 산중활불로 이름이 높았다. 그가 지닌 드높은 무명(武名)은 강력한 무공공부가 아니라 심오한 불법 수양으로부터 나왔다고 알려져 있었다. 즉, 싸워서 얻은 명성이 아니라는 뜻이다.

때문에, 인품이라는 허상을 벗겨내면 속세에서 치열하게 다투는 오강에 비하여 무력이 약할 것이라 폄하하는 자들이 많았다. 일산은 가장 약하지만 가장 올곧아서 일산이다, 공공연히 말하는 자들까지 있었다.

그들은 틀렸다. 문수성불은 명성만큼의 고수였다. 격전 중에 무인들을 독려하는 모습은 백전노장과도 같았다. 그래도 수많은 무인들이 죽어나가는 것을 막지 못했다.

"좌측에 큰 요괴가 옵니다!"

"독! 독입니다! 으악!"

대체 어디서들 그렇게 쏟아져 나오는지 알 수 없었다.

이리처럼 생긴 요괴, 원숭이처럼 생긴 요괴, 큰 도마뱀처럼 생긴 요괴들 수백 마리가 그들을 에워쌌다.

진무령 분지에 들어섰을 때만 해도, 백 명을 넘었던 무림인들이 한 시진 만에 육십여 명으로 줄어들었다.

문수성불과 십대원력승이 없었으면 한 시진이 아니라 일다경도 버티지 못했을 것이다. 요괴들의 이빨과 발톱엔 자비가 없으니, 버티지 못함은 곧 죽음이었다. 전멸을 당하지 않은 것은 그야말로 일산 문수성불의 힘이었다.

"항산파 북주검이외다!"

"구천궁에서 도사들이 왔습니다!"

"영은사 무승들입니다."

"항종사에서도 거들겠습니다!"

항산 이곳저곳에서 찾아온 무인들과 도사들, 무승들 덕분에 숨통이 트였다. 그들 하나하나가 조금씩만 늦었어도 전멸에 가까운 피해를 면치 못했을 것이다.

무인들은 점점 늘어났다. 해 질 무렵부터 시작된 싸움은 밤이 오도록 이어졌다. 찾아온 무인들이 이백여 명에 이르자, 비로소 사망자 없이 막아낼 정도의 무력을 갖추게 되었다.

"저 대석산을 등지고 불을 크게 피웁시다. 대구화(大篝火: 큰 모닥불)를 중심으로 부적원진(符籍圓陣)을 만들겠습니다!"

"좋은 생각입니다! 빈승이 앞에서 막겠습니다."

구천궁주가 제안하고, 문수성불이 화답했다.

이 난전 중에 불을 피우는 것은 쉬운 일이 아니었다. 사방이 나무라 널린 게 땔감이라 하더라도, 생목(生木)은 쉽게 불이 붙지도 않았다. 원진 구축도 마찬가지였다. 수많은 도사들의 손이 묶일 일이었다.

그래도 해야 했다. 이대로 싸우면서 밤을 넘길 수는 없었다. 피를 흘리지 않고 적을 막을 수 있는 담장이 절실했다. 나무와 돌벽이 없으니, 주술로라도 벽을 만들어야 했다.

시간과 공간을 확보하기 위해 문수성불과 십대원력승이 전방으로 나섰다.

　권법원력승 다섯 명의 주먹과 가사소매는 검붉은 피로 얼룩져 있었다. 검법원력승 다섯의 지혜검(智慧劍)도 진리를 구하는 검이 아니라 피에 젖은 살검이 되었다. 나이 든 원력승은 체력 때문에 지쳐 보였고, 젊은 원력승은 정신 때문에 지쳐 보였다.

　"모든 중생의 생명은 소중하나, 이 피는 마계에 속한 수라들의 피다. 지금의 싸움은 윤회의 사슬을 돌려 중생을 구제하기 위한 구법(求法)의 항전(抗戰)이라! 제자들은 살업을 두려워 말고 심마를 몰아내거라!"

　문수성불이 내력을 담아 쩌렁쩌렁한 목소리로 말했다.

　"아미타불!!"

　십대원력승이 각오를 다지고 불호를 외치며 나서니, 사납게 날뛰던 요괴들도 기세가 죽었다. 지쳐 있던 항산무림인들도 용기백배하여 무공을 펼쳤다.

　바위산을 뒤에 두고 백여 명의 무인들이 전면에 나섰다. 문수성불을 필두로 완만한 삼각 형태의 진형이 만들어졌다. 장대비에 우산을 쓴 것 같은 형세였다.

　구천궁 도사 삼십여 명이 후방으로 물러나 진법을 준비했다. 도사들은 많았지만, 진짜 술법을 아는 도사들은 십여 명에 불과했다. 회선부에서 온 도사들과 신선묘에서 수행하던 도사들이 발 빠르게 거들었다. 도력 축적이 일천한 도사라도 오행팔괘의 이론만큼은 충분했다.

단숨에 불덩이를 일으킬 만한 화염술사가 없었다. 가장 공력이 깊은 구천궁주의 삼매화도 화섭자 없이 불꽃을 내는 정도가 한계였다.

한 손으로 불가능한 일도 열 손으로 해결했다. 술법이 가능한 도사 전원의 삼매화(三昧火)가 대구화에 중첩되었다. 키보다 높이 쌓은 나무들이 순식간에 바싹 말랐다. 이내, 나무 안에서부터 뜨거운 불길이 일어났다.

무인들의 중심에 밤을 밝힐 대구화가 만들어졌다.

"이 목봉들을 반드시 지켜야 합니다!!"

구천궁 도사들은 불을 등에 지고, 팔괘 방향에 도목봉(桃木棒)을 꽂았다. 땅바닥에도 수많은 문자들이 그려졌다.

이윽고 도사들이 부적술을 펼치며 주문을 외웠다.

"원진개방! 급급여율령!!"

화아악!

불길이 기름을 끼얹은 듯 치솟았다. 사마불침의 대요마 부적원진이 발동되었다. 요괴들이 물러나기 시작했다.

달이 중천에 올랐을 때였다. 아직도 날이 밝으려면 긴 시간이 남아 있었다.

제56장 위타천(塞建馱)

영락 칠 년, 장강에서 괴이한 일이 일어났다.

검은 비늘을 가진 큰 교룡이 나타난 것이다.

세인들은 교룡출세를 상서로운 길조로 받아들였다.

그러나 현인들은 말했다.

교룡은 상서로운 영물이나, 검은색은 흉조, 대환란의 징조라고.

교룡출세 이후, 중원 전역에서는 전에 볼 수 없던 수많은 영물들이 발견된다.

홍수를 부르는 나어, 겸겸조. 병란을 부르는 부혜, 주염.

가뭄을 부르는 비유, 사람의 심성을 혼탁하게 만드는 유유, 토목공사를 조장하는 제호, 혼란을 일으키는 주누, 부역을 부르는 활회, 화재를 일으키는 이즉, 셀 수 없이 많은 영물들이 환란을 예고했지만 그때까지도 세인들은 알 수 없었다.

환란을 막기 위한 현인들, 그리고 세상의 균형을 유지하고자 하는 존재들이 아무도 모르는 곳에서 힘을 다하고 있었기 때문이다.

그러나 그것도 한계가 있었으니, 장강에서 교룡이 승천하고 아홉 해가 지났을 때, 중원은 비로소 현인들의 경고가 기우가 아니었음을 알게 되었다.

아홉 해 동안 많은 일이 일어났다.

영물이라 알려졌던 짐승들이 사람을 습격하는 귀물이 되고, 요괴로 알려진 전설 속 존재들은 사람을 잡아먹는 괴물이 되었다.

아홉이란 숫자가 왜 중요한지는 알 수 없었다. 그저 시간의 흐름에 따른 우연한 숫자일 수도 있었다.

천하가 도탄에 빠졌다.

뒷산에서 사람을 잡아먹는 요괴가 내려왔다. 강에서, 산에서, 사람이 사람을 죽였다.

대혼란의 시대는 요괴들의 출현과 함께 점입가경으로 치닫고 있었다.

한백무림서 초안
한백의 일기 중에서

대다수의 요괴들이 뒤로 물러났지만, 몇몇 요괴들은 여전히 두려움을 모르는 듯 부적원진을 향해 달려들었다. 멧돼지처럼 생긴 요괴들이 특히 그랬다. 선불을 맞았다는 표현이 있는 것처럼 달려와 진법의 역장에 머리를 들이받았다.

쾅! 하고 아무것도 없는 허공에서 충돌음이 들렸다.

허공에서 출렁하고, 기의 벽이 흔들렸다. 아지랑이를 통해서 보듯 바깥 경물이 어지럽게 휘어져 보였다.

"저 요괴는 아무래도 온이라는 짐승 같습니다. 부적을 무서워하지 않는군요."

구천궁 도사들은 걱정스러운 얼굴로 원진 바깥을 보았다.

원진에 돌진했던 멧돼지 요괴들은 이마 부위가 화상을 입은 것처럼 일그러져 있었다. 부적원진에 들이받아서 생긴 상처였다. 그럼에도 요괴 온들은 개 짖는 소리처럼 컹컹거리면서 원진 주위를 돌고, 한 번씩 눈을 희번덕거리면서 달려들었다.

콰앙!

부적원진의 역장이 또 한 번 출렁였다. 충격면과 가까운 팔괘 방위 도목봉 두 개가 부르르 흔들렸다.

치익!

돌진한 온의 이마가 조금 더 타들어갔다. 머리를 흔들며 컹, 소리를 내고 어슬렁 원진 안쪽의 무인들을 보았다. 구천궁주가 무슨 말이라도 해야겠다는 듯, 옆에 선 문수성불에게 설명했다.

"이 원진은 뒤에 있는 대구화의 화기를 중핵으로 하여 만들어진 화염진입니다. 불은 예로부터 어둠 속 마귀를 쫓아내는 중요한 도구였지요. 대구화와 우리 도사들의 주문이 유지되는 동안은 버틸 수 있을 것입니다."

"궁주께서 아주 큰일을 해주셨습니다. 이런 술법이 없었다면 모두가 화를 면치 못했을 겁니다."

"그리 말씀하시니 빈도가 몸 둘 바를 모르겠습니다. 성불께서 이끄시지 않았으면 저희가 어찌 목숨을 부지할 수 있었겠습니까?"

"그렇지 않습니다. 제 불법과 무공이 부족하여 많은 희생자가 나왔습니다. 제가 여러분을 이끈 것이 아니라, 여러분이 등을 받쳐 제 목숨을 살리셨습니다. 제가 감사해야 할 일입니다. 아미타불."

문수성불이 합장했다. 성불의 말은 모두를 감화시켰지만, 눈에 띄게 사기가 오를 만한 상황은 아니었다.

문수성불의 정명했던 얼굴도 더 이상 맑아 보이지 않았다. 피와 땀에 머리와 목덜미가 번들거렸다. 뒤에서 크게 타오르는 대구화 불길 때문에 더 그래 보였다.

매캐한 연기 냄새가 코끝을 찔렀다.

대구화를 피우고 주문을 외우는 도사들은 얼굴과 옷가지에 재와 검댕까지 묻어 그야말로 전쟁터의 병사 같았다. 가사도 도복도 무복도 다 그랬다. 여기 모인 모두가 지친 땀 냄새, 피 냄새를 풍겼다.

쿵!!

또 한 마리 온이 달려들어 부적원진을 들이받았다. 저 뒤쪽으로는 마치 진법이 깨지기만 기다리고 있다는 듯, 수많은 요괴 그림자들이 어슬렁거리면서 요사로운 눈동자를 빛내고 있었다.

중압감이 대단했다. 긴장의 끈을 놓지 못한 채 숨을 돌렸다. 한 번씩 달려드는 온 때문에 더 신경이 곤두섰다.

"아무래도 안 되겠습니다. 제가 나가서 저 요괴들을 죽이고 오겠습니다."

포권을 취한 것은 전통의 항산파 고수로 북주검이라는 별

호를 지니고 있었다.

아무도 북주검을 말리지 않았다.

당장 진법이 깨지진 않더라도 저렇게 달려드는 온을 내버려 두는 것은 그것대로 불안한 일이었던 까닭이었다.

휘익!

북주검이 진 밖으로 나갔다. 사람이라면 이 진법을 마음대로 출입할 수 있었으나, 요괴들은 안으로 들어올 수 없었다.

두두두두.

온이 달려들었다.

북주검은 용감하게 온의 돌진을 맞이했다. 옆으로 휙 피하면서 검날로 온의 목덜미를 그었다. 온이 머리를 비틀며 북주검의 검을 피했다. 살갗이 찢어지고 피가 터졌지만 치명상은 아니었다.

북주검이 일격에 온을 처리하지 못하자, 다른 온들과 요괴들이 스물스물 다가왔다. 북주검의 손속이 다급해졌다. 보다 못한 원력승 다섯 명이 지혜검을 들고 나가 북주검을 도왔다. 그들이 힘을 합쳐 온 세 마리를 죽이고, 빠르게 달려든 큰 쥐 요괴를 두 마리를 더 죽인 후 진 안쪽으로 들어왔다.

"헉, 헉, 헉."

북주검이 숨을 몰아쉬었다. 원력승들도 공력이 깊은 한 명을 빼고는 숨을 고르기에 바빴다. 고작 이 정도 교전으로 그런 것이 아니었다. 벌써 세 시진이 넘게 싸웠다. 내공이 바닥을 칠 만도 했다.

'중병을 다루는 이가 없다. 아미타불, 이대로라면 내일을 넘기기 힘들겠구나.'

문수성불은 그런 그들을 보며, 더 가슴이 답답해짐을 느꼈다. 북주검은 잠깐의 싸움으로 그들 모두의 한계를 여실히 보여줬다. 문수성불은 상황을 더 냉정히 보기 위해 노력했다.

인간 대 요괴라지만, 실질적으로는 전술 하나 없이 펼치는 아주 원시적인 백병전에 불과했다. 소속과 병과가 정돈되지 않은 병사들로, 흉악한 야만족의 돌진을 막는 셈이었다.

갑주를 갖춘 중기병 부대나 기계식 사병기를 장비한 연노 부대가 필요했다. 냉병기가 아니라 화기가 있으면 더할 나위 없다.

다 허망한 바람이었다. 하다못해 궁병들이라도 있으면 좋겠다만, 여기엔 사냥꾼 하나 없을 뿐 아니라 화살을 쏜다 해도 저 요괴들의 가죽이 뚫리기나 할지 모를 일이었다.

주름마저 곱던 그의 얼굴이 근심으로 가득 찼다. 고개를 돌리면 원력승이 있었다. 그 뒤엔 무인들이, 그 뒤엔 또 승려들이, 그 뒤엔 또 도사들이 보였다.

창(槍), 극(戟), 과(戈), 부(斧), 장병을 든 이가 아무도 없었다.

도사들이며 승려들이 무슨 중병을 연마하겠는가.

물론 그런 문파도 있다. 저 중원엔. 하필 항산이다. 항산무림은 권장산타와 도검비무의 강호였다.

얇은 검으로는 저런 요괴들을 일격에 죽이기가 힘들다. 도

역시 이첨도나 대감도 같은 대도가 아닌 이상 요괴전에서 큰 위력을 보이지 못했다.

가장 큰 문제는 문수성불 본인이었다. 그가 지닌 우담공법은 발산형이나 격발형으로 분류되는 필살의 무공이 아니었다.

그는 분명 여기 있는 이들 중 최고의 고수가 맞았다. 일대일 대결이라면 누구라도 제압할 수 있다. 하지만 그의 무공 정수는 아주 섬세하고 정교한 권장 격타에 한했다.

그에겐 일 권으로 요괴의 머리를 박살 낼 강권공부가 없었다. 실제로 정작 그가 죽인 요괴의 수는 다른 이들에 비해 월등히 높지 않았다. 작은 힘으로도 사람의 신체를 파괴할 수 있는 공부를 익혔지만, 그 위력은 어디까지나 인간 한정이었기 때문이었다.

요괴들의 삿된 육신은 인간의 그것과 판이하게 달랐다. 요괴들의 급소를 알면 또 이야기가 달라지겠으나, 지금은 저 요괴들 각각의 이름조차 제대로 알지 못했다.

'세상 무공에는 각각 다 쓰임이 있었던 것을.'

스스로에게 혀를 찼다.

우담공법은 살공(殺功)이 아니라 활공(活功)이었다.

살법에 해당하는 무공을 멀리했다. 제자들의 무공에 살기가 깃들면 경전을 읽히고 생각을 뜯어 고쳤다.

오만한 독선이었다.

인간이 부처에 이르는 길은 하나만 있는 것이 아니요, 사람이 갖게 된 업에는 다 이유가 있는 법이었다.

활공인 우담공법으로 사량발천의 묘리를 펼쳐 괴수의 발톱을 치우고 몸체를 넘어뜨린다 한들, 괴물들은 패배를 인정할 것도 아니요, 횡포를 반성할 것도 아니다. 요괴들은 꿈틀 쓰러졌다가 일어나서, 다시 이빨을 드러냈다.

하나만 알았다.

불법 탱화에 큰 무기를 든 천왕(天王)들을 외면했다.

왜 무시무시한 무기를 들고 있는지 몰랐다. 중생은 사람만을 뜻하는 것이 아니라 축생과 아귀와 수라를 아우르는 것임에도, 직접 이렇게 볼 때까지 오직 사람만을 살폈다.

'멍청한 제게는 이렇게 두 손밖에 없나이다. 힘을 주소서.'

눈을 감고 합장했다.

처음으로 문수보살께, 지혜가 아닌 힘을 갈구했다.

골짜기 저편에서 별안간 무서운 괴성이 들려오기 시작했다.

힘보다 시련이 먼저 찾아오고 있었다.

*   *   *

"저거, 도와줘야 하는 거 아니냐?"

남자가 백발을 흩날리며 말했다. 검은 머리 구릿빛 얼굴의 남자와 하얀 얼굴 까만 눈동자의 남자가 동시에 그를 돌아보았다.

"왜?"

자신을 의아하게 쳐다보는 두 사람을 향해 백발이 눈살을
찌푸리며 물었다.

　"왜긴."

　구릿빛 얼굴의 남자가 되받았다.

　그가 이번엔 하얀 얼굴의 남자를 돌아보았다.

　"네 생각은?"

　오늘은 다들 평소 같지 않다. 그는 원래 이렇게 묻는 이가
아니었다. 구릿빛 남자는 언제나 명령하듯 이끌었고, 백발 남
자는 항상 사람 목숨을 벌레만도 못하게 생각했다.

　까만 눈동자로 강인하고 단단한 얼굴을 보았다. 그가 대답
했다.

　"저들은 버틸 겁니다."

　"큰 놈들이 있는데?"

　되물은 것은 백발 남자였다. 그는 골짜기 저편을 바라보고
있었다.

　"저도 느꼈습니다. 독곡도 있고, 궁기도 있군요. 방금 저쪽
에서 들린 것은 독곡의 울음소리 같습니다."

　"그런데도 버틴다고?"

　"저 사마제압의 화염진은 제법 튼튼합니다."

　"궁기는 까다로워."

　"그래도 우리는 가야 합니다."

　젊은이는 해사해 보이는 얼굴로 천명을 등에 진 목소리를

발했다.

"그래, 그럼 가자."

앞장서는 이가 대답했다.

사막의 태양을 머금은 목소리에선 짙은 모래 냄새가 났다.

많은 언덕을 함께 넘어왔다. 말하지 않아도 않았다. 같은 길을 걷는 것도 이제 얼마 남지 않았다.

그들 셋, 아니, 넷이 함께할 마지막 의뢰가 그들을 기다리고 있었다.

*　　　*　　　*

새벽이 왔다.

약속했던 상산묘에 이전이 찾아왔다. 이전은 혼자 오지 않았다. 그 옆에는 낯익은 얼굴이 함께하고 있었다. 놀라웠다.

"오랜만이군."

외모는 그대로였다.

눈도 크고, 코도 크고, 입도 크다. 선이 굵은 얼굴을 지녔다. 한데 그게 또 묘하게 잘생겼다. 담백하다 못해 무례하게 느껴지는 말투도 변함이 없다. 평범한 황색 무복은 여전히 소매가 길었다. 손끝이 겨우 보였다.

"여긴 왜?"

단운룡도 마찬가지다. 안부 인사 따윈 없다. 다 뛰어넘고 바로 본론으로 넘어갔다.

그가 웃었다. 그럴 때가 있다. 살가운 인사를 나누지 않아도, 변하지 않은 상대를 본 것만으로도 묘한 반가움을 느낀다.

함께 제천대성과 싸웠던 남자, 그가 손을 들어 관자놀이를 긁었다. 소매가 조금 내려왔다.

묵철과 백철로 이루어진 갑옷이 손등을 덮고 있었다.

단운룡은 그 갑옷의 이름을 기억한다.

무적기병 패문갑이라 했다.

패문갑의 주인, 숭무련 기갑문의 헌원력이 시원하게 웃으면서 대답했다.

"가만두고 볼 수가 있어야지."

"누굴?"

"누구겠어?"

헌원력은 표정이 밝았다.

그전엔 그 자신이 패문갑이 된 것처럼 딱딱하고 기계적이었다면, 지금은 입고 있는 갑옷보다 훨씬 더 유연해 뵀다. 단운룡은 그런 그에게서 그가 너무나도 잘 알고 있는 한 남자의 그림자를 보았다.

"적벽은?"

단운룡이 이전에게 물었다. 이전이 즉각 알아듣고 대답했다.

"원래 관 대협과 왕 대협만 출정한 것으로 보고받았는데, 비룡각 출발 며칠 후 지부장께서도 갑자기 자리를 비우셨답니다. 항산에 와 계신 것으로 추정됩니다."

"그러니까. 우리 쪽에서도 보고를 받았거든."

헌원력이 끼어들며 덧붙였다.

"보고?"

단운룡이 눈썹을 치켜올리면서 물었다. 헌원력이 태연히 대답했다.

"당신네들은 이제 요주의 문파가 되었어. 나야 워낙에 참룡방주와, 전 방주라고 해야 하나? 여하튼 당신네들 적벽 지부장과 인연이 있으니 주목하고 있었지만 사실 잘 알려진 문파는 아니었지. 헌데 시양회와 대동장이 발칵 뒤집혔더군."

"그래서 원하는 게 뭐냐."

"참룡방주의 안온하고 행복한 미래?"

단운룡은 두 가지 면에서 놀랐다. 농담도 할 줄 알았던 놈인가 싶었던 것이 첫째요, 오기룡처럼 재미없다는 게 둘째였다.

"진짜 목적을 말해."

"진짜 목적은 말했고."

헌원력이 몸을 돌렸다.

뒤쪽엔 헌원력이 끌고 온 바퀴가 달린 궤짝 하나가 있었다. 그가 궤짝 뚜껑을 열고 길쭉하고 묵직한 목갑 하나를 꺼내서 던졌다.

탁! 받아 놓고 헌원력을 보았다. 헌원력이 웃음기 섞인 목소리로 말했다.

"새 다리다. 공을 아주 많이 들였어. 그거면 예전 각법을 거의 자연스럽게 구사할 수 있을 거다."

단운룡의 표정이 조금 누그러졌다.

"왜 직접 주지 않고?"

"직접 주러 가고 있었다. 우리 참룡방주께서 공교롭게도 적벽에서 슬그머니 사라진 게 문제였지."

"여기까지 쫓아 왔으면서 나한테 건넨 이유는?"

"난 원래 여기 있으면 안 돼. 나름의 약속이라는 게 있거든. 우린 항산의 일엔 관여치 않기로 했다. 다만……."

헌원력이 궤짝에서 또 다른 목갑 하나를 꺼내 들었다.

이번 것은 좀 더 넓적하고 납작했다.

"이건 확실히 협약을 어긴 것이지만, 우리도 나름의 대비란 것을 해야 하거든. 받아라."

헌원력이 그것도 단운룡에게 집어던졌다.

"이건 뭐냐."

"방주가 만족하고 사는 게 진짜 목적이라면 그게 부수적인 목적이다."

헌원력이 뜸을 들이듯 잠시 말을 끊었다.

"위타천이 와 있다고 들었다."

그가 단운룡의 눈을 똑바로 바라보았다. 단운룡의 눈에는 조금의 흔들림조차 없었다. 그것을 확인한 헌원력이 흡족하다는 듯 말을 이었다.

"다행이군. 싸울 수 있겠어. 우리도 몇 가지 제약 때문에 항산에 어떤 자들이 투입되었는지는 정확하게 모른다. 그래도 강한 술사들이 여럿 와 있다는 사실 정도는 알아. 게다가 몇몇 상위 요괴들은 사람과 거의 같은 방식의 술법을 쓴다고 했다. 내가 준 그것은 경량화에 주력하여 금철사(錦鐵絲)로 만든 대술법 방어구다. 옷처럼 입을 수 있고 방어 범위는 면적보다 넓다. 문제는 고위 술법에 대한 방어력이다. 아직 정확하게 파악이 되지 않았어. 전투 중 술법에 피격되었을 때, 어느 수준까지 방어가 되는지 알고 싶다."

"실전에서의 가용 실험을 해 달라?"

"그것의 이름은 철신갑(鐵神鉀)이다. 문파의 이름이 의협비룡회라고 들었다. 참룡방주의 안락한 보금자리를 위한 선물이라 해두지."

이번엔 단운룡이 헌원력의 눈을 바라보았다.

헌원력의 말에는 조금의 거짓도 없다. 말하는 그대로다. 그는 진심으로 오기룡을 아끼는 동시에 이 항산이란 전장을 이용하고 싶어 한다. 단운룡은 꾸밈없는 그가 마음에 들었다.

"금철사라면, 재질은 철 기반인가?"

단운룡이 물었다.

전혀 예상치 못한 질문이다. 헌원력은 그의 질문이 많이 의외였던 듯 큼직한 눈을 더 크게 떴다.

"철 기반이냐. 하면 그렇긴 하다만."

"그럼, 잘 쓰마."

단운룡은 혼쾌히 대답했다. 헌원력은 조금 더 의아함을 느꼈다. 하지만 더 묻지는 않았다. 대신 다른 말을 덧붙였다.

"…참룡방주의 새 다리에도 같은 기술이 쓰였다. 금철사를 촘촘히 짜 넣었으니 술법 방어력도 더 뛰어날 뿐 아니라, 신병이기에도 필적한 강도를 지닐 것이다."

"필적이라면, 그게 또한 곧 신병이기 아닌가?"

"내 입으로 말하기는 껄끄러운 표현인지라."

헌원력이 시원하게 웃었다.

헌원력이 문득 하늘을 보고 해의 위치를 보았다. 시간을 가늠하는 것이다. 단운룡이 고개를 끄덕이며 말했다.

"더 있기가 곤란해 뵈는군. 어서 가라."

헌원력이 다시 단운룡을 보았다. 망설이듯 단운룡을 보던 마침내 그가 결심한 것처럼 포권을 취했다.

"우리는 정식으로 통성명을 못 했다. 나는 헌원무극의 아들 헌원력이다. 숭무련 산하 기갑문을 맡고 있으며 머지않아 온 중원 천하에 이름을 알리게 될 것이다."

이번엔 단운룡이 다시 그를 볼 차례였다.

헌원력은 자신의 문파를 숭무련이라고 당당히 밝혔다.

그렇다면 그도 분명히 말해야 했다.

"나는 협제의 제자이며 의협비룡회의 단운룡이다. 나는 신마맹과 싸워 염라마신을 죽일 것이다."

헌원력의 얼굴이 굳어졌다. 협제 소연신의 제자인 것도, 신마맹과 척을 졌다는 것도 안다.

하지만 염라마신을 죽이겠다는 선언은 함부로 뱉을 수 있는 말이 아니었다.

만용이었다.

신기했다. 다시없는 미친 소리임이 분명한데도, 그렇게 들리지 않았다.

그래서 헌원력은 말했다.

"참으로 광오하군. 무운을 빌겠다."

"숭무련이라면서, 무운을 빌어도 되는가?"

"요마련과는 가는 길이 다르다. 그럼에도 숭무련은 여덟의 맹약에 묶여 있지. 우리 역시도 다음에 만날 때는 적으로 만나야 할지 모른다."

"그러지 않길 바라야 할 거다."

"그래. 그러지 않길 기원하마."

헌원력은 순순히 인정하고 발길을 돌렸다.

단운룡은 그사이에 더 큰 남자가 되어 있었다.

팔황의 수좌를 죽이겠다는 말을 서슴없이 했다.

함께 제천대성과 싸울 때는 이리도 차이가 벌어질 줄 몰랐다.

새벽은 아직도 어두웠다. 항산을 내려가는 헌원력의 눈에는 전에 없던 투지가 불타오르고 있었다.

　　　　　　*　　　　　　*　　　　　　*

산야가 어스름히 밝아왔다.

새벽이 올 때까지 항산 무림인들은 대구화 원진을 가운데 두고 잘 버텼다. 심상치 않은 괴수의 울부짖음이 간간이 들려왔지만, 가까이 다가오진 않았다.

다만 문제는 땔감이 거의 다 소진되었다는 데 있었다.

나무들은 빨리 탔다. 술법이 화기를 잡아먹는지, 일반적인 구화보다 훨씬 더 빨리 타버리는 것 같았다.

"원진 자체를 옮겨야 합니다."

구천궁주가 말했다.

요괴들은 불이 꺼지기만을 기다리듯, 원진을 포위한 채 스멀스멀 다가왔다가 물러나기를 반복하고 있었다.

"해가 뜨면 요괴들의 힘이 약해질 겁니다. 그때 바로 움직이시지요."

문수성불은 침음성으로 대답을 대신했다. 요괴들의 세가 실로 만만치 않았다. 눈에 보이는 저편 숲까지 까마득했다.

그래도 해는 떴다.

"다시 한번 방어벽을 짜보자꾸나."

문수성불이 십대원력승을 독려했다.

밤을 새는 동안 십대원력승들은 서로서로 호법을 서면서 운기조식을 해왔다. 그들은 기력을 꽤 회복해 있었다.

십대원력승이 먼저 우측으로 나섰다. 원진의 우측 이십여 장 능선 아래에 숲이 있었다. 거기가 목표였다.

숲은 사실 부담스러운 지형이었다. 요괴들은 밝음을 무서워하듯 항상 숲 그늘로부터 나왔다. 나무를 조달하자니 숲이 필요하고 숲에 근접하자니 요괴들의 공세가 무서웠다.

어쩔 수 없었다. 대구화 원진 없이는 버티는 게 불가능했다. 원진 발동의 원동력인 불을 유지하기 위해서는 저쪽에 새로 진을 짜는 것이 최선이었다.

"갑시다!"

누가 먼저랄 것도 없이 원진 바깥으로 나와 방어선을 만들었다. 요괴들은 새벽 햇살을 받으면서도 즉각 사납게 달려들었다.

키약! 캬아아악!

새벽 어스름을 뚫고 괴성을 지르며 달려드는 요괴 떼는, 위협적이면서도 비현실적이었다. 그들은 꿈처럼 괴물들과 싸웠다.

꽝! 퍼엉!

문수성불의 보건장이 소처럼 생긴 요괴들을 때려눕혔다. 덩치가 넘어지며 작은 요괴들이 그 밑에 깔렸다. 요괴들은 발톱으로 덩치 요괴를 긁고 아귀처럼 꿈틀거리며 땅을 기었다.

징그럽고 흉측했다. 그들은 악의에 찬 괴이(怪異)와 싸우면서 도사들의 길을 텄다. 도사들이 그들이 짠 방진 뒤로 달렸다. 손에는 각각 부적과 도목봉이 들려 있었다.

"꾸워어어어!"

꿍꿍거리는 발소리와 함께 무언가가 괴성을 지르며 달려왔다. 귀물들 사이로 커다란 덩치가 보였다. 노란 털 거대 원숭이 요괴였다. 눈이 빨갰다. 옹화였다.

"조심하십시오!!"

콰아아앙!

옹화가 손바닥으로 문수성불이 있었던 바닥을 내려쳤다. 땅 거죽이 움푹 들어갔다. 충격파에 여러 무인들이 넘어져 땅을 굴렀다.

땅에 넘어진 무인들에게 작은 요괴들이 달려들었다. 요괴들은 작아도 발톱이 날카롭고 이빨이 뾰족했다. 미처 신형을 가누지 못한 무인들 세 명이 순식간에 피투성이가 되었다.

문수성불은 사람의 두 배 크기에 이르는 원숭이 요괴를 올려다보며 당혹감을 금치 못했다. 괴물은 오대산 산문 양쪽에 세워진 사천왕상만큼이나 컸다.

'아미타불.'

문수성불은 불호를 읊으며 요괴의 발길질을 피했다. 당황하고 있을 수만은 없다. 그가 옹화의 발밑을 부드럽게 돌아 들어갔다.

옹화가 다시 주먹을 내리찍었다. 문수성불이 옆으로 피했다. 그의 손이 원을 그렸다. 옹화의 주먹이 땅을 때리는 그 순간, 우담공법 보견장을 펼쳐졌다.

텅!

옹화의 손목 부위가 비틀렸다. 주먹이 기울어진 채 땅을 때렸다.

콰앙! 우지끈!

폭음과 함께 뼈가 부러지는 소리가 났다.

"꾸어어억!"

옹화의 괴성이 뒤따랐다. 문수성불은 곧바로 밑으로 들어가 옹화의 발목을 향해 바라권을 내질렀다. 두터운 발목이 들썩 어긋났다. 왼 손목에 오른 발목으로 들어간 공격에 큰 몸체의 균형이 무너졌다. 옹화의 몸이 땅을 굴렀다.

꾸웅!

크지 않은 노승이 단숨에 큰 요괴를 넘어뜨렸다.

신기(神技)였다.

허나 치명상은 아니었다. 땅에 넘어진 요괴는 바로 일어났다. 손목이 덜렁거렸지만, 흉포함은 여전했다. 단숨에 죽이지 못하니 악의만 커진다. 문수성불 스스로도 우려했던 일이 그대로 재현되고 있었다.

쾅! 꾸웅! 콰아아앙!

옹화는 계속 날뛰었다. 문수성불은 옹화의 난동을 막는 것만으로 한계였다. 넘어뜨리면서 심장 어림과 복부에도 보건장을 격중시켰으나 힘이 부족했다. 공력은 충분했지만 날카롭게 벼려서 쓰질 못했다. 문수성불은 불살(不殺)의 무인으로 오대산 지혜검조차 멀리했다. 고전의 원인은 명백했다. 살상무공의 구결 부재가 이유였다.

"크악!"

"밀립니다!!"

문수성불이 옹화에 묶이면서 무인들은 난국에 빠졌다. 옹화의 강력한 일타일격이 십대원력승의 대열마저 흩어 놓았다. 도사와 승려들이 하나씩 죽어나갔다. 위기가 계속되었다.

한번 무너진 방어선을 도저히 복구할 수가 없었다.

샤아아아아악! 쉬이이익!

공기를 흔드는 기성이 들려온 것은 그때였다.

사람의 본능적 공포를 자극하는 소리였다. 공력 약한 자들은 절로 오싹함을 느껴야 했다.

그것이 요괴들 사이를 빠르게 헤집고 다가와 머리를 처들었다. 등 쪽 비늘은 번들거리는 검은색이고 배 쪽은 조금 더 옅은 회색이었다. 길쭉한 세모꼴의 머리엔 길게 찢어진 눈 두 개가 달려 있었다.

"샤아아아아악!"

입을 벌리자 무서운 송곳니가 드러났다. 둘로 갈라진 혓바닥은 채찍처럼 빠르게 움직였다.

"이, 이무기!"

"괴물이다!!"

충분히 이무기라 불릴 만하다. 뱀 요괴는 머리 크기만도 사람의 몸보다 컸다. 더 크면 정말 용이라도 될 것 같았다.

문수성불의 얼굴이 더 굳어졌다.

옹화는 그나마 원숭이 요괴였기 때문에 인간과 비슷한 점이 많았다. 혈도 위치를 타격하면 더 큰 고통을 느끼는 것 같았다. 요령이 붙으면서 큰 요괴를 제대로 봉쇄했다 싶었는데, 새로운 괴물이 또 나타났다. 밤부터 느꼈던 불안감이 이것 때문이었음을 깨달았다.

"이무기가 아니라 흑장사(黑長蛇)라는 영물 같습니다. 항종곡 심산에 산민들이 제를 올리는 뱀 신이 있다고 들었습니다."

구천궁주의 목소리를 들었다.

하지만 큰 뱀은 더 이상 영험한 장사신(長蛇神)이 아니었다. 두 눈엔 요사한 빛이 가득했고, 벌린 입은 굶주려 보였다.

쉬이이이익!

대저 인간들이 제사를 지내는 대상이란 언제나 사람을 죽일 수 있는 힘을 지닌 법이다.

뱀 요괴가 순식간에 도사 하나를 휘감았다.

우직! 우직! 우지직! 하고 끔찍한 소리가 났다. 도사는 비명성도 제대로 내지르지 못했다. 순식간에 온몸의 뼈가 바스러졌다. 뱀 요괴가 또아리를 풀자 도사가 걸레처럼 너덜너덜해진 채 땅바닥으로 처박혔다.

무시무시한 광경이었다.

웅혼한 내력이 깃든 목소리가 들려온 것은 그때였다.

"내가 돕겠소!!"

멀리서부터 한 남자가 날듯이 뛰어왔다. 허리춤에 매달린 술병이 마구 흔들렸다.

그는 체구가 장대하면서도 몸이 날랬다. 순식간에 달려오며 각법을 내지르는데, 작은 요괴들이 퉁퉁 튕겨나가 일어나질 못했다. 요괴 무리가 적은 쪽을 순식간에 돌파했다.

"자네는!"

"오랜만이외다! 인사는 나중에 합시다!"

남자는 거침없이 달려와 문수성불의 옆에 섰다. 그의 등판엔 분양(汾陽)이란 두 글자가 큼지막하게 박혀 있었다.

그의 신분은 등에 쓰여 있는 그대로였다.

그가 바로 일산오강 중 분양파의 철권 경남방이다. 경남방은 분양파의 문주이자 경씨주가의 가주로, 일찍이 분양철권이란 이름을 얻었다. 그를 알아본 많은 무인들의 얼굴에 화색이 돌았다.

그뿐이 아니었다. 경남방에 이어 저 뒤쪽 능선으로 이십여 명 도사들이 달려오고 있었다. 분양파 무인으로는 보이지 않았다. 그래도 사람이란 것이 반갑다. 요괴만 아니라면 누구든 상관없었다.

"저걸 먼저 막아야 하지 않겠소이까?"

경남방이 뱀 요괴를 가리켰다.

거대한 요괴는 몹시 강력했다.

뱀 요괴가 무시무시한 속도로 머리를 내리쳤다. 송곳니가 한 승려의 등판을 꿰뚫었다. 독이 없어도 그것만으로 치명상일 일격이었다.

"끄아아악!"

승려가 비명을 질렀다. 그의 얼굴색이 시커멓게 죽어갔다.

그 짧은 시간 동안 뱀 요괴가 죽인 사람만 벌써 여섯 명째였다. 문수성불이 그것을 보며 이를 악물었다.

"아닐세. 이것부터일세."

문수성불이 옹화를 향해 뛰어들며 말했다. 경남방이 마지못한 표정으로 문수성불을 따라 몸을 날렸다.

경남방의 오른손에는 어느샌가 묵직한 철권갑이 장착되어 있었다. 맨손 육장의 파괴력을 보완하기 위한 권갑 무기였다.

문수성불이 옹화의 움직임에 맞춰 좌우로 빠르게 장권을 날렸다. 옹화가 신체가 순식간에 기울어졌다.

경남방이 문수성불의 공격에 맞춰 철권을 휘둘렀다. 그의 철권이 기울어진 옹화의 무릎팍을 강타했다. 빠악! 하고 요란한 소리가 났다.

"꾸어어억!"

괴수가 괴성을 질렀다.

경남방은 거침없이 달려들었다. 그의 주먹이 옹화의 가슴팍을 때렸다. 가슴팍에서 북 터지는 소리가 났다.

이번엔 문수성불이 경남방의 쇄도에 맞췄다. 문수성불의 장법이 옹화의 골반을 비틀었다. 옹화의 몸이 앞으로 기울어졌다. 경남방이 기회를 놓칠세라 철권을 무서운 기세로 내질렀다. 칙칙한 묵색의 철권이 옹화의 관자놀이 부위에 박혀들었다.

"꾸억!"

동시에 문수성불의 보건장이 옹화의 발목을 흔들었다.

옹화의 몸이 휘청 옆으로 꼬꾸라졌다. 경남방은 멈추지 않았다. 그대로 옹화의 머리를 올라타며 아래를 향해 강력한 강권을 내리찍었다.

퍼억!

옹화의 이마가 움푹 함몰되었다. 괴수의 양 귀에서 핏물이 터져 나왔다.

큰 요괴가 죽었다. 작은 승리였다.

아무도 환호성은 지르지 못했다. 너무 상황이 급박했다.

빠르게 죽일 수 있는 옹화부터 죽였다. 다음은 큰 뱀 요괴다. 노승은 용감했다. 문수성불이 뱀 요괴를 향해 몸을 날렸다. 경남방이 그 뒤를 따랐다.

화악! 화르르륵!

하늘 저편에서 무언가가 번쩍한 것은 바로 그때였다.

마른하늘에 벼락이 친다더니, 먹구름이 없는데도 밝은 빛이 사위를 밝혔다. 문수성불과 경남방이 뒤를 돌아보았다.

경남방의 얼굴이 바위처럼 굳어졌다.

"여기까지……!"

군신이 나타났다. 하늘을 가르고 나타난 그는 양손에 불덩이와 번갯불을 들고 있었다. 그가 후방에서 달려오는 도사들을 향해 불과 번개를 내던졌다.

"안 돼!!"

경남방이 소리쳤다. 그러나 그는 그쪽으로 달려갈 수 없었다. 도사들이 마구 쓰러졌다.

일부 수인을 맺으며 방어술을 펼치는 자들이 있었지만, 하늘에서 쏟아지는 불과 번개에는 대적할 수 없었다.

이십여 명 도사들이 순식간에 쓰러졌다. 하늘 위의 그가 요괴에 맞서 필사적으로 싸우는 이들을 내려다보았다.

천신처럼 하늘에 머문 그가 무슨 생각을 하는지는 아무도 알 수 없었다. 그가 순간 고개를 들었다. 무언가를 발견한 것처럼 그의 얼굴이 한쪽으로 돌아갔다.

하늘을 나는 그가 펑! 하는 파공음과 함께 뒤쪽으로 날아갔다. 뱀 요괴를 비롯한 요괴들이 목숨을 노리고 있음에도, 많은 이들이 그 믿을 수 없는 광경을 보았다.

"방금 그자는 누구인가."

문수성불은 큰 뱀 앞을 가로막은 채, 뒤도 돌아보지 않고 물었다. 큰 뱀은 불법진리를 몸에 두른 문수성불을 꺼려하는 것인지, 곧바로 공격해 오지 않았다. 경남방이 그의 뒤에 섰다.

"스스로를 신으로 칭하는 자요. 그는 많은 사람을 죽였소이다."

경남방이 대답했다.

"샤아아아아아!"

대화는 더 이어지지 못했다.

큰 뱀이 아가리를 쫙 벌리고 문수성불을 향해 짓쳐들었다. 문수성불은 확실히 오묘한 공부를 지니고 있었다. 슬쩍 한 발 내딛는 것만으로 요괴의 송곳니를 완벽하게 피해냈다. 큰 뱀은 엄청나게 민첩했으나, 문수성불을 해하지 못했다.

그러나 문수성불 역시 뱀 요괴를 죽이지 못하는 것은 마찬가지였다. 뱀 요괴의 비늘은 전설 속 이무기처럼 아주 단단했다. 그러면서도 그 두터운 몸체는 유연하기가 이를 데 없었다. 그는 부드럽고 여유롭게 피하는 것처럼 보였으나, 실제로는 지닌 바 기량을 있는 힘껏 펼쳐야만 했다.

콰아아앙!

몸통을 물결쳐 휘두르는 것만으로도 천근의 파괴력이 있었다. 흙무더기와 돌조각이 튀었다. 노승의 움직임에 점점 더 여유가 없어졌다.

문수성불이 괴물의 표적을 자처했음에도, 요동치는 여파에 도사 두 명이 더 죽어나갔다. 그 죽음 하나하나가 문수성불에게 짐이 되었다. 십대원력승은 무공이 약한 도사와 승려들을 보호하는 것만으로도 버거워 보였다. 그들의 분투에도 무인들이 계속 죽어나가고 있었다. 마르지 않을 것 같던 공력이 점차 소진되고 있는 것도 문제였다.

"경 방주!"

일강, 경남방의 힘이 필요했다. 문수성불이 그를 부름으로 도움을 청했다. 경남방은 하늘 저편을 연신 돌아보다가 문수성불 쪽으로 땅을 박찼다.

휘잉! 콰앙!

큰 뱀의 몸체가 그들을 뒤덮었다. 흙먼지가 치솟았다. 일산과 일강은 같은 방향으로 피했다. 경남방은 문수성불의 바로 등 뒤에 붙어 있었다.

콰아아앙!

뱀이 다시 한번 몸을 비틀어 그들을 후려쳤다.

"조심!"

문수성불의 경호성이 들리고 흙먼지가 사방을 휩쓸었다.

"성불!!"

경남방의 고함이 사방을 뒤흔들었다. 큰 뱀이 머리를 쳐들었다. 먼지구름 속에서 경남방이 튀어 나왔다.

아무도 예상 못 한 변고였다.

두툼한 그의 팔뚝 위엔 피 흘리는 노승이 안겨 있었다.

문수성불이었다.

*   *   *

많은 무인들의 낯빛이 사색이 되었다. 경남방이 날듯이 달려와 축 늘어진 문수성불을 구천궁주에게 건넸다. 그러고는 바로 몸을 돌려 큰 뱀 요괴에게로 달려들었다.

경남방과 큰 뱀 요괴가 마구 뒤엉켜 싸웠다.

십대원력승의 두 명이 뛰어와 문수성불의 상세를 살폈다. 죽지는 않았으나 큰 내상을 입은 듯 기식이 엄엄해 보였다.

"다시 원진 쪽으로 후퇴해야겠소!"

큰 뱀과 싸우던 경남방이 소리쳤다.

구천궁주는 그런 경남방의 말에서 묘한 위화감을 느꼈다. 그러면서도 그의 말이 옳다는 것을 알았다.

"이쪽이오!"

"뒤를 조심하시오, 진인!"

독려하고 경고하며 어수선하게 후퇴를 감행했다.

제이의 원진은 절반도 채 만들지 못했다. 벌써 저 앞에서 늑대처럼 생긴 요괴가 땅에 박은 도목봉을 분지르고 있었다. 마치 진법의 축인 것을 알기라도 하는 것 같았다.

사태는 최악이었다.

경남방도 큰 뱀을 제압하지 못했다.

철권갑으로 뱀의 머리를 때리자 깡! 하는 쇳소리가 났다. 몸통을 한 번 휘어치면 땅바닥에 깊은 고랑이 생겼다. 비늘의 강도가 강철처럼 단단했다.

새로 원진을 만들기 위해 나섰던 무인들 모두가 이전의 원진으로 물러났다. 이 싸움으로 삼십여 명이 죽었다. 의미 없는 희생이었다.

마지막 무인이 본래의 원진으로 돌아오자 경남방이 마저 원진 쪽으로 들어왔다. 큰 뱀이 독이 오른 듯 원진으로 돌진해 왔다.

꽈아아앙!

원진 전체가 뒤흔들렸다. 요괴 온이 머리를 처박는 것과는 애초에 위력이 달랐다.

팔괘 도목봉 여덟 개가 동시에 부러질 듯 흔들렸다. 대구화에 얼마 남지 않은 불길이 단숨에 절반으로 줄어들었다.

"이런……!"

영웅처럼 나타나 웅화를 죽이고 큰 뱀에 맞서던 경남방이 침음성을 흘렸다. 그에게도 뾰족한 방도가 없어 보였다. 이를 악문 턱 근육이 팽팽했다.

큰 뱀이 몸을 한 번 둥글게 말고 머리를 쳐들었다. 샤아아악 내는 소리가 모두의 신경을 곤두서게 했다.

두두두두두두.

난데없이 들려온 말발굽 소리가 상황을 급변시켰다.

여러 마리 기마는 아니었다. 단기필마에 마차 한 대가 좌측 사면을 따라 이쪽으로 달려오고 있었다.

무인들의 눈이 그쪽으로 돌아갔다. 큰 뱀도 그쪽으로 대가리를 돌렸다. 큰 뱀이 입을 쫙 벌리며 경고하듯 거세게 쉭쉭거리는 소리를 냈다.

장대한 기마가 흑백마차를 몰고 왔다.

기마의 신체는 백설처럼 하얗고, 꼬리는 먹처럼 까맣다. 기마가 투레질을 하며 이빨을 드러냈다. 이빨이 범의 그것처럼 뾰족했다.

요괴들은 기마에게 달려들지 않았다. 요괴들이 물러났다. 작은 요괴들은 엎드려 꼼짝을 못했다.

길이 생겼다. 요괴 떼가 쫙 갈라졌다. 그 사이로 백색호치의 기마가 속도를 줄였다.

마차는 소형이었다. 두 명 타기에도 좁아 보였다.

끼익.

마차가 멈췄다.

덜컹.

마차 문이 열렸다.

남자가 나왔다.

얼굴이 하얗다. 차갑도록 창백한 피부였다. 짙은 검미 아래로 두 눈이 짐승처럼 날카롭게 빛났다. 그의 눈빛에서는 포식자의 힘 외에도 공허와 상심이 함께 묻어나고 있었다.

그가 땅에 내려서며 마차 쪽을 향해 말했다. 열리는 입술은 피를 머금은 듯 붉었다.

"그대로 있어. 내가 한다."

아무도 대답하지 않았다. 그가 정적 속에 발을 옮겼다.

그는 아무 존재감 없이 걸었으나, 요괴들은 감히 덤벼들지 못했다. 마차 앞에 길이 열렸듯 그의 앞에도 길이 생겼다.

그는 반으로 갈라진 요괴 떼 사이를 무표정하게 걸었다.

스르릉.

그가 칼을 뽑아들었다. 완만하게 휘어진 그 칼은 도면 전체에 물결같이 아름다운 무늬를 담고 있었다.

그 칼의 빛은, 황금색이었으며, 그 무늬는 흑색이었다.

샤아아아아아!

그의 앞을 막는 것은 오로지 큰 뱀 요괴뿐이었다.

한순간, 뱀 요괴가 송곳니를 드러내고 그를 덮쳐들었다.

번쩍.

황금빛 반월이 허공에 새겨졌다.

쩌저적.

놀랍지도 않았다.

그렇게 되리라 약속이라도 한 것처럼 큰 뱀 요괴의 머리가 당연하게 그대로 날아갔다.

꾸웅.

머리 잃은 뱀 요괴의 두터운 몸체가 땅바닥에 나뒹굴었다.

또각또각.

백색흑총의 기마는 이미 그의 옆에 와 있었다.

덜컹.

그가 다시 마차에 올랐다.

"가자."

두두두두두.

마차가 다시 속도를 냈다. 요괴들이 앞다투어 물러나며 길을 텄다.

원진 안의 모두는 그저 경악에 차 있을 뿐이었다.

*   *   *

"저쪽이다."

단운룡은 산의 기운을 느꼈다.

요기가 집약된 곳이 있었다. 그건 지맥의 흐름으로 느껴지는 기운이 아니라, 우글거리는 생령의 기운이었다.

항산 줄기는 지기(地氣)가 강했다.

험산이 두 개만 가로막아도 그 너머를 읽을 수가 없었다.

방금 지난 계곡을 넘으면서 확실히 감지했다. 사람과 요괴가 싸우고 있다. 생기와 사기가 마구 엉켜 있음을 느낄 수 있었다.

산 하나를 측면으로 타고 넘었다. 이제 멀지 않았다. 그렇다고 생각했다. 예감은 항상 현실이 된다.

마침내 그가 나타났다.

속도를 더 내려던 단운룡이 한순간 발을 멈추고 하늘을 올려 보았다. 바위산 측면을 돌아서 하늘을 나는 그림자 하나가 보였다.

단운룡이 기운을 한껏 내뿜었다. 그의 몸 주변으로 강력한 기파가 번져 나갔다. 뒤따르던 이전이 흡 하고 숨을 들이켰다.

하늘을 나는 자는 단운룡의 힘에 즉각 반응했다.

아침 하늘을 선회한 그림자가 무서운 속도로 다가왔다.

그림자의 손에서 파직거리는 뇌전력이 생겨났다.

"곧바로 공격이냐. 단평! 들고 뛰어!"

단운룡이 소리쳐 지시했다. 엽단평은 바로 알아들었다. 그가 이전을 낚아채며 숲 저편으로 몸을 날렸다.

번쩍!

뇌광이 몰아쳤다. 단운룡은 피하지 않았다. 그가 뇌전을 몸으로 받아내고 비탈길 위쪽으로 산을 탔다. 엽단평이 달려간 방향과 반대 방향이었다.

하늘 위에서 불덩이가 쫓아왔다. 단운룡은 그대로 속도를 더 올렸다. 비탈길 위쪽에 높은 분지가 있었다.

등 뒤에서 꽝! 하고 불덩이가 치솟았다.

타닥!

평평하게 깎인 산정의 분지는 아주 경관이 좋았다. 탁 트인 하늘에 천하 명산의 전경이 한껏 눈에 들어왔다.

하늘 한가운데 그가 있었다. 막 떠오르는 해를 등에 졌다.

그가 손을 휘저었다. 뇌구(雷球)가 날아왔다. 단운룡이 손을 활짝 펴고 그의 뇌기를 받았다.

파지지지지직!

천잠보의를 쓸 필요도 없었다. 뇌기가 단운룡의 손을 타고 광핵으로 흡수되었다. 폈던 손으로 주먹을 쥐었다. 파직! 하고 뇌전 불꽃이 흩어졌다.

"사람들이 죽고 있다! 그쪽 골짜기로 가!"

단운룡이 다시 한번 소리쳤다. 아래쪽 숲에서 사사삭 하고 파공성이 들렸다. 엽단평과 이전이었다.

"문주님! 그건 거기 놓고 갑니다!"

이전의 목소리가 들려왔다.

단운룡이 아래쪽 능선을 보았다. 헌원력이 주고 간 납작한 목갑이 한쪽 바위 위에 얹어져 있었다.

화르르륵!

고개를 돌린 사이에 불덩이가 날아왔다. 불덩이는 아주 빨랐다. 금상에서 보았을 때보다 훨씬 빠른 느낌이었다.

순간 음속으로 불덩이를 피했다. 퍼엉! 하고 음속 발동시에 생기는 충격파가 불덩이를 흩어 놓았다.

단운룡이 고개를 들었다. 놈은 아예 땅으로 내려올 생각이 없는 듯 공중에서 화구와 뇌구를 연이어 던져댔다.

쏟아지는 뇌화력에 단운룡은 회피할 생각을 버리고 마신을 발동했다.

우우우우우웅!

단운룡의 발밑이 진동했다.

콰콰콰쾅!

뒤이어 쏟아진 화격과 뇌격이 단운룡과 그 주변을 휩쓸었다. 덮어 입었던 장포가 불에 탔다. 천잠보의가 다시 바깥으로 드러났다. 마신을 운용하며 분지의 내리막길 쪽으로 몸을 날렸다.

콰콰쾅!

뇌기와 화기는 단운룡에게 어떤 위해도 끼치지 못했다. 어떤 방식으로 날아오든 상관없었다. 천잠보의는 빛 무리를 일으키며 불덩어리와 번개덩어리를 모조리 먹어치웠다.

텅! 우우우웅!

단운룡이 멈춰 섰다.

불길이 하염없이 치솟았다. 번개가 미친 듯 땅을 훑었다.

'그렇게 나온다 이거지.'

군신은 하늘 위에서 내려올 생각이 없어 보였다.

그렇다면 이쪽도 당해줄 수만은 없다.

발밑에 동심원이 그려졌다. 그가 한쪽으로 손을 뻗었다. 이전이 놓고 간, 헌원력에게 받은 목갑 쪽이었다.

우우웅!

저 멀리에 있던 목갑이 둥실 떠서 단운룡에게 날아왔다.

화르륵! 콰직!

계속 쏟아지는 불덩이에 날아오던 목갑이 산산조각으로 부서졌다. 단운룡의 손에 목갑 안의 물건이 잡혀 들었다.

차르르륵 하고 경쾌한 소리가 났다.

그것은 청남색 빛이 도는 금속 옷이었다. 머나먼 서방 세계에서 쓴다는 사슬갑옷처럼 보였다.

철신갑이라 했다.

사슬로 만든 갑옷보다 훨씬 더 촘촘하고 부드러웠다.

화르르르륵! 콰아앙!

불덩이가 단운룡을 덮쳤다. 충격량이 대단했다. 절대 다수
의 무인들이 이런 공격에는 버티지 못하겠구나 싶었다. 단운룡
조차도 천잠보의 없이는 맨몸으로 받을 만한 위력이 아니었다.

폭발의 열기 한가운데에서, 단운룡은 철신갑 잡은 손을 어
깨 뒤로 넘겼다.

단운룡이 손가락을 폈다.

우우웅.

철신갑이 손 위에서 떠올랐다.

마신 진기를 운용하고 정신을 집중했다.

차라락, 차락. 끼릭.

철신갑이 길쭉하게 말렸다. 마신 진기가 섬세하게 움직였
다. 옷 형태였던 철신갑을 길게 말아 양쪽으로 잡아 늘렸다.
철신갑이 하나의 금속봉처럼 변했다.

단운룡은 천재였다.

상상만 해왔던 마신 자기력의 미세조절을 전투 중에도 단
숨에 해냈다. 봉처럼 말린 철신갑이 촘촘하게 꼬아졌다. 나선
으로 비틀리며 앞쪽이 송곳처럼 뾰족해졌다.

촌각의 시간도 걸리지 않았다.

철신갑은 창극이 날카로운 한 자루 단창이 되었다.

'뇌신.'

파지지지지직!

마신을 발동한 상태에서 철신갑에 뇌신의 진기를 실었다. 창이 된 철신갑에 파직거리는 뇌전 진기가 깃들었다.

순간의 기지였다.

철신갑의 주재료가 철 기반이라는 이야기를 들었을 때, 마신진기로 활용할 여지가 있겠다 싶긴 했지만, 이런 것까지 계획하진 않았다.

단운룡이 창을 들듯 철신갑 뇌격창을 뒤로 들고 하늘 위의 오만한 자를 겨눴다.

반 보 앞으로 땅을 밟고, 상체를 가볍게 뒤로 젖혔다.

그의 투창 기수식은 아주아주 오래전의 단운룡이 돌을 던져 위기를 돌파할 때와 닮아 있었으며, 또한 바로 얼마 전 시양회주 평요보가 귀차를 겨누었던 자세와도 닮아 있었다.

보고 겪은 모든 것이 무공구결이다.

단운룡이 손과 팔을 휘둘렀다.

철신갑 뇌신의 투창이 아침 하늘을 꿰뚫었다.

위이잉!

꼬아서 만든 철신갑창엔 회전의 경파까지 실렸다. 무시무시한 속도로 쇄도하는 뇌격창에 하늘의 군신이 땅을 차듯 하늘을 박찼다.

퍼엉!

갑작스런 고속 이동에 하늘에도 충격파가 생겼다.

철신갑이 빗나갔다. 하늘의 군신이 놀란 듯 단운룡을 내려다보고, 양손에 힘을 집중했다. 불길의 색이 푸르게 변했다. 뇌전의 크기가 사람 몸통만큼 커졌다.

뇌화쌍신기의 폭포가 단운룡의 머리 위로 떨어졌다.

콰과과과, 콰아아앙!

폭발이 아주 강력했다. 먼지구름이 치솟았다. 돌가루와 흙이 비산하는 가운데 분진 안에서 파직거리는 뇌전이 일었다.

어지간한 고수들이라도 대량학살이 가능한 위력이었다.

폭발의 충격파를 마신진기로 해소했다. 뇌기와 화기는 문제가 없었지만, 돌바닥이 움푹 파일 정도의 충격파는 공력으로 받아내야 했다.

단운룡이 먼지구름 속에서 나왔다. 동시에 진기를 한껏 개방하여 천잠보의가 휘황한 광채를 발산하게 했다.

백색과 금색의 빛이 천잠보의 표면을 아름답게 누볐다.

그가 하늘 위로 손을 들었다. 팔과 옷소매를 따라 금빛 진기가 휘돌았다. 활짝 편 손에는 아무것도 들려 있지 않았다.

군신이 느끼는 의아함을 고스란히 볼 수 있었다.

'잡았다.'

단운룡이 들고 있던 오른손을 잡아채듯 빠르게 감아쥐고, 왼손으로 진기 운용을 보조했다. 군신의 머리 위로 그림자가 드리워졌다.

"……!!"

군신은 날아서 피하려 했지만, 단운룡이 더 빨랐다.

차라라라락!

군신의 몸에 철신갑이 감겨들었다. 애초에 맞추려고 던진 철신갑이 아니었다. 빗나가자마자 진기를 풀고 활짝 펴서 하늘 위를 날게 했다.

천잠보의에 빛을 담고 주의를 끌었다. 그사이에 철신갑을 군신의 등 뒤로 돌렸다.

경험치는 그래서 중요하다. 귀차와 싸워보지 않았더라면 곧바로 그 정도까지 쓸 생각을 못 했을 것이다.

"내려와."

군신의 얼굴이 굳어졌다. 강력한 힘이 그를 땅으로 끌어당겼다. 하늘을 나는 능력은 일반적인 이능을 넘어선 신의 기술이었다.

하늘은 본디 그의 영역이다.

날개 달린 날짐승의 접근이라도 생기(生氣)가 있는 이상 배후를 잡힐 일이 없다. 살아 있지 않은 옷이 등 뒤에서 그를 덮칠 것이라고는 상상조차 하지 못했을 일이었다.

우우우웅!

군신이 지닌 비행의 능이 발동되었다.

하늘에서 힘겨루기가 시작되었다.

천잠보의에서 백금의 빛살이 명멸했다. 뇌전기와 불길이 표면을 누비면서 동심원을 그렸다. 단운룡의 발밑도 출렁거렸다.

위잉! 파아앙!

마신의 강력한 인력(引力)이 비행능을 제압했다.

군신이 힘을 풀자 그의 몸이 무서운 속도로 하강했다.

터어엉!

군신의 발밑에서 폭음이 터졌다.

충격파를 해소하기 위해 무릎을 반쯤 굽혔다가 허리와 몸을 세웠다. 철신갑이 잘못 입은 외투처럼 반쯤 걸쳐져 있었다.

그럼에도 완벽한 육체는 감춰지지 않았다. 그는 강력한 힘이 흐르는 어깨와 단단한 팔을 지녔다.

피부색이 짙었다. 황색 상의는 앞섶이 풀어헤쳐 있어 네모진 복근이 돌덩이처럼 드러났다.

당당하게 버텨선 몸체에서 자연스러운 위엄이 넘쳐흘렀다.

그가 단운룡을 보았다. 눈빛이 아주 강렬했다.

마침내.

단운룡이 물었다.

"그래서, 넌 누구냐."

"스칸다."

군신이 낮고 굵은 목소리로 대답했다.

*   *   *

그 단어가 중원어가 아니라는 것은 대번에 알 수 있었다.

단운룡이 다시 물었다.

"어째서 위타천의 힘을 쓰는 거지?"

그가 대답했다.

"내가 스칸다이기 때문이다."

스칸다가 그리 대답했다.

짙은 피부에 눈썹이 굵고 눈이 컸다. 코가 높았다.

하남식 억양이 섞인 중원어는 완벽했지만 한족(漢族)으로 보이진 않았다. 서방 천축국 쪽 피가 섞인 것 같았다.

민족부터 다르다. 단운룡이 싸웠던 위타천과는 조금도 닮지 않았다. 나이도 더 많아 보였다. 그런데도 전해지는 기도가 비슷했다. 감각이 극에 달한 단운룡조차도 처음엔 위타천이라 여겼을 만큼 같은 기운을 지니고 있었다.

"나는 위타천과 싸워 보았다. 그는 나의 대적이다. 그러므로 나는 스칸다란 이름이 무엇인지 알아야겠다."

"그놈과 싸웠다고? 사실인가?"

스칸다가 눈을 크게 뜨고 물었다. 표정이 잘 읽히는 자다. 단운룡이 대답했다.

"그렇다. 뇌화의 술법을 쓰고, 하늘을 나는 자였다."

"가면 쓴 가짜 놈!"

스칸다가 신음성처럼 나직한 목소리로 말했다. 그 말엔 분노가 깃들어 있었다.

"가짜? 위타천이?"

"그놈과 싸우고 어떻게 죽지 않았지?"

스칸다는 대답 대신 질문을 했다.

단운룡은 그 질문에서 많은 것을 읽을 수 있었다.

스칸다는 위타천을 안다. 아주 잘.

그 역시 위타천과 싸워 본 것이 틀림없었다.

그래서 단운룡은 다시 또 질문으로 답했다.

"그러는 너는 어떻게 죽지 않았나?"

"나는 죽었다."

스칸다가 짧게 답했다.

"뭐?"

"너는 내 힘을 가진 그놈과 싸웠으나 이렇게 살아 있다. 너는 강하다. 너는 나처럼 신들의 옷을 입고 있다. 하지만 너는 화신(化身)에 대해 모르는군."

스칸다가 양손을 들었다. 그가 왼쪽 손바닥을 아래로 하고 오른손 바닥을 앞으로 하여 왼쪽 손등 위에 올렸다.

기억 속에 있는 자세였다. 단운룡은 사부를 통해 이 세계에 존재하는 온갖 문물을 접했다. 서방에서 들어오는 천축국 신상(神像)을 떠올렸다.

그가 왼쪽 다리를 들어 올렸다가 다시 땅을 밟았다.

단순한 무공 기수식이 아니었다.

부드러운 동작에 삼라만상의 이치가 담겨 있었다.

단운룡은 그 움직임이 무엇인지도 사부에게 들었다. 그것은 파괴신의 춤이라 했다.

스칸다의 힘이 탄탄한 전신을 흘러 주위로 퍼져나갔다.

가장 먼저 변화한 것은 그의 옷이었다. 스칸다의 황색 옷이 물결치듯 움직였다. 등 뒤로 늘어진 상의가 활짝 펴지면서 색깔이 오묘하게 변화했다.

장삼을 따라 붉은빛이 원형으로 퍼져나갔다. 퍼져 나가는 붉은빛 가운데에 녹색와 청색의 작은 원들이 사슬처럼 나타났다. 공작새의 깃털 모양이다. 단순해 보였던 황색 상의가 화려한 성법의(聖法衣)가 되었다.

스칸다의 옷에 무늬가 선명해지자, 단운룡은 철신갑에 대한 마신진기의 통제력이 한순간에 약해지는 것을 느꼈다.

단운룡은 광극진기의 통찰로 스칸다의 옷이 천잠보의가 아님을 알았다. 하지만, 분명 비슷한 부분이 있다. 저것은 저쪽 방식의 보의(寶衣)다. 스칸다의 힘과 공명하는 일종의 신기(神器)인 것 같았다.

"가면과 법의는 본디 사람 속의 신격을 일깨우는 신성한 제기(祭器)였다. 하지만 그들은 가면에 종속의 술법을 끼워 넣어 순수한 신의 격을 스스로 망쳤다. 내가 묻겠다. 너에겐 인드라와 같은 힘이 있다. 너 또한 그들의 종인가?"

"그들이란 신마맹을 말함인가?"

"그러하다."

"물론 아니다."

"네 말을 믿지 못하겠다. 그 힘은 보통 인간이 가질 수 없는 것이다. 너는 또한 나처럼 태어난 화신(化身)조차 아니다. 그런데도 그토록 순정한 뇌정(雷霆)을, 그들이 말하는 제석천의 가면 없이 얻었단 말인가?"

"이것은 사부가 깨닫고 제자에게 전해져 하늘로 연마한 내 힘이다."

스칸다의 말을 통해 한 가지 사실을 더 알았다. 스칸다가 그를 곧바로 공격한 것은, 그에게 뇌전의 힘이 있어서다.

그를 신마맹의 주구라고 생각한 것이다.

그렇기에 결론은 의외의 방향으로 나아간다.

스칸다가 여전히 위엄 서린 눈빛으로 단운룡을 보았다. 그의 입이 열리고 전보다 더 크게 울리는 목소리가 흘러나왔다.

"묻는다. 너의 이름은 무엇인가."

"내 이름은 단운룡이다."

단운룡은 여전한 인간의 목소리로 답했다.

성법의가 활짝 펴지고 공작 깃털 무늬가 화려하게 물결쳤다. 그의 등 뒤로 커다란 원형의 기운이 후광처럼 생겨났다.

그는 진정 이국의 신화 속에서 나타난 신적인 존재 같았다.

하지만 그는 신마맹과 다른 자다. 그게 결론이다.

그걸 확인하기 위해, 단운룡이 물었다.

"그렇다면 너 또한 신마맹이 아닌 것인가?"

그의 질문은 스칸다의 분노를 샀다.

"다시 말한다. 내 이름은 스칸다 쿠마라. 나는 악마를 물리치는 진정한 군신이다. 나는 태어날 때부터 그러했으며, 가면이 없기에 더 고귀해졌다. 나는 한때 그들의 하나였으나 그게 그릇된 선택임을 일찍이 알았다. 악을 섬멸하는 하늘신이 마귀의 가면을 쓴 자들과 어울리는 것은 신의 자격에 대한 능멸이다. 나는 삿된 가면을 입은 중원의 최고신을 경멸하며 부정한다. 나를 죽이고 내 힘을 훔쳐 쓴 가면의 부역자 또한 내가 죽일 것이다."

"그럼, 왜 그들과 싸우지 않고 여기에 있는 거냐."

"나는 내 이름을 말했다. 신마맹은 거짓의 신들이며 거짓의 악마들이다. 그들은 중원 땅 곳곳에 퍼져 있다. 이 땅에는 그런 거짓이 아닌 진짜 마귀들이 있다. 귀신의 군세를 불러낸 인간들도 있다. 나는 고뇌한다. 이토록 악마들이 번성하는 이때는 제사의 시대인 칼리 유가의 마지막 모습과 같다. 나는 마지막 다샤바타라가 되기 위하여 비슈누의 신검을 찾아 이곳에 왔으나 여기에는 악에 물든 동방신의 검이 숨겨져 있을 뿐이었다. 하지만 그 또한 인간의 악행이다. 이는 악마들과 더불어 모든 인간을 죽이라는 계시일 것이다."

"인간의 말살이라니, 그쪽 신은 아주 가혹하군."

단운룡의 눈에서 번개가 쳤다.

스칸다는 멸망을 말했다.

이제 와 단운룡이 올라선 영역이 그러한가 보다.

진천이 그러했듯 세계를 논하는 자들을 상대하게 되었다.

스칸다의 말이 이어졌다.

"나는 번뇌로 그 계시를 거부하려 했지만, 악은 이미 인간들 사이에서 충분히 성장했다. 완전한 파괴만이 사트야 유가로의 회귀를 가능케 한다."

"그렇게 생각한다면, 내가 그 멸망을 막을 인간인 모양이다."

단운룡이 진기를 한껏 끌어올렸다.

천잠보의의 빛이 그의 힘을 따라 요동쳤다.

"그 힘으로 날 막겠다는 건가? 나는 싸우는 신이다. 나는 아홉 번을 죽고 아홉 번을 부활했다. 나는 인드라였으며 아그니였고 발라라마이며 크리슈나였다. 네가 나의 열 번째 시험이라면, 나는 너를 넘어 세상을 부수고 다시 쌓는 칼키가 될 것이다."

단운룡은 그가 말하는 그들의 신화를 몰랐지만, 그가 지닌 신성(神性)과 자부심을 충분히 느낄 수 있었다.

중원에서 믿는 위타천이란 신은 본디 마를 제압하는 천신이다. 그런 멸마의 무신이 신마맹에 속하여 요마의 수좌인 염라마신과 행보를 같이한다.

모순이다.

그는 그가 말하는 것처럼 위타천에게 죽었을 수도, 가면을 빼앗겼을 수도 있다. 하지만 그가 지금 전신으로 드러내는 힘은 진짜다. 그가 싸웠던 위타천에 비해서도 결코 뒤지지 않을 것 같다.

단운룡과 스칸다는 동시에 서로를 향하여 몸을 날렸다.

신을 논하는 거시적 대화의 최종적 결론은 그처럼 아주 단순했으며 또한 인간적이었다.

앞을 막지 말라.

강력한 폭음이 산정을 휩쓸었다.

*　　　　*　　　　*

한 자루 흑색황금도가 황금빛 반월을 그리고 큰 뱀 요괴가 죽었다. 일산오강이 어쩌지 못한 괴수를 일도에 죽인 자는 그 외에 어떤 도움도 주지 않은 채 사라져 버렸다.

그래도 숨을 돌릴 여유는 충분했다.

무인들은 원진 안으로 돌아와 상황을 정돈했다.

생존자의 숫자는 백육십구 명, 부상자가 많았다. 전력으로 싸울 수 있는 이는 백 명도 채 되지 않았다.

"경 방주, 어떻게 하는 것이 좋겠소?"

구천궁주가 물었다. 경남방이 그의 질문에 눈썹을 치떴다. 그걸 왜 자신에게 묻느냐는 느낌이었다.

"일단 성불의 상태부터 봅시다."

경남방이 말했다.

문수성불은 정신을 잃은 상태였다. 십대원력승이 피칠갑을 한 채 문수성불을 둘러싸고 있었다. 문수성불은 길고 잔잔한

숨으로 호흡을 했다. 심유한 불가기공이 정신을 닫고 내상을 치유하고 있는 것처럼 보였다. 당장 목숨이 위험하지는 않은 듯했다. 경남방은 그걸 보고 더 표정이 굳어졌다.

줄어들고 있는 대구화 불꽃을 돌아보고 저편에 있는 도사들의 시체들에게로 시선을 돌렸다. 요괴들은 화염과 뇌격에 불탄 시신에도 주둥이를 박고 있었다. 다른 희생자들도 마찬가지였다. 깜깜한 밤에야 시체를 물고 뜯어도 잘 보이지 않았다지만, 지금은 해가 점점 밝아지고 있는 오전이었다. 불에 탄 냄새가 사위를 떠돌고 피 비린내가 진동을 했다. 요괴들이 사람의 시체들을 뒤적거리며 피와 살을 탐하는 모습은, 그야말로 지옥도를 방불케 했다.

"경 방주, 이 원진은 앞으로 한 시진도 채 버티지 못할 것이오. 새 진을 만들어 옮겨 가야 합니다."

"그게 되겠소?"

경남방의 대꾸엔 날이 서 있었다. 구천궁주도 선뜻 대답할 말이 없었다. 새롭게 진을 짜려다가 이 고초를 겪었다. 문수성불은 의식이 없고, 죽은 자가 삼십을 헤아렸다.

십대원력승도 기세가 완전히 죽어 있었다. 그들 없이는 방어진을 세울 수가 없었다. 경남방이 유명한 고수라지만, 그 하나로는 밀려드는 요괴들을 막는 것이 불가능했다.

키약! 키아아악!

이러지도 저러지도 못하고 있을 때였다.

원진 주위를 돌던 요괴들의 대열이 한순간 어수선해졌다. 요괴들 일부가 동쪽 능선을 향해 달려가기 시작했다.

눈 밝은 승려 하나가 그쪽을 보고 소리쳤다.

"무인들입니다!"

동쪽 산길을 따라 각양각색 복장의 무인들이 내려오고 있었다. 그들은 기세 좋게 내려오다가 사방에서 달려드는 요괴 떼를 보고 대경하여 병장기를 꺼내 들었다. 오던 길을 되돌아 후퇴할 겨를이 없었다. 그들은 순식간에 요괴들에게 둘러싸였다.

"저런!"

"저들을 구해야!"

허망한 경호성이었다. 무인들의 숫자는 오십여 명에 달했으나 요괴들은 그보다 훨씬 더 많았다.

"경 방주, 어찌 방법이 없겠소이까?"

무릇 고수라는 것은 그런 법이다. 무인 집단에서 최고의 기량을 가진 자는 저절로 기대를 받을 수밖에 없었다.

모두가 경남방을 의지했다. 하지만 경남방은 곧바로 고개를 가로저었다.

"방도가 없소."

실망해도 어쩔 수 없다.

무인들이 있는 곳은 사람이 손톱만 하게 보일 만큼 멀었다. 저기까지 뚫고 가는 것만도 쉬운 일이 아니었다.

오십이나 되는 무인들을 살려서 합류시킬 수 있다면 큰 전력이 될 테지만 살릴 가능성이 희박해 보였다. 벌써부터 쓰러지는 무인들이 보였다. 요괴들은 맹수가 떼를 이룬 것처럼 사나웠다. 큰 원숭이나 큰 뱀보다는 작지만 다른 요괴 두세 마리를 합쳐 놓은 것 같은 괴물들도 보였다. 당연히 그 괴물들은 덩치가 큰 만큼 강했다. 피가 튀었다. 비명 소리가 아련하게 들려왔다.

원진 안의 무인들이 절망으로 그들을 지켜보았다.

아무것도 할 수 없었다.

그때였다.

능선 한쪽의 숲이 별안간 흔들리더니 굉음과 함께 거구의 남자가 튀어나왔다.

콰직! 콰아아앙!

강력한 일격이 요괴들을 덮쳤다. 멀리서 보면서도 대부분의 무인들이 움찔 놀랐을 만큼 강렬했다.

거구의 남자는 창을 들고 있었다. 요괴들의 몸체가 꿰뚫렸다. 요괴들의 머리가 날아가고 육신이 터져나갔다.

엄청난 광경이었다.

거대한 대호(大虎) 한 마리가 작은 짐승들 사이에 뛰어든 것 같았다. 호랑이는 포효하고 요괴들은 숨을 죽였다.

문수성불의 자책과 아쉬움이 바로 그와 같았다. 그것이 중병의 위력이다. 일타 일격에 괴물들의 목숨이 날아갔다. 단단한 창날과 두터운 창봉이 요괴를 박살 냈다. 몰아치는 연환창격으로 요괴 무리의 모양마저 단숨에 일그러졌다.

"대체 저자는……?"

경남방의 미간에 내 천(川) 자가 그려졌다.

처음엔 대동장주 동풍릉이 시양회주 평요보처럼 창을 휘두르나 했다. 그러나 저 남자는 몸집이 크긴 해도 동풍릉처럼 퍼져 있진 않았다. 가슴통이 크고 팔뚝이 우람했다. 무시무시한 용력이 전신에 흐르고 있었다.

콰아아앙!

또 다른 폭음이 들려왔다. 숲 쪽이었다.

이번엔 모두가 꿈을 꾸나 했다.

숲 한쪽이 무너지고 있었다. 나무 파편과 함께 요괴들의 육신이 하늘과 땅을 수놓았다.

얼굴이 대춧빛처럼 붉고, 검은 수염을 가슴까지 늘어뜨린 남자가 청룡언월도를 휘두르며 숲을 부수고 튀어 나왔다.

청룡언월도가 요괴 무리에 떨어졌다. 마치 불을 뿜는 것 같았다. 화포가 터진 것처럼 요괴들이 튕겨나가 바닥을 굴렀다.

눈을 의심했다. 북악 항산 봉우리엔 관묘(關墓)가 많았다. 관묘에서 제사를 드리는 신이 바로 삼국전설의 관운장이었다.

관운장이 현세에 강림했다.

굉화의 청룡창이 괴물들을 헤집었다. 산신이 그들을 보살펴 고대의 장수들을 내려보낸 것 같았다.

콰과과과! 콰쾅!

그뿐이 아니었다.

하늘은 두 신장(神將)만을 내려주지 않았다.

하늘의 군대마냥, 숲에서부터 창을 든 무인들이 달려 나왔다. 무인들은 누구 하나 빠짐없이 기도가 정명하고 웅혼했다.

"비룡각은 적을 섬멸하라!"

거구의 남자, 왕호저가 포효했다.

비룡각 무인들은 창을 세워 날듯이 요괴들을 몰아쳤다.

거대한 철퇴가 떨어지듯, 요괴들의 무리가 짓이겨졌다. 왕호저를 필두로 요괴들을 파고들었다. 그 사이 관운장의 화신이 된 운장대도 관승은 큰 요괴 두 마리를 절반으로 갈라놓고 있었다.

"이쪽은 내가 맡겠다! 저들을 구하라!"

관승이 목소리가 웅혼한 내력을 품고 울려 퍼졌다.

왕호저가 뒤질세라 무인들을 이끌고 요괴 무리를 돌파했다.

"와아아아!"

요괴들에게 공격당하던 무인들이 용기백배하여 함성을 내질렀다. 의협비룡회 비룡각 창술무인들은 그토록 화려하게 출도하여 항산무림인들을 구했다.

그렇게 그들의 이야기가 시작되었다.

*   *   *

콰앙!

폭음이 연신 터져 나왔다.

단운룡이 진각을 밟았다. 그의 발밑에서 거대한 바위가 갈려 나갔다. 원과 타원이 어지럽게 새겨졌다.

마신극광추를 내질렀다.

내뻗는 소리는 나지 않았다. 대신 충격파가 사위를 채웠다.

꽝!

스칸다가 마신의 힘이 깃든 극광추를 손바닥으로 비껴냈다. 스칸다의 무공은 부드러웠다.

한없이 부드럽고 깊었다.

천룡의 패력을 구사하던 위타천과는 달랐다. 크게 달랐다.

스칸다가 두 손을 가슴 앞에 세웠다가 왼손을 내밀었다.

아주 천천히 뻗는다 싶었는데 한순간에 가슴 앞에 이르렀다. 단운룡은 그 중간 과정을 볼 수가 없었다. 오십 합 만에 처음으로 놓쳤다. 무지막지한 경력이 가슴 앞에서 터졌다.

콰아아앙!

단운룡의 몸이 뒤쪽으로 튕겨나갔다.

격타 순간, 천잠보의 전면에서 강력한 빛 무리가 일어났다. 가슴이 뻐근했지만 내부 진탕은 없었다. 경력 상쇄의 광영방패 덕분이었다.

'역시 강하군.'

이 일격은 놀랍다.

속수무책으로 허용했다. 천잠보의가 아니었다면 작지 않은 내상을 입었을 것이 분명했다.

앞으로 나아갔다.

육체는 전진하며, 두뇌로는 격중 순간을 복기했다.

놓친 건 맞다.

그러나 분절로 뚝뚝 끊기는 느낌은 아니었다.

위타천은 움직임의 중간 과정이 생략된 것 같은 극속의 무공을 펼쳤다. 극속무공은 비기(秘技)라는 인상이 강했다. 뇌전력을 이용했고, 신체 가속을 극대화했다. 근본적으로는 단운룡의 방식과 비슷했다. 그래서 단운룡도 같은 움직임을 구사할 수 있었다.

스칸다의 무공은 그렇지 않다.

지극히 자연스러웠다. 그러면서 위타천의 속도를 냈다.

완성에 이른 고수들은 이런 게 무섭다.

무공 고하는 내공의 발출량에서 정해지는 게 아니다. 이렇게 공방 중 아무렇지 않게 발하는 일격에서 무공의 진짜 정수가 나온다.

화려한 초식 없이도 사람을 죽일 수 있다.

이게 진정 강한 것이다. 불을 던지고 번개를 내리찍는 것보다 저런 일격이 훨씬 더 위협적이었다.

위이이이잉!

광핵에 회전을 더했다.

강력한 뇌전기가 광구에서 전신으로 뻗어나갔다. 천잠보의

에도 빛의 파동이 흘렀다. 황록색의 뇌전이 튀었다. 단운룡의
얼굴에 적색과 푸른색이 교차되었다.

우우우웅!

광신마체 마신진기가 내는 파동역장이 스칸다의 전신을 압
박했다.

단운룡이 두 주먹을 가슴 앞에 모았다.

두 주먹 사이에서 뇌전이 튀었다.

광핵이 더 빠르게 회전했다. 단운룡의 얼굴빛이 정상으로
돌아왔다. 황록색 뇌전기는 천잠보의를 누비다가 무색의 빛으
로 바뀌었다.

완성된 마신이다.

광신마체 전투 특화 최종 형태였다.

파동역장이 압축되어 신체 내로 수렴했다. 부챗살과 원형으
로 바위를 갉아대던 진기가 사라졌다. 발밑에서만 돌가루가
진동을 했다.

단운룡이 다가왔다.

그의 걸음걸이는 스칸다처럼 위엄이 있었다.

스칸다의 눈빛이 변했다.

"인드라."

스칸다가 말했다.

그가 가부좌를 틀 듯 양손을 단전에 모으더니 곧바로 두
손을 양쪽 허리춤으로 벌렸다. 공작새 무늬가 화려했던 그의

옷이 황금색으로 변했다.

스칸다의 머리카락이 곤두섰다.

그의 양손에서 유형화 된 뇌전기가 생겨났다. 오른손에 든 뇌기(雷氣)가 점점 더 길쭉해지더니 창처럼 변했다. 왼손에 든 뇌신기는 원반처럼 둥글었다.

스칸다가 파직거리는 뇌기를 온몸에 둘렀다.

단운룡은 다시 한번 놀랐다.

스칸다의 뇌신(雷身)은 단운룡의 그것과 달랐다.

스칸다의 전격은 위타천과도 달랐다.

뇌기가 발산되고 있지만, 단운룡의 뇌신처럼 마구 흩뿌리는 것이 아니었다. 단운룡의 파동역장처럼 견고하게 수렴되어 있었다. 특히나 그가 든 전격의 창에서는 실로 무시무시한 힘이 느껴졌다.

스칸다가 뇌기를 일으켰을 때는, '뇌격기로는 나에게 안 돼'라는 생각을 했다. 단운룡은 창의 기(氣)를 읽는 순간, 그 생각을 바로 철회해야 했다.

스칸다의 전격창은, 어마어마한 뇌기(雷氣)를 품고 있었다. 자연에서 떨어지는 벼락에 필적하는 힘이었다.

텅!

스칸다가 단운룡에게로 뛰어들었다.

움직임이 빠르지 않았다. 오른손이 무거워 보였다.

콰앙! 파지지지지지지지직!

스칸다가 뇌격의 창을 휘둘렀다. 단운룡은 마주 받지 못하고 옆으로 몸을 날렸다.

허공이 일그러졌다. 사방으로 뇌전이 방전되었다. 천잠보의가 잔여 뇌격을 흡수하고, 광극진기가 뇌격을 잡아끌었다.

빗나간 뇌격인데도 흘러들어오는 용량이 엄청났다. 피했는데도 그 정도다. 어지간한 고수들은 스치기만 해도 죽을 만한 힘이었다.

"그건 뭐냐."

묻지 않을 도리가 없다. 뇌기를 어떻게 사용하면 그런 힘을 낼 수 있는지도 궁금했다.

"바사비 샤크티. 인드라의 아스트라다. 놀랍다. 역시 너에겐 통하지 않는군."

서로가 서로에게 놀랐다.

스칸다가 그를 향해 돌아섰다.

그는 움직임 자체가 느려져 있었다.

버거워 보인다.

그래야 맞다. 저건 인간이 다룰 수 없는 힘이다. 뇌기(雷氣)로 구현할 수 있는 거라면, 그 역시 할 수 있지 않을까 욕심이 생겼다. 무엇이냐 물은 이유다.

하지만 규격 이상의 힘에는 대가가 따르는 법이었다. 스칸다는 저 창을 자유자재로 다룰 수 없다. 저 둔중한 속도가 그 사실을 증명한다.

'그래도 강해.'

속도를 내지 못해도 충분히 위력적이다. 단순히 휘두르는 것만으로 광범위 뇌격이 발생하기 때문에, 단운룡을 제외한 거의 모든 고수들에게 타격을 줄 수 있을 것이다.

직격은 더 무섭다.

'통하지 않는 것도 아니야.'

맨몸으로 직격당하면 그 어떤 자라도 죽는다.

저 정도 뇌격 용량이면 천잠보의를 입은 단운룡도 살아남는다는 보장이 없다. 사부인 소연신이나 같은 사패인 철위강조차도 보의 없이 저 창을 맞으면 반드시 죽을 것이다.

'천하는 역시 넓다.'

단운룡은 사패 살해의 궁극기를 처음 보았다. 가능성을 본 것만으로도 눈앞이 열린다.

개안(開眼)이다.

저게 신의 힘을 빌린 것이든, 타고난 이능이든, 세상에 절대는 없다.

그가 투지를 일으키며 스칸다에게로 짓쳐들었다.

정면승부다.

묻는다.

누가 더 전격을 잘 다루는가.

뇌전의 신을 향해 질문을 던졌다.

텅! 파지지지지지직!

천잠보의를 믿고, 스스로를 믿었다.

규산에서 수도 없이 맞서 보았던 뇌전을 상대로 마신진기의 파동역장을 개방했다.

우우우우우웅!

그들은 그들의 종교를 통해 신이 지닌 무기를 아스트라라고 불렀다.

스칸다가 인드라의 아스트라, 바사비 샤크티를 내질렀다,

무지막지한 전격이 단운룡의 전신을 덮쳤다.

우웅! 웅!

발밑뿐이 아니라 공간 전체에서 시야가 타원으로 일그러졌다.

바사비 샤크티가 보이지 않는 강력한 역장 안으로 들어왔다. 허공이 진동했다. 바사비 샤크티 뇌격의 창이 둥글게 휘어졌다. 강력한 뇌전력이 빈 하늘과 바위 위로 쏟아졌다. 얇고 작은 뇌전만이 단운룡의 몸을 관통했다.

스칸다의 큰 눈이 더 크게 치떠졌다.

텅!

단운룡의 진각이 앞으로 나왔다.

반 접힌 그의 손이 스칸다의 가슴을 쳤다.

파직! 쫘아아아아아앙!

스칸다의 몸이 뒤쪽으로 번쩍 튕겨나갔다.

충격파가 산정 전체를 휩쓸었다.

터텅!

스칸다가 몸을 세웠다.

왼손의 원반 형태 뇌전이 부르르 떨고 있었다. 왼손으로 막았지만 정타에 가까운 일격을 허용했다. 스칸다의 가슴팍 맨살에는 불에 탄 듯한 손바닥 자국이 남아 있었다.

"너는 인드라의 힘만 지닌 것이 아니구나."

스칸다가 말했다.

그가 단운룡에게 땅을 스치듯 날아들었다. 움직임이 빨라졌다. 버거운 힘에 익숙해진 느낌이었다.

파지직! 콰콰콰콰!

그것은 그야말로 신들의 일전 같았다.

단운룡은 바사비 샤크티를 정면으로 받아내지 못했다. 유형화 된 기운의 덩어리여서 다행이었다. 뇌전력은 파동역장을 통해 밀어내고 비껴내는 것이 가능했다. 그러나 단운룡은 한순간도 방심할 수 없었다. 단운룡은 자유자재로 뇌기를 다뤘지만 동시에 그것이 얼마나 위험한 힘인지도 잘 알았다.

저 창극에 닿는 순간, 목숨이 날아갈 것이다.

목숨을 사선에 두고 싸운다.

오랜만이었다. 즐거웠다.

"바즈라."

스칸다가 주문처럼 말했다.

왼손에 있던 뇌전의 원반이 일순간에 커졌다.

'광뢰.'

단운룡은 전력을 다해 마신광뢰포를 터뜨렸다. 상쇄가 잘 되지 않았다.

그때.

단운룡의 순간예지가 발동했다.

죽는다.

단운룡의 신형이 분절화된 움직임을 보였다. 위타천의 신법이었다.

스칸다가 오른손의 창을 내던졌다.

번쩍.

그 정도 극속의 회피 없이는 피할 수 없는 일격이다.

'불가능……!'

오른손 바사비 샤크티만이라면 피할 수 있다. 문제는 왼손의 바즈라다. 파동역장을 한계까지 개방해도 바즈라를 막으면서 뇌창의 궤도를 비틀 수가 없었다.

화아아악!

터져 나온 뇌광의 빛줄기가 파직거리는 소리마저 잡아먹었다.

마른하늘 산정에 번개가 쳤다.

콰아아앙! 우르르르르르릉! 콰가가각!

화탄이 터진 것 같은 폭음이 산과 산 사이를 누비고 울려 퍼졌다. 거대한 산정 바위가 쪼개지고, 산꼭대기가 무너졌다.

바위들이 산을 타고 쏟아져 내렸다.

파지지지지.

폭발의 먼지가 걷혔다.

단운룡은 뾰족한 바위 위에 올라서 있었다.

아슬아슬했다.

규산 수련으로 익숙해지지 않으면 틀림없이 죽었다.

천잠보의 곳곳이 찢어져 맨살이 보였다. 살갗은 붉게 타 화상을 입었다.

보의에 흐르는 빛이 어지러웠다. 보의가 사람의 감정을 지녔다면 빛으로 놀라움과 당혹감을 표현하는 것 같았다.

사라락, 사각.

찢어진 보의가 메워졌다. 재생능이다. 광극진기가 들끓고 있었다. 전신을 흐르는 진기가 천잠보의에 쌓여 있는 진기와 공명하여 서서히 안정되어 갔다.

"너는 알 수 없는 인간이다. 분명 맞은 걸로 보았는데."

스칸다의 목소리가 울려 퍼졌다.

그의 두 손은 비어 있었다.

바즈라도, 바사비 샤크티도 보이지 않았다.

단발용 공격이다. 단운룡은 스칸다가 말하지 않았음에도 이 엄청난 일격이 일회성이라는 사실을 절로 알 수가 있었다.

"비껴 맞았지. 이런 건 처음 보았다."

"나에겐 두 번째다. 이걸 쓰고도 살아 있는 자는 둘 외에 없다."

"위타천?"

"그가 너 외에 산 자다. 너는 거짓된 나와, 거짓 신의 힘을 모두 쓴다. 네가 중원신의 진정한 화신(化身)인가?"

"나는 그런 거 모른다."

"알게 될 것이다."

"알고 싶지 않다."

단운룡의 즉각적인 대답에 스칸다는 웃었다.

그의 웃음은 오래된 신상의 웃음처럼 여유로워 보였다.

"네가 지닌 신의 옷은 나의 옷보다 강력하다. 너에겐 아그니의 불이 통하지 않겠다."

스칸다는 그만한 파괴력을 보여주고도 전혀 지쳐 보이지 않았다.

그가 다른 신의 이름을 말했다.

"크리슈나."

옷보다 먼저 피부색이 변했다. 그의 살갗이 푸른색을 띠기 시작했다. 옷은 붉은 색으로 변하여 하늘하늘 등 뒤로 늘어졌다.

표정은 조금 더 밝아졌다.

그의 눈에도 단운룡처럼 즐거운 빛이 감돌았다.

스칸다가 꿍 하고 발을 밟았다.

바위가 흔들렸다.

위타천이라고 생각하면 안 된다. 위타천의 근원은 어디까지나 천룡이었다. 스칸다의 근원은 무공이 아니다. 이자는 신(神)의 힘을 지녔다.

스칸다가 땅을 박찼다.

또 놓쳤다.

발차기가 들어왔다. 팔을 들고 몸을 숙였다. 보지도 못한
채 막았다.

크리슈나의 차기다.

차고 내려찍고 돌아서 다시 찼다.

이 또한 무공의 궁극이다.

복잡한 초식 같은 건 없다. 엄청난 속도와 엄청난 힘으로
찬다. 보이지 않는 속도와 땅을 울리는 힘으로 발을 내질렀다.

저잣거리에서도 쉽게 구할 수 있는 무공서들이 있다. 무공
서를 펼치면 대련 삽화들이 여러 가지 동작을 보여준다.

두 사람이 때리고 막고, 피하는 그림들이다.

단운룡과 스칸다는 그런 단순한 동작들을 끊임없이 주고
받았다. 직관적으로 단순화할 수 있는 그림들 수백 장이 한순
간에 현실로 펼쳐졌다.

스칸다는 빠르고 강했다.

무(武)는 그러면 되는 거다.

초식과 투로, 축기와 발경은 모두 다 그것을 위해서 존재한다.

단운룡은 예지하고 투로를 밟았다. 마신의 광극진기를 끌
어올리며 파동역장을 전개했다. 그가 지닌 모든 역량을 쏟아
냈다.

그런 그의 앞에서, 스칸다는 그저, 자연스럽게 싸웠다.

치익! 스각!

스칸다가 내지른 손날에 천잠보의가 찢어졌다. 팔에서도 피가 났다. 찢어진 천잠보의가 순식간에 메워졌다. 팔에 난 상처도 함께 아물었다.

단운룡은 그것도 이용했다.

어깨를 내주고 마광각을 올려 찼다. 다쳐도 수복하면서 맞섰다.

번개도 불도 없었다.

바위는 더 이상 깨지지 않았다. 산도 무너지지 않았다. 폭음도 들리지 않았다.

모든 것이 고요해졌다.

단운룡은 스칸다와 싸우며 사부를 느꼈다.

사부가 이랬다. 사부가 손을 쓸 때면 광극진기를 발동하거나 협제신기를 끌어올린다는 느낌을 받지 못했다.

철위강이 이러했다. 천룡을 담은 주먹엔 이 세계로의 열쇠가 들어 있었다.

진천이 그랬다.

진천과 싸웠다면 같은 경험을 했을 것이다.

그것은 지고한 무공의 경지다.

저것은 오래된 신의 경지다.

두 가지는 끝에서 맞닿아 있다.

그것을 깨닫는 순간, 단운룡의 앞에 새로운 세계가 열렸다.

싸우고 있음을 잊었다.

정해진 이치가 아니라 무한한 가능성이 눈앞에 있었다. 한 번 발을 들이면 헤어 나올 수 없는 곳이다. 광극이란, 그 안으로 들어가는 수단이었을 뿐이다.

텅!

소리가 들렸다.

정적이 사라졌다.

무아(無我)가 깨졌다.

"너는 거짓된 자와 다르다. 네가 우주(宇宙)에 닿았구나."

스칸다가 입을 열어 말했다.

크리슈나의 입안에도 우주가 담겨 있었다.

*　　　　　*　　　　　*

비룡각 무인 백 명이 항산무림인 오십여 명을 이끌고 원진으로 향했다.

비룡각 무인들은 항산에 당도한 이래, 크고 작은 요괴 무리들과 숱하게 교전을 해왔다. 그들은 창이라는 장병의 유리함을 살려 능숙하게 전투를 수행했다. 많은 사람을 보호하면서도 빠르게 요괴 무리를 돌파했다.

"왼쪽!"

왕호저가 소리쳤다.

같은 갈저인데도 두 배는 더 커 보이는 괴물이 있었다. 머리통은 피처럼 붉은 가운데 검은색 점이 얼룩처럼 박혀 있었다. 이리처럼 생긴 모습에 이빨도 더 길고 굵었다. 괴이한 요기가 전신에 서린 것이 몹시도 흉악했다.

왕호저를 필두로 비룡각 무인 다섯 명이 몸을 날렸다. 갈저가 무서운 속도로 마주 오며 긴 발톱을 휘둘렀다.

"합!!"

왕호저가 물러서지 않고 기합성과 함께 일창을 내질렀다.

쾅직!

포효호심창의 강력한 창격이 큰 갈저의 앞발을 쳐내고 괴물의 가슴팍에 박혔다. 큰 갈저는 왕호저보다도 덩치가 컸다. 갈저는 물러나는 게 아니라 더 사납게 달려들었다. 창이 더 박히든 말든 아랑곳하지 않고 발톱을 세우며 왕호저를 노렸다.

"어딜!"

왕호저가 호쾌하게 일갈하며 앞으로 전진했다. 팔 근육이 터질 듯 커졌다. 창대를 잡은 손부터 팔뚝 전체에 굵은 핏줄이 섰다.

쾅가가각!

왕호저의 힘은 엄청났다.

거구에 걸맞은 괴력을 내면서 괴수를 그대로 밀어붙였다. 큰 갈저가 당황한 듯 두 앞발을 사납게 휘둘렀지만, 왕호저는 피하지도 않았다. 요괴의 가슴팍에 찍어 넣은 창대를 위아래로 밀면서 괴수의 거체를 통째로 흔들었다. 괴수의 몸이 계속 뒤로 밀려났다.

"찔러!!"

왕호저가 소리쳤다. 비룡각 창술무인들은 이미 괴물에게 창극을 겨누고 있는 상태였다. 그들이 창끝을 일제히 내질렀다.

퍽! 퍼퍽!

큰 갈저의 몸통에 다섯 자루 창날이 박혀들었다.

괴물이 괴성을 지르며 고통에 몸부림을 쳤다. 다섯 자루의 창대가 거체를 단단히 고정했다. 왕호저가 괴물의 몸에서 창을 뽑아들었다.

그가 창을 뒤로 돌렸다. 단단하게 부풀어 오른 근육은 그대로였다.

공력이 팔을 통해 창대로 흘러들어갔다. 큰 호랑이가 사냥감의 목덜미를 물어뜯듯, 왕호저의 창이 무서운 기세로 쏘아졌다.

위잉! 콰직!

붉은 머리통이 박살 났다. 포효호심창은 머리를 부수고 목줄기까지 파헤쳐 놓았다. 맹독을 토할 겨를도 없었다. 다섯 창술 무인이 거의 동시에 창을 뽑고 뒤로 물러났다. 큰 시체에서 독기가 스멀스멀 올라왔지만, 최후의 발악으로 독무를 토했을 때만큼은 아니었다.

그들이 이미 앞서 나가는 무인들의 뒤로 빠르게 따라붙었다.

선두에서는 관승이 언월대도를 휘두르며 길을 열고 있었다. 그는 일대일 승부에서도 아주 강한 무인이었지만, 이런 다수의 전장에서 더 빛나 보였다. 왕호저는 후방에서 관승을 보면서 장익까지 함께 있었으면 참으로 장관이었겠다는 생각을 했다.

"이제 다 왔다! 단숨에 돌파하자!"

왕호저의 목소리에 반응한 것은 오히려 항산무림인들이었다. 그들이 용기백배하여 제각각 비룡각 무인들을 거들었다.

비룡각 무인들은 독려가 필요 없었다.

관승과 왕호저는 적진 격파의 돌격대장이었다. 그들이 앞에 있는 이상, 무서울 것이 없었다. 그들이 가까워지자 대구화 원진 쪽에서도 무인들이 호응하여 그들을 맞이하기 위해 달려나왔다.

요괴들의 시체가 쌓였다. 비룡각 무인들과 항산무림인들이 피를 밟고 원진 안으로 들어왔다. 항산무림인들은 서로 안면이 있는 이들끼리 반가움을 표하고 포권을 취했다. 모두의 얼굴이 한껏 밝아졌다. 지난밤 이래, 가장 환했다.

"꼼짝없이 죽을 뻔했습니다!"

"구명지은에 감사하외다!"

"헌데, 대협들은 어디서 오신 분들이오?"

그들 덕에 목숨을 건진 무인들이 앞다투어 관승과 왕호저 앞에 몰려들었다. 관승이 좌중을 둘러보며 대답했다.

"의협비룡회에서 왔소이다."

무인들 사이에서 술렁이는 소요가 일었다. 들어본 적이 없는 문파였기 때문이었다. 대신, 다른 걸 알아보는 이가 있었다.

"호, 혹시 운장대도 관승?"

"사천 참룡방의?"

운장대도 관승은 본디 유명한 무인이었다.

단운룡이 그를 처음 만났을 시절에도 이미 사천, 운남, 감숙 전역에 이름이 알려져 있었던 그다. 사천의 실력자였던 구룡보가 무너지면서, 그의 이름은 더더욱 유명해졌다.

"아! 그럼 저분은 위왕호장!"

왕호저도 그러하다. 명성이 사해에 떨쳐 울리는 절대고수는 아니더라도, 이름자만큼은 들어본 사람들이 꽤 된다. 여기저기서 탄성이 터져 나왔다.

"그럼 지금 계신 문파가 의협비룡회라는 이야기요?"

"그렇소이다."

탄성에 더해 좌중이 한 번 더 술렁였다. 평요고성에서 단운룡이 존재감을 드러내긴 했어도, 아직 여기까지 소문이 나지는 않은 듯했다. 단운룡이 무공으로 일산오강의 누군가를 꺾었다면 거리와 시간에 관계없이 모두가 알았을 게다. 하늘 나는 요괴를 죽인 사건은 요괴가 아무리 강력해도 현실감이 덜했을 따름이었다.

"빈도는 북악 구천궁의 궁주를 맡고 있소. 우리 천궁의 바로 옆에 관묘가 하나 있는데, 일간에 큰 제사를 드려야겠소. 관 대협은 정말 관제(關帝)의 화신이 따로 없소. 크나큰 도움에 감사드리오."

구천궁주가 포권을 취했다. 천만의 말씀이오, 관승이 마주 포권을 하며 화답했다.

"본인은 분양파의 경남방이오. 관 대협과 왕 대협은 각각 일가를 이룬 무인이라 들었소만, 창술의 발경법이 같은 뿌리를 둔 것처럼 닮았더이다. 참으로 보기 좋소. 동문 사형제라 해도 믿겠소."

경남방의 말에 관승과 왕호저가 순간 두 눈을 빛냈다.

왕호저가 방울만 한 호안(虎眼)으로 경남방의 얼굴을 바라보았다.

그가 느긋한 말투로 답했다.

"산서오강 분양철권 경 방주셨구려. 경 방주의 안목이 실로 뛰어나오. 관승 형님과 나는 오랫동안 무공을 나눠왔소. 의협비룡회에서 그야말로 형제처럼 지내고 있소이다."

왕호저는 본디 말재주가 좋은 남자가 아니었다. 말재주는커녕 처음 참룡방에서 지낼 때만 해도 말을 더듬는 일이 잦았을 정도로 말주변이 없었다.

오기룡은 언제나 시답잖은 말을 남발했다. 덕분에 왕호저는 말이 늘었다. 뼈가 담긴 경남방의 말도 가볍게 넘길 만큼 일취월장해 있었다.

"이름도 못 들어본 문파다만, 혹 문주의 존성대명은 어찌되오?"

경남방이 다시 물었다. 존성대명이란 네 글자엔 비꼬는 듯한 억양까지 실려 있었다.

"차차 알게 될 거요."

왕호저 대신 관승이 묵직한 목소리로 그의 말을 일축했다. 그러면서 빠르게 말을 이었다.

"지금 이 위치는 안전하지 않소. 적어도 저 앞까지는 가야 하오. 저기 보이는 바위 지형 말이오. 최종적으로는 골짜기 밑이 가장 좋겠지만, 한 번에 뚫기는 만만치 않소. 일차로 저기까지 전진하여 방어선을 만들고 그 다음에 골짜기까지 나갑시다."

그는 왕호저보다 말을 잘했다. 그의 입술 밑에서 길게 늘어진 수염이 매끄러운 묵색으로 물결쳤다.

말뿐이 아니라 관승은 백전의 장수처럼 전장에 대한 이해도가 높았다.

실제 소규모 정예 무인들로 구룡보라는 대세력과 오랜 시간 싸워 왔던 그였다. 관승이 말한 바위 지형은 원래 항산무림인들이 이차 대구화진을 만들려고 했던 곳보다 훨씬 더 멀었지만, 우측과 후방이 바위로 막혀 있어 방어가 확실히 용이해 보였다.

"아니, 바로 이 앞으로 옮기는 것도 어려웠소. 저기까지는 무슨 수로 가겠단 말이오."

경남방이 관승이 가리키는 방향을 보고는 눈살을 찌푸렸다. 관승이 즉각 답했다.

"우리가 길을 열겠소."

경남방은 또 반박하려다가 관승의 뒤쪽을 보고 입을 닫았다. 관승의 뒤에 늘어선 비룡각 무인들은 이제 막 전장에 투입된 병력마냥 투지가 넘쳐흐르고 있었다. 그들은 당장에라도 뛰쳐나갈 것 같은 얼굴을 하고 있었다. 경남방의 미간이 더 좁아졌다.

이번엔 구천궁주가 조심스레 우려를 표했다.

"헌데, 지금 이 사마불침의 진식은 뒤에 타고 있는 대구화를 진핵으로 하외다. 즉, 구화를 하나 더 피워야 한다는 말이오."

"땔감도 우리가 조달하겠소."

관승은 그 또한 단호하게 말했다. 왕호저가 끼어들었다.

"형님, 서두릅시다. 큰 기운이 저 앞에 있어요."

관승이 고개를 끄덕였다.

"골짜기 쪽에 아주 강한 괴수가 있는 것 같소. 왜 움직이지 않는지 모르겠으나, 멈춰 있는 지금 어서 이동해야 하오. 여기는 적들과 싸우기 좋지 않소."

관승은 그렇게 말하고 십대원력승 쪽을 돌아보았다.

십대원력승이 둘러선 가운데에는 문수성불이 누워 있었다.

"움직일 수 있겠소?"

관승과 왕호저는 문수성불이 보통 고수가 아님을 대번에

알아보았다. 문수성불은 의식이 없었지만, 내쉬는 긴 숨마다 정련된 불법기가 새어 나오는 중이었다. 십대원력승들 역시 몰골은 피폐하나 빼어난 기운들을 내뿜고 있었다.

"저희가 옮겨드릴 수 있습니다."

십대원력승들 중 가장 연장자로 보이는 이가 답했다. 주화입마를 걱정하지 않는 어투였다.

"그러면 좋소. 어서 갑시다."

관승은 지체하지 않았다. 그가 언월도를 들고 성큼 진 밖으로 나섰다. 왕호저는 물론이요, 비룡각 무인들은 누구 하나 주저하지 않았다.

"가자!"

왕호저가 웅혼한 목소리로 소리쳤다. 그들이 달려갔다. 요괴들이 기다렸다는 듯 마주하여 달려들었다.

쾅! 콰직!

요괴들의 피와 살이 튀었다.

항산무림인들은 기가 질렸다. 의협비룡회라고 했다. 이제 잊으려야 잊을 수 없는 이름이 되었다.

"대구화는 곧 꺼질 거요. 이곳의 지기(地氣)도 많이 소모했소. 옮기긴 해야 합니다."

구천궁주가 말했다.

의협비룡회 무인들이 믿음직하기도 했지만, 안전한 원진을 나서자니 발이 안 떨어지는 것도 사실이었다.

하나둘, 그들이 비룡각 무인들의 뒤를 따랐다. 처음엔 마지못해 나서던 그들도 파죽지세 관승과 왕호저를 보고 있자니 전신에 절로 힘이 솟아났다.

그게 군기(軍氣)다. 선봉의 힘이다.

모두가 그 힘을 받고 내딛는 발에 힘을 더했다. 두 눈엔 용기가 깃들었다.

마지막으로 경남방이 원진 밖으로 나섰다.

오직 그의 눈만이 용기 대신 냉랭함을 품고 있었다.

*   *   *

"우주에 오래 머물면, 삼켜진다. 너는 이미 그 사실까지 알고 있구나."

스칸다, 크리슈나의 화신이 된 그가 입을 다물었다.

다문 입으로 우주를 삼키듯, 무언가가 사라졌다. 스칸다가 온몸으로 구현했던 삼라만상의 이치가 일순간에 빛을 잃었다.

이해했다.

크리슈나의 우주는 영원할 수 없다. 어떤 인간 육신의 그릇으로도 그러한 신력을 무한정 감당할 수 있을 리가 만무했다.

"사부가 말해 왔던 것이 이것이었군."

단운룡이 혼잣말처럼 말했다.

알고 있었다.

사부는 신풍대야라고 불렸던 것처럼, 언제든 바람처럼 훅 꺼질 것 같은 사람이었다. 단운룡이 엿본 세계의 진리라는 것은 사람을 사람으로 존재케 하지 않는, 무한의 가능성에 맞닿아 있었다.

그 가능성이 무한하기에, 사람으로 이 세상에 있는 것마저도 가능케 한다.

실존의 의미는 그처럼 부조화로 점철되어 있다. 단운룡은 오로지 깨달음의 편린만을 보았을 뿐이었다. 단운룡은 순간적으로 엿본 조각마저 명확한 언어로 설명할 수가 없었다.

"너의 구루, 너의 스승은 이미 그곳에 도달했다는 말인가?"

스칸다의 질문이 그를 어지러운 사유에서 지금의 현실로 끌어냈다.

"그랬겠지. 그렇지 않기도 하고."

"놀랍군. 그것은 나와 같다."

스칸다의 피부색이 본래의 색으로 돌아오기 시작했다. 붉게 치렁거리던 장삼이 활짝 펴졌다. 그 안에 공작새의 무늬가 다시 생겨났다.

"너 또한 그 영역에 머물지 못한다는 건가?"

"오직 크리슈나일 때에만 거기에 닿을 수 있다."

스칸다는 이제 온전한 스칸다가 되었다. 인드라도, 크리슈나도 아니었다.

단운룡은 마신의 지속 시간이 얼마 남지 않음을 알았다.

인드라의 뇌전과 싸우며 뇌전력을 흡수하여 시간을 많이 벌었지만, 크리슈나와 싸우던 찰나 같은 시간은, 결코 짧지 않았다.

말 한 마디가 다 시간임에도, 단운룡은 물을 수밖에 없었다. 인드라의 화신과 싸울 때부터 생겼던 의문이었다.

"위타천은 너를 어떻게 이긴 거지?"

"나는 마지막 죽음을 겪고서야 우주를 볼 수 있었다."

많은 의미가 함축된 말이었다. 그리고 그것으로 충분한 대답이 되었다.

단운룡이 다시 한 발 내디뎠다.

두 손을 가볍게 들었다. 광신마체의 어떤 무공이라도 펼칠 수 있는 자세가 되었다.

그동안의 기수식과는 달랐다.

자연스럽기 그지없었다. 광신마체는 단계별 발동을 기점으로 기(氣)가 요동치는 무공이었다.

그렇기에 단운룡은 움직일 때나 출수를 준비할 때나 언제나 폭발 직전으로 넘실대는 기세를 보여줬다.

지금은 그렇지 않았다. 단운룡은 어느 때보다 편안해 보였다.

스칸다가 보여줬던 파괴신의 춤과 같다. 뇌전력이라는 가장 위험한 진기를 다루면서도 고요하면서 평온했다. 스칸다를 바라보는 그의 눈빛은 만상의 모든 것을 담고 있었다.

"간다."

단운룡이 말했다.

먼저 출수했고, 나중에 막았다.

스칸다가 극속의 무공을 펼쳤다.

볼 수 없었다. 보지 않았다.

마신극광추가 하늘을 때렸다. 스칸다의 발이 태양빛을 쪼갰다.

그들의 겨룸은 아름다웠다.

단운룡은 평생 동안 이런 싸움을 다시 겪기는 힘들 거라 생각했다.

이 순간은 오로지 이 순간뿐이다. 지금 이때이기에, 단운룡의 무공이 지금 여기에 이르렀기에, 이때만 체험할 수 있는 희열이었다.

기뻤다.

위타천과 싸울 때와는 달랐다.

그것은 재능의 겨룸이고, 숙적의 격돌이었다.

이 싸움은 재능을 겨룸이 아니었다. 자존심을 입증하는 싸움도 아니었다.

단운룡과 스칸다에겐 은원이 없었다.

신의 힘을 타고난 인간의 무공과 인간으로 신의 영역에 이르는 무공이 어우러졌다.

기적처럼 마주했다.

단운룡은 스칸다의 구루가 되고, 스칸다는 단운룡의 스승이 되었다.

크리슈나에 맞서며 우주를 엿보았다.

스칸다와 싸우며 인간을 증명했다.

온전한 사람으로 발휘할 수 있는 기량의 극치를 향했다. 그들의 무공은 한없이 치달아 올라갔다.

스칸다의 속도가 더 빨라졌다. 그는 시야에서 자꾸 사라졌다.

단운룡도 빨라졌다. 그는 빨라지는 만큼 강해졌다.

마침내.

단운룡의 무공이 천룡의 위타천에 닿았다.

쩌엉!

스칸다의 팔과 단운룡의 손날이 부딪쳤다.

스칸다의 팔에서 피가 솟았다.

핏물이 땅을 수놓았지만 단운룡은 의식하지 않았다. 피륙의 상처일 뿐이었다.

스칸다의 손바닥이 단운룡의 명치를 향해 다가왔다.

그저 가볍게 내민 것 같은 일장이었지만 저것에 잘못 맞으면 목숨이 날아간다. 단운룡은 그 간단한 손짓에 마신광뢰포로 답했다.

꽝! 파지지직!

폭발이 일어났다.

텅!

단운룡의 몸이 뒤로 튕겨나갔다. 천잠보의 표면을 따라 빛무리가 출렁였다.

스칸다의 손은 광뢰포의 힘으로도 완전 상쇄가 불가능했다. 광뢰포의 경파가 순식간에 흩어졌다. 가슴에 격공의 타격까지 입었다.

텅!

단운룡은 바로 몸을 돌려 스칸다에게로 뛰어들었다.

일진일퇴다.

단운룡의 움직임이 뚝뚝 끊긴 것처럼 보였다. 이번엔 스칸다가 단운룡을 놓쳤다. 극속 신법에 마신극광추가 스칸다의 어깨를 때렸다.

쾅!

스칸다의 몸이 휘청 뒤로 밀려났다. 스칸다는 뒤로 쓰러지다가 사라졌다. 세상이 느려지는 공간에 들어왔음에도, 스칸다를 눈으로 좇을 수가 없었다.

빡!

본능적으로 어깨를 틀어막았다. 스칸다의 발이 단운룡의 몸을 날렸다.

단운룡은 옆으로 튕겨나가다가 땅에 발을 박고 마광각을 휘어찼다. 쾅! 하고 스칸다의 몸이 땅에 처박혔다.

스칸다는 벌떡 일어났다. 일어났다 싶은 순간, 단운룡의 뒤에 있었다.

스칸다의 수도(手刀)가 찰나를 갈랐다.

단운룡의 신형이 픽 꺼졌다.

피하지 않았으면 머리가 날아갔을 일격이었다. 단운룡이 그대로 몸을 들이밀며 광혼고를 때려 넣었다. 스칸다는 마주 받지 않았다. 그가 뒤로 물러났다.

눈에 보이지 않는 공방이 이어졌다.

치익! 단운룡의 눈가에서 피가 튀었다.

퍼억! 스칸다의 팔뚝 살점이 터져나갔다.

우지끈! 단운룡의 팔이 늘어졌다.

창조와 파괴는 항상 순환하는 원이라.

무공과 무공이 극에 이르러 상생이 공멸이 되었다.

일순간.

둘은 서로 보지 않음에도 서로의 눈빛을 느꼈다.

스칸다의 발차기가 무섭게 뻗어 나왔다. 단운룡의 마광각이 스칸다의 발차기와 교차했다.

빠아악! 우직! 콰직!

둘의 정강이에서 무시무시한 소리가 터져 나왔다.

단운룡도 스칸다도 똑같았다.

동시에 뒤로 물러나 섰다. 둘 다 한쪽 다리에 무게를 싣지 못했다.

정강이가 기이한 각도로 꺾였다. 둘 다 오른쪽 다리가 부러진 것이다.

우득! 우드득!

두 사람 다 기의 운용은 융통무애다. 진기로 전신을 지배하는 경지에 이르러 있었다. 누가 먼저랄 것도 없이 비틀려 있던 다리가 곧게 펴졌다. 같은 방식이다. 진기로 근육을 움직여 부러진 뼈를 맞춘 것이다.

단운룡 쪽은 거기서 더 나아갔다.

놀라운 일이 이어졌다.

길게 내려온 천잠보의가 다리 쪽을 감쌌다. 명멸하는 빛이 다리 쪽으로 마구 뻗어 나왔다. 부러진 뼈가 붙고 있음을 느꼈다. 다리만이 아니다. 팔과 어깨의 내상도 사라졌다.

입고 있는 주인에게 재생능까지 부여하는 옷이다. 단운룡은 천잠보의가 전설 속의 기보(奇寶)임을 다시 한번 실감했다.

"공평하다."

스칸다가 말했다.

천잠보의 덕분에 골절까지 단숨에 회복했다. 불공평한 싸움이다.

하지만 스칸다는 반대로 말했다.

단운룡은 이내, 스칸다 또한 골절상이 수복되었음을 알 수 있었다. 다른 곳의 상처도 마찬가지다. 피를 뿌렸던 팔도 터져 나갔던 팔뚝도 상처가 다 아문 상태였다.

재생능이다.

죽었다가 살아났다는 말이 설득력을 얻는 대목이다.

단운룡은 웃었다.

좋은 상대였다.

서로의 육체를 파괴하면서 싸웠다. 그런데 또 그것을 순식간에 회복한다.

이런 자가 또 있을까.

난감하다. 동시에 새로운 것을 알아간다.

마신을 발동한 광신마체 무공들은 일타 일타가 무서운 위력을 지녔다. 그럼에도 어느 하나 결정타로 쓰지 못했다.

스칸다를 이기려면 그 이상이 필요하다.

신체의 재생능을 넘어선 일격이 있어야 했다.

이를테면, 바사비 샤크티 같은.

단운룡의 두뇌가 최대로 가동되었다.

신의 창이 발출되던 순간을 재구성한다.

공간을 찢어발기고 산을 부수는 그 뇌정의 파동을 연산했다.

힘의 규격은 인간 육신으로 구현할 수 있는 상정 외였다.

통상적으로 다룰 수 있는 힘이 아니었다. 극속의 육체를 지닌 스칸다마저 느리게 만들 정도로 담고 있는 기(氣)가 엄청났다.

그래도 스칸다는 했다.

그걸 가능케 한 것은 재생능과 화신화라는 신적인 이능일 것이다.

그는 그처럼 불공평한 능력을 지녔다.

하지만, 능력은 단운룡에게도 있다.

천잠보의는 그에게 강력한 육체 수복 능력을 줬다. 더불어 뇌기를 다루는 것은 그가 지닌 무공의 근원이며 총화였다.

텅!

단운룡과 스칸다는 다시 서로를 향해 달려들었다.

무시무시한 공방이 이어졌다.

싸우면서 사고했다.

그것은 이미 오래전부터 가지고 있는 무언가를 다시 되살리는 과정 같았다.

사부를 기억했다.

사부는 광극진기를 가르치면서 많은 이야기를 했다.

옛날이야기였다. 사부는 본디 검을 썼노라 말했다. 하지만 단운룡은 협제의 허리춤에서 보석 박힌 협제검을 본 적이 없었다.

철위강을 떠올렸다.

철위강은 그의 몸에 천룡의 일격을 새겼다.

그의 일권은 모든 것을 파괴할 수 있는 무적무공의 극의였다.

크리슈나와 싸웠다.

단운룡은 우주의 조각을 보았다.

있었던 일, 있는 일, 있어야 할 일이 그 안에 있다. 깜깜하지만 빛나는 그 어둠 속에 온 세계의 비밀과 기억이 빠짐없이 담겨 있었다.

단운룡의 머릿속에 그 셋이 합일되었다.

그것은 그의 안에 오래전부터 있었다.

이미 사부는 다 가르쳤다.

쾅!!

단운룡과 스칸다가 뒤로 튕겨나갔다.

스칸다의 가슴은 움푹 패여 있었고, 단운룡은 입에서 피를 토했다.

둘은 곧바로 몸을 세웠다.

그리고 단운룡이 한 손을 들었다.

"나와라."

어째서 그런 말을 했는지 모른다.

가슴 높이로 들어 올린 오른손의 손바닥은 땅을 향하고 있었다.

파지지지직!

아무것도 없는 손 아래에서 전광(電光)이 일었다.

비어 있던 공간이 쪼개지고 부서졌다. 한 자루 빛나는 빛 무리가 전광 안에서 모습을 드러냈다.

그것은 창의 모양이 아니었다. 길쭉한 타원처럼 생겼다.

그 빛 무리가 뾰족해졌다.

빛은 창처럼 크지 않았다. 다룰 수 없는 힘은 압축시켜 용량을 줄였다.

그래도 충분히 강력하다.

빛 무리가 검처럼 변했다.

아직 완전히 다듬어지지 않은 그 검은, 그의 사부가 그에게 넘겨준 적 없다 여겼던, 바로 그 검과 닮아 있었다.

단운룡의 손이 빛 무리를 잡았다.

스칸다의 입에서 처음으로 침음성이 흘러나왔다.

"바사비 샤크티……! 아니, 바즈라인가?"

"달라."

단운룡이 대답했다.

그는 검법을 익힌 적이 없다. 아니다. 그가 소연신의 무공에 처음 입문했을 때부터 그는 광검결을 배웠다.

사부는 일가를 이룬 무공에 천룡의 형을 입혔다.

하지만 광검결은, 천룡의 무공에 대응되지 않았다.

이것이 그 해답이다.

검사(劍士)는 검의 궁극을 논할 때 신검합일(身劍合一)이라는 네 글자를 말한다.

단운룡은 검을 잡기보다 먼저 신검(身劍)을 배웠다.

단운룡의 손과 빛의 검이 하나가 되었다.

이렇게 압축했는데도 버겁다.

광극진기가 어마어마하게 깎여 나갔다.

광핵의 회전이 삐걱거렸다.

바사비 샤크티처럼 단 일격만 쓸 수 있다.

단운룡이 스칸다에게 날아들었다.

공간을 파동으로 채우고, 스칸다의 움직임을 쫓았다.

스칸다와 단운룡의 몸이 교차했다.

그들은 그들이 구현할 수 있는 극점에서 맞부딪치고 있었다.

이미 그들의 무(武)는 언제라도 서로에게 회피 불가의 일격을 가할 수 있는 상태였다.

단운룡은 속도가 줄지 않았다.

스칸다는 광검(光劍)의 위력을 본능으로 알았다. 그는 회피에 전념했다. 그리고 한계에 달했다.

번쩍!

스칸다의 몸에서 빛의 폭발이 있었다. 빛은 순간 열 줄기가 되었다가 흩어졌다.

파지지지직!

그 다음은 전격이다. 산정이 뇌정으로 가득 찼다.

털썩.

스칸다가 한쪽 무릎을 꿇었다. 그의 몸에서는 허연 연기가 올라오고 있었다.

"마치… 비슈누의 검 같군."

단운룡의 손엔 아무것도 들려 있지 않았다.

마신 진기가 툭툭 끊어졌다.

붉고 푸른색이 피부를 누볐다. 천잠보의에서 빛줄기가 맹렬하게 회전하기 시작했다.

마신 영역에서 더 이상 싸울 수 없다.

하지만 패배는 스칸다가 먼저 인정했다.

그가 굵은 목소리로 침중하게 말했다.

"내가 졌다."

단운룡은 마신 유지가 불가능했지만, 스칸다는 움직이는 것 자체가 버거워 보였다. 그의 몸에서 신의 기운이 들끓고 있음을 느낄 수 있었다.

화신력과 재생력을 총동원해서 생명력의 소실을 막는다.

죽지 않으려는 것이다.

단운룡은 그걸 보며 한 가지 사실을 더 알게 되었다. 스칸다가 말한 부활이란 두 글자는 자유자재가 아니다.

그리고 죽음 역시, 오로지 스칸다의 의지에만 달린 일도 아니었다.

스칸다가 물었다.

"나를 죽일 셈인가?"

그렇다.

그의 목숨은 이제 단운룡의 손에 달렸다.

단운룡이 답했다.

"아니."

마신의 후유증이 밀려들었다.

전신 기혈을 가라앉히는 것은 천잠보의에 축적된 힘을 빌려도 만만치 않았다.

"너 역시 힘들어 보이는구나."

"강했으니까."

스칸다가 단운룡을 올려다보았다.

눈이 컸다. 눈동자는 갈색이었다.

"너는 나를 충분히 죽일 수 있음에도 살려주었다. 이유가 무엇이지?"

"너와 나에겐 은원이 없다. 그저 우연한 때에 우연히 만나, 서로의 힘을 겨뤘을 뿐이다. 그러므로 죽일 이유도 없다."

단운룡이 말했다.

마치 스칸다의 위엄이 그에게 옮겨 간 것처럼, 단운룡은 지쳤으나 그의 목소리엔 강력한 힘이 실려 있었다.

스칸다가 잠시 생각했다.

단운룡의 말이 그에게 어떤 화두를 던져준 것 같았다.

"그것은 우연이 아니다. 카르마다. 너는 나에게 많은 것을 가르쳐 주었다. 인간들을 죽일 마음이 사라져 버렸다."

스칸다가 말했다.

그가 천천히 몸을 일으켰다.

그는 지금 무공을 펼칠 수 없었지만, 단운룡처럼 처음 만났을 때보다 강해 보였다.

"그렇다면 너는 이제 무엇을 할 건가?"

"나는 내 몸을 회복해야 한다. 마귀들 중엔 정(精)을 지닌 것들이 있다. 신들은 마귀를 죽이고 악을 정화하여 힘으로 삼았다. 너와 싸우며 소모한 신력(神力)을 복구하려면 긴 시간이 필요할 것이다."

"이곳에 있겠다는 뜻인가?"

"깊은 어둠은 항상 북쪽에서 온다. 내 이름은 스칸다다. 나는 내 이름에 따라 여기서 멸망의 악(惡)을 막겠다."

"그럼 네가 말하는 거짓된 신들은 내가 죽여주마."

"너는 은원이 없다 말하지만, 나는 또 하나 받는다. 언제든 나를 찾으라. 카르마에 따라 필요한 것을 주겠다."

스칸다가 말했다. 마치 그것은 아주 오래된 신화 속에서, 네 소원을 한 가지 들어 주겠다 말하는 신의 약속 같았다.

"그때까지 또 죽지 마라."

단운룡이 몸을 돌렸다. 손을 들자 아까부터 땅에 나뒹굴던 철신갑이 따라와 잡혔다.

단운룡은 이제 마신 없이도 천잠보의와의 공명을 통해 자력파동을 쓸 수 있었다.

차르르륵.

철신갑에서 경쾌한 소리가 났다. 철신갑은 그 정도 산정이 깎이는 힘의 격돌에도 손상 하나 없었다.

단운룡이 다시 산을 내려갔다.

그리고, 스칸다는 다시 하늘로 올라갔다.

*　　　　　*　　　　　*

항산무림인들이 또 나타났다.

그것이 좋은 일인지 나쁜 일인지 처음엔 알 수 없었다.

관승과 왕호저가 요괴들을 뚫고, 다음 원진 구축을 위해서 달리고 있을 때, 능선 쪽에서는 또 한 무리의 항산무림인들이 언덕을 넘고 있었다.

이번 항산무림인들은 숫자가 더 많았다. 거의 백여 명에 달했다. 북악의 강호인들은 의협심이 투철했다. 그들 안에 있던 항산의 기풍이 위기 앞에서 일어난 것이다.

문제는 힘이다. 그들은 항산의 요괴 준동을 알고 너 나 할 것 없이 달려왔지만, 요괴 떼를 쳐부술 무력이 부족했다.

요괴들이 떼를 지어 그쪽으로 달려갔다.

새로 나타난 무인들은 수가 많았지만, 대열도 고르지 못하고 지휘자도 없어 보였다. 크게 당황한 기색이 역력했다.

"형님! 제가 가겠습니다!"

왕호저는 판단이 빨랐다.

요괴들이 저쪽으로 대거 달려가면서 이 앞은 돌파하기가 더 쉬워졌다. 적들이 갑작스레 분산된 격이었다.

"삼십 명! 나를 따라와!"

누가 따로 정해주지 않아도 된다. 삽시간에 삼십 명이 추려져서 왕호저를 따라 몸을 날렸다. 왕호저가 무서운 속도로 능선을 향해 돌진했다. 그야말로 덩치 큰 범이 산을 달리는 것 같다. 창을 휘두르면서 달리는데도 그쪽으로 가는 요괴들 일부를 앞지를 정도였다. 비룡각 무인들은 고립되지 않기 위해서라도 있는 힘껏 땅을 박차야 했다.

쾌아앙!

청룡언월도도 멈추지 않았다.

그쪽을 왕호저에게 맡긴 채, 관승은 계속 전진했다. 그의 앞
에서 피의 길이 열렸다. 다섯 관문을 뚫는 관운장의 전설마냥,
그의 앞에서 크고 작은 요괴들이 파죽지세로 갈려 나갔다.

터엉! 쾌아아앙!

폭음이 터졌다.

관승이 마침내 처음 점찍었던 바위들 앞에 섰다. 수염을 휘
날리며 바위 위로 올라갔다. 달려드는 요괴들을 때려 부쉈다.
전설 속의 용장이 따로 없었다.

관승이 앞에서 요괴들을 막고, 비룡각 무인들은 조금 떨어
진 관목 숲으로 달려갔다. 그들은 세세한 지시 없이도 필요한
임무를 충실히 수행했다.

그들은 빠르고 강했다.

구화를 피울 준비가 순식간에 끝났다.

구천궁주와 무인들이 혀를 내두르며 땔감 운반을 도왔다.

우우우웅! 쾌직!

청룡언월도를 크게 휘둘러 공간을 만들었다.

관승이 고개를 들고 능선 쪽으로 시선을 돌렸다. 새로 나타
난 무인들과 첫 요괴 무리의 난전이 막 시작되고 있었다.

거리가 있었다. 이미 그들은 골짜기 쪽 지형으로 더 들어온

상태였다. 그 때문에 왕호저의 이동이 아무리 빨라도 저 능선까지 당도하기까지는 시간이 더 걸릴 수밖에 없었다.

굴곡진 지형과 숲도 장애물이다. 앞을 가로막는 요괴들은 말할 것도 없다.

새롭게 나타난 무인들의 위치가 워낙 좋지 않았다. 왕호저가 당도하기까지 꽤 많은 사상자가 발생할 것 같았다.

참으로 어렵다. 무림인들이 계속 오고 있다.

저들이 처음이 아니듯, 저들이 마지막도 아닐 것이다.

오는 것은 좋다. 다만 합류가 문제다. 무인들이 남쪽에서 산길을 타고 오면 바로 저 능선을 넘게 된다. 능선과 이곳 원진까지의 거리가 너무 멀었다. 중간에 끊기는 이유다.

여기서부터 능선 쪽 무인들의 진입로까지 안전한 길이 열려 있어야 했다. 그래야 무인 숫자를 손실 없이 늘릴 수 있었다.

다시 고개를 돌려 눈앞의 요괴들에 집중했다.

순식간에 세 마리를 베었다.

전황 변화가 이어졌다.

관승은 요사로운 기운이 다가오는 것을 느꼈다. 요기가 아주 강력했다. 골짜기 쪽에서 계속 감지되던 바로 그 기운이었다.

기운은 하나가 아니었다.

둘이다. 하나는 이쪽으로 온다. 더불어 왕호저 쪽으로도 무언가가 가고 있었다.

둘 다 아주 빨랐다.

'이제부터 진짜다.'

관승의 부리부리한 눈이 더 용맹한 빛을 뿜어냈다. 전력을 다해 싸울 상대를 오랫동안 만나지 못한 그였다.

큰 요괴가 모습을 드러냈다.

왕호저 쪽이 먼저였다. 하얀색 털을 지닌 그 괴물은 호랑이 같은 모습을 하고 있었다. 백호 무늬가 몸체를 수놓았다. 주둥이는 뾰족하여 호랑이와 개가 섞인 듯했고, 송곳니는 보통 호랑이보다도 훨씬 더 길었다. 꼬리가 말 꼬리처럼 흩날렸다. 왕과 같은 기운을 뿜고 있었다.

지금껏 싸우던 요괴들과는 격이 다른 괴수였다.

왕호저가 멈춰 섰다.

저 멀리 괴수의 출현을 본 구천궁주와 도사들이 독곡이란 이름을 말했다. 바로 이름을 알 수 있을 만큼 유명한 괴물인 것 같았다. 유명한 만큼 위험한 괴물이기도 할 터였다.

왕호저가 막혔으니, 능선 쪽은 더 위험해졌다

능선과 원진을 잇는 길을 기대할 때가 아니다. 능선 쪽 무인들은 알아서 살아나야 했다.

시선을 거두려는데, 능선 쪽에서 강력한 기운이 퍼져 나왔다. 그가 다시 고개를 들었다.

능선을 따라 요괴를 지우는 반원의 검기(劍氣)가 그려졌다.

누군지 잘 안다. 까마득히 보이는 무림인들 선두에 죽립을 쓴 남자가 있었다. 그가 청천의 횡격을 휘둘렀다.

'단평!'

검날이 언월도마냥 횡으로 나아간다. 요괴들이 썰려나갔다.

그렇다. 엽단평이었다.

평요고성에서 문주와 합류했다는 여의각 전령의 보고를 받았다. 엽단평이 왔다는 것은 문주도 이곳에 왔다는 뜻일 게다.

청룡언월도에 힘이 들어갔다.

까마득한 세월을 떠올렸다. 그저 당돌했던 꼬마였다. 이제는 문주로 모신다. 이리도 든든할 수가 없었다.

관승이 앞으로 나아갔다. 등 뒤에서는 따뜻한 열기(熱氣)가 느껴졌다. 대구화에 벌써 불이 붙고 있었다.

콰아앙!

"크르르르르르르"

관승의 앞에 거대한 그림자가 드리워졌다. 이 괴물도 왕호저 앞에 나타난 것처럼 커다란 범처럼 생겼다.

집채보다 더 큰 덩치를 지녔고 앞다리 쪽엔 한 쌍의 날개까지 달려있었다. 실제로 날 수 있는지는 모르겠지만 그 위용이 실로 대단했다. 요괴라기보다는 신수(神獸)처럼 보였다. 하지만 괴물은 괴물이라, 충혈된 두 눈에는 대낮에도 공포감을 흩뿌리는 마기(魔氣)가 서려 있었다. 관승은 비슷한 기운을 알았다. 염라마신도 이런 마기를 흘렸다. 이 쌍익대호(雙翼大虎)의 마기는 날것처럼 거칠었다. 보통 무인이라면 그 앞에 서 있기조차 힘들었을 기운이었다.

"좋은 상대로다."

관승은 물러섬 없이 앞으로 나섰다.

이 괴물은 필경 엄청나게 강하겠지만 어딘지 정상이 아니어 보였다. 충분히 큰데도 아직 덜 성장한 느낌이었다.

더 커져도 달라질 것은 없었다. 염라마신이라는 천고의 괴수와 맞서본 관승은 그 무엇에도 두려움을 느끼지 않았다.

"쿠와아아아아아아!"

괴물이 포효했다.

이빨은 톱니같이 삐죽삐죽하여 아주 사나워 보였다. 사람한 명쯤은 아무렇지 않게 꿀꺽 삼킬 것 같았다.

관승은 그저 청룡언월도를 고쳐 잡을 뿐이었다.

"자, 어디 한번 어울려 보자꾸나."

관승이 땅을 박찼다.

적토마 없이도, 그는 빨랐다.

청룡언월도가 하늘을 쪼갰다. 날개 달린 호랑이 괴물과 전설 속 장수의 환생이 힘을 겨루었다.

한 폭의 그림 같았다.

        *   *   *

단기필마의 흑백마차가 깜깜한 바위 그늘을 지났다.

해가 잘 들지 않았다.

숲이 이어졌다. 빽빽한 숲은 대낮에도 어두웠다.

나뭇가지가 검은색으로 보였다. 나뭇잎도 칠흑 같았다.

그림자가 겹겹이 중첩되어 깊은 어둠을 만들었다.

길이 없어졌다.

덜컹.

마차 문이 열렸다.

그는 마차에서 내려 숲속으로 더 들어갔다. 악몽 속에서 길을 잃는 꿈처럼, 숲은 모든 빛을 빨아들였다. 오래되어 빛바랜 종이 위에 먹물을 마구 뿌려놓은 것 같다.

안온한 어둠이 그를 감쌌다. 주위를 채웠던 나무들이 없어졌다. 협곡이 보였다.

기울어진 바위산이 하늘을 가리고, 마주선 절벽이 해를 막았다. 진득한 음기(陰氣)가 머무는 지형이다. 해를 보지 않고 살아가는 존재들만 이런 곳을 좋아할 것이다.

조금 더 나아가자, 괴성이 들리기 시작했다.

죽어야 할 자들이 되살아난 고통의 소요다. 그것은 시산혈해의 전장에서 들리는 신음성처럼 들렸다.

그가 깎아지른 어둠 앞에 섰다.

푹 꺼진 비탈길 밑으로 많은 것들이 해를 향해 몰려나가고 있었다. 그것은 귀신의 군대였다. 생기 없이 걸어가는 수많은 병사들이었다.

거무죽죽하게 죽은 얼굴에, 두 눈에는 혼이 없었다. 제대로 된 갑주를 입은 병사는 거의 보이지 않았다. 부서지고 찢긴 무장에, 팔다리가 성치 않은 병사들도 많았다.

병사들은 따뜻하지 않은 어둠으로 점철되어 있었다. 그들 몸에 저주가 덕지덕지 붙었다. 새까맣게 우글거리는 벌레처럼 보였다.

개체 하나 하나는 색적분류 흑색 오 등급 이하겠지만, 저 숫자는 색적분류가 무의미했다. 눈에 보이는 것만 수백을 헤아렸다. 저들에겐 그가 지닌 밤의 지배력도 통하지 않았다. 기동을 위한 힘의 근원이 달랐다.

다시 걸었다.

그는 이걸 막을 자가 아니었다.

평형관 쪽에서도 귀병들이 남하 중이라 했다. 이들은 그들과 또 다른 무리였다.

두 방향 총합 이천여 귀신 군대면 지역 무림인들로는 버거울 수 있겠다. 황군이나 무림맹 급의 무인 병대가 나서야 했다.

그게 다 무슨 소용이냐는 생각도 들었다.

그저 그녀가 이 일과 관계없길 바랄 뿐이었다.

그가 어둠 속으로 더 나아갔다.

해는 중천에 떴고, 양광이 세상을 채웠다. 여긴 다르다. 이곳만 다른 세상 같다.

썩어가는 나무들이 곳곳에 서 있었다. 부패와 오염의 냄새가 났다.

앞쪽으로 집 한 채가 보였다.

누가 왜 이런 곳에 집을 지었는지 모르겠지만, 어쨌든 제정신은 아니다. 집이 있다는 것 자체가 말이 안 되는 광경이었다.

그가 집 앞에 섰다.

문에는 그가 아는 표식이 아무것도 없었다. 검붉은 십자 모양은 보이지 않는다. 착잡했다.

그가 문을 열고 안으로 들어갔다.

집의 형태는 특이했다. 비석 같은 석판이 하나 보였다. 내부 건물은 제사를 위한 암자에 가까웠다.

끼이익.

손님을 맞이하는 것처럼, 안가(安家)의 문이 열렸다.

뒷모습이 보였다.

여성이다.

머리카락은 흑단처럼 검고 고왔다.

그의 눈에서 위험한 빛이 새어 나왔다. 붉은색이었다.

*   *   *

귀신군대가 산을 탔다.

요괴 무리가 땅을 메웠다.

북악은 컸다. 싸움은 진무령에서만 벌어지지 않았다.

항산은 공전절후의 격전지가 되었다.

사람의 발길이 닿지 않는 곳이 많았다. 천하의 안위를 가르는 대격전은 그렇게 사람들이 모르는 곳에서 절정을 향해 치닫고 있었다.

"본래는 길신(吉神)입니다!! 죽이면 안 됩니다!"

낭랑한 목소리가 거대한 동굴 속을 울렸다.

"죽이면 안 돼? 건방진!!"

벼락같은 고함 소리가 우르릉 하고 동굴을 흔들었다.

동굴 바위 틈새로 햇빛이 비쳐들고 있었다. 그 빛을 쪼개며 고함을 지른 남자가 무서운 속도로 짓쳐들었다.

쫘아앙!

그의 주먹이 땅을 부쉈다.

돌조각이 폭발하듯 주위를 휩쓸었다.

남자는 하반신에만 털가죽을 둘러 상반신을 다 드러내고 있었다. 근육이 꽉 짜인 완벽한 육체를 지녔고, 얼굴은 코가 높고 선이 고왔다. 분을 칠하면 여자라 해도 믿을 생김새다. 북방에서는 계집 같은 얼굴이라 놀림을 받아도, 장강 이남에서는 미남이라 추앙받을 얼굴이었다.

남자가 정면의 사내를 바라보았다.

"네놈은 무엇이냐"

정면의 사내는 피부가 구릿빛이었다. 뒤로 묶은 머리카락이 격전 중에 흐트러져 흑발 가닥이 이곳저곳 튀어나와 있었다. 눈썹이 짙고 눈동자는 까맣다. 지극히 거친 외모였다.

그가 완만히 휘어진 곡도를 방만하게 늘어뜨리며 대답했다.

"나는 귀도다."

"누가 이름을 물었느냐!!"

선이 고운 남자가 버럭 소리를 질렀다.

목소리에 강력한 법력이 깃들어 있다. 사자후도 아닌 것이 우르릉 천둥 치듯, 바위가 진동했다.

"시끄럽다."

귀도가 말했다.

맞은편의 남자가 분노했다. 그가 눈을 치떴다. 그의 눈이 번쩍였다. 눈빛이 변한 게 아니라, 정말로 눈부신 광채가 두 눈을 채웠다.

콰아아아앙!

광채가 폭발하듯 뻗어 나와 두 줄기 선이 되었다. 빛이 닿은 바위사면에서 폭발이 일어났다. 우르르릉 하고 돌무더기가 쏟아졌다.

귀도는 놀라지도 않았다.

가볍게 옆으로 몸을 젖혀 피했을 뿐이었다.

눈에서 빛을 뿜은 남자가 귀도에게 짓쳐들었다. 두 눈에 아직 남은 광채가 동굴 어둠 속에 빛의 잔영을 남겼다.

쾅!

피슛!

팔을 휘두른 경풍에 돌바닥이 부서졌다. 동시에 남자의 팔에서 피가 솟구쳤다.

남자가 뒤로 휙 물러났다.

움직임이 거의 하늘을 나는 것 같았다.

그가 바위 위에 내려섰다. 범이 산을 누비는 것처럼 아무 소리도 나지 않았다. 실제로 그에겐 호랑이처럼 무늬가 있는 꼬리가 달려 있었다.

뚝. 뚝.

팔을 따라 피가 흘렀다. 그가 자신의 팔을 내려다보았다.

"너는 무엇이냐!! 어째서 피가 계속 나는 것이냐!"

그가 소리치자 다시 한번 동굴이 흔들렸다. 하지만 그 흔들림은 아까와 달랐다. 처음엔 돌가루가 쏟아질 정도였지만, 이번엔 그저 쩌렁거리는 울림에 그쳤다.

"내가 무엇이냐가 아니지."

귀도가 그를 보며 말했다.

귀도가 남자를 향해 몸을 날렸다. 귀도는 더 빨라졌고, 남자는 더 느려져 보였다. 귀도가 덧붙여 말했다.

"지금 네가 무엇이냐다."

남자의 눈빛이 흔들렸다. 알아들은 것이다.

"놈!!!"

호랑이 꼬리를 지닌 남자가 또 한 번 일갈하며 팔을 휘둘렀다. 그의 손을 따라 검은 구름과 안개가 서리다가 흩어졌다.

귀도가 남자의 손을 피했다. 가볍게 물러나며 손목을 휘돌렸다.

피슛!

곡도가 무서운 속도로 남자의 가슴 위쪽을 그었다. 핏줄기가 하나 더 생겼다. 남자의 고운 얼굴이 일그러졌다.

남자가 다시 물러났다.

귀도가 말했다. 남자를 향한 것이 아니었다. 그의 뒤에 있는 동료를 향해서였다.

"이제 가라."

많은 여정을 함께한 동료, 젊은 낭인이 귀도를 보았다.

귀도의 등은 아주 단단했다.

악몽을 꿀 때 보았던 등과 비슷하다고 생각했다. 그 등이 그들을 지키며 앞으로 나아가면, 악몽이 그치고 푸른 바람이 불었다.

젊은 낭인이 동굴 저편으로 고개를 돌렸다.

저 멀리 동굴 바깥쪽에서는 또 하나 격렬한 공방이 벌어지고 있었다. 적색 문사복을 입은 남자에 맞서 백발 남자가 땅을 박차고 있었다.

둘 다 엄청나게 빨랐다.

인간화까지 연성한 요괴는 역시 어느 하나 만만한 것이 없다. 그러나 그런 것으로 치자면 이쪽이 더하다. 그는 그의 동료를 믿었다.

그가 결심한 것처럼 동굴 안쪽으로 뛰어 들어갔다.

                    *   *   *

　자기 인형처럼 하얀 얼굴에는 청년의 순수함과 장수의 노련
함이 공존하고 있었다.

　여기서 미친 신(神)을 만날 줄은 몰랐다. 적측에 있다는 열
왕(熱王)의 존재도 마음에 걸렸다.

　그래도 그의 동료들은 언제나처럼 어떻게든 해줄 것이다.

　그가 발끝에 힘을 더했다.

　무의식이 의식이 된다. 진무신법이 펼쳐졌다.

　그가 동굴 속 바위를 타넘고 위로 올랐다.

　통로처럼 까만 굴 하나가 눈앞에 나타났다. 거침없이 안으
로 들어갔다. 귀기(鬼氣)의 파도가 밀려들었다.

　암굴을 지나, 또 하나 거대 동공(洞空)에 이르렀다. 동공의
꼭대기엔 구멍이 뚫려 있었다. 햇빛과 구름이 보였다. 호로병
과 같은 동공이었다. 기이했다. 이게 자연적으로 형성될 수 있
는 지형인가 싶었다.

　콰콰콰콰!

　폭음이 들렸다.

　꺼지지 않는 불이 치솟았다. 겁화(劫火)였다.

　거대한 요괴들의 사체가 보였다. 그 사이로 마기(魔氣)를 내
뿜는 거인들이 도끼와 철퇴를 휘두르고 있었다.

그것은 또 하나의 전장이었다.

몰아치는 술력이 엄청났다. 부적 한 장, 법구 하나가 전설 속 이야기를 담고 있었다.

"고획조다!"

"안 돼!"

"제길! 놓치겠다!"

절망을 막는 자들이 있었다.

목소리들이 교차했다.

큰 요괴가 날개를 퍼덕거리며 제단 중앙으로 내려왔다. 제단 한가운데엔 넓적한 검 한 자루가 박혀 있었다. 그 검은 마(魔)에 잠식된 신검(神劍)이었다. 신검은 흑색의 수기(水氣)를 무지막지하게 쏟아내고 있었다. 제단 주위로는 비석 같은 석판들이 즐비했다. 어떤 것은 깨져 있었고 어떤 것은 멀쩡했다.

누군가가 그를 발견했다.

"귀장이다! 지옥술사가 왔다!"

거기 있는 이들이 그에게 소리쳤다.

그는 아직 상황을 파악하지 못했다. 하지만, 이 전장의 피아는 명백했다.

사람과 사람 아닌 것들이 싸운다.

사람들은 힘겹게 버텼다. 괴물들이 사방에 가득했다.

그가 몸을 날렸다. 사람에게 주어진 천명(天命)이 하나라는 법은 없나 보다. 그는 여기서 또 하나 그의 천명을 느꼈다. 처음 보는 자들과 합을 맞추며 부적을 날리고 검을 휘둘렀다.

한참을 정신없이 싸웠다.

요괴들이 달려들었다. 시체 같은 병사들도 있었다.

사람 아닌 것들을 물리치며 나아갔다. 그가 사람들을 이끄는 남자 앞에 섰다. 모두가 그 남자를 의지했다. 누가 자격을 준 것도 아니면서, 그로 인해 모두가 뭉칠 수 있었다. 기억나지 않는 누군가처럼, 그는 거기에 있는 것만으로 어떤 고난도 이겨낼 수 있는 힘을 주는 것 같았다.

남자가 그를, 그가 남자를 보았다.

눈이 마주쳤다.

한쪽 눈에서 황금색 빛줄기가 빙글빙글 돌고 있었다.

머리카락은 꿈틀대듯 제멋대로 흘러내렸다. 피부는 유리처럼 투명하기만 했다. 옷깃이 일렁이고 있었다. 손목에서는 뱀처럼 생긴 기이한 생명체가 꿈틀거렸다.

"지옥술이 필요하다."

거두절미다. 남자의 말을 듣자 머리가 아파왔다. 그냥 스쳐가는 두통이 아니라 부서지듯 통증이 일었다.

"내가 월현이다. 목숨은 걸지 않아도 된다! 내가 돕는다!"

그의 표정이 일그러지자 금안(金眼)의 남자가 이름을 밝혔다. 그 이름을 안다. 이 의뢰를 맡긴 자였다.

"하지만 지옥술은……!"

"역구결로 간다! 힘을 빌려서 발산하는 게 아니라 빨아들이는 술식(術式)이다! 조합은 내가 맡을 테니, 개술(開術)을! 어서!"

월현이 빠르게 말했다.

꽈아앙! 화르르르륵!

사방에서 폭음이 들렸다. 부적이 날았다. 빛이 번쩍 번쩍 동공을 채웠다.

수라장이었다. 아주 다급했다.

그가 주문을 외웠다. 송제왕의 한빙지옥술이 완성되었다. 큰 힘이 그를 휩쓸었다.

모든 것이 어둠으로 물들었다.

폭음이 없어지고 불꽃이 사라졌다. 전장 전체가 그 어둠에 삼켜졌다.

아니다.

심연에 빠진 것은 세상이 아니라 그의 정신뿐이었다.

의식이 흐려졌다.

언젠가처럼, 그가 풀썩 쓰러졌다.

       *   *   *

"……중명조! ……쫓아가!"

"……안정화가 안 됩니다!"

"내가 하겠다!"

"……!!"

"이것으로 끝이 아니었어요! 마핵(魔核)들은 바깥에도 있습니다!"

다급한 목소리들이 오갔다.

그 소리들이 그를 깨웠다.

"귀마병들이 진격하고 있습니다! 그쪽에도 마핵(魔核)이 있어요."

"음선(音仙)은?"

"천리안과 함께 갔습니다! 이제 그들에게 당도했을 겁니다."

"또 누가 갈 수 있지?"

"……!"

"……!"

음성들이 멀어지다가 돌아오길 반복했다.

아주 오랫동안 잔 것 같았다.

깊은 곳에서부터 올라오는 기분이 들었다.

"지옥술사는?"

"돌아오고 있습니다."

"그를 보내자."

"바로요?"

"가능해. 이들은 강하다."

많은 목소리가 머릿속을 오갔다.

머리맡을 울리는 이들의 목소리가 아니었다. 함께 전장을 달리던 남자들의 함성이 긴 잠을 몰아냈다.

초원에 부는 바람을 기억했다. 현무(玄武)는 달리 진무(振武)라 불린다. 신검(神劍)의 이름은 아주 많이 익숙했다.

'사제, 이제 일어나자.'

따뜻한 목소리가 그의 마음에 닿았다.

그때부터 지금토록 함께해 온 사형의 음성이었다.

단리림이 눈을 떴다.

*　　　　*　　　　*

화르르르르륵!

대구화가 타올랐다. 사마불침의 부적원진이 발동되었다.

비룡각 무인들은 원진으로 들어오지 않았다.

그들은 계속 싸웠다.

중원 최남단의 밀림에서 전쟁 상황을 겪어본 무인들이었다. 단순 무공 수련의 무력 집단이라기보다는 난전에 능한 정예병 대에 가까웠다.

남만의 밀림은 어둡고 습했다.

어디에나 적이 숨어 있을 수 있었다.

훌륭한 심법으로 공력을 쌓고 절정무공의 투로를 연마한다 해도, 체력은 무한대가 되지 않았다.

그래서 튼튼한 거점은 아주 중요했다. 거점의 방어가 확실 해도, 경계 태세는 풀 수 없었다. 호 일족은 집요했다. 기습에

능하고 후퇴도 잘했다.

그렇기에 중요한 것은 위협 자체에 대한 원천적 제거였다. 숲에서 나오는 적이 까다롭다면, 어떻게 방어할까를 걱정하기에 앞서 적을 모조리 죽여 버리면 되는 일이었다.

그렇게 싸웠다. 지금도 그렇다.

언제까지고 이렇게 포위되어 있을 수는 없다. 어차피 최종적으로는 요괴들의 절멸을 목표로 해야 한다.

까마득히 우글거렸던 요괴들은 무리의 분산과 지속적인 전투로 숫자가 확실히 줄어 있었다. 이길 수 있다. 이겨야 한다. 비룡각 무인들은 꺼지지 않는 투지를 갖고 있었다.

쩌엉!

불꽃이 튀었다.

관승의 청룡언월도가 튕겨나갔다.

"날개 달린 범! 사흉(四凶)의 궁기(窮奇)……!"

항산 도사들은 원진 밖으로 나갈 생각조차 못 했다.

궁기가 뿌리는 악수(惡獸)의 마기는 실로 엄청났다. 이런 기운에 저항하는 것은 쉬운 일이 아니었다.

마음이 굳건해도 두려움을 느낄 수 있다. 마음이 흔들리면 공포에 잠식당한다. 밖에서 싸우는 비룡각 무인들이 되레 사람 같아 보이지 않았다. 그들은 강력한 군기(軍氣)로 똘똘 뭉쳐 있었다. 똑같이 날래고, 여전히 강했다.

콰앙!

궁기의 커다란 앞발이 땅을 쳤다.

바위가 부서졌다. 관승은 물러나지 않았다. 양손으로 청룡
언월도 창봉을 잡고 웅혼한 내력을 일으켰다. 보는 사람들의
주먹을 불끈 쥐게 만드는 의기(義氣)가 넘쳐흘렀다.

쩌어어엉!

궁기의 발톱과 청룡언월도가 부딪쳤다.

"오오오오오!"

"저럴 수가!"

원진 안의 무인들이 탄성을 질렀다.

궁기의 거대한 덩치가 한 발 뒤로 물러났다. 관승의 몸집은
보통 사람보다 훨씬 컸지만, 궁기의 체고는 관승의 두 배가 넘
었다.

관승은 계속 전진했다.

감탄을 아니 할 수 없다. 평생에 다시 못 볼 광경이었다.

꽈앙! 꽈꽝!

먼 곳에서도 폭음이 들려왔다.

고대 영웅의 전장은 여기만이 아니었다.

삼국전설의 위왕을 보호하던 장수, 허저의 환생이라는 왕호
저도 백색의 호랑이 괴물과 땅을 울리는 격전을 벌였다.

나무가 쓰러지고, 땅이 갈라졌다.

두 마리의 산중 대왕이 싸우는 것 같았다.

독곡이라 불린 그 괴물은 몹시 사나웠다. 혹 달려와 이빨로

물고, 그대로 앞발을 휘둘렀다. 날카로운 발톱이 아름드리나무를 치면 나무가 쫙 갈라졌다.

"이얍!"

왕호저는 기합성을 내지르며 땅을 박차고 창을 내려쳤다. 독곡은 피하지도 않았다. 몸을 비틀며 앞발을 쳐올렸다. 앞발과 창대가 부딪쳤다.

채앵!

왕호저의 몸이 훅 옆으로 튕겨나갔다. 왕호저는 바로 땅을 박차고 다시 독곡에게 달려들었다. 두 맹수는 한 치의 양보도 없는 것처럼 싸웠다.

왕호저의 창날이 날카롭게 휘어들어가 독곡의 어깨를 찍었다. 제대로 들어간 일격이었다.

쩌엉! 하고 또 한 번 쇳소리가 났다.

발톱도 아니고 몸체다. 독곡은 전신이 쇠로 된 것처럼 단단했다. 거대한 쇳덩이와 싸우는 격이었다. 주위의 요괴들이 사방으로 흩어졌다. 비룡각 무인들도 끼어들지 못했다. 숲이 무너지며 둘 주변에 공터가 생겼다.

쩌어엉!

왕호저는 더 힘을 끌어 올렸다. 포효호심창의 창날이 박히지 않았다. 진짜 괴물이었다. 충돌음이 점입가경으로 거세졌다.

왕호저가 독곡과 격돌을 벌이는 동안, 능선 쪽 항산무림인들은 엽단평을 선봉으로 하여 내리막길을 달렸다.

왕호저가 그들에게 가고 있었듯, 이번엔 그들이 왕호저 쪽으로 내려오고 있었다.

우흥! 푸확!

반원이 그려지고, 피가 뿌려졌다.

엽단평의 횡참격은 언제나처럼 강력했다. 구름이 걷히고 푸른 하늘이 드러나듯, 그가 나서면 요괴가 갈라졌다.

백여 명 무인들은 각자의 무공을 혼신의 힘을 다해 펼치면서 엽단평의 뒤를 따랐다.

"후방으로 옹화가 옵니다!"

"전방엔 알유다."

엽단평과 이전은 이제 요괴들의 이름까지 알았다. 뒤편으로 쿵쾅거리는 소리가 들렸다. 앞쪽 숲에서는 큰 덩치의 알유가 기어 나왔다.

엽단평이 빠르게 앞으로 튀어나갔다.

알유부터 죽이고, 옹화를 상대하려 함이다. 뒤쪽은 버틸 수 있다. 엽단평은 확신했다.

우우웅! 푸하학!

무서운 속도로 요괴들을 죽이며 정면을 돌파했다. 이미 죽여 본 요괴들이 많았다. 어디를 어떻게 베어야 하는지 알았다. 요괴들은 그의 일검을 버티지 못했다.

알유의 몸체가 눈앞으로 확대되었다. 이놈은 아주 컸다. 고성에서 처음 상대했던 알유보다 훨씬 더 컸다.

독 방출 이전에 죽이는 것이 관건이었다. 안쪽으로 파고들면서 새빨간 인면(人面) 밑을 노렸다. 그의 손에서 강력한 참격이 펼쳐졌다.

좌아아아악!

이 알유는 큰 덩치만큼 일격에 죽지 않았다. 목 부분을 갈라냈지만 얕았다. 알유가 회백색 몸통을 돌리며 비수 같은 발톱을 휘둘렀다.

푸확!

기어코 독무(毒霧)가 뿜어졌다. 엽단평 대신 그 주변의 요괴들이 픽픽 쓰러졌다. 엽단평의 신형이 무서운 속도로 움직였다. 그의 손에서 마천의 참격이 펼쳐졌다.

알유의 다리 하나가 날아갔다.

푹! 푹!

엽단평의 검이 두 번 알유의 몸체를 쑤시고 빠져나왔다. 일검으로 보일 만큼 빨랐다. 찌르기로 알유의 반격을 봉쇄했다. 그의 손에서 다시 참격이 날았다.

후웅! 좌아아아아악!

이어지는 검격에 알유의 머리가 떨어졌다. 엽단평은 바로 땅을 박찼다. 독무가 퍼져나갔다.

그가 지체 없이 몸을 돌려 다시 무인들 쪽으로 달려갔다.

달려든 옹화가 무리의 후방을 덮치고 있었다.

두웅! 터어어엉!

폭음이 들렸다.

옹화의 몸이 무엇에 얻어맞은 것처럼 휘청 기울어졌다.

엽단평이 눈으로 보는 자였으면 두 눈을 치떴을 순간이었다. 그는 후방의 옹화가 무림인들에게 큰 피해를 입히지 못할 것을 장담했지만, 지금 저건 그가 예상과 완전 달랐다.

둥! 퍼엉!

옹화가 다시 덜컥 충격을 받고 땅에 무릎을 박았다.

"쿠워어어어!"

옹화가 괴성을 내질렀다. 큰 요괴는 당황하고 있었다. 요괴를 때린 것은 보이지 않는 힘이었다.

옹화가 땅을 꿍 찍고 벌떡 일어나 무림인들에게 달려들었다.

퍼어엉!

이번 폭음은 옹화가 막 내딛는 무릎팍에서 터져 나왔다. 균형을 잃은 옹화가 거세게 땅바닥을 굴렀다.

무림인들 모두가 영문을 모른 채 그 광경을 보았다.

엽단평은 알았다.

기(氣)의 공진이 허공을 격하고 옹화의 몸체에서 폭발했다. 엽단평은 계속 달려 무인들 사이로 파고들었다.

"가요!"

엽단평은 귀가 밝았다. 오랜만에 그녀의 목소리를 들었다. 숲 쪽이었다.

"알았소."

그의 대답을 그녀가 들었는지는 알 수 없다.

엽단평이 백 명 무인들 한가운데를 통과했다.

막 비틀거리며 일어나는 옹화의 앞에서 청천의 검이 하늘을 갈랐다.

쿵! 꾸웅!

옹화의 머리가 뎅겅 잘려 떨어졌다. 큰 요괴 옹화가 주먹 한 번 휘둘러보지 못한 채, 그대로 목숨을 잃었다.

엽단평이 숲 쪽을 보았다.

드리워졌던 장막 하나가 열리듯, 숲 한쪽이 열리고 두 사람이 나타났다.

도요화, 그리고 천리안이었다.

*　　　　　*　　　　　*

"좋아진 거요?"

"네."

엽단평의 질문에 도요화가 즉각 대답했다.

반가웠다. 전우(戰友)란 그런 것이다.

재회의 기쁨을 나누기엔 상황이 좋지 않았다. 그것도 전우이기 때문에 괜찮았다.

"그는요?"

이번엔 도요화가 물었다.

"오지 않았소."

"아… 그렇군요."

누굴 묻는 건지 엽단평은 바로 알았다. 도요화는 마음을 감췄다. 감춰도 드러났다.

"상황이 상황인지라 말입니다."

천리안이 끼어들었다. 포권도, 인사도 건너뛰었다. 공야천성에게 검을 배운 엽단평이다. 천리안은 엽단평을 잘 알았다.

"천잠사는 있소이까?"

"여기 있소."

엽단평이 앞섶 안쪽을 툭 치며 대답했다.

"기다렸소."

천리안이 엽단평과 도요화를 한 번씩 돌아보았다.

선택의 순간이었다.

격전을 치러 온 도요화는 지쳐 있었다. 안색은 밝았지만, 몸 상태는 아니었다. 그녀가 법력증폭의 음선타고를 펼치려면 만전의 내공이 필요했다. 하지만 그녀는 공력을 엄청나게 소모한 상태였다. 다시 돌아가도 온전한 전력은 아닐 터였다.

"아직 전마인(戰魔人)들이 있습니다. 엽 형의 검이 필요합니다. 도 소저는 여기 남아 주십시오."

"알겠어요."

그녀는 반박 없이 대답했다. 스스로 잘 안다. 지금의 그녀는 전마인 하나를 상대하는 것도 힘에 부칠 것이다. 그녀는 엽단평의 검공을 확인했다. 그녀 역시 작지 않은 성취를 이뤘지만, 엽단평은 또 더 강해졌다.

마경제단의 전마인들에겐 법술 방어 술식이 새겨져 있었다. 공력이 충만치 않은 그녀와는 상성이 맞지 않았다. 순수한 검법이 더 좋을 수 있다. 그녀는 엽단평을 환신의 전장에 보내는 대신, 기꺼이 이 작은 요괴들의 학살자가 되기로 했다.

투웅!

황제전고(黃帝戰鼓)가 울었다. 동해의 기신(夔神)을 죽여 얻은 가죽으로 북을 만들고, 그 뼈로 북채를 만들었다. 주시자들이 그녀에게 준 선물이었다.

그녀가 북을 치자, 달려들던 요괴 십여 마리가 그대로 땅바닥을 굴렀다. 요괴들의 눈알이 터졌다. 귀가 있는 요괴는 귀에서, 코가 있는 요괴는 코에서 핏물이 뿜어져 나왔다. 공력이 부족하지만 이만큼의 공진격을 쓸 수 있는 것도 바로 그 황제전고란 신병이기 덕분이었다.

엽단평은 감탄하지 않았다.

익숙한 일이었다. 그녀는 본디 다수의 전장에서 더 강력한 힘을 내는 동료였다.

그녀가 요괴들을 막아주는 사이, 엽단평은 이전에게 고개를 돌렸다.

"그건 지부장께 줘."

"네?"

엽단평의 말에 이전이 두 눈을 크게 떴다. 엽단평이 손을 들어 한쪽을 가리켰다.

"저기."

이전의 시선이 엽단평의 손가락을 따라갔다.

무인들 사이에서 한 남자가 어색하게 죽립을 잡아당기며 얼굴을 가리고 있었다.

몰랐다. 원래 이 무리에 있었던 것인지, 아니면 싸우는 사이에 섞여 들어온 것인지 알 수 없었다.

이전이 사람들을 비집고 죽립 남자에게로 다가갔다.

"의협비룡회 문도 이전이 적벽 지부장님을 뵙습니다."

"어, 아… 그, 그래."

적벽 지부장, 그는 다름 아닌 오기륭이었다.

오기륭은 말까지 더듬었다. 사람들의 시선이 화살처럼 꽂혔다. 이전은 의문을 갖지 않으려 했다. 원래가 내키는 대로 행동하는 분이었다. 이전으로서는 짐작도 못 할 어떤 이유가 있을 거라 생각했다. 천 끈을 달아서 등에 메고 있던 목갑부터 내밀었다.

"기갑문의 헌원력이란 자가 지부장께 드리는 선물이라 했습니다."

"누구?"

그가 되물었다.

제대로 못 들어서가 아니다. 이런 상황에서 갑자기 나올 이름이 아니어서였다. 그가 이전에게서 목갑을 넘겨받았다.

"그 친구가 뭘……."

오기륭은 목갑을 열어 보지도 않았다. 열어 볼 마음 자체가 없어 보였다. 그가 목갑을 받은 모양 그대로 등 뒤에 둘러멨다.

오기륭은 뭘 잘못하다가 들킨 사람처럼 행동했다. 그가 슬그머니 엽단평 쪽을 보았다.

엽단평이 오기륭 쪽을 향해 고개를 한 번 숙였다.

오기륭이 당황한 듯 마주 고개를 끄덕였다. 그는 어떤 누구와도 편하게 지낼 수 있었으나 지금은 아니었다. 그는 오늘의 엽단평이 특히나 어려웠다.

"갑시다."

엽단평은 바로 천리안에게 말했다.

그는 어딜 가냐 묻지 않았고, 천리안도 지체하지 않았다. 그가 엽단평과 함께 숲으로 들어갔다. 나타난 것처럼 순식간에 사라졌다. 기척 자체가 지워져 버렸다.

두웅! 퍼어어엉!

도요화는 계속 북을 쳤다. 그녀의 두 눈에 보랏빛 광망이 머물렀다.

투웅!

그녀가 북채를 한 번 세게 내려쳤다.

거의 이 장 범위 내의 요괴들이 피를 쏟으면서 쓰러졌다. 접근 불가의 위력이었다. 작은 요괴들은 감히 이쪽으로 다가오지조차 못했다.

공간을 만들었다. 여유를 찾은 그녀가 뒤쪽으로 고개를 돌렸다.

"이제 지부장님이시라고요?"

그녀가 소리 높여 물었다.

도요화의 목소리는 맑았다. 맑고 단단했다. 강인해진 심력(心力)이 고스란히 드러났다.

"그, 그렇다만."

오기륭은 내력도 담지 않고 대답했다.

그녀와 그의 사이엔 수십 명의 무인들이 있었다. 그녀가 그의 대답을 들었는지는 알 수 없었다. 중요하지 않았다. 그녀가 명령하듯 말했다.

"뒤쪽은 지부장께서 맡아주세요!"

오기륭이 죽립을 조금 올리고 그녀를 보았다. 그녀는 이미 이쪽을 보고 있지 않았다. 은원을 해결한 오기륭이 공허의 어딘가에 머물러 있는 동안, 그녀는 달라졌다.

그녀는 자기 세상의 중심에서 치열하게 싸워왔다. 머무르지 않고 성장했다. 오기륭은 그녀의 변화에서 그 사실을 분명하게 알 수 있었다.

그녀는 여장수처럼 전투의 선봉을 자처했다.

흑청 가죽, 황금테 북을 치며 무림인들을 이끄는 그녀는 그가 본 어느 때보다 빛나 보였다. 그녀의 북소리가 그의 심장을 울렸다. 그뿐 아니라 모두의 심장을 울리고 용기를 돋우었다.

끼긱.

발목에서 쇳소리가 났다. 뒤쪽으로 멧돼지 형태의 요괴가 개처럼 짖으며 돌진해 왔다.

아직도 미망을 벗지 못했다. 그래도 제 몫은 해야 하지 않겠나. 오기룡이 무인들의 뒤쪽으로 튀어나갔다.

텅! 빠아악!

의족을 땅에 박았다. 멀쩡한 왼발이 요괴의 머리를 부쉈다.

무공마저 오랜만에 펼쳐보는 것 같았다.

도요화가 선두를, 오기룡이 후미를 맡았다. 그들이 내리막을 달렸다.

속도를 냈다.

백색 대호와 싸우는 왕호저가 저 앞에 있었다.

*   *   *

단운룡은 끊임없이 호흡하며 산을 넘었다.

발은 멈추지 않았다.

마신을 너무 오래 펼쳤다. 천잠보의에 축적되었던 진기도 거의 바닥이 났다. 보의의 진기가 이 이상 소모되면 안 된다.

기갈(氣渴) 상태가 이어지면, 충만했던 보의광구는 다시 굶주린 흡정광구가 될 거다. 단운룡의 진기마저 빼앗으려 들 것이라는 이야기였다.

운기조식이 필요했지만, 그보다 전장 쪽이 더 급했다.

땅의 기운을 통해 전장을 읽었다. 들끓던 요괴들의 생기(生氣)는 스칸다와 싸우기 전보다 훨씬 더 줄어들어 있었다.

사기(死氣)는 그렇지 않았다. 여전히 강성했다. 끔찍한 죽음의 기운이 전장 너머의 북쪽에서 시시각각 다가오는 중이었다.

전장에서는 강하면서도 익숙한 기운들을 느꼈다. 그들이 요괴들에 맞서 각자의 힘을 드러내고 있었다. 그러나 그들만으로 넘실대는 사령(死靈)의 군기(軍氣)까지 막아내기는 역부족으로 보였다. 게다가 군기의 선두에는 아주 불길한 힘의 덩어리들이 있었다. 전장의 요기(妖氣)들 가운데에도 강력한 존재들이 느껴졌지만, 북쪽에서 오는 것들은 힘의 본질이 달랐다. 그가 한 번도 접해보지 못한 괴이한 기운들이었다.

단운룡은 서둘렀다.

가장 안정적인 섬영(閃影)을 펼치며 계속해서 건너고 언덕을 넘었다. 스칸다는 그에게 많은 것을 주었지만, 동시에 많은 것을 빼앗았다. 이렇게 몸이 무거운 것은 금상에서의 격전 이후로 처음이었다. 기의 고갈을 온몸으로 실감했다.

마지막 능선에 올랐다.

전장의 상황이 직접 눈앞에 펼쳐졌다.

완만한 구릉과 숲이 이어지는 지대에 북쪽으로 높은 협곡이 보였다. 저기가 진무령이다. 귀기(鬼氣)의 군세가 골짜기 너머에서 확연히 느껴졌다.

단운룡의 눈이 아래쪽을 훑었다.

다 있다. 관승, 왕호저가 먼저 보였다. 큰 요괴들과 격전을 벌이고 있었다.

아까부터 설마 했었다. 익숙한 기운에 놀라면서도 반신반의했던 것을 눈으로 확인했다. 진짜 도요화다. 그녀의 북소리가 여기까지 선명하게 들렸다.

제일 의아한 것은 오기룡이었다.

관, 왕은 물론이요, 도요화는 더더욱 괄목상대라 내뿜는 기세가 천신처럼 충만해 있었다. 오기룡은 아니었다. 눌러쓴 죽립은 가면을 쓴 것마냥 어울리지 않았다. 발도각과 승천각도 그랬다. 주저하면서 찬다. 저게 오기룡이 맞나 싶었다.

왕호저 쪽 비룡각 무인들이 도요화가 이끄는 강호인들에 합류했다. 비룡각 무인이 가세하자, 백삼십여 명이 된 무림인들은 거칠 것이 없었다.

도요화가 주저 없이 왕호저의 옆으로 나서는 것이 보였다. 도요화가 세 번 북을 끊어 쳤다. 범 요괴 독곡의 몸이 덜컥덜컥 휘청했다. 왕호저의 창이 흰 범의 머리를 때렸다.

쩌엉!

커다란 쇳소리와 함께 독곡의 턱이 땅에 처박혔다. 독곡은 무쇠로 만든 괴물인 것처럼 바로 몸을 비틀며 다시 일어났다.

단운룡의 신형이 능선 아래로 쏘아졌다.

햇살을 머금은 산야의 녹색 바람이 그의 앞에서 등 뒤로 멀어졌다. 흩어져 있는 요괴들이 그를 보았지만, 그를 쫓을 수 없었다. 그는 섬영만으로도 충분히 빨랐다.

"문주!"

단운룡의 출현을 가장 먼저 감지한 것은 왕호저였다.

그가 순식간에 그들 앞에 당도했다.

"문주님이다!"

"문주께서 오셨다!"

비룡각 무인들이 그를 반겼다.

단운룡이 곧바로 소리쳤다.

"관승 쪽으로 가!"

"존명!"

비룡각 무인들이 한 목소리로 즉각 답했다. 비룡각 무인들이 앞장서서 항산 무림인들을 이끌었다.

"아저씨도!"

대화는 뒤로 미뤘다. 단운룡은 바로 왕호저와 도요화 사이에 섰다.

오기룡은 머뭇거리다가 결국 한 마디도 하지 못했다. 그가 무림인들을 따라 몸을 날렸다.

단운룡도 땅을 박찼다. 독곡을 향해 뛰어들면서 말했다.

"오랜만이다."

두 사람 모두에게 한 말이었다. 긴 말 필요치 않았다. 얼굴을 보는 것도, 이렇게 함께 싸우는 것도 간만이었다.

쩡!

단운룡의 극광추가 독곡의 몸체를 때렸다. 그가 발동한 것은 고작 순속이었다. 그럼에도 독곡의 발톱은 단운룡을 스치지도 못했다. 더 빨라서가 아니다. 움직임의 효율이 달랐다.

쩌정!

'금기(金氣)가 전신에 가득하다. 외가기공과 같지만 금기갑(金氣鉀)이 두터워, 가히 금강불괴다. 타격으로는 내부까지 침투경을 넣기가 힘들다.'

단운룡은 이 격의 극광추로 파악을 끝냈다. 그가 소리쳤다.

"요화! 머리!"

도요화가 북채를 내려쳤다.

퍼엉!

독곡의 머리에서 폭음이 터졌다. 뇌가 흔들린 독곡의 몸체가 휘청했다.

'뇌신.'

파지지지지직!

단운룡의 전신에서 전광이 치솟았다. 그가 그대로 독곡의 몸통에 손을 가져다 댔다.

파직! 파지지직!

불꽃이 튀었다. 금기(金氣)는 뇌기(雷氣)를 강성하게 한다. 독곡은 뻣뻣하게 굳은 채, 움직이지 못했다. 단운룡의 뇌기 운용은 그것으로 그치지 않았다. 치닫는 진기를 독곡의 가슴팍에 집중했다. 뇌전력이 중첩되면서 가슴팍이 붉게 달아올랐다. 금기가 녹는다. 뜨거운 열기가 느껴졌다.

"격창!"

단운룡이 독곡에게서 손을 떼며 외쳤다.

왕호저의 포효호심창이 정확하게 들어갔다. 창끝이 붉게 달아오른 심장 어림에 틀어박혔다. 무쇠처럼 단단하던 살거죽이 그대로 꿰뚫렸다.

"놔!"

왕호저가 창을 놓고 물러났다.

그 자리에 번쩍하고 단운룡이 나타났다. 왕호저가 놓은 창대를 단운룡이 잡았다. 뚫고 들어간 창날을 통해 뇌신의 뇌기를 밀어 넣었다.

파지지직!

뇌기가 독곡의 신체 내부를 헤집었다. 금강의 갑옷을 녹여서 뚫었다. 뚫린 구멍으로 전격을 쏟아부었다.

픽!

독곡의 몸속에서 무언가 터지는 소리가 들렸다.

꾸웅!

독곡이 쓰러졌다.

단운룡에 도요화, 왕호저면 현 의협비룡회의 최고위 전력들이라 할 수 있다. 그런 그들이 완벽한 연수합격을 펼쳤다. 제

아무리 사납고 큰 요괴라도 버틸 재간이 없었다.

혹, 하고 단운룡의 몸을 감싸고 있던 전격이 사라졌다.

단운룡은 세 번 숨을 깊이 내쉬면서 진기를 안정시켰다. 이 정도는 괜찮다. 아직 충분히 싸울 수 있다.

단운룡이 독곡의 몸에서 창을 뽑아 왕호저에게 던졌다.

왕호저가 '앗, 뜨거!' 하며 창대를 받아 들었다.

"가자."

단운룡이 앞장섰다.

이번에는 관승 쪽이다. 관승이 싸우는 요괴는 이 요괴와 격이 달랐다. 더구나 골짜기 저편의 귀기(鬼氣)가 이젠 완연하게 가까웠다. 군기가 속도를 올렸는지, 생각보다 더 빨랐다.

여기서 또 선택이다.

비룡각 무인들과 항산무림인들은 바로 따라잡았다.

관승을 도와서 저 큰 요괴부터 잡아야 하는가, 아니면 골짜기부터 틀어막아야 하는가.

"크르르르릉!"

큰 화톳불이 보였다.

거기서 나온 화기(火氣)가 팔방의 도목봉을 통해 원진의 역장을 형성하고 있었다. 단운룡은 그 힘의 흐름을 느끼면서 사람들을 뛰어넘었다.

곧바로 결정했다.

"호저! 관승을 도와! 요화는 나와 간다!"

"옙!"

"네!"

단운룡은 원진을 뛰어넘고, 관승마저 지나쳤다. 도요화가 빠르게 그의 뒤로 따라붙었다.

*   *   *

요괴들을 빠르게 지나쳤다.

싸워 돌파하지 않았다. 그럴 여유가 없었다.

몇몇 요괴들이 단운룡과 도요화의 뒤를 쫓아왔다. 개중에 빠른 놈이 있다 싶으면 도요화가 북을 쳤다. 공진격에 얻어맞아 꼬꾸라진 놈들은 다시 일어나더라도 더 따라오지 못했다. 거리는 순식간에 벌어졌다.

요괴들의 수가 줄었다.

요괴들은 무한정 있는 것이 아니었다. 요괴들은 원진 주위로만 빽빽했다. 포위망을 넘자 맞닥뜨리는 일 자체가 거의 없어졌다. 어디서 이렇게 많은 괴물들이 쏟아져 나온 것인지는 알 수 없었다. 그래도 계속 죽이다 보면 줄어든다는 것만큼은 확실했다.

구릉 밑으로 쭉 내려가자 양쪽으로 절벽이 높이 선 진무령 협곡이 나타났다.

요괴들이 나타났다.

바위 색과 비슷하고 가죽이 단단해 보이는 귀물들이었다. 요괴들이 절벽 양쪽에서 달려들었다. 산양처럼 생긴 그 괴물들은 움직임이 아주 재빨랐다.

단운룡과 도요화는 십여 마리의 귀물들을 순식간에 죽였다. 단운룡과 도요화는 공력이 온전치 않았으나, 그 정도 잡스런 요괴들로는 아무런 위협이 될 수 없었다.

단운룡이 협곡 안쪽으로 깊이 들어갔다.

골짜기 사이의 흙은 색이 아주 어두웠다. 원래 그런 것일 수도 있고 지금 이 사태와 관련된 현상일 수도 있다. 좁게 흐르는 한 줄기 계곡물도 검은색처럼 보였다. 죽음이 골짜기를 잠식하고 있었다.

"온다."

단운룡은 깊은 골짜기 사이에 서서, 범람하는 흑수(黑水)처럼 밀려드는 죽음의 군세를 보았다.

골짜기는 깊고 험했다.

고작 열 명이 어깨를 맞대도 걷기가 힘들 정도로 폭이 좁았다. 갑주까지 장착했다면 더더욱 진입이 어려운 지형이었다.

백 명으로 만 명을 막을 수 있는 지형이다. 천혜의 관문임이 분명했다. 단운룡이 이토록 서두른 이유이기도 했다.

그가 버텨 섰다.

죽음을 둘러친 병사들이 안으로 들어왔다. 살갗이 멀쩡한 자도 있고, 썩어 문드러진 자도 있다. 하나같이 생기(生氣)가 없었다. 갑옷은 육체만큼 상해 있었다. 몸이 멀쩡해 보이는 병사들은 갑주도 새것 같았다. 썩어가는 자들은 망가진 갑옷을 입었거나 갑옷 없이 무기만 들었다.

타다다닥!

단운룡을 발견한 선두의 병사들이 칙칙한 눈알을 굴리며 달려왔다. 움직임은 느리지 않았다. 일반적인 관병들보다 도리어 더 날랬다. 몸이 뻣뻣한 강시가 아니었다. 모습은 처참했지만, 살아 있는 정병이라 봐야 했다.

쩌엉! 촤아악!

검은 피가 튀었다. 두터운 군용철검이 단운룡이 휘두르는 광검결에 부러져 나갔다. 육신은 사선으로 반쪽이 나서 검은색 진흙 위를 굴렀다.

그것으로 시작이었다. 단운룡은 차고 베고 뚫었다.

귀병들은 사술(邪術)에 의해 움직이는 시체였다. 팔다리를 자르거나 넘어뜨리는 것으로는 전투 불능이 되지 않았다. 오른쪽 어깨를 통째로 날려도, 한순간 멈칫거림 없이 왼손의 장창을 휘둘러왔다.

단운룡은 이들이 이미 겪은 죽음으로 불굴의 군대가 되었음을 알았다.

머리를 부쉈다. 심장을 터뜨렸다. 그러면 다시 일어나지 않았다. 불굴을 무너뜨리는 것은 영원한 죽음뿐이었다.

퍼억! 스각!

타격음이 더 작아졌다. 잘라내는 소리는 줄어든 대신 예리해졌다.

뇌신은 발동하지 않았다. 필요한 진기만을 썼다. 높이 뛰지 않았다. 크게 휘두르지 않았다. 광뢰포처럼 폭발형 발출무공은 배제했다.

일격에 하나씩이었다. 타고난 주먹을 가진 사람이 혹독하게 단련하면 내공 없이도 사람의 머리뼈를 깰 수 있다. 딱 그 정도 힘만 있으면 된다. 한 줌의 공력으로도 단운룡은 사람의 육체를 부술 수 있었다. 그렇게 귀병들은 계속 쓰러졌다.

단운룡은 극도의 효율로 싸웠다. 그의 무는 이제 화려하지 않았다. 빠르지 않지만 빠르고, 강하지 않아도 강했다. 단운룡은 크리슈나를 닮아 있었다. 다시 일어나지 못하는 시체가 그의 앞에 쌓여갔다.

"너무 많아요!"

도요화의 목소리가 들렸다.

그 말도 맞았다.

죽어본 병사들은 두려움이 없었다. 무릇 병사들이란 아군의 시체가 속절없이 나뒹구는 것을 보았을 때, 분노만큼의 공포를 느끼는 법이었다. 귀신의 병사들은 화를 내지도, 위축되지도 않았다. 자기 앞에 있는 시체를 아무렇지 않게 타 넘으며 녹슨 창검을 마구 내질렀다. 단운룡은 썩은 시체를 밟고, 적들의 병장기를 깨부쉈다. 그래도 적들은 계속 몰려들었다.

"이대로는 안 되겠어요!"

도요화의 목소리가 양쪽의 절벽에 부딪쳐 몇 번이고 울려 퍼졌다. 산 자의 음성은 그녀의 것이 다였다. 수십에 이르는 시체가 협곡 밑에 깔리는 동안, 귀병들은 비명 소리 한 번을 내지르지 않았다.

단운룡은 전신(戰神)처럼 싸우며 귀신의 병사들에게 되돌리지 못할 죽음을 선사했으나, 밀려드는 귀병들은 시체들을 넘고 절벽의 바위를 타며 계속 늘어났다.

단운룡은 그들 모두를 막을 수 없었다. 단운룡을 지나치는 귀병들이 점점 더 늘어났다. 몇 안 될 때는 도요화가 충분히 처리할 수 있었지만, 이제 도요화까지 포위당할 지경에 이르렀다. 도요화가 뒤로 물러났다. 그녀가 소리쳤다.

"공진파를 쓸게요."

준비하라는 말이다.

이런 지형은 소리를 증폭시킨다. 그녀는 단운룡의 고강한 무공을 믿었지만, 경고는 당연히 해줘야 했다.

두우우웅! 웅웅웅웅웅웅!

도요화가 뒤로 물러나며 황제전고를 쳤다.

마치 모든 것이 멈춘 것 같았다. 소리가 절벽을 타고 다시 귀병들을 휩쓸었다. 단 한 번 터뜨렸을 뿐인데, 타고의 파도가 치고 치고 또 쳤다.

도요화를 둘러싸고 있던 귀병들이 와르르 넘어졌다. 넘어진 귀병들은 칠공에서 검은 피를 흘리고 있었다. 단운룡 주변에 있던 귀병들도 휘청이면서 땅에 쓰러졌다. 그렇게 넘어진 귀병만 백여 구에 이르렀다.

엄청난 위력이었다.

그것이 살아 있는 병사들이었다면 분명 그랬다.

"이런……!"

도요화의 고운 미간이 좁혀지고 아미가 치켜올라갔다.

아예 예상치 못한 일은 아니었다.

쓰러졌던 귀병들 삼분지 이 이상이 다시 비척거리며 일어나고 있었다. 못 일어나는 것은 도요화 주위에서 직격을 당한 놈들뿐이었다.

공력 부족만으로 설명할 수 없었다. 그들은 산 자와 달랐다. 뇌를 완전히 망가뜨리거나 심장을 파괴하지 않는 이상, 몇 번이고 다시 달려들 수 있는 존재들이었다.

귀병들은 눈, 코, 입에서 죽은피를 흘렸다. 귀에서도 핏물이 줄줄 흘러내렸다. 피 칠갑을 한 귀병들은 더 흉악하고 혐오스럽게 보였다.

귀병들의 공격이 재개되었다.

도요화도 또 한 번 공진파를 펼쳤다.

음공의 파도에 휩쓸린 귀병들이 우르르 쓰러졌다. 가까이에 있는 놈들 십여 구가 전투 불능에 빠졌다.

멀리 있는 놈들은 바로 다시 일어났다. 그녀의 얼굴이 창백해졌다. 눈에서 보랏빛 광망이 솟아나왔다.

두웅! 우우우우웅! 투학!

북채가 전고를 때렸다. 그녀의 힘은 강력했다.

이런 군세를 상대로 단숨에 수십 병사를 넘어뜨린다는 것은 어떤 무공 고수라도 쉬운 일이 아니었다. 단신으로 군대의 진격을 막을 수 있는 광역기를 구사한다. 그리고 그녀 앞엔 단운룡이 있었다. 움직임이 멎거나 넘어져서 쓰러진 놈들 위로 순속의 무공이 펼쳐졌다. 귀병들의 머리가 무서운 속도로 터져나갔다.

단운룡은 분명히 더 강해졌다. 그녀는 알 수 있었다. 그는 경천동지의 절학을 펼치지 않았다. 그럼에도 멀리 있다. 그녀는 단운룡의 진신무공을 가늠조차 할 수 없었다.

단운룡은 항상 저 위에 있었고, 언제나 그러했다. 그건 놀라운 것이 되지 못했다.

'헌데⋯⋯.'

그녀는 다른 것에 주목했다. 북을 치면 거기서 나오는 소리가 그녀의 힘이 되었다. 그녀는 음파에 걸리는 모든 것들을 손에 닿는 것처럼 느낄 수 있었다.

잡음 같은 것을 읽었다. 무극진기를 익히지 않았으면 제대로 잡아내지 못했을 힘이었다.

비밀처럼 숨어 있는 그것은 아주 불길하고 끔찍한 기운이었다. 그 귀기(鬼氣)가 귀병들을 보호하고 있었다. 귀병들이 지형으로 증폭된 공진파까지 견뎌낼 수 있는 것은 그래서일 터였다.

이 귀병들은 어지간한 내공 무인 이상의 술법방어력을 지니고 있었다. 공력이 온전했으면 그것까지도 부술 수 있겠지만, 싸움 중에 아쉬움을 느끼는 것은 의미 없는 심력 소모에 불과했다.

'조금 더!'

그녀는 무극진기를 더 끌어올렸다. 무당파 심공의 정화인 무극진기는 단기간에 완성할 수 있는 공부가 아니었다. 그녀가 다룰 수 있는 것은 무극진기가 지닌 놀라운 오의의 일부분일 뿐이었다. 그럼에도 그녀는 자유로워졌다. 그녀는 그녀의 마음을 옭아매고 있었던 많은 것에서 벗어나 자신의 힘을 진정으로 구사할 수 있는 경지에 올라 있었다.

'더 깊게, 더 크게!'

퉁! 둥! 투웅! 웅웅웅웅웅웅!

그녀가 북을 치고 다음 일격을 쪼개 넣으며 진폭을 더 길게 만들었다. 어두운 골짜기가 지진이 난 듯 흔들렸다. 절벽 그림자 속에서 보랏빛 눈동자가 잔영을 남겼다.

그녀 앞에서 귀병들이 마구 쓰러졌다. 단운룡이 파괴하는 앞 선의 시체 병사들까지 한꺼번에 꼬꾸라졌다. 음공이 퍼져나갈 때마다 단운룡의 천잠보의에서도 빛이 출렁였다.

수십에 달하는 시체 병사가 다시 일어나지 못했다. 그렇게 싸우면 이 골짜기에서 저 귀병의 대군을 몰살시킬 수 있을 것 같았다.

투웅! 우웅웅!

그녀의 공진파가 협곡 안을 다시 휩쓸 때였다.

"쿠와아아아아아아아!"

골짜기 반대편으로부터 엄청난 음공경파가 쏟아져 나왔다. 무시무시한 힘이 해일처럼 터져 나와 그녀의 공진파를 상쇄했다. 공력이 바다처럼 깊은 내공 고수가 사자후라도 펼친 것 같았다.

음파와 음파가 부딪친 허공에서 꽝! 하는 폭음이 터졌다. 그 주위로 폭탄이 터진 것처럼 귀병들의 몸뚱이가 산산조각 났다.

꾸웅!

거대한 괴물이 절벽의 벽을 박차고 박차며 귀병들의 머리 위를 뛰어 넘었다.

괴물은 밖에서 관승이 싸우는 것처럼 컸다.

사자와 같은 맹수의 형상에 사람의 얼굴을 지녔다. 청사(靑蛇) 두 마리가 양쪽 귀 앞에서 독니를 드러내고 있었다. 뱀과 공존하는 것인지 아니면 원래 그렇게 여러 동물이 섞인 괴물인지는 알 수 없었다.

"하찮은 인신(人神)이 이리도 많이 태어나다니! 나와 같은 신에겐 죽음을 내리고 조악한 난신(亂神)들을 이 땅에 내렸도다. 나는 하늘을 저주한다!"

괴수는 놀랍게도 인간의 입을 열어 사람의 말을 했다.

뜻 전달이 명징한 중원어였다. 천둥처럼 목소리가 컸다. 발음도 정확했다. 정말 사람이 말한 것 같았다. 절벽 양편이 파르릉 하고 울렸다.

괴수가 절벽을 박차고 단운룡의 앞에 쏟아지듯 떨어졌다.

육중한 괴물의 착지에 콰아앙! 하고 검은흙이 치솟았다.

단운룡이 괴수를 올려다보았다.

몸집 큰 괴수가 골짜기를 꽉 채웠다.

괴수에게선 스칸다와 비슷한 힘이 느껴졌다. 아예 근원도 다르고 성질도 다르지만, 인간의 인혼(人魂)과는 분명하게 구분되는 힘이었다.

그것은 신력(神力)이다. 게다가 이 신력은 특히나 또 다른 성질을 지녔다. 스칸다처럼 인간에 깃들어 실체로 살아 있는 힘이 아니었다. 이 괴물은 생기(生氣)도 요기(妖氣)도 아닌 사기(死氣)를 뿜어내고 있다. 죽음의 기운을 지녔으면서 신기(神氣) 또한 지녔다. 죽음의 신 같은 거창한 것이 아니다. 죽은 신이다. 죽은 병사가 귀병이 될 수 있다면, 죽은 요괴도, 죽은 신도 그렇게 될 수 있다. 단운룡은 상상할 수 있는 것, 상상할 수 없는 것, 그 모든 것이 가능한 세계의 실체를 또 한 번 실감했다.

"그래 봐야 시체 괴물일 뿐."

떠오른 생각이 목소리로 나왔다.

괴수가 그것을 들었다. 괴수가 분노했다.

"쿠아아아아아아아!"

괴수의 포효가 단운룡의 머리 위로 쏟아졌다. 도요화의 공진파가 지형을 통해 큰 힘을 얻었듯, 괴수의 사자후도 몹시 강렬했다. 절벽이 무너질 듯 흔들렸다. 저 멀리에서는 실제로 바위와 흙 일부가 쏟아져 내렸다. 강력한 경파가 사위를 휩쓸었다. 주위에 있던 귀병들이 마구 날아갔다. 귀병들의 몸이 절벽에 부딪쳐 검은 피를 터뜨렸다.

우-우-우-우-웅.

단운룡은 그 자리에 그대로 서 있었다. 천잠보의가 은은한 진동음을 냈다. 단운룡은 기갈에 근접했던 천잠보의가 되레 안정화가 되는 것을 느꼈다. 천잠보의는 실로 엄청난 생명력을 지녔다. 무공천재처럼 습득력도 뛰어났다. 도요화의 공진파가 처음 터졌을 때는 힘을 소모해서 상쇄하더니, 두 번, 세 번째는 음공 진폭에 동조하여 충격파를 흩어냈다. 이 괴수의 포효는 도리어 흡수하기까지 했다. 죽은 신의 음공경파마저 가져다가 제 힘으로 만든다. 단운룡도 미처 예상하지 못한 공능이다. 그리고, 그 덕분에 힘에 여유가 생겼다. 단운룡이 한 발 나아갔다.

파지지직! 쫘아아앙!

순간 발동, 뇌신광뢰포 한 발이 괴수의 전면에서 폭발했다.

괴수의 몸이 덜컥 튕겨나가 좁은 길 절벽에 부딪쳤다. 돌무더기가 사방으로 튀었다. 가슴팍에 불에 탄 듯한 광뢰포의 폭발 자국이 남았다. 터진 살점은 곧바로 재생되지 않았다. 이 괴수가 가진 신력(神力)은 귀차에 준하거나 그 이상인 것 같았지만, 재생능을 지니진 못한 것 같다. 단운룡은 그것을 보며 고위급 요괴라도 다 같은 능력이 있지는 않다는 것을 알게 되었다.

"하등한 인간 주제에……!"

인면의 사자 괴물은 사람 말을 하듯, 사람처럼 생각하는 이지(理智)가 있는 듯했다. 만면에 대경한 표정이 떠올라 있었다.

단운룡은 괴물과 대화를 나눠줄 마음이 전혀 없었다.

이 괴물은 신력을 지녔어도 전혀 신 같지 않았다. 거창한 언어로 신처럼 말한다고 하여 괴물이 신이 되는 것은 아니다. 차라리 인간의 몸을 빌어 장황하게 말하는 스칸다가 훨씬 더 진짜 신 같았다.

그가 다시 앞으로 나아갔다. 인면사자가 쾅! 하고 거대한 앞발을 들어 절벽 면을 때렸다. 바위가 박살 나고 돌무더기가 쏟아져 내렸다.

돌덩이의 추락이 부자연스러웠다. 목표가 단운룡 하나인 것처럼 쏟아졌다.

술법이다.

단운룡이 돌덩이들을 피하며 절벽 면으로 타고 괴물에게 쇄도했다. 인면사자가 뒤로 번쩍 몸을 날렸다. 괴물은 몸집이 거대하면서도 굉장히 빨랐다. 절벽 면을 박차고 박차더니 도요화 쪽으로 뚝 떨어져 내렸다.

콰아아앙!

검은 흙과 돌이 치솟았다. 도요화가 북을 치면서 뒤로 물러났다.

펑! 펑! 하고 괴수의 몸체에서 폭음이 터졌다. 인면사자는 조금 움찔했을 뿐 큰 충격을 받은 것 같지 않았다.

단운룡은 다시 괴수에게 몸을 날렸다. 그의 발끝에서 파직 거리는 뇌전이 일어났다. 뇌신의 순간 발동으로 속력을 높인 것이다. 괴수는 영악했다. 괴수는 단운룡과 정면으로 싸우려 들지 않았다. 앞발을 들어 도요화 쪽을 찍고 다시 몸을 날렸다.

콰앙!

폭음이 터졌다. 도요화는 몸을 날려 피하면서 공진파 대신 강력한 공진격을 준비했다. 무극진기 구결을 일으키고, 골짜기의 공명을 최대한 이용하려 했다. 괴수가 몸통을 바위에 부딪쳤다. 우르릉! 하고 바위가 울었다. 도요화는 절벽 바위에서 시작된 진동이 발밑까지 이르는 것을 느꼈다. 도요화는 북채를 거두고 본능적으로 몸을 피했다. 도요화가 있던 곳에서 쾅! 하고 흙과 바위가 터져 나왔다.

폭발에 휩쓸렸으면, 제아무리 도요화라도 부상을 면치 못했을 것이다. 단운룡은 괴수의 몸을 따라 지기(地氣)가 움직이는 것을 감지했다. 괴수는 바위와 흙을 무기로 한다. 독곡이 금기(金氣)의 맹수였다면, 이 괴물은 토기(土氣)의 사자 괴물이다. 저 덩치로 이 좁은 골짜기를 제약 없이 누비고 있다. 죽여야 할 적이 아니라면 감탄을 해줬을 괴물이었다.

콰광! 콰르르르륵!

"건방진 인간 놈!"

인면사자는 돌을 뿌리고 흙을 터뜨리며 단운룡의 추격을 잘도 피해냈다. 진군해 오던 귀병들이 단운룡 대신 흙더미에 파묻혔다. 뒤에서 꾸역꾸역 진군한 귀병들이 매장당한 귀병들을 짓밟고 전진했다. 얕게 묻힌 귀병들은 꿈틀꿈틀 땅을 긁고 기어 나왔다. 바윗돌에 깔려 몸이 터진 귀병들도 흘러나온 내장을 질질 끌며 계속 앞으로 나아갔다.

콰앙!

"이제야 왔구나! 너는 미친 인간들이 만들어낸 정신 나간 물건과 어울려라!"

인면사자가 소리쳤다.

괴수는 괜히 신을 자처한 것이 아니다. 신력은 곧 본능 이상의 신기(神氣)를 담보하는 힘이었다. 진정 강력한 인간은 드물지만 어지간한 신 이상의 힘을 지닌다. 괴수는 인간을 하찮게 보면서도, 단운룡에게 목숨을 잃을 수도 있다는 사실을 아는 거다. 그래서 괴수는 절벽의 경사면에 발톱을 박아 넣은 채, 다른 존재에게 싸움을 미루었다.

철그럭! 촤르르륵! 철그럭!

그 존재가 모습을 드러냈다.

거인이었다. 등 뒤로 늘어뜨린 쇠사슬이 요란한 소리를 냈다. 다 찢어진 장포가 날개처럼 휘날렸다.

단운룡의 움직임이 멎었다.

텅!

거인이 단운룡 앞에 착지했다.

거인은 거대한 전부(戰斧)를 들고 있었다.

사람의 몸체보다 큰 도끼를 비껴든 채, 흉악한 안광을 뿜어낸다. 엄청난 위용이었다. 보는 것만으로도 위압감이 느껴질 정도였다.

"전마인!"

도요화가 경호성을 냈다.

*   *   *

단운룡이 전마인이라 불린 거인을 바라보았다.

이것저것 섞여 있었다. 사람을 기반으로 한 것은 확실했다. 비정상적으로 크긴 하지만, 분명히 인간의 형상을 갖췄다. 피부는 바싹 메말라 경화되어 있었다. 살갗이 가뭄 뒤의 땅처럼 군데군데 갈라져 있어 얼핏 뱀 비늘처럼 보였다, 저 체구를 인위적으로 만들면서 생긴 부수적인 손상이라 생각했다.

골격은 인간이 맞는 것 같은데 근육은 알 수 없었다. 몇 군데 힘줄을 기워 만든 것처럼 형태와 크기가 이상했다. 다만, 기의 순환은 인간이 분명했다. 상, 중, 하단전이 제 위치에 있었다. 진기도 인간 신체의 기경팔맥을 따라 흐르는 중이었다. 덕지덕지 붙여 만든 근골로 기혈이 온전하게 존재한다는 것은 또 다른 의문이었지만, 해답은 바로 얻을 수 없었다.

'그뿐이 아니다.'

삼단전 도두에는 기이한 것이 박혀 있었다. 단운룡의 중단
전에 뇌정광구가 있듯, 전마인의 단전에서도 내단 같은 것이
느껴졌다. 그것은 인외(人外)의 진기집합체로 여겨졌다.

영물(靈物)의 영험한 영단(靈丹)이나 영초(靈草)가 아니라 요
수(妖獸)에서 빼낸 기이한 내단일 가능성이 높았다. 한 종류도
아니라 삼단전이 모두 다 달랐다. 진기의 농도는 아주 짙고 거
칠었다. 심법을 통해 시간으로 연마한 내공이 아니었다.

찰나간에 파악했다. 전마인이 크르르 하며 짐승 같은 소리
를 냈다. 공격이 이어졌다. 그대로 도끼를 휘둘러왔다.

파아앙!

느릿느릿 움직인다 싶었다. 하지만 그것은 어디까지나 처음
뿐이었다.

전마인의 도끼가 땅바닥에 깊은 고랑을 만들었다.

단운룡은 그 일격에서 발경과 투로를 보았다. 삼단전에서
흘러나온 공력이 정교한 무공구결에 의해 경기를 축적하고 상
대적으로 느려 보이는 발경 구성을 거쳐 막대한 기운을 뿜어
냈다. 숙련된 무예다. 힘이 넘쳐 휘두르는 요괴의 발톱과 본질
적으로 달랐다.

콰앙! 후웅!

연환으로 쳐들어오는 도끼날을 피했다.

아슬아슬했다.

전마인의 두 눈에서 광기를 읽었다. 정상적인 이지(理智)가 아니다. 그런데도 이렇게 날카로운 공격을 펼친다.

불가해다.

본능만으로 펼치는 무공에는 틀림없는 한계가 있다. 단운룡이 짐승을, 요괴를 두려워하지 않는 이유였다.

꽝!

도끼날을 옆으로 흘리고 전마인의 품 안쪽으로 파고들었다. 전마인이 발끝을 땅에 세우고 몸을 돌렸다. 엄지발가락을 송곳처럼 박아서 회전력을 극대화했다. 치렁치렁한 전포 옷깃과 등에 매달린 쇠사슬이 전부 다 무기가 되었다. 하나하나가 육체를 파헤칠 수 있는 위력이다. 단운룡은 부딪치지도 않았는데 튕겨나듯, 뒤로 물러났다.

이것도 그렇다. 반응 속도는 짐승 같지만, 옷깃과 쇠사슬을 이용한 것은 인간의 지혜다. 변초와 응용이 가능하다.

돌아서면서 그대로 도끼를 휘두른다. 전사력이 더해진 도끼날은 심각하게 위협적이다. 단운룡은 마주 받지 못하고 다시 회피를 택해야 했다.

콰아아앙!

도끼가 절벽의 바위를 때렸다. 사람보다 큰 바위가 산산조각이 났다. 대단한 힘이다. 온몸에 귀기가 넘쳐흘렀다.

"크르르르르."

전마인의 입에서 괴이한 소리가 새어나왔다.

확실히 정상이 아니었다. 상단전에 박혀 있는 내단에서 솟구치는 마기(魔氣)가 지나치게 강성했다. 두뇌가 안정적으로 작동할 리 만무하다.

고래로 인간의 가장 강력한 무기는 힘이 아니라 두뇌였다. 두뇌가 명철하지 못한 상태로는 복잡한 무공구결을 구현하기 어려운 법이었다.

물론 예외도 있다. 마공(魔功)들이 그러했다. 마공이니 사공이니 하는 것에는 다 그런 이름들이 붙은 이유가 있기 마련이었다. 그런 무공을 익히면 이성을 상실하고 살기에 충만해도 강력한 무위를 보인다.

그러나, 이 전마인의 무공을 단순한 마공으로 설명하기에는 진기생성원이 지나치게 파괴적이었다. 마공도 폭주하면 초식과 투로가 망가지기 마련이다. 지금 이 전마인의 진기 총량은 폭주상태의 마공에 필적한다. 그것도 숨어서 익히는 마공이 아니라, 한 지역을 공포로 물들일 수 있을 정도의 대마두의 무공 기준이다.

후욱! 콰콰쾅!

이번엔 진짜 맞을 뻔했다.

광기에 찼으나 초식투로가 건재하다.

폭주상태의 힘이지만 조율이 완벽하다.

단운룡은 분석 끝에 만수내력진결도해를 떠올렸다.

만수내력진결은 짐승의 몸에도 심법을 짜 넣을 수 있는 비술이다. 거기서 더 나아가 전투상황에서의 초식운용까지 새겨 넣었다.

인체 조작 기술이 극에 이르렀다는 뜻이다. 단운룡은 이 전마인이 마도기법의 총화임을 알았다.

전마인이 도끼를 내려찍었다.

파직! 하고 단운룡의 발끝에서 뇌전이 일었다.

속도를 높여야 했다. 그래도 접근 불가다. 틈이 보이지 않는다. 아니, 틈은 보이는데, 거기에 유효타를 넣을 만한 힘이 없다.

퉁! 퍼엉!

익숙한 북소리에 전마인의 머리에서 폭음이 터졌다. 틈이 넓어졌다. 그래도 안 된다. 순속으로 들어갔다가는 허리가 잘릴 것이다. 뇌신을 전개해도 절반 확률이다.

삼단전 마공 내단에서 쏟아내는 마기가 막대했다.

공진격에 머리를 직격당했는데도 움찔하는 것에 그칠 정도다. 저 내공방패를 뚫고 충격을 주려면 음속발동이 필요했다.

후욱!

횡으로 휘둘러오는 도끼를 어렵사리 피해냈다. 등 뒤로 절벽 바위의 찬 기운이 전해졌다. 공간도 좁다. 거리를 잘못 가늠하면 죽는다. 사고력마저 통제된 괴물에게 죽는 것은 무인으로서 최악의 횡사겠지만, 그 가능성을 배제할 수 없는 것이 현실이었다.

퉁! 콰과과광!

뒤쪽에서 폭음이 들렸다.

용케 전마인에게도 공진격을 꽂아 넣었지만, 도요화는 결코 여유롭지 않았다. 인면사자의 괴물은 단운룡이 전마인에게 묶이자마자 도요화를 우선 목표로 삼았다. 도요화가 이리저리 뛰면서 공진격으로 인면사자를 공격했다. 허나 괴물은 음공에 대한 저항력이 특히 강한 듯, 몇 번이나 공진격에 얻어맞고도 큰 타격을 입은 것 같지 않았다. 도요화의 두 눈에 서린 보랏빛 광망이 불안하게 명멸했다.

전마인도, 인면사자도 지금 몸 상태로는 버거운 상대다. 그처럼 무림에서의 전투는 정통무가의 비무와 달랐다. 장비와 육체가 최상인 상태로 싸운다는 보장이 없다. 단운룡은 힘의 부재를 머릿속에서 지웠다. 앞으로도 이런 일은 계속 발생할 것이다. 지금 이 몸으로 해결을 봐야 한다. 신마맹의 전력은 광대하고, 고수들은 수없이 많다. 꼭 신마맹이 아니더라도 어떤 상대가 그를 가로막을지 모른다. 당장 스칸다만 해도 의외의 존재였으되 상상 초월의 무력까지 보여줬다. 운이 나쁜 게 아니다. 마신을 완벽하게 발동할 수 있는 상태로만 일대일 약속 잡고 겨루는 일은 꿈속에서나 상상할 수 있는 사치며 낭만이었다. 중원을 무대로 사투를 벌이려면 이 정도 위기는 일상으로 상정해야 했다.

꽈앙!

단운룡은 뒤로 뛰어 절벽을 탔다. 전마인이 그 거구로 하늘을 날듯 단운룡을 쫓아왔다. 뇌신 진기를 날카롭게 다듬어 바위를 찍고 거의 수직에 가까운 암벽을 평지처럼 달렸다. 보보마다 발밑에서 파직거리는 불꽃이 튀었다.

쾅! 콰앙!

전마인은 도끼와 진각을 써서 순수한 힘으로 단운룡에게 따라붙었다. 역시 강하고 빠르다. 단운룡은 전마인의 초월적 괴력을 정면으로 상대하는 대신, 이 전장 전체를 보았다. 등 뒤에는 전마인이, 좀 더 멀리 뒤에는 도요화와 인면사자가 있었다. 그들의 싸움은 더 격렬하고 시끄러웠다. 한 번 공방을 주고받을 때마다 흙먼지가 우수수 떨어질 만큼 골짜기 전체를 쩌렁쩌렁하게 울렸다.

발밑에는 귀병들이 검은 땅을 파헤치며 진군 중이었다. 단운룡과 도요화라는 억제력이 사라진 지금, 그들은 검은색 벌레 떼처럼 거침이 없었다. 서로를 짓밟으며 나아가는 그들은 이제 거의 도요화에게까지 이르고 있었다. 이대로면 도요화는 귀병들에게 포위된 채로 인면사자와 싸워야 했다. 도요화에겐 타고공진파라는 광역무공이 있었지만, 인면맹수의 괴물은 공진파를 상쇄하는 사자후를 보유했다. 단운룡보다 도요화 쪽이 더 위험했다.

텅! 파지직!

바위를 세게 찍고 반대편 절벽으로 몸을 날렸다. 꽝! 하고 어김없이 전마인이 단운룡을 쫓아서 날았다.

더 넓게, 더 크게 보았다. 단운룡은 전장에서 컸다. 어린 시절 단운룡은 한 번도 넘치는 힘을 갖고 싸워본 적이 없었다. 그래서 이 싸움은 당혹스럽지 않았다.

지금 공기에서는 죽음의 냄새가 났다. 공기를 바꿔야 했다.

절벽을 밟고 뛰면서 지기(地氣)를 느꼈다. 절벽의 바위에는 뇌기가 흐르는 금속들이 섞여 있었다.

쫘과광!

뒤쪽에서 굉음이 들렸다.

인면사자가 쓰는 지폭술(地爆術)의 폭음이었다. 단운룡은 일생 동안 누구에게든 배웠다. 적아를 가리지 않았다. 대상이 꼭 사람이어야 한다는 법도 없다. 이미 그는 신의 기술을 가져와 자기 것으로 만들었다. 이번엔 요괴 차례였다.

단운룡은 전마인을 등 뒤에 달고서도 명민하게 사고했다. 그의 눈이 절벽의 몇 지점을 훑었다. 귀병들을 목전에 둔 도요화의 상황도 계산에 넣었다.

꽝!

절벽 바위틈 사이로 극광추를 때려 넣었다. 경력을 아주 깊이, 목표 지점까지 정확하게 심었다.

후웅!

여기서 더해진 것은 미래 예측이다. 극광추를 쓰면서 움직임이 늦으면 전마인의 도끼가 단운룡의 몸을 쪼개올 것이다.

저 속도, 저 궤도면 출수를 중단하지 않고 바위를 때린다. 매
번 그랬다. 전마인은 빗나가도 투로를 끊지 않고 땅을 친 다
음 그 반탄력을 이용해서 발경을 축적해 왔다.

꽈아아앙!

전마인의 전부가 바위를 부쉈다.

깊이 심어놓은 극광추의 뇌정력이 흔들리는 것을 느꼈다.
단운룡은 빠르게 몸을 뒤집고, 다시 절벽을 뛰었다.

꽈앙!

한 번 더 극광추가 절벽을 쳤다. 전마인의 공격이 이어졌다.

치익! 콰아아앙!

아슬아슬했다. 전마인의 도끼에서 뻗어 나온 횡베기의 경
파가 천잠보의를 긁었다. 그 정도는 괜찮다. 직접 타격이 아닌
이상 천잠보의로 충분히 해소된다. 단운룡은 바로 다음 지점
으로 몸을 날렸다.

꽝! 콰앙!

단운룡은 계속 절벽을 타고 올라갔다. 열 번이나 이동하면
서 암벽에 극광추를 박았다. 반대편 절벽으로 뛰어서 일곱 군
데를 찍었다.

그가 도요화를 보았다.

도요화는 밀려든 귀병들 때문에 정신이 없어 보였다. 눈을
돌려 인면사자 괴물의 위치를 확인했다.

조금만 더 위로. 지금이다.

"요화!"

단운룡의 몸이 더 위로 올라갔다. 절벽 사이를 타고서 몇 배나 커진 목소리로 도요화를 불렀다.

그녀가 단운룡을 올려다보았다. 발밑에 전격의 불꽃을 달고 가볍게 하늘을 가르는 그가 보였다. 바로 뒤로 끈질기게 달려드는 거구가 그녀의 시야를 채웠다.

"공진파! 최대로!"

단운룡이 소리쳤다. 그녀는 지체 없이 무극진기를 끌어올렸다. 있는 힘껏 내려쳤다.

쿠웅! 콰아아아!

공진파의 파동이 절벽을 탔다.

"쿠아아아아아!"

인면사자가 거대한 사람의 입을 벌리고 무지막지한 음공경파를 내뿜었다.

단운룡은 이것도 예상했다.

그래서 저 괴물의 위치가 중요했던 것이다.

도요화의 공진격과 괴물의 사자후가 허공에서 충돌했다.

꽈광!

충격파가 양쪽 절벽을 휩쓸었다.

단운룡이 벽 안에 심어 놓은 극광추 경력이 뇌관처럼 연쇄적으로 공명했다.

퍼벅! 퍼버버벅! 좌자자작!

거대한 바위에 금이 가기 시작했다. 단운룡은 뇌전력이 절벽 속을 타고 움직이는 것을 감지했다.

"요화, 피해!!"

쐐액!

단운룡이 바위 가운데로 몸을 던졌다.

마지막 일격은 광혼고였다.

꽈아아앙!

거대한 암벽이 쪼개졌다. 양쪽 절벽이 한꺼번에 무너져 내렸다. 거대한 바윗덩이가 마구 쏟아졌다. 도요화는 이제 무극진기의 소유자였다. 단운룡이 미리 경고하지 않아도 위험을 미리 알았다. 그녀는 공진파를 전개함과 동시에 골짜기 밖을 향해서 땅을 박찼다. 돌덩이들의 추락 범위에서 이미 벗어나 있었다.

꽈앙! 꽈아아아아앙!

천지가 개벽하는 소리가 이럴까 싶었다. 검은색 계곡물이 순식간에 메워졌다. 바위와 흙이 엄청나게 쏟아졌다.

전마인은 단운룡을 따라 뛰던 공중에서 폭포처럼 쏟아지는 돌덩이와 흙더미에 휩쓸려 떨어졌다. 붕괴는 연속적으로 계속 이어졌다. 바위가 깨지고 그 바위가 지탱하던 더 큰 바위가 무너졌다. 나무와 흙이 뒤이어 떨어지고, 또다시 바위가 흘러내렸다.

절벽 붕괴는 산사태를 불렀다. 바위에 맞아 터져나간 귀병들 시체 위로 토사가 쏟아졌다. 집채만 한 바위 몇 개가 협곡을 막았다.

쿠르르르릉!

쾅쾅거리는 소리는 큰 바위들의 마찰음으로 마무리되었다.
먼지구름은 절벽 중턱까지 치솟았다.

턱!

절벽을 달리던 단운룡이 흙구름을 뚫고 나와 도요화의 옆
에 내려섰다. 도요화는 많이 지쳐 보였다. 그녀는 이곳 협곡
입구까지 전속력으로 달려왔다. 한계였다. 창백한 얼굴로 쿨
럭, 하더니 핏물까지 뱉어냈다.

단운룡이 그녀 옆에 서서 협곡 쪽을 돌아보았다.

단 둘이서 협곡을 무너뜨리고 귀병들의 진격을 막았다. 전
쟁의 전공이라면 그야말로 엄청난 수훈이라 할 수 있었다.

그래도 공기는 아직 완전히 바뀌지 않았다. 싸움이 끝이 아
니라는 이야기다. 귀병들은 이미 죽은 자들이었다. 땅 속에서
다시 기어 나올 수 있다. 시간이 문제였다.

꾸웅!

"교활한 인간 놈!"

단운룡의 예감을 입증이라도 하듯, 인면사자가 먼지바람을
끌고 하늘을 뛰어 그들 앞에 내려섰다. 육중한 신체는 여전했
다. 가슴팍 광뢰포 그을린 자욱도 똑같았다. 사람 얼굴과 온
몸이 흙먼지로 얼룩졌다. 더 황량하고 흉악해 보였다.

"쿠워어어어어어어!"

인면사자가 강력한 사자후를 다시 한번 토해냈다.

괴수의 울음이 산야의 전장 전체에 울려 퍼졌다.

단운룡은 기를 읽었다. 시위하듯 내뿜은 사자후엔 기운이 충만해 있었다. 협곡의 싸움에서 거의 타격을 받지 않았다는 뜻이다.

반면에 도요화는 내상을 입고 탈진지경에 이르러 있었다. 저 사자후에 저항하는 것만으로도 그녀의 기는 위태롭게 흔들렸다.

먼지가 걷히지 않은 협곡에서는 귀기(鬼氣)가 여전히 진득하게 흘러나오고 있었다. 귀병들의 진격은 완전히 끝나지 않았다. 거대한 귀기의 덩어리 하나도 암반 더미 속 어딘가에서 무섭게 꿈틀대고 있었다. 전마인이 틀림없었다.

텅!

단운룡이 땅을 박찼다. 선공이다. 이젠 도요화까지 지키면서 싸워야 했다. 단운룡에게 교활하다 소리친 괴물은 더 영악하게 물러났다. 단운룡이 발밑에 전격을 실었다. 단운룡의 움직임이 빨라졌다. 괴물이 인면을 사람처럼 찡그리며 앞발로 땅을 찍었다. 토기(土氣)가 격하게 땅을 타고 뻗어왔다.

콰과과과!

단운룡의 뇌리에 기지가 스쳤다. 단운룡은 피하는 대신 몸을 숙여 땅바닥에 손을 댔다. 단운룡이 명령하듯 말했다.

"흡수해."

그것은 모험이었다. 그리고 천잠보의는 단운룡의 도박적 시도에 신적인 공능으로 답했다.

콰가가각!

땅속을 달리던 충격음이 단운룡의 손 밑에서 숨을 죽였다. 손목소매에서 팔꿈치로, 팔에서 어깨를 따라 빛 무리가 일렁였다. 빛은 황색 같기도 갈색 같기도 한 색깔을 띠었다.

퍼석!

손 밑에서 땅바닥이 푹 꺼졌다. 폭발은 일어나지 않았다. 단운룡이 몸을 일으켰다. 괴물의 얼굴에는 경악 같은 표정이 떠올라 있었다.

"나약한 인간이 신력법구를 얻었구나!"

인면사자가 버럭 소리쳤다.

사람의 언어에도 강력한 음공(音功)이 실려 있었다. 천잠보의에 떠오른 빛이 진동하듯 떨렸다. 그는 괜찮다. 다만 도요화의 기가 또다시 흔들리는 것을 느꼈다. 좋지 않았다. 이 정도에도 타격을 입을 정도면 도요화는 전력 외라 봐야 했다. 단운룡이 말했다.

"물러나. 아저씨 있는 곳까지."

도요화가 입술을 깨물었다.

그녀는 분한 눈빛으로 인면사자 쪽을 보았다. 그리고 주저 없이 몸을 돌렸다. 무극진기는 정신을 올곧게 세우고 마음을 맑게 만든다. 그것은 곧 완벽한 자기점검과 정확한 판단으로 이어졌다.

그녀가 달리는 것을 보고, 단운룡은 인면사자에게 뛰어들었다. 인면사자는 술법을 쓰지 않고, 몸을 비틀며 단운룡의 쇄도를 피했다. 단운룡은 이 요괴가 어지간한 모사(謀士)에 못지않은 두뇌를 지녔음을 알았다. 요괴는 시간을 끌고 있다. 단운룡은 최악까지 가정했다. 요괴는 단운룡의 무공 특성을 파악한 것인지도 모른다. 장기전에 취약한 단운룡의 약점을 간파하고 이런 싸움을 하는 것일 수 있다. 단운룡은 이런 괴물들이 먼 미래까지도 무림에 큰 혼란을 일으킬 것임을 확신했다.

        *   *   *

파직! 쐐액!

파공음이 허공을 갈랐다. 인면사자는 아주 빨랐다. 단운룡이 순간뇌신으로 속도를 올리면 괴물도 딱 그만큼 속도를 높였다.

고전이었다.

이렇게 맞서 싸우려 들지 않고 철저하게 피하면서 시간 끄는 상대는 어렵다. 이런 괴물에게 제대로 된 일격을 넣으려면 전마인과 마찬가지로 음속을 써야 했다. 단숨에 제압하려면 마신까지도 필요할 수 있었다.

퍼얼럭!

설상가상이다. 날개 소리를 들었다.

그를 향한 공격은 아니었다.

거대한 날개를 펼친 그림자가 단운룡의 머리 위를 지나쳤다. 날개 밑으로 호피 무늬 털가죽이 보였다. 관승과 싸우던 바로 그 괴수였다.

'당한 게 아니다.'

관승과 왕호저는 괜찮다.

도요화를 보낸 쪽에서 강성한 무인기(武人氣)가 빠르게 움직이는 것을 감지했다. 군기(軍氣)에 가까운 성질을 가진 그 기운은 다름 아닌 비룡각 무인들의 기파였다. 그들이 관승과 왕호저를 필두로 요괴들의 포위망을 뚫으며 단운룡이 선 협곡 쪽으로 달려오고 있었다.

쌍익대호 괴물이 이쪽으로 몸을 뺀 것이다.

괴물은 땅으로 내려오지 않았다.

괴물은 인면사자까지 지나쳐서 협곡 쪽으로 날아갔다.

바로 알았다.

이 인면사자가 사자후부터 내지른 것은 이것 때문이다. 시간을 끈 것도 그렇다. 다 저 쌍익대호를 불러오기 위해서였다.

요괴들은 인간처럼 사고할 뿐 아니라, 연계를 하고 작전을 짰다. 각 개체가 가진 힘보다 그런 능력이 더 위협적이었다.

꽈릉! 콰르르르륵!

인면사자와 대치를 이어가려니, 협곡 쪽에서 곧바로 폭발음이 울려 퍼졌다. 먼지구름이 회오리치고 있었다. 쌍익대호 괴수가 술법이라도 사용한 모양이었다.

쾅!

먼지구름 안에서 큰 그림자 하나가 튀어나왔다.

전마인이었다. 짐작이 맞았다. 매몰된 깊이가 얕았다. 저 괴수들은 짐승 같은 모습을 하고서 사람보다 영민하게 행동한다. 전마인부터 땅속에서 끄집어낸 것만 봐도 그렇다.

"그만 죽어라! 인간!"

인면사자는 전마인이 돌진해 오는 것을 보고서야 단운룡에게 달려들었다. 홀로는 단운룡이 지닌 잠재적 비기(秘技)가 부담스러웠지만, 전마인과 협공이라면 단운룡을 죽일 수 있을 거라 판단한 것이다.

문제는 그 판단이 오판이 아니라는 점이었다.

전마인은 강력한 병기였다. 저런 괴물 하나만 투입해도 어지간한 군소문파는 하룻밤 사이에 잿더미가 될 전력이었다. 거기에 이 괴물까지 이 대 일이면 단운룡도 부담스럽다. 인면사자의 공격을 피하며 반격을 준비했다. 가까이 접근해 오는 이 기회를 살려야 했다.

파지지직! 단운룡이 순간적으로 광신마체를 펼쳐 뇌신광검결을 내리그었다. 인면사자의 몸뚱이에서 검은 피가 솟았다. 여세를 몰아 뇌신마광각을 연환으로 차냈다. 인면사자가 다급하게 몸을 비틀며 뒤로 빠졌다. 각법경파가 허공을 찼다. 이 괴물은 아주 성가시게 머리를 썼다. 인면사자가 역시 홀로는 안 되겠다 싶었는지, 치고 빠지듯 짓쳐들었다가 물러나며 시간을 끌었다. 태세 전환이 어떤 인간보다도 민활했다.

콰앙! 콰릉! 콰가가가각!

협곡 쪽에서 불길한 폭음이 연이어 들려왔다. 돌먼지가 계속 회오리쳤다. 날개 달린 범 요괴가 귀병들이 진군해 올 진입로를 열고 있었다.

그사이에 전마인은 벌써 눈앞이었다. 단운룡의 머릿속에서 선택과 변수가 조합되었다. 어떻게 싸워도 결과가 좋지 않다. 요괴는 영악하고 전마인은 강했다. 이러다간 정말 죽는다. 단운룡은 스칸다보다 약한 괴물들을 앞에 두고 신과 싸울 때보다 더 큰 위험을 느꼈다.

"개입하지 않으려 했건만."

나직한 목소리가 들린 것은 그때였다.

단운룡은 진심으로 놀랐다.

기척을 느끼지 못했다. 규산 수련 이후, 단운룡은 천지간의 기운을 온전하게 느낄 수 있는 초감각에 눈떠 있었다. 공력이 온전하지 못하다지만, 목소리를 듣기 전까지 존재마저 잡아내지 못한 것은 처음이었다.

협곡 밑의 숲 그늘 쪽에서 한 남자가 걸어왔다.

피부가 창백하고 입술이 아주 붉었다.

옷 전체에 핏자국이 가득했다. 원래 무슨 색이었는지 분간이 안 될 정도였다. 모습을 드러내고서야 냄새가 났다. 피 냄새가 진동했다.

"너는 뭐지? 인간? 아, 아니? 어째서?"

인면사자의 공격이 멎었다. 전마인도 순간 뒤로 물러났다.

남자를 본 인면사자는 단운룡 이상으로 혼란을 느낀 것 같았다. 괴수가 언어의 파행을 보였다.

"죽은 괴물 사비시. 너는 이 땅에서 신 행세를 했지. 저쪽에선 너 같은 걸 다르게 부르더군."

남자가 다가왔다.

금빛 칼에는 흑색의 무늬가 아름다웠다. 흑색황금도도 피에 젖어 있었다.

"오, 오지 마라."

사비시라 불린 인면사자가 뒷걸음질을 쳤다. 남자는 아무 기세를 뿜어내지 않으면서도 강렬한 위압을 행사했다.

그가 문득 시선을 돌려 단운룡을 보았다. 뇌전을 담은 단운룡의 눈과 피를 담은 남자의 눈이 허공을 격하고 서로를 투과했다.

"이놈은 내 몫이다."

대화는 없었다. 길게 말할 상황도 아니었다.

잠시 멈춰 있던 전마인은 남자가 그쪽으로 다가올 의지가 없어 보이자, 곧바로 단운룡을 향해서 도끼를 휘둘러왔다.

위타천(韋建駝) 285

쾅!

땅이 뒤집어졌다.

단운룡은 빠르게 집중력을 되찾았다. 전마인만을 보았다. 이 대 일이 일대일이 된 것만으로도 충분히 좋다. 전마인이 무섭게 치고 들어왔다. 힘도 기세도 아주 강맹했다.

속도만 단운룡이 위다. 그것도 절대 우위는 아니다. 광극진기로 활성화된 뇌가 전마인이 내려치는 도끼의 방향을 읽어 적절한 선택지를 택할 뿐이었다.

파라락! 쫘앙!

반격을 들어가려다가 물러났다. 아직이다. 투로에 익숙해지긴 했지만, 막강한 용력이 부담스러웠다.

전마인의 무공은 강중강이다. 단운룡도 그렇다.

고수들은 종종 유능제강이란 네 글자를 말한다. 부드러움이 강함을 이긴다. 티끌 같은 힘으로 태산을 받아넘기는 묘리를 뜻함이다.

이론을 익히 알았다. 단운룡은 협제가 인정한 재능을 지녔다. 어떤 무리(武理)라도 고된 훈련 없이 수준급 구사가 가능했다.

하지만 전마인의 힘은 그것을 넘어서 있었다. 저 괴력을 손해 없이 부드럽게 받아내려면, 평생을 갈고 닦은 사량발천의 공부가 있어야 했다. 즉, 지금의 단운룡에겐 없는 능력이었다.

단운룡은 순간을 선택함과 동시에, 불가능한 일 또한 선택에서 제외했다.

전마인의 도끼가 거대한 반원을 그렸다.

이번 일격은 컸다. 삼단전의 요수진기가 도끼에 넘쳐 도끼 궤도를 넘어서는 참격파가 형성되었다. 거리를 무시하고 쪼갤 것이다. 단운룡은 멀리 피하는 게 아니라 아예 안쪽으로 뛰어들었다.

후웅! 콰가가가가각!

땅거죽이 푹 꺼지며 이 장에 이르는 고랑이 생겼다.

단운룡은 완벽하게 피했다. 타격 공간으로 깊이 들어오기까지 했다. 아주 좋은 위치였다. 극광추가 전마인의 팔꿈치에 박혔다.

텅!

충격이 둔중했다. 전마인의 팔은 절벽의 암반보다 단단했다. 경력을 온전하게 침투시킬 수 없었다.

파락! 촤라라라락!

전마인이 상체를 비틀었다. 쇠사슬이 채찍처럼 단운룡의 머리로 짓쳐들었다. 단운룡은 물러서야 했다.

제압할 수 없다. 단운룡은 냉정하게 결론을 내렸다.

혼자서는 안 된다. 단운룡은 빠르게 두 번 더 땅을 찍고, 전마인과 거리를 더 벌렸다. 여기는 비무장이 아니라 전장이다. 시시각각 전황을 확인하고 이기는 법을 찾아야 했다.

넓어진 그의 시야에 인면사자와 흑색황금도 남자가 비쳐들었다.

단운룡은 또 놀랐다. 인면사자의 다리 하나가 보이지 않았다. 앞다리가 있던 자리에선 죽은피만 줄줄 흘렀다. 단운룡은 거센 파공음도, 공력의 폭발음도 듣지 못했다. 큰 기술을 쓰지 않으면서 괴수의 다리를 잘라냈다는 이야기였다.

대단한 자다. 몸이 완벽한 상태라면 이길 수 있겠지만, 지금이라면 진다. 진짜 고수였다.

생각을 길게 이어갈 수 없었다.

전마인은 집요하게 쳐들어 왔다. 단운룡은 뇌신진기도 아꼈다. 일격만 맞아도 죽을 수 있는 상황이었다. 그래도 힘을 아껴야 했다. 위험에 몸을 던져 시간을 끌었다.

한 끗 차로 도끼날이 허공을 갈랐다. 죽을 고비를 세 번 넘겼다. 그걸로 됐다. 단운룡이 훌쩍 뒤로 물러났다. 단운룡은 등 뒤로, 든든하고 강맹한 두 줄기 기운을 느꼈다.

전마인의 도끼가 머리 위를 쪼개왔다.

그 순간.

단운룡의 어깨 너머로 청룡의 언월도가 칼날을 내밀었다. 승천하는 용처럼 올라가 불을 뿜는다. 전마인의 도끼와 청룡굉화창 언월도가 맞부딪쳤다.

쩌어엉!

불꽃이 쏟아졌다. 언월도는 도끼를 완전히 비껴내지 못했다. 찍어 내리는 도끼날에 언월도가 얽혀들었다.

쩌정!

포효호심창이 힘을 더했다. 도끼가 밀려났다.

단운룡의 양옆으로 거구의 남자 둘이 나섰다.

관승과 왕호저다.

사량으로 천근을 제압하는 것이 안 되면, 천근으로 천근을 막으면 된다. 전마인은 거구를 휘둘리며 빠르게 연환부를 펼쳤다. 관승과 왕호저는 격렬하게 마주 싸웠다. 충돌음이 사위를 울리고 터져 나온 경파가 땅을 긁었다. 호쾌하고 강렬한 공방이 이어졌다.

단운룡은 뒤로 물러나 숨을 골랐다.

너무 오래 싸웠다. 힘을 아끼고 아꼈는데도 소모가 심했다. 이제는 정말 진기를 보충해야 했다. 운기조식이 절실했다.

촤아아아악!

단운룡은 진득한 액체가 땅바닥에 뿌려지는 소리를 듣고 고개를 돌렸다.

오래 싸우지 않고도 끝을 보는 이가 거기에 있었다.

그의 칼이 인면괴수의 배를 갈랐다.

죽은 핏물이 흙 밭을 검게 물들였다. 그렇게나 교활하던 인면의 괴수는 요악스런 표정 대신 공포와 고통에 찬 얼굴을 하고 있었다.

촤악!

선혈에 젖어 있던 칼날이 번들거리는 검은색으로 변했다.

괴수의 배가 열리고 내장이 쏟아졌다. 썩은 내가 났다.

"없는 건가."

남자가 중얼거렸다. 큰 괴수는 다리가 하나밖에 남아 있지 않았다. 처참하게 널브러진 채 온몸을 꿈틀대고 있었다.

"살려줘……."

남자는 이미 죽은 괴수의 모순된 애원을 무시했다. 그가 괴수의 머리 쪽으로 다가갔다.

"나는 신이다. 나를 이렇게……."

"너는 신 같은 게 아니다."

콰직!

칼날이 이마를 쪼갰다. 머리 뒤편이 퍽 하고 터져 나왔다. 남자가 주저 없이 갈라진 머리뼈 안으로 손을 집어넣었다.

"역시 머리였군."

뇌를 헤집고 손이 빠져 나왔다. 희고 검은 액체가 손을 따라 뚝뚝 흘렀다. 그의 손에는 검게 빛나는 구슬 같은 것이 들려 있었다. 번들거리는 그것에선 주위를 어둡게 하는 기이한 기운이 새어나오고 있었다.

그가 그 구슬을 품속으로 집어넣었다. 고약한 시체 피가 잔뜩 묻은 손을 한 번 내려다보더니, 앞섶에 손을 문질러 아무렇게나 닦았다.

그와 단운룡의 눈이 마주쳤다.

못다 한 대화를 할 때였다.

"넌 누구냐."

단운룡이 먼저 물었다.

"이름을 알 필요가 있나? 있는 곳이 다른데."

그가 반문으로 대답했다. 덧붙인 말은 진의가 어떠하든 아주 도발적이었다.

"기억해라. 내 이름은 단운룡이다."

"굳이."

단운룡의 눈에서 섬광이 튀었다.

남자가 시선을 돌렸다.

단운룡은 분노를 거두었다. 그럴 대상이 아니었다.

그는 여기 있지만 또한 없다. 많은 것을 포기한 자다. 예의나 범절을 떠나, 사람과의 관계 자체를 내려놓은 느낌이었다.

얽히지 않으려 하나 초월에 이르지 못했다. 그는 진천처럼 더 높은 곳을 보는 자가 애초에 아니었다.

단운룡은 알 수 있었다. 그가 사람을 등진 것은 자기 의지가 아니라 상실에 의한 버림이다. 단운룡은 그에게서 아주 오래전 회한에 차 있던 자기 자신을 보았다.

진천은 하늘에 닿으려 했다. 이 남자는 하늘이 아닌 어둠에 눈길을 주고 있었다. 전신에 서린 핏빛 공허는 인간 같지 않으면서도 지극히 사람 같았다.

'너까지 열이다.'

진천을 떠올리자, 그의 목소리 또한 뇌리를 스쳤다.

단운룡이 다시 물었다.

"진천을 아나?"

남자가 단운룡을 다시 보았다. 이번엔 비어 있지 않은 눈으로 보았다.

"그를 어떻게 알지?"

그가 단운룡에게 다시 반문했다. 그 질문은 충분한 대답이되었다.

"너도 그중 하나였군."

단운룡이 말했다.

없던 그가 나타나듯 존재감이 확실해졌다.

그가 혼잣말처럼 말했다.

"첩밀대가 일을 제대로 안 해. 이런 놈을 백색이라고."

그는 단운룡과 그 너머의 격전까지 한눈에 담고 있었다. 관승과 왕호저는 전마인에 맞서서 물러섬 없이 싸우는 중이었다. 전마인은 강하다. 용맹함을 담보로 목숨을 걸기에 적격인 상대였다. 더불어 비룡각 무인들이 달려오고 있었다. 그들은 두 눈에 정기가 가득했다.

"좋은 문파다. 팔황과 싸우는 데에는 나쁘지 않은 전력이되겠어."

처음으로 그가 제대로 말을 건넸다.

진천이 말한 열 명 중 하나임을 스스로 증명한 말이기도 했다. 하지만 단운룡은 거기서 다른 것을 읽었다.

"너는 아닌가?"

"나는 나의 싸움이 있다."

그의 눈에 붉은색 광망이 스쳤다. 그가 문득 고개를 돌려 골짜기 저 멀리 측사면 쪽을 바라보았다.

"너의 진짜 힘이 궁금하다. 금색일까."

"확인해 보든지."

"그러고 싶지만 지금은 아니다. 친구들이 밀리고 있다. 저 것들은 강하군."

그는 멀리 향한 시선을 돌리지 못했다.

뭔가를 직접 보고 있기라도 한 것 같았다.

"빚은 갚겠다."

단운룡이 말했다. 그 말을 들은 그의 눈에서 붉은빛이 가볍게 일렁였다.

"빚이 있었나?"

"둘 상대는 위험했다."

"아니었을걸."

그는 홀연히 나타나 사비시를 죽였다. 단운룡은 그의 도움을 빚이라 말했다. 그리고 그는 그것을 부인했다.

단운룡은 순간 느꼈다. 이 남자에겐 단운룡과 비슷한 예지능력이 있다. 이질적이지만 거의 같은 능력이었다.

"빚을 지울 생각이었으면 미리 말했다. 나는 간다. 더 지체하면 안 되겠어."

그는 그렇게 말하고 바로 땅을 박찼다.

결국 이름은 듣지 못했다.

그러나 단운룡은 언젠가 그를 다시 만날 것임을 알았다.

단운룡도 돌아섰다. 아직 싸움은 끝나지 않았다.

비룡각 무인들이 그의 곁에 섰다.

도요화는 보이지 않았다. 이전에게 묻자, 대구화 원진 안에서 급히 운기조식 중이라 했다.

쩡! 콰아앙!

관승과 왕호저는 잘 싸웠다. 비룡각 무인들은 용감했지만, 저 수준의 격전에 힘을 보탤 수 있는 기량을 지닌 이는 아무도 없었다.

비룡각 무인들은 스스로의 힘을 잘 알았다.

그들 상대는 따로 있었다.

콰르릉! 콰아아아앙!

협곡 쪽에서 굉음이 들렸다. 마침내, 협곡이 열렸다. 어둠의 기운을 마구 뿌려대는 귀신군대가 쏟아져 나왔다.

개전 명령은 이제 단운룡의 몫이었다. 헌데, 단운룡은 선뜻 돌격을 명할 수 없었다.

쾅!

귀병의 군대 선두에서 폭음과 함께 땅을 박차는 거구가 보였다.

거대한 철퇴를 들고 있었다. 찢어진 전포가 펄럭거렸다.

또 하나의 전마인이었다.

하나가 더 있다면 지금 맞서 싸울 이는 단운룡밖에 없다.

그뿐이 아니었다. 단운룡은 전마인을 막아서기에 앞서 다급하게 정면으로 몸을 날려야 했다. 불덩이가 날아오고 있었다.

화르르륵! 콰아앙!

관승과 왕호저 앞에서 불길이 치솟았다. 단운룡이 몸으로 막았다. 천잠보의에서 빛 무리가 솟구쳤다. 불길이 그의 몸을 휘감았다.

＊　　　　＊　　　　＊

화르르륵!

또 하나의 불덩이가 날아왔다.

퍼어엉! 화르르르르르륵!

불길은 몹시 뜨거웠다. 천잠보의가 화력을 거의 다 흡수하고 있음에도 뜨거움이 느껴질 정도였다.

단운룡의 눈이 발화의 근원을 찾았다.

거대한 그림자가 쿵쾅거리며 다가오고 있었다. 길게 늘어뜨린 양팔로 몸을 띄우고 다소 짧은 다리로 땅을 박찼다. 붉은 털, 노란 눈을 지닌 원숭이 형태의 괴물이었다. 단운룡은 이미 고성에서 저 요괴를 본적이 있다. 불을 뿜는 원숭이 괴물이었다. 화두라 했다.

허나, 불덩이를 던진 것은 화두가 아니었다. 화두의 등 뒤에는 지게처럼 생긴 안장이 메어져 있었다. 붉은 전포를 입은 남자가 괴물의 등을 타고 손을 휘둘렀다. 그의 손에서 커다란 불덩이가 솟아나 이쪽을 향해 날아왔다.

콰아앙!

단운룡은 어깨를 앞으로 하여 불덩이를 향해 몸을 던졌다. 불덩이가 천잠보의를 타고 맹렬하게 회오리쳤다.

위타천의 화염술에 필적하는 열기였다. 이 위력이면 화포에서 발사된 화탄이 날아오는 것과 다를 바가 없었다. 관승이나 왕호저 같은 고수라도 이런 불덩이에 직격당하면 큰 화상을 입을 것이다. 비룡각 무인들은 말할 것도 없었다.

화르르르륵!

단운룡의 전신을 따라 화염이 불꽃으로 흩어졌다.

천잠보의가 있어서 다행이었다. 규산에서 이미 실감했지만, 보의의 술법 방어력은 언제나 상상을 초월했다.

화두를 타고 있는 남자가 당혹스럽다는 표정으로 단운룡을 보고 있었다. 남자는 피부가 검었다. 놀라서 크게 뜬 눈에 흰자위가 몹시 두드러졌다. 그는 깃털 장식이 달린 모자를 쓰고 있었다. 화려했다. 마치 왕관 같았다.

화두가 훌쩍 뛰어 착지했다. 꿍! 하는 육중한 소리가 났다. 적포우관(赤袍羽冠)의 남자는 잘 길들인 준마를 탄 것처럼, 괴수의 등 뒤에 앉은 자세가 자연스러웠다.

"저자는!?"

"염화국 열왕(熱王)!"

"화염마!"

누군가의 경호성을 들었다.

원진을 통과하며 술력을 지닌 도사들을 여럿 보았다. 외견이 저리도 특이하다면 출도 직후부터 빠르게 명성을 얻었을 것이다. 그들 세계에서는 유명한 술법사인 모양이었다.

열왕이라 불린 남자가 두 손을 합장하듯 마주치더니 머리 위로 올렸다. 두 손을 양쪽으로 벌리자 위타천이 펼치던 화염 술보다 세 배는 더 큰 불덩이가 생겨났다. 열기가 엄청났다. 열왕 주위의 경물이 일그러져 보였다.

후욱! 화르르륵!

거대한 불덩이가 날아들었다.

단운룡의 술법방어를 보고 더 큰 화력으로 응수한 것이다.

단운룡은 다시 앞으로 달려 나갔다. 그럴 수밖에 없었다. 그가 막지 않으면 다른 이들이 휩쓸리게 될 것이다. 열기가 너무 강렬했다. 양팔로 얼굴을 가리고 불덩이로 뛰어들었다.

콰아아앙!

뜨거운 것보다 폭발의 충격이 더 컸다. 화염은 술력이지만, 충격파는 물리력이었다. 단운룡의 몸이 덜컥 뒤로 밀렸다. 전신 기혈이 흔들릴 정도로 타격을 받았다.

"오오오오오!"

"저럴 수가!!"

"열왕의 화염을!!"

뒤에서 경탄성이 들려왔다. 화염술이 무림인들을 노리고 있음은 명백했다. 불길에 몸을 던져 막강한 화염술을 막아주고 있으니 놀랍기도 했으리라.

하지만 단운룡 본인에겐 결코 감탄스러운 순간이 아니었다.

예지가 빗나갔다. 아니, 예지가 발동하지 않았다. 단운룡의 예지력이란 주술적 초능력이 아니라 경험으로 미래를 역산하는 초월적 계산 능력에 가까웠다. 미지의 술법이 미치는 영향마저 완벽하게 예측하는 것은 불가능한 일이었다.

보의를 너무 믿은 것이 문제였다. 단운룡은 보의에 대한 의존을 다시 한번 경계하며 정신을 광검결처럼 날카롭게 벼렸다.

단운룡이 땅을 박찼다. 발밑에는 다시 뇌신진기를 담았다. 그러면서 전마인의 위치를 확인했다.

철퇴를 들고 있는 전마인은 이제 지척이었다.

진퇴양난이었다. 단운룡이 열왕을 막지 않으면, 화염의 광역법술이 무인들을 덮칠 것이다. 마찬가지로 단운룡이 전마인을 막지 못하면 저 철퇴가 뭇 군웅들을 휩쓸 터였다.

화르륵! 콰앙!

단운룡의 심경이야 어떠하든, 열왕은 더 놀란 것 같았다. 그 불길 속에서도 단운룡이 멀쩡하게 뛰어나오자 열왕의 손이 다급해졌다.

화륵! 화르륵!

불덩이가 연신 날아왔다. 열왕은 실로 대단했다.

이 크기의 불덩이를 난사하는 것은 저쪽 세계에서도 이례적인 일일 것이다.

단운룡은 열왕의 손에서 부적도 법구도 보지 못했다. 이런 괴물이 연이어 나타난다. 아무래도 이 항산에는 단운룡이 지금껏 눈으로 본 것보다 훨씬 더 큰일이 벌어지고 있는 모양이었다.

콰앙! 콰아앙!

불길 폭발을 받아내고 피해내며 열왕의 앞에 당도했다. 열왕이 두 손을 합장하더니 손바닥을 활짝 펴고 양손을 앞으로 내밀었다.

허공에서 불 바퀴가 나타났다. 불로 만든 거대한 방패 같았다. 사람 키보다 훨씬 높은 불 바퀴는 요괴와 그 위에 탄 열왕을 거의 다 가릴 만큼 컸다.

단운룡은 망설이지 않았다. 벽이 있으면 무너뜨릴 뿐이다.

그대로 달려가 진각을 밟았다. 허리를 틀면서 전사력을 얻고, 등으로 광극진기를 폭발시킨다. 그가 만들어낸 회전대로 붉은색 빛 무리가 보의 위를 휘돌았다.

꽈아아앙!

순간 뇌신의 광혼고가 불 바퀴를 때렸다.

단운룡은 반탄력을 느꼈다. 이 방패에는 아주 단단한 물리력이 있다. 바위를 때린 것 같았다. 그래도 광혼고는 강했다.

폭발처럼 불꽃이 흩어지며 불길방패에 구멍이 뚫렸다. 그 틈 새로 열왕의 검은 얼굴이 보였다. 열왕은 경악하고 있었다. 그가 알 수 없는 언어로 거칠게 소리치며 양손을 뻗었다.

화르르르륵!

불길이 중첩되고 불 바퀴가 회전했다. 뚫렸던 구멍은 순식간에 불길로 메워졌다. 단운룡이 빠르게 땅을 박찼다. 정면으로 뚫지 못한다면, 불 바퀴를 돌아 넘어 공격하려 함이었다.

화륵! 위이이잉!

열왕이 큰 소리로 소리쳤다. 역시 알아듣지 못했다. 작은 불 바퀴가 하나 더 나타났다. 원래 있던 불 바퀴가 정면을 막으며 단운룡을 따라 이동했다. 불 바퀴가 움직이는 속도는 엄청나게 빨랐다. 순속을 거의 따라올 정도였다.

이 정도면 그저 이례적인 수준이 아니라, 최고위급의 술사일 것이다. 경각심이 절로 솟았다. 그러면서 불 바퀴에 흐르는 기(氣)와 술법의 반응 속도를 가늠했다.

머릿속에서 해법이 짜 맞춰 졌다.

마신발동이면 파동역장으로 화염방패를 일그러뜨려 공간을 만들 수 있다.

틈이 많이 필요한 것도 아니다. 저 안으로만 들어가면 된다. 화두란 괴수는 장애물조차 되지 못했다.

열왕이란 자의 무공수위가 어느 정도인지는 모르겠지만, 기(氣)는 중단전과 상단전에 주로 집중되어 있었다. 특히 상단전이 방대하게 열려 있다. 하단전에 축적된 기는 상단전에 비하여 초라한 수준이었다. 무공으로 싸우면 충분히 격살 가능한 상대다. 저자의 화염술은 분명 규격 외지만, 천잠보의를 지닌 단운룡은 상성 면에서 절대적으로 우위에 있었다.

다만, 그것은 어디까지나 단운룡이 만전일 때의 이야기였다. 이길 수 있는 것을 모두 그 안에 갖고 있는데, 꺼낼 수가 없었다. 적응해야 했다. 마음을 다스리는 싸움이 더 어려웠다.

할 수 있는 것과 할 수 없는 것이 있다. 그리고 해야 할 것이 있었다.

해야 할 것은 명백했다. 그는 열왕이 구사하는 화염의 난사가 뒤쪽의 무인들에게로 향하는 것을 막아야 했다.

영웅이 되기 위해서가 아니다. 이런 일에 협을 논하는 것도 우습다. 그가 안 막으면 사람이 죽는다. 그저 그이기에 할 수 있는 일이었다.

콰앙!

빠른 움직임으로 열왕을 압박하며 등 뒤로 폭음을 들었다.

전마인은 단운룡에게로 덤벼들지 않았다. 강맹한 힘을 담은 철퇴는 항산의 무림인들에게로 향했다.

열왕의 공격을 봉쇄하면서 동시에 전마인을 막는다? 그건 그가 할 수 없는 일이었다.

그의 몸은 두 개가 아니었다.

전마인의 철추가 엄청난 힘을 담고 땅을 부쉈다. 땅만 부순 것이 아니라, 미처 피하지 못한 도사 둘을 으깨놓았다.

피가, 육신과 내장이 튀었다.

전마인이 마기를 뿌리며 철퇴를 휘둘렀다. 철봉은 두텁고, 퇴부는 둥글고 컸다. 낭아봉 같은 가시는 박혀 있지 않았다. 단 일격으로 두 사람의 몸이 박살 나는 것을 모두가 보았다. 괴력과 공포의 괴물이었다.

"가자!"

괴수를 앞에 두고 용맹한 목소리가 울려 퍼졌다.

단운룡이 할 수 없는 것을 대신 해주는 이들이 있었다.

그의 문도들이다.

비룡각 무인들이 땅을 박차고, 전마인에게 달려들었다.

다른 모든 이들이 물러나도 그들은 물러날 수 없다. 그렇게 배웠다. 뒤에 아무도 없다면 퇴각을 택하겠지만, 그들이 도망치면 무림인들이 죽을 상황이었다. 그들이 막아야 했다. 단운룡이 그것을 당연하게 생각하듯, 그들도 그것이 당연했다. 출중한 무공에 이어 의협비룡회의 정신을 강호에 보여주는 순간이었다.

쩌엉!

선두에서 몸을 날린 비룡각 무인이 달려들던 것보다 더 빠르게 튕겨 나왔다. 일격에 창대가 날아갔다. 철퇴에 스쳤을 뿐인데, 온몸이 덜컥 내던져지듯 날아가 땅을 굴렀다.

채앵! 콰직!

두 번째 비룡각 무인은 팔이 부러졌다. 세 번째 무인은 창날도 쑤셔 넣지 못한 채, 쓰러지는 두 번째 무인의 어깨를 잡아당기며 몸을 피해야 했다. 네 번째도 죽을 뻔했다. 다섯 번째는 접근조차 못 한 채 창대가 박살 났다.

상대가 되지 않았다.

그래도 비룡각 무인들은 두려움 없이 전진했다.

퍼억!

기어코 사망자가 나왔다. 가슴팍에 철퇴를 맞았다. 가슴 전체가 움푹 들어갔다. 누구보다 용감하게 창을 휘두르던 비룡각 무인은 피를 뿜으며 날아가 다시는 일어나지 못했다. 즉사였다.

어쩔 수 없다. 이런 괴물에 맞서면 죽는 자가 나오는 게 당연했다.

"우리가 맡겠소! 물러나서 전열을 정비하시오!"

비룡각 무인 하나가 소리쳤다.

비룡각 무인들은 경쟁하듯 전마인에게도 돌진했다.

그 기세가 실로 놀라웠다. 비룡각 무인들이 전마인을 막는 동안, 항산 무림인들은 뒤로 물러났다. 그들은 비룡각 무인들의 뒷모습에서 강렬한 영웅기(英雄氣)를 보았다.

퍼억! 콰아앙!

죽는 자가 늘어갔다.

푸욱! 전마인의 무위는 휘몰아치는 태풍 같았다.

단운룡은 비명 소리 없이 사라지는 문도들의 생명을 느꼈다. 그가 이를 악물었다.

그렇게 허무하게 죽어서는 안 될 이들이었다.

불덩이가 날아왔다.

보의가 화염을 받아냈다. 그의 몸은 둘이 아니었다.

그렇다.

그래서 그는 보의를 벗었다.

"막아."

단운룡이 명령했다. 벗어던진 천잠보의가 사람처럼 일어났다. 천잠보의는 한순간도 지체하지 않고 열왕의 불 바퀴를 향해 양팔 소매를 집어넣었다.

화르르륵! 후우우우욱!

돌아가는 불 바퀴에서 불길과 불꽃이 쏟아졌다. 천잠보의는 불 바퀴를 잡아 찢듯, 소매를 손처럼 박아 양쪽으로 열어젖혔다. 열왕은 또 한 번 경악했다. 그가 소리치며 불 바퀴 뒤쪽에 불길을 중첩시켰다.

천잠보의는 본능적으로 싸울 줄 아는 짐승 같았다.

단운룡은 그 모습을 보고 놀라는 대신, 바로 몸을 돌려 전마인에게로 달려갔다.

"문주님이 오신다!"

"길을 열어라!"

단운룡은 갈라지는 비룡각 무인들 사이를 달렸다. 발밑에서 뇌신의 전격이 불꽃을 튀겼다. 느려지는 세상 속에서 단운룡은 문도들의 표정을 보았다. 그들의 눈빛을 보았다.

그들의 용맹 속에 문주를 향한 기대와 충성이 있었다.

그렇기에 그도 목숨을 건다.

터엉!

충격파가 문도들을 휩쓸지 않고 하늘로 향하도록 높이 뛰어 공간을 만들었다.

파앙!

움직임이 먼저, 소리는 그 다음이다.

단운룡이 광신마체 음속을 발동했다.

전마인의 전신이 확대되었다. 철퇴에 튕겨 나가며 피를 뿌리는 문도가 보였다. 철퇴는 그대로 반원을 그리더니 부드럽게 방향을 바꿔 단운룡에게로 짓쳐들었다.

도끼의 전마인과는 다른 무공이다. 이토록 느려진 시야에서도 빠르고 묵직했다.

손날을 들어 음속의 진기를 실었다.

전마인의 철퇴와 단운룡의 손이 부딪쳤다.

쩌어어엉!

금속성이 무섭도록 사위를 울렸다. 전마인의 철퇴는 흠집 하나 없이 튕겨나가 그대로 원을 그렸다. 철퇴가 단운룡의 머리를 부수기 위해 내려왔다.

음속마광각 마왕익을 올려 찼다. 날개처럼 올라간 단운룡의 발이 철퇴를 막아냈다.

쩌엉!

충격파가 다시 한번 주위를 휩쓸었다.

"물러나!"

단운룡이 소리쳤다.

비룡각 무인들이 썰물처럼 뒤로 빠졌다. 단운룡이 다시 전마인에게 쇄도했다. 전마인의 신법은 뇌신의 속도를 따라오는 정도였지만, 근접거리의 반응 속도는 뇌신을 상회했다. 안쪽으로 들어갈수록 빨라진다. 전포자락, 쇠사슬 하나도 다 무기다. 전마인의 철퇴와 단운룡의 손이 연달아 충돌했다.

쩌광!

아무도 그 전투에 끼어들 수 없었다. 단운룡은 명백하게 무리하고 있었다. 단운룡을 잘 아는 그는 그 사실도 알았다.

문도들이 죽는 것을 보고, 어깨에 멘 목갑을 열었다.

단운룡이 달려오는 것을 보고, 달고 있던 의족을 벗었다.

단운룡이 싸우는 것을 보며 목갑에서 의족을 꺼내 새 발을 달았다.

더 생각하지 않았다.

그는 삶의 목적을 달성했고, 꽤 만족했다. 그랬다가 허무해졌다.

인생을 여일하게 살 수 있는 사람이 얼마나 되겠는가.

사람은 그럴 수도 있다. 변명거리는 수도 없이 많았다.

철컥.

소리가 들렸다. 졸라매지 않아도 안에서 조여들며 그의 새

발이 되었다.

텅!

그가 달렸다.

다른 것이 보이지 않았다. 그의 어린 친구가 옛날처럼 목숨을 걸고 있었다.

화르륵!

불덩이가 날아왔다. 단운룡이 입고 있던 괴이한 옷은 홀로 움직이는 경이를 보였지만, 열왕이라 불린 요술사를 완벽하게 봉쇄하지 못했다. 천잠보의를 벗은 단운룡은 저 불덩이에 무적이 아니었다. 그뿐 아니라 다른 모두가 그랬다.

"아저씨! 여기 말고!"

이제 다 커서 문주가 되었으면서도, 여전히 그를 아저씨라 불렀다.

오기륭은 그 호칭이 썩 싫으면서도 좋았다.

"받아!"

혼자 짊어지려는 걸 방해하지 않았다. 각자 한 놈씩 맡으면 된다. 단운룡은 그 격하게 싸우는 와중에도 몸을 돌리며 오기륭에게 물건 하나를 집어던졌다.

촤르르르륵!

잡아챈 손에서 그것이 흩어지듯 늘어지며 경쾌한 소리를 냈다. 쇠로 만든 옷이었다.

"저놈!"

"알았다!"

오기룡은 달리면서 철신갑을 입었다. 신축성이 없는데도 용케 잘 들어갔다. 질감이 묘하게 새 다리와 비슷했다. 이것 또한 헌원력이 준 물건임을 눈치 없이도 확신했다.

화르륵! 하고 불덩이가 날아왔다. 조준하고 날아온 것이 아니라, 보의의 압박에 아무렇게나 뿌린 불덩이 같았다. 서둘러야 했다. 마구잡이로 쏘는 불덩이가 무림인들을 향했다가는 수많은 사상자가 날 터였다.

오기룡은 빠르게 달렸다. 발에서는 아무런 잡음이 나지 않았다.

화륵! 화르륵! 파라라라락!

백금색 명멸하던 천잠보의는 색깔이 달라져 있었다. 붉은색, 주홍색, 황색으로 빛나는 것이 옷 안에 불길을 머금은 듯했다. 완전한 원형이었던 열왕의 불 바퀴는 엉망진창으로 일그러진 상태였다.

오기룡을 본 열왕이 허연 흰자위를 드러내며 알아듣지 못할 말로 소리쳤다. 열왕이 손을 휘둘렀다. 작은 불 바퀴가 망가진 불 바퀴 뒤에서 불쑥 솟아나더니, 오기룡을 향해 무서운 속도로 날아들었다.

왜 그런 생각을 했는지는 모르겠다.

차서 부수면 될 것 같았다.

측면으로 일보.

섬광을 잃었던 각법이 칼처럼 휘어져 나아갔다.

발도각이었다.

꽈아앙!

불 바퀴가 폭발했다. 비산하는 불길이 불패신룡의 전신을 할퀴었다.

불꽃은 철신갑에 막혀 신룡의 육신에 아무런 상처를 남기지 않았다.

열기와 연기 속에서, 불패신룡이 눈을 떴다.

*   *   *

오기륭이 불길을 열었다.

신화를 뚫고 인간이 나아갔다.

열왕이 오른손을 거세게 휘둘렀다. 불길이 세로로 넓게 퍼지며 오기륭을 덮쳐 왔다. 불로 만든 도끼 같았다.

오기륭은 옆으로 진각을 밟았다. 몸이 가벼웠다. 꿈에서 깬 것처럼 정신이 명료했다.

화염의 도끼는 기세가 무시무시했지만 빠르지 않았다. 새로운 발과 옷을 믿었지만, 일부러 맞아줄 필요는 없었다.

콰가가가가!

불 도끼가 땅을 갈랐다. 땅이 바싹바싹 마르고 들풀이 불에 탔다. 매캐한 냄새가 났다.

오기륭은 더 앞으로 전진했다.

천잠보의가 불 바퀴를 찢고 있었다. 오기륭은 그 사이로 몸을 던지며 동료에게 말하듯 말했다.

"이놈은 내가 맡는다! 운룡에게 돌아가!"

오기륭이 불 바퀴 안쪽으로 들어갔다. 그의 말을 알아들은 건지, 천잠보의가 뿜어내는 빛 무리가 시야 뒤쪽으로 사라졌다. 오기륭은 모사들처럼 계산하지 않았다. 이치에 능통하지 않아도, 단운룡에게 천잠보의가 필요하다는 것을 본능적인 감으로 알았다.

"쿠오오오오오!"

요괴의 괴성 소리를 들었다. 붉은 털로 뒤덮인 두터운 다리가 보였다. 고개를 들었다. 괴수는 그의 머리 위에서 그를 삼킬 것처럼 큰 입을 벌리고 있었다.

화르르르륵!

송곳니가 사납고, 동굴처럼 까만 입 속에서 불꽃이 생겨났다. 포효에 이어 불길이 토해졌다.

콰와아아아아!

이건 예상하지 못했다. 미처 다 피하지 못했다. 불길이 오기륭의 반신을 휩쓸었다.

뜨거웠다.

차락! 차락! 티티티틱! 차락!

몸에 입은 사슬 옷에서 미세한 기성이 들렸다. 얼굴에 얇은 막이 씌워진 것처럼 이상한 느낌이 들었다. 뜨거움이 따뜻함으로 바뀌었다. 불길이 휩쓴 반대편에서는 되레 차가운 한기(寒氣)를 느꼈다. 땅바닥이 까맣게 타고 있는데 천으로 만든 바지가 멀쩡했다.

오기륭은 사슬 옷이 그냥 갑옷이 아니라 신기의 방어법구임을 깨달았다.

헌원력을 떠올렸다. 스쳐가는 인연인 줄 알았더니, 초라해진 그마저도 잊지 않고 있었다.

멈췄던 생각이 이어졌다.

함께 싸우던 순간들이 주마등처럼 눈앞을 지나갔다.

등을 맡기고 적진을 돌파하던 그 순간 속엔 관승이 있고, 왕호저가 있었다. 이제 하나만 남은 도강, 도협 형제도 있고, 다시 볼 수 없는 선찬도 방편산을 휘둘렀다.

그들은 분명한 목적지를 향해 함께 달렸다. 그리고 그 끝에 이르렀다. 끝을 본 그는 어느새 사방으로 활짝 열린 길 위에서 정처 없는 떠돌이가 되어 있었다.

불길을 맞으며 말도 안 되는 싸움을 하고 있자니, 저절로 피가 끓었다.

구룡보를 무너뜨리고, 운룡과 석양을 바라보며 했던 이야기가 떠올랐다.

운룡에게 참룡방을 넘겨주기 위하여 해남검파의 장문인 남위, 위원홍을 꺾겠다고 선언했던 그는, 농담과 진담의 중간쯤 어딘가에서 도무지 가능할 법하지 않은 목표를 두고 스스로를 부끄러움으로만 채워왔었다.

불혹에는 흔들리지 않고 지천명에는 하늘의 뜻을 안다고 했다. 하늘이 그에 내린 사명이 무엇인지는 잘 모른다. 스스로 사명이라 생각했던 건 완수했다. 더 할 일이 없다고 위원홍에게 이기는 것을 천명으로 삼자니 생각하면 생각할수록 너무나도 억지스런 구실 같았다. 무공 수련은 뒷전이요, 따뜻한 남쪽 땅에서 정양하고 호강했다. 구룡보 애송이들 가르치던 젊은 날처럼, 애들이나 구경하며 지내자니 그게 또 기껍고 살 만하더라. 그러다가 적벽으로 올라오니 오히려 갑갑했다. 사는 게 재미없었다.

동생 놈들에게 잘 혼났다. 혼날 만했다.

사람이 말이야, 이럴 때도 있고 저럴 때도 있는 거지.

하늘의 뜻을 사람이 어찌 헤아리나. 살고 싶은 대로 사는 건데. 지천명은 개나 주자. 위원홍을 잡으려면 강해져야 하고, 강해지다 보면 저절로 이길 날이 올 것을.

왼종일 수련하려면 부지런해야 하지만, 새벽부터 운기하기엔 나이가 귀찮다. 그러니 목숨이라도 걸고 싸워야겠다. 마침 문주란 녀석이 평생 싸울 운세를 타고난 놈이다. 어린 시절부터 봤으니 그건 확실했다. 지금처럼 싸울 일을 숱하게 만들어 줄 것이다.

오늘부터 또 지지 않겠다.

괴수의 입에서 쏟아지는 화염은 마음을 씻는 폭포수 같았다. 공허라는 질병이 불에 타서 사라졌다. 타버린 재를 밟으며 자유를 찾았다.

텅!

그대로 진각을 밟았다.

불길에 반응한 것은 옷뿐만이 아니었다. 의족에 사선으로 붉은색 빛나는 무늬가 떠올라 있었다. 발도각이 요괴의 굵은 다리에 박혔다. 휘어차는 반월을 따라 붉은빛 잔영이 남았다.

꽈앙! 우지끈!

요괴의 다리뼈가 그대로 부서졌다. 붉은 털 원숭이 요괴가 휘청, 무릎을 꿇었다.

꿍!

요괴가 손으로 땅을 짚고 상체를 지탱했다. 오기륭은 멈추지 않았다. 디딤발을 땅에 박고, 무서운 속도로 돌려 찼다. 의족에 공력이 완벽하게 실렸다. 잘리기 전 멀쩡했던 발보다 더 많은 진기가 담기는 것 같았다.

퍼억! 우직!

땅을 짚은 팔에서 육편이 튀었다. 살점이 터져나가고, 뼈가 부러졌다. 요괴의 몸이 다시 한번 휘청 앞으로 기울어졌다.

텅!

다음은 승천각이다.

오기륭의 발이 수직으로 치솟았다.

붉은빛이 직선으로 올라가 괴수의 턱에 작렬했다.

퍼어어억!

붉은빛은 괴수의 턱을 뚫고, 정수리를 터뜨렸다. 머리 꼭대기 정중앙의 뼈가 폭발하듯 박살 났다. 뼈와 뇌수가 튀었다. 의족은 붉은빛과 함께 화기(火氣)까지 분출했는지, 터지는 머리 위로 불꽃이 함께 치솟아 올랐다.

거대한 붉은 원숭이가 땅바닥으로 꼬꾸라졌다.

휘릭! 턱!

쓰러진 원숭이의 어깨 위로, 열왕이 몸을 돌려 착지했다. 열왕의 검은 얼굴은 분노로 일그러져 몹시 흉악했다. 옷과 얼굴에 괴수의 뇌수와 살점이 튀어 있었다.

"카악!"

열왕이 요괴 같은 괴성을 내지르며 마구 손을 휘둘렀다.

불길이 마구 치솟았다.

오기룡은 불을 맞으며 땅을 박찼다.

"캇!!!"

열왕이 기합성 같은 고함을 지르면서 양손을 활짝 펴고 오기룡에게 겨눴다. 불 대신 다른 것이 오기룡을 막았다. 몸이 덜컥 멎었다. 눈앞에 보이지 않는 벽이 생긴 것 같았다.

"카아아악!"

열왕이 탁한 음성으로 소리쳤다.

쾅!

오기륭의 어깨가 뒤로 젖혀졌다. 몽둥이로 얻어맞는 것 같은 충격이 어깨부터 등까지 전해졌다.

염력, 또는 무형기다. 허공섭물이라고도 한다. 오기륭은 긴 강호 경험으로 무공을 통해서든 술법을 통해서든, 공간을 격하고 사물에 영향을 줄 수 있는 비기가 있음을 익히 알고 있었다. 실제로 당해 보니, 제법 난감했다. 화염술법만 쓰는 놈인 줄 알았다. 과연 이렇게 숨겨진 한 수가 있다.

오기륭은 전신의 기를 다리 쪽으로 집중했다.

그저, 잘할 수 있는 걸 하면 된다. 처음 겪어보는 수법에 당황하기에는 그의 경험이 지나치게 풍부했다.

터엉!

잘 움직이지 않는 다리로 진각을 밟았다. 온몸을 둘러싼 기운이 크게 흔들렸다. 열왕이 당황하는 것을 보았다. 발을 다시 밟고, 족도 참격을 쓸 때처럼 발끝에 힘을 더했다.

티딕! 티티티티틱!

사슬 옷에서 기성이 들려오기 시작했다. 의족에서도 아주 미세한 진동이 느껴졌다. 오기륭의 의지에 따라 어떤 특수한 작용이 일어나는 것 같았다.

틱! 찰칵!

작은 기관 어딘가가 정확하게 맞물리는 듯한 소리를 들었다.

후욱!

다리가 움직였다. 허리도 쓸 수 있다.

오기륭은 짐작만 했다. 헌원력이 준 옷과 발이 이런 무형기마저도 일부 상쇄하였음을 몸으로 느꼈다.

꽈꽝!

짧게 두 번 끊어 찼다. 보이지 않는 벽에 단파각이 들어갔다.

벽이 흔들렸다.

오기륭은 짐작을 했고, 미처 알지 못했다.

그는 헌원력이 준 의족의 가치를 정확하게 몰랐다. 술법을 제대로 아는 이들이라면 멀쩡한 다리를 자르고라도 이 의족을 붙이려 들것이다.

쐐액! 콰가가각!

흔들린 벽 위로 오기륭의 족도참격이 작렬했다. 염력의 벽이 갈라졌다. 열왕의 넓적한 콧구멍에서 붉은 선혈이 주르륵 쏟아졌다.

"크아악!"

열왕이 비명을 지르듯 소리쳤다.

두 손이 파르르 떨릴 만큼 힘을 집중하더니, 그대로 손을 마주쳐 깍지를 꼈다.

오기륭은 양옆에서 그를 짓누르듯 조여 오는 힘을 느꼈다. 족도 참격으로나 부술 수 있었던 벽처럼 아주 단단하고 강력했다.

옷과 의족이 먼저 위기를 느낀 듯, 티틱거리는 소리가 시끄러울 정도로 격하게 울려나왔다. 오기륭은 두 기보를 도와주듯, 공력을 아낌없이 퍼부어주었다. 그는 감각적이고 감정적인 무인이었다. 이치를 따지기에 앞서, 몸이 먼저 상황을 따라갔다.

티디디딕! 우우우우우웅!

조여 오는 힘은 아주 거셌다. 거인이 양손으로 온몸을 쥐어
짜듯 전신으로 통증이 느껴졌다. 오기륭은 움츠러들지 않았
다. 당당하게 몸을 세우고 열왕을 보았다.

이번 공격은 아까보다 강하다. 곧바로 풀 수 없겠다.

오기륭의 기를 받고 철신갑와 의족이 열왕의 힘과 싸웠다.

짧지 않은 힘겨루기가 시작되었다

오기륭이 열왕과 싸우는 동안, 천잠보의는 사람처럼 뛰었
다. 속도는 아주 빠르지 않았다. 빠른 속도로 달려가다가 멈
추고, 다시 달리기를 반복했다. 마치 단운룡의 위치를 잡았다
가 놓쳤다가 하는 것 같았다.

천잠보의가 움직이는 동안, 전황은 새 국면을 맞이하고 있
었다.

쏟아져 나온 귀병들이 눈앞을 덮쳤다. 대낮인데도 새까만
기운이 넘실거렸다. 비룡각 무인들이 또 한 번 전면에 나섰다.

용감하고 격렬하게 싸웠다. 귀병 군대는 쓰러져도 다시 일
어났지만, 비룡각 무인들은 전혀 두려워하지 않았다.

싸움은 아주 험악한 난전이 되었다. 귀병 군대는 정해진 진
형도 없이 그저 밀물처럼 진격해 왔다. 전마인 둘이 만든 험
악한 격전지에도 아무렇지 않게 난입해 들어왔다.

콰직! 콰아아앙!

귀병들은 전마인을 공격하지 않았음에도 도끼와 철퇴를 맞았다. 전마인의 공격은 피아를 가리지 않았다. 모든 것을 휩쓸었다. 그러고도 터져나가지 않은 귀병들은 단운룡에게 달려들었다. 관승과 왕호저에게도 같은 일이 벌어졌다.

전마인도 강력했지만, 보잘것없는 귀병의 창날도 날붙이인 건 매한가지였다. 싸움이 엉망진창으로 변했다. 상황은 악화일로로 치달았다.

"왼쪽!"

"아니다! 오른쪽을 먼저 죽여!"

비룡각 무인들은 잘 싸웠지만, 움직임이 일관되지 않았다. 지휘자가 없었다. 정련된 군기를 제대로 살리는 것이 불가능했다.

"계속 온다!"

"저쪽은 포기해! 여기서 뭉치자!"

시작부터 고전이었다.

밀림에서 싸우던 난전과는 또 달랐다. 귀병 군대는 몇 명 죽인다고 예봉이 꺾이는 소부대가 아니었다. 죽여도 죽인 것이 아니다. 양팔을 잘라내도 달릴 수 있는 다리가 있는 한 몸뚱이로라도 부딪쳐 왔다.

비룡각 무인이 그러한데, 다른 항산무림인들은 말할 것도 없었다. 그들은 금방 손이 어지러워졌다. 더욱이 적들은 귀병 군대뿐이 아니었다. 요괴들은 아직도 많았다. 귀병들은 요괴들을 죽이지 않았고, 요괴들은 귀병군대와 함께 사람의 목숨을 탐했다. 귀병과 요괴는 아무 명령 체계도 없었지만, 합쳐지면서 더 무서운 무리가 되었다.

비룡각 무인들 백여 명을 제외하고는 제대로 싸우는 이가 백 명도 되지 않았다. 부상자와 상당수 무인들이 아직 바위지대 원진 안에 있었다. 전황이 아주 나빴다.

'이대로는 안 돼.'

전마인의 철퇴를 피하자 바로 앞으로 귀병이 뛰어들었다.

퍼억!

극광추를 날려 귀병의 머리를 터뜨렸다. 그 순간에 또 철퇴가 날아들었다.

쫘아앙!

옆으로 피하면서 땅을 박차고 마광각을 펼쳤다.

터엉!

어깨를 찼는데, 깊이 들어가질 않았다. 음속마광각 일격을 맞으면서도 순간에 뒤꿈치로 진각을 밟고, 허리를 뒤로 뺐다. 그걸로 마광각의 충격까지 반감시켰다.

괴물로 만들어지기 전 본체부터가 고수였음이 분명했다. 격타 시에 충격을 해소하며 정확하게 보법 투로까지 밟았다. 이런 웅수는 외부의 진결도해로 짜 넣을 수 있는 성질의 것이 아니었다.

다시 나아가며 연환각을 펼치려는데 진즉에 몸뚱이 절반이 날아간 귀병 하나가 혹 단운룡의 앞으로 달려들었다.

스각!

광검결로 목을 날렸다. 그걸로 한순간이 늦었다. 철퇴의 반격이 들어왔다.

최악이다.

일격일타가 진기소모다. 귀병까지 휩쓸려 들어오며 싸움이 아주 성가셔졌다. 이미 음속으로도 무리했다. 유지시간도 얼마 안 남았다. 발동반동이 얼마나 올지도 알 수 없었다.

"안 돼! 뒤로 물러!"

"죽는다! 위험해!"

여기저기서 들려오는 경호성이 귓전을 파고들었다.

단운룡은 백전의 무인이었다. 그 정도로는 정심이 흔들리지 않았다. 다만, 단단한 마음으로 냉정한 계산을 했다.

죽는 자가 나온다. 하나둘 죽다 보면, 사상자의 증가는 더 가속화될 것이다. 단운룡 쪽이든, 관승이나 왕호저 쪽이든, 전마인을 꺾어야만 한다.

마음을 굳혔다. 이미 건 목숨, 제대로 내봐 본다.

텅!

철퇴가 짓쳐들지 않음에도 뒤로 몸을 날렸다.

전마인이 따라왔다. 그리고, 뒤에서, 불길의 색을 두른 천잠보의가 달려와 단운룡을 집어삼켰다.

우우우웅!

단운룡이 양 주먹을 가슴 앞에서 겹쳤다.

파지직!

주먹 사이가 열린다. 전격의 섬광이 그 안에서 번쩍였다.

'발동.'

퍼석!

발밑에서 풀과 흙이 치솟았다.

천잠보의를 휘돌던 홍염과 황염이 순식간에 빛을 잃었다. 불길이 보의 중앙의 광구로 빨려들듯 사라졌다. 아름답게 어우러지던 백금의 빛 무리도 어두워졌다.

단운룡의 발밑에서 산야의 풀이 방사형으로 누웠다. 부채꼴 모양으로 땅 위에 결이 생긴다. 단운룡의 얼굴에서 푸르고 붉은 빛이 어우러졌다. 철퇴가 머리 위로 떨어졌다. 마신의 힘을 담고, 극광추를 올려쳤다.

쩌어엉!

단 일격이었다.

둥근 철퇴부가 산산조각으로 부서졌다.

광핵이 맹렬하게 회전했다. 단운룡의 얼굴이 원래의 살색으로 돌아왔다.

전마인이 철퇴부가 날아간 철봉을 단운룡에게 휘둘러왔다.

턱!

단운룡의 손이 철봉을 잡았다. 전마인의 어깨와 팔 근육이 부풀어 올랐다. 그 거구는 단운룡의 두 배는 되어 보였지만,

단운룡은 철봉을 틀어쥔 채 힘에서 전혀 밀리지 않았다.

단운룡이 꿈쩍도 하지 않자 전마인이 철봉을 손에서 놓고 주먹을 내려쳐왔다. 단운룡의 몸이 아주 자연스럽게 휘두르는 팔 안쪽으로 돌아들어갔다. 너무나도 간결한 그 움직임은 마치 크리슈나의 무공 같았다.

그리고 다시 마신이다.

격하게 회전하는 마신진기가 진각에서 허리로, 허리에서 어깨로 증폭된다. 파동역장이 무시무시한 힘이 되어 발출되었다. 전마인의 몸통에서 마신광혼고가 폭발했다.

꽈아아앙!

후두두둑! 화포가 큰 짐승의 몸에서 터진 것 같았다. 과도한 근육의 팔과 어깨가, 비대해진 심장과 두터운 갈비뼈가 전마인의 뒤쪽으로 쏟아져 내렸다.

꾸웅!

전마인이 쓰러졌다.

순간이지만 전력을 다했다. 최대 기량에 가까운 일격을 펼쳤다. 색이 온전했던 단운룡의 피부가 얼룩덜룩해졌다.

후욱! 우우우웅!

파동역장이 마구 일그러졌다. 천잠보의의 백금색이 빛을 잃었다.

"크윽!"

드러난 두 손과 단운룡의 얼굴에서 푸른 혈관이 터질 듯 돋아났다. 반동이 엄청났다. 진실로 위험했다.

"크으윽! 크앗!"

단운룡은 고통에 겨운 신음성까지 토해냈다. 그가 손을 떨며 천잠보의를 잡아당겼다. 그가 천잠보의를 머리 위로 힘겹게 벗어던졌다. 벗고 싶을 때 부드럽게 움직여 내려오고, 입고 싶을 때 저절로 내려오던 보의가 보통 옷처럼 축 늘어졌다.

벗어 던지고도 단운룡은 땅바닥에 널브러진 보의를 경계의 눈으로 보았다. 기갈이다. 보의는 열왕의 화염기를 엄청나게 흡수했음에도, 단운룡의 마신 발동 한 번에 모든 기를 소모해 버렸다.

광극진기가 전신에서 횡포를 부리고 있었다. 진기는 그의 적이요, 보의도 이 순간엔 잠재적인 적이었다.

주저앉아 운기조식을 하고 싶었다. 하지만 귀병과 요괴가 사방 천지에 가득했다. 귀병 하나가 달려와 단운룡에게 창을 내밀었다. 움직이는 것이 힘들다. 저런 창날에도 당하겠다.

"문주님!!"

퍼어억!

비룡각 문도가 날듯이 달려와 단운룡의 앞을 가로막았다. 그의 창이 귀병의 목을 날렸다. 이어 세 명의 문도가 더 단운룡에게로 달려왔다.

움찔.

단운룡은 다행이라 생각할 수 없었다. 천잠보의의 옷깃이 꿈틀 움직이는 것을 보았다.

단운룡은 마음을 읽듯, 천잠보의의 허기를 느꼈다.

용기와 정심으로 충만한 젊은이들, 비룡각 무인의 생명력이 천잠보의를 자극했다. 위험하다. 단운룡은 잘 움직이지 않는 몸을 숙여 천잠보의의 옷깃을 잡으려 했다.

천잠보의가 일어났다.

쉬익! 파라락!

파공음이 들렸다.

단운룡보다, 천잠보의보다 먼저였다. 진기의 난동으로 안력마저 흐려진 단운룡은 날아드는 파공음의 정체를 바로 알아채지 못했다.

그것은 얇은 종이였다.

너무나도 의외였기에, 알아보지 못한 것도 있다.

연푸른빛을 띤 종이엔 붉은색 글씨가 쓰여 있었다. 부적이었다.

파박! 파라락!

부적들이 연이어 날아왔다. 그것은 암기처럼 빠르게 날아들더니, 천잠보의에 붙었다. 천잠보의는 힘겹게 일어나다 넘어지듯 쓰러져 부적들이 붙을 때마다 꿈틀거리더니 이내 아무 움직임도 없이 잠잠해졌다.

단운룡이 고개를 들었다.

귀병들과 요괴들을 뚫고, 한 남자가 단운룡 앞에 섰다. 얼굴이 하얗다. 어디서 본 것 같은 기도를 지니고 있었다. 유연하면서도 강했다.

"전마인을 단신으로 부수다니, 실로 대단합니다. 이제 제가 돕겠습니다."

"누구……?"

단운룡은 목소리까지 탁해져 있었다. 스스로 듣기에도 생경했다. 남자가 포권을 취했다. 군례를 하듯 절도 있었다.

"무당파 진무각 제자, 단리림입니다."

그의 목소리는 하늘처럼 맑았다.

*   *   *

단리림이 곧바로 말을 이어 물었다.

"무인들의 지휘권을 잠시만 주실 수 있겠습니까?"

단운룡이 단리림을 똑바로 다시 보았다.

어디서 본 것인지 알았다.

허공진인이다.

듣기에 따라서는 한없이 무례할 수 있는 이 질문이 불쾌하게 느껴지지 않음은 아마도 그 때문이었을 것이다.

"고맙소."

단운룡은 감사를 표했다.

그리고는 단운룡이 주위에 있는 비룡각 문도들을 보았다.

가장 먼저 문주를 부르며 그를 보호했던 문도가 특히 눈에 띄었다. 무공을 아주 잘 연마한 녀석이었다.

"이자와 함께 싸워라."

단운룡이 말했다. 명령이자 승낙이었다. 지시받은 무인은 바로 알아들었다. 그가 제법 단단한 내공을 담아 소리쳤다.

"문주님의 명이다! 우리는 지금부터 이분의 지휘를 받아 싸운다!!"

비룡각 무인들은 조금도 놀라지 않았다.

그들은 급변하는 전장에 익숙했다. 문주의 명이라면 외인의 지시를 받는 것도 어색하지 않았다.

단리림이 눈을 빛냈다. 비룡각 무인들이 되레 놀라웠다. 단리림은 이렇게 유연한 무인집단이 무군(武軍) 외에 또 있으리라고는 전혀 생각하지 못했다. 그가 곧바로 몸을 날리며 목소리를 높였다.

"좌측 삼십! 우측 삼십! 각 일렬로 대형을 갖춘다! 중앙은 나를 따라오라!!"

그의 목소리엔 강력한 힘이 깃들어 있었다.

비룡각 무인들은 순식간에 세 개의 대열을 만들었다.

단리림이 선두에서 뛰었다.

그는 검을 썼다.

낭창한 검을 휘두르는데, 귀병 둘의 목이 단숨에 날아갔다.

"이대로 치고 들어가! 좌군은 함께 돌진! 우군은 우회해서 측면을 노린다!"

단리림은 좌군과 우군이라는 이름을 썼다. 역전의 장수(將軍)는 단순한 지시만으로도 군의 사기를 높인다.

단리림의 목소리가 그랬다.

그 순간 비룡각 창술무인들은 강력한 창술보병의 군대가 되었다.

"좌군! 창격을 바깥쪽으로! 사선으로 전방전진! 중앙은 진격 속도 유지! 우군은 계속 선회하라!"

단리림은 기마 위에 오른 것이 아니라 보병과 눈높이가 같음에도, 하늘에서 내려다보는 것처럼 무인들의 기동을 파악하고 있었다.

비룡각 무인들은 단리림의 목소리를 똑똑히 들었다.

좌측의 삼십 무인들이 방향을 틀고 사선으로 귀병들을 돌파했다. 결이 있는 나무를 깎는 것처럼 귀병들의 진형이 쉽게 갈라졌다.

엉망진창이었던 난전에 흐름이 생겼다.

손이 더 가벼워졌다. 싸우기가 갑자기 편해졌다.

"중앙 정지! 여기서 눈앞에 보이는 귀병들을 모조리 잡는다!"

적진의 중앙에서 묵직하게 자리를 잡았다.

단리림은 누구보다 용맹하게 싸웠다. 전쟁터에서 나고 자란 사람마냥, 엄청난 무위를 선보였다. 대규모 격전이 너무나도 익숙해 보였다.

"우측 돌입! 그대로 중앙까지 돌파하라!"

우측 비룡각 무인들이 명령에 따라 창끝을 세우고 돌진했다. 선회하여 이른 곳은 언덕이었다. 내리막 저쪽은 큰 바위가 흩어져 있는 바위지형이었다.

삼십이란 숫자는 결코 많은 수가 아니었지만, 지형과 시점이 너무나도 절묘했다. 망치로 내려치듯, 귀병 군대의 우편이 단숨에 뭉개졌다.

"중앙 다시 전진!"

단리림은 다시 앞으로 나아갔다.

귀병군대가 순식간에 파헤쳐지고 쪼개졌다.

"좌군은 뒤따라와 중앙에 합류하라! 후방에서 싸울 수 있는 이들은 모두 산개! 놓친 귀병들을 죽여라!"

단리림의 지시는 대장군이 발하는 군령 그 자체였다.

전장의 모두에게 내리는 명령임에도, 누구도 거부감을 느끼지 못했다.

귀병들의 기세가 순식간에 줄어들었다. 눈앞이 훤해졌다. 후방에서 싸우던 비룡각 무인들은 더 빨라지고 더 용맹해졌다. 고전을 거듭했던 십대원력승을 비롯, 후방에서 어렵게 목숨을 부지하던 항산무림인들 전부가 숨통이 트이는 것을 실감했다.

전황이 단숨에 역전되었다. 이 자리엔 고수가 여럿 있지만,

단리림과 같은 일을 해낼 수 있는 이는 아무도 없었다.

단리림은 평야를 질주하는 장수 같았다.

"우군 합류!"

그가 계속 소리쳤다.

"좌우 양쪽으로 갈라져서 몰아친다!"

즉흥적인 변화를 일으키며 싸우는데 한순간도 막힘이 없었다.

단리림에겐 변수 없는 전장이었다. 그가 몽고 대평원에서 전쟁터에 나섰을 때는, 무격의 주술이 난무하고 강신술의 나라카라들이 괴력을 뿜냈다. 시체 병사들의 전술 없는 진격은 급조한 병력으로도 충분히 섬멸할 수 있다. 병력이 정통무공, 그것도 창술을 익힌 정병임에야 말할 것도 없었다.

수백에 이르는 귀병들을 괴멸 상태로 몰아가기까지는 오랜 시간이 걸리지 않았다. 몰아붙이고 휘어 쳐서 으깬 후, 산산조각이 되도록 부숴 버렸다.

단리림은 무당의 마검과 전장에서 싸웠던 기억을 토대로, 낭인으로 중원을 주유하던 경험을 더하여 완성에 가까운 만능형 무인이 되었다.

귀병들을 거의 다 물리칠 때쯤엔 끝 모르고 달려들던 요괴들의 숫자가 눈에 띄게 줄었다.

그래도 대적들이 남아 있었다. 단리림은 빠르게 판단했다.

"가장 날랜 무인들 이십 명! 저 거인의 후방에서 거리를 두고 견제한다! 절대 병장기를 맞대지 말고, 반격이 오면 무조건 물러난다! 저 거인을 잡으면 우리 승리다!"

비룡각 무인들은 단리림의 지시가 백전의 완수에서 나온다는 것을 충분히 감지하고 있었다. 그들은 스스로 가장 빠른 무인들을 선별하여 전마인의 후방으로 뛰어나갔다.

단리림 본인이 나서면 그게 가장 좋겠지만, 그의 상대는 따로 있었다.

펄럭!

날개 소리가 들렸다.

골짜기 쪽에서 날개 달린 호랑이 괴물이 날아왔다. 궁기였다. 남은 요괴들이 하늘의 궁기를 따라 무리를 형성하여 달려오고 있었다.

"늑대 모양 귀물은 붉은 머리 한 치 아래 목 측면이 급소다. 중앙이 아니고 베어낼 필요 없다. 타격만으로도 즉사가 가능하다. 소처럼 생긴 귀물은 머리 중앙, 달려오는 힘을 이용해서 격타 후, 측면으로 돌아가서 앞다리 세 치 뒤를 찌르면 치명적인 피해를 입힐 수 있다. 멧돼지 형태 귀물은 창끝을 한쪽 눈에만 겨누고 있으면 달려오다가 스스로 한쪽으로 몸을 피해서 비껴 지나간다. 그대로 기다리는 것이 중요하다. 비껴 지날 때 같이 몸을 틀어서 뒷다리 앞을 때리면 균형이 무너져 땅을 구른다. 그때 찍어 죽이면 쉽다."

단리림은 진형을 짜기에 앞서, 빠르게 요괴들의 약점을 읊었다.

다 못 알아들었어도 상관없다. 제대로 듣고 대응하는 무인들이 몇 명만 있으면, 그걸 본 무인들이 또 바로 배워서 써먹을 것이다. 이들은 충분히 그렇게 할 수 있다. 그의 군령에 무서운 속도로 반응해 왔다. 아주 우수한 전투집단이었다.

단리림은 요괴들의 약점을 몇 가지 더 말한 뒤, 선두로 앞서 나갔다. 궁기는 대규모 풍술을 쓴다. 상당 수준의 토술까지 구사하며, 동시에 두 술법을 섞어 쓰는 오행융합의 법술도 가능하다.

광역 공격이 가능한 이런 요괴는 아군의 중심에서 날뛰게 만들면 안 된다. 시야가 좁고 욕심이 많으며 자존심이 강한 인간형 자아를 지녔다. 하나 내지는 소수가 앞을 가로막고 싸울 경우, 어지간해서는 시선을 돌리지 않는다.

누군가 먼저 나서서 싸우면 대규모 피해는 방지할 수 있다. 그리고 그건 지금 단리림이 해야 했다.

단리림이 진무신법을 펼쳐 날듯이 뛰어나갔다.

"청귀, 흑귀 나와라!"

그가 부적 두 장을 내던졌다. 부적 두 개가 푸른색, 흑색의 작은 귀영(鬼影)이 되어 궁기를 향해 날아갔다.

"크와아!"

궁기가 날개로 몸을 틀며 귀영들을 피했다. 궁기가 아래쪽으로 머리를 꺾었다.

"날짐승아! 네 상대는 여기 있다!!"

단리림이 소리쳤다. 궁기는 단리림을 무시하지 않았다.

"쿠르르르르룽! 크아아아!"

짐승의 귀로 단리림의 말을 온전히 알아들었다. 분노에 찬 포효를 발하더니 그대로 단리림을 향해 내리꽂혔다.

"곽 사형!"

단리림은 소리 내어 사형을 불렀다.

단리림의 등 뒤로 희끄무레한 형상이 겹쳐졌다.

"제대로 한번 싸워 봅시다."

'그러자, 림아.'

단리림은 그만 들을 수 있는 목소리를 들었다. 단리림의 몸에 강력한 힘이 깃들었다. 평소엔 실없지만, 싸울 때는 그 누구보다 의지할 수 있는 사형이었다.

"가자! 무당의 힘을 보여주마!"

호쾌하게 소리치며 땅을 박찼다. 단리림의 검이 뻗어나갔다. 전장에서 태어난 비천십이검의 완성형이었다.

단운룡은 기어코 운기조식을 해야만 했다.

전장의 한가운데였다. 가부좌를 틀 여유는 없었다.

입공(立功)의 형태로 못 박힌 듯 선 채, 눈을 감고 운기를 계속했다.

비룡각 무인들이 호법을 섰다. 누가 시키지도 않았지만, 문주의 상태가 온전하지 않음은 그들도 무인이기에 잘 알았다.

귀병들은 거의 다 물리쳤고, 마지막 요괴들의 발악이 남았다. 날개 달린 호랑이의 재습격과 함께 시작된 요괴 떼의 진격은 제법 사나웠다. 일시적으로 무인들의 방벽이 흔들렸을 만큼, 최후의 일격은 묵직했다.

비룡각 무인들과 항산 무림인들이 서로 어깨를 맞대고 싸웠다. 무인들의 복색이 어지럽게 섞여 들었다.

피가 난무하는 싸움터였다.

요괴들을 죽이는 비룡각 무인들은 같은 인간을 경계하지 않았다.

미동 없이 서 있는 단운룡의 등 뒤로, 한 남자가 다가왔다.

"나는 산서 분양파의 경남방이오. 놀라운 무위를 잘 봤소. 덕분에 큰 위기를 넘겼소이다."

단운룡은 그의 접근을 미리부터 알았다. 경남방의 공력은 주위에서 좌충우돌하는 여러 무인들과 비교할 수 없이 깊었다. 그런 고수가 다가오는데 알아채지 못할 리가 없었다.

다만, 단운룡은 막 운기의 고비를 넘기고 있었다. 소리 내어 말조차 하지 못할 만큼 기혈을 다스리기가 어려운 순간이었다.

"운기요상이 만만찮아 보이오. 혹 내가 도와줘도 되겠소?"

경남방의 목소리는 꽤 컸다. 모두에게 들으라고 하는 소리 같았다. 단운룡은 고개를 저으려 했다. 아니, 그보다, 출수를 원했다. 경남방에게서는 아주 이질적인 무언가가 느껴졌다.

그에게선 이상한 기운이 흘러나오고 있었다. 살기(殺氣) 같으면서도 무언가 미묘했다. 그리고 그 대상은 명백히도 단운룡 그 자신이었다.

"적은 아직도 많소. 젊은 영웅께서 얼른 기량을 회복해야 승리를 확신할 수 있겠소. 그러니 내가 돕겠소이다."

경남방이 한 발 한 발 다가왔다.

비룡각 무인들은 아무도 그를 제지하지 않았다. 제지할 겨를이 없었다. 요괴들의 공격은 가히 총공세라 할 만했다.

'날 원망하지 마라. 나도 어쩔 수가 없다.'

경남방은 마지막 순간 전음입밀을 펼쳐 말했다. 말투부터 달랐다. 어쩔 수 없다는 말에서는 명백한 살기마저 느껴졌다.

단운룡은 놀라거나 당황하지 않았다. 적은 누구라도 될 수 있음을 익히 알았다. 광극진기를 한계 이상으로 펼친다고 해서 즉사에 이르지는 않는다. 다만, 이 상태는 곧 그가 지닌 최대의 약점이다. 여기서 이렇게 운기를 하다가 다시 무리하면 그땐 정말 광극진기가 그를 죽일 수도 있었다.

물론 그대로 죽어줄 생각은 없었다. 이런 날이 오는 것은 언제든 가능했다. 단운룡은 풍전등화의 위기 앞에서 말없이 일격을 준비했다.

경남방의 손이 단운룡의 등 뒤로 다가왔다.

턱!

경남방의 손목을 무언가가 부여잡았다. 그의 손이 덜컥 멎었다.

단운룡은 아니었다.

누구도 아니었다. 그것은 사람이 아닌 무엇이었다.

부적으로 기동이 제압당했음에도, 그것은 마치 필사의 힘을 다한 것처럼 부들부들 떨고 있었다.

천잠보의였다.

천잠보의 옷소매가 경남방의 손목을 휘감았다.

"이 무, 무슨!!"

경남방이 당황하여 경호성을 터뜨렸다.

우우웅!

천잠보의에서 희미한 빛 무리가 일었다. 뒤에 붙은 부적 하나에서 불꽃이 튀었다.

파직! 화르륵!

부적 붙은 곳에서 미세한 전격음이 흘러나왔다. 부적이 타들어갔다.

파지지직!

다음 전격음은 좀 더 뚜렷했다. 부적이 연쇄적으로 타올랐다.

파라락!

천잠보의가 경남방의 팔을 단단하게 휘감아 올랐다.

"엇! 어어억!"

경남방의 얼굴이 굳어졌다.

"내, 내공이!!"

경남방의 팔에 휘감긴 천잠보의 표면에서 빛 무리가 피어올랐다. 희미하던 빛이 점점 밝아졌다. 마치 말랐던 개울터에 물이 흐르듯, 아름다운 금색과 백색이 천잠보의를 밝혔다.

"이런 요물이!!!"

경남방이 자유로운 손으로 천잠보의 옷깃을 잡고 거세게 당겼다. 그러나 이내, 그는 그것 또한 실책임을 깨달았다. 잡은 옷깃으로 또 진기가 빠져나갔다. 무시무시한 흡인력이었다.

"크억!"

경남방의 입에서 급기야 비명성에 가까운 신음 소리가 터져 나왔다.

그야말로 삽시간이었다. 경남방은 한쪽 무릎까지 꿇었다. 온몸을 부들부들 떨었다. 손과 목에서는 굵은 혈관이 솟았다.

"그만."

단운룡이 말했다. 출수하려던 내공으로 목소리를 냈다. 그것도 쉽지 않았다.

경남방의 몸이 구부러지고 있었다. 벌린 입으로는 소리조차 나오지 않았다. 표정은 고통으로 가득했다.

"그만해."

단운룡이 다시 말했다. 그리고 손을 뻗어 천잠보의를 잡았다.

파락!

천잠보의는 깜짝 놀라기라도 한 것처럼, 사람이 정신 차리듯, 꿈틀 움직였다. 그러더니 스르륵 경남방의 팔에서 풀려나왔다.

털썩.

경남방이 다른 한쪽 무릎을 마저 꿇었다. 그의 얼굴은 피라도 빨린 사람처럼 창백하게 변해 있었다.

천잠보의가 단운룡의 몸을 덮었다.

길지 않은 운기로라도 어느 정도는 내공을 진정시킨 단운룡의 육체는 천잠보의의 기운을 한꺼번에 빨아들이지 않았다.

천잠보의에서 빛 무리가 출렁거렸다. 밝기가 조금씩 어두워졌다. 그런 만큼 단운룡의 얼굴에서는 화색이 돌았다.

"크으으으……."

경남방이 고개를 들었다.

단운룡이 빛을 두른 옷을 입고 그를 내려다보았다.

"왜지?"

단운룡이 물었다. 경남방은 완전한 적의를 품고 그를 노려보았다. 그가 씹듯이 말했다.

"도와주려고 한 사람에게… 요사스러운 물건으로 진기를 빼앗다니……!"

그의 목소리는 탁했다.

그러나 주위에는 또렷하게 들렸다. 명분과 대의의 문제였다. 단운룡은 구차하게 해명하는 대신, 다시 물었다.

"팔황의 어디냐."

단운룡의 질문은 내리꽂히는 전격과 같았다.

경남방의 얼굴이 그야말로 벼락에 맞은 듯 굳어졌다.

"그걸, 네놈이 어떻게……."

경남방은 실언을 하고 있음조차 자각하지 못했다.

그때였다. 뒤쪽에서 아주 나직한 목소리 하나가 울려왔다.

"시주, 잠시만 노여움을 거둬주시지요."

문수성불이었다. 경남방만큼 창백한 얼굴을 한 그가 십대원력승과 함께 단운룡을 향하여 걸어오고 있었다.

＊　　　　　＊　　　　　＊

문수성불은 걷는 것조차 힘겨워 보였다.

십대원력승들이 남은 귀병들과 요괴들을 물리치며 그를 보호했다. 문수성불이 합장하며 자신의 이름을 말했다.

"빈승은 산서 오대산에서 왔소이다. 법명은 청량이라 하오."

"…노승도 팔황 쪽인가?"

단운룡은 앞과 뒤를 다 잘랐다. 포권도 취하지 않았다.

문수성불이 답했다.

"빈승은 시주가 무슨 이야기를 하는지 모르겠소이다."

"거짓말이 서투시군."

"빈승은 거짓말을 하지 않소이다."

단운룡은 청량이라는 법명을 안다.

오대산 청량신승, 달리 문수성불이라 불리며 산서제일고수로 꼽힌다. 그런 자의 정심을 흔들기 위해서는 의외의 일격이 필요하다. 그래서 팔황 두 글자를 말하고 강하게 도발했다.

하지만 단운룡의 말에도 문수성불의 표정은 변함이 없었다. 정말 영문을 모르겠다는 얼굴이었다.

단운룡은 생각했다. 참으로 교묘하다고.

단운룡은 십대원력승 몇몇을 눈여겨보았다. 그들과 경남방, 문수성불, 나아가 항산 전장 전체의 저변에서 특별한 기운을 느꼈다.

그것은 남경에서 고관대작의 연쇄살인마를 쫓을 때와 같은 기운이었다. 굳이 색깔로 표현하자면 붉은색이다. 핏빛 음모의 색이었다. 거짓말이 서툴다고 말한 이유였다.

헌데, 문수성불의 눈은 티 없이 맑았다.

가능한 일이다. 당사자는 모르는 상태에서도 적에게 포섭될 수 있다. 문수성불은 거짓말을 하지 않았다가 아니라 거짓말을 하지 않는다고 말했다. 평소 자신의 언행에 대해 절대적인 자신감이 있다는 뜻이다. 그렇게 순수하게 당당한 사람은 강하지만, 또한 계략에 취약하다. 본인은 옳은 일을 하고 있다고 생각했는데, 실상은 악행에 가담하는 행위인 경우가 종종 있다. 강호에서는 제법 흔한 일이었다.

"잘못 봤소. 내가 노승을 오해했소. 나는 의협비룡회의 단운룡이오."

문수성불 주위에 음모의 기운이 가득해도, 문수성불 본인은 깨끗하다. 단운룡은 그때서야 포권을 취했다. 실수를 인정하고 말투도 바꿨다. 십대원력승 쪽에서 곧바로 반발이 있었다. 그럴 만한 일이었다.

"아니, 이름도 못 들어본 방회의 위세가 얼마나 높기에, 말을 그리 함부로 하고, 또 오해했다며 쉽게 덮으려 하는 거요?"

"넷째야."

"스승님, 이자의 언사가 이러할진대요."

"어허, 네가 십대원력의 넷째이면서 그런 말을 하면 쓰겠느냐. 어떤 중생이 나를 업신여기거나 의심하거나 압박하여도 보리심을 내게 하는 것이 네 번째 가르침이니라."

"본인의 무례를 가르쳐 주어야 보리심이 생기지 않겠습니까."

"그만하여라. 속세의 예라 함은 연배보다 사문의 배분이 우선이다. 게다가 나는 출가하여 나보다도 어린 사승을 모셨으니, 강호의 배분은 결코 높지 않다. 말투도, 신분도 결국은 허울인데, 그저 나를 낮춤이 무에 그리 불쾌하겠느냐."

단운룡이 잠시 늙은 승려를 바라보았다. 강호에는 이런 자도 있다. 전장 한가운데서 저런 법도를 논한다. 말의 어조와 내용에서 인품이 드러난다. 인정해 줄 만한 자였다.

단운룡이 다시 물었다.

"그럼, 팔황에 대해서는 정말 모르는 거요?"

"빈승은 들어 본 바 없소."

그 정도 노승이 팔황에 대해 들어본 바가 없다?

그럴 수 있다. 나이가 들었다고 다 아는 집단들이 아니다. 불법에 심취하여 관심이 없었거나, 주위에서 정보를 차단했거나, 어느 쪽이든 결과는 같다. 모르는 것이 이상한 일은 아니었다.

"그럼, 이자를 거드는 것은 어떤 이유요?"

"거드는 것이 아니오."

"아니라면?"

"그는 산서 분양파의 방주로, 빈승과는 꽤 오랜 인연이 있다오. 경 방주의 본모습은 오늘과 다르오. 빈승은 경 방주에게 물어볼 것이 많소이다."

단운룡과 문수성불의 눈이 허공에서 마주쳤다.

단운룡의 귓전으로 문수성불의 전음성이 파고들었다.

'빈승도 경 방주에게 당했소.'

단운룡은 경남방을 내려다보았다.

경남방은 문수성불 쪽을 보고 있었다. 그의 눈동자가 불안하게 흔들렸다. 단운룡은 이자에게서 피 냄새를 맡았다. 요괴들의 피가 아니라 사람의 피였다.

문수성불은 명백하게도 위중한 내상을 입었다. 문수성불을 공격하고, 단운룡까지 암습하려 했으면, 그 전에도 비슷한 짓을 했을 가능성이 높다. 그리고 이자의 무위를 볼 때, 그런 시도는 대부분 성공했을 것이다. 이 항산에서 사람을 여럿 죽였을 거란 이야기였다.

다만 의문인 것은, 분양파 일산오강이란 위치에서 왜 그런일을 저질렀느냐다. 경남방이 처음 단운룡의 뒤에 나타났을 때부터 느꼈던 이질적인 기운도 아직 그 정체를 정확하게 알지 못했다. 팔황이란 두 글자에 반응하긴 했으나, 그걸로 모든 내막이 설명되지는 않는다. 철저한 조사가 필요했다.

"제대로 밝힐 수 있겠소?"

단운룡이 문수성불에게 물었다. 이번 질문은 아주 진중했다. 문수성불이 합장을 하며 대답했다.

"내 문수보살께 지혜를 구하며 최선을 다해 보겠소."

그리 말하며 문수성불은 다시 전음성을 보내왔다.

'단 문주가 알지 모르겠지만, 우리 산서에는 아주 오래전부터 혼란을 초래하고자 하는 이들이 있어왔소. 그들은 속세 오강 고수들의 반목을 획책해 왔으며 그로 인해 크고 작은 다툼이 끊이질 않았다오. 난 경 방주가 본인의 의지로 오늘 일을 벌였으리라고는 생각하지 않소. 필시 경 방주는 그 미지의 세력에 핍박받고 있을 게요.'

문수성불의 전음성은 길게 이어지는 와중에도 아주 또렷하고 균일했다. 내상을 입은 상태에서도 이 정도다. 전음입밀의 비기는 아주 정교하고 깊은 내공을 필요로 하는 공부였다. 문수성불의 정심한 무공을 엿볼 수 있는 대목이었다.

"데려가시오."

단운룡이 말했다.

문수성불의 됨됨이가 순수하기에 도리어 못 믿겠으나, 무공만큼은 믿을 만했다. 팔황이 펼치는 모략의 수렁에 빠져 있어도 자력으로 올라올 수 있을 것이다. 그러길 바랐다.

십대원력승 중 세 명이 다가왔다. 경남방이 주먹을 쥐고 힘겹게 일어났다. 그가 문수성불에게 말했다.

"이자가 다루는 요악한 물건이 내 공력을 앗아갔소이다. 성불께서는 무림 정의를 위해 저 물건의 정체와 출처를 밝히고 이자의 신분내력 또한 조사함이 마땅할 것으로……."

"경 방주."

문수성불이 경남방의 말을 끊었다.

그의 말투는 온화했으나, 문수성불의 성정을 아는 이들은 그가 사람 말을 끊는다는 것이 어떤 의미인지 잘 알았다.

"단 문주와 의협비룡회가 오지 않았으면, 이곳 무림인들은 다 죽었소. 경 방주가 바라는 게 그것이었소?"

"그, 그렇지 않소! 내가 왜 그러겠소?"

경남방의 얼굴이 당황으로 얼룩졌다. 그는 심기가 깊은 흉계와 어울리지 않는 자였다. 얼굴에 많은 것이 그대로 드러났다.

"회선에 불타 버린 신송목 근역에서 권장격타에 맞아 죽은 도사가 있었소. 경 방주는 그에 대해 아는 것이 있으시오?"

"처음 들어보는 이야기요."

"경 방주, 경 방주는 빈승이 많은 말을 아끼고 있음을 아시오."

문수성불이 준엄한 어투로 말했다. 분노보다 안타까움이 더 드러나는 목소리였다. 경남방이 구차하게 말을 덧붙였다.

"성승, 아무래도 오해를 좀 하신 것 같소만."

"산서로 돌아가 이야기를 하십시다, 경 방주."

문수성불은 그렇게 말하고 다시 단운룡에게 돌아섰다.

"말했듯, 의협비룡회가 이토록 힘을 보태주지 않았더라면 우리 모두 입멸을 면치 못했을 것이오. 단 문주의 무운과 홍복을 빌겠소."

"싸움이 아직 끝나지 않았소만."

"빈승이 전장을 전전한 투승(鬪僧)은 아닐지라도, 한때 군에 몸담은 적이 있었소. 전투가 막바지에 이르렀다는 것은 출중한 군략가가 아니라도 알 것이외다."

문수성불의 말대로, 전장은 승패가 완전하게 정해져 열기가 식어가는 단계에 이르러 있었다. 저편에서 세 개의 불기둥이 치솟았다. 열왕이라 불린 자가 숲에서 튀어나온 붉은 짐승을 타고 골짜기 옆의 능선을 향해 도주하는 광경이 보였다.

꽝!!

전마인 쪽도 비슷했다. 무조건 돌격과 살육만을 반복하는 마물인 줄 알았더니, 도끼를 한 번 거세게 휘두르고는 후방으로 몸을 던져 달아나기 시작했다.

놀라웠다. 저런 괴물에게 후퇴라는 선택지가 있을 거라고는 예상하지 못했기 때문이었다.

물론, 전술적으로는 그게 옳다. 하지만 광기의 마인이 그러한 판단력을 갖고 있을까. 누군가의 조종을 받고 있을 가능성이 있다. 그게 가장 설득력이 있었다.

관승의 청룡언월도에 어깨 근육이 갈라져 있고, 왕호저의 창날이 복부에 구멍을 뚫어놓았다. 등에는 비룡각 무인들의 창이 다섯 자루나 꽂혀 있었다. 비룡각 무인들의 창술이 뛰어나서가 아니라, 관승과 왕호저의 공격이 위력적이어서다. 둘의 합공을 막느라 후방 공격에 대한 대응이 전혀 안 되었던 것이다. 조금 더 끌었으면 잡을 수 있었다. 아깝지만 무리해서 쫓지 않았다. 관승과 왕호저도 충분히 지쳐 있었다.

"내 말은 이 싸움만을 뜻하는 것이 아니오."

단운룡이 말했다. 문수성불이 맑은 눈을 빛냈다.

"단 문주가 우려하는 바를 알겠소. 흔들리지 않겠소이다."

"도움이 필요하면 청하시오."

"그러리다."

단운룡은 대화를 나누며 문수성불이란 사람을 알았다. 보기 드문 진짜 불자(佛子)다. 흉계 가득한 무림에서 일산으로 입지를 굳힌 것이 용했다.

그러니 힘을 보태줘야 한다. 단운룡은 신마맹과 싸우려 하지만, 그 길은 곧 종국에 팔황과의 충돌로 이어질 것이다. 그러니, 문수성불도, 경남방도, 산서무림도, 관련이 없지 않았다.

문수성불이 합장했다. 단운룡이 포권으로 답했다.

단운룡은 얼마 남지 않은 광극진기를 일으켜 문수성불에게 전음을 보냈다. 아직도 기혈이 엉망진창이었지만, 전음입밀까지는 어떻게든 펼칠 수 있었다.

단운룡은 경남방을 직접 심문하고 싶었지만, 그는 잘 알려진 강호의 명숙이었다. 단운룡이 경남방의 살기를 느끼긴 했어도, 제삼자가 보기엔 경남방의 주장처럼 괴이한 옷이 사람을 습격한 것으로 비쳐질 수 있었다.

단운룡에겐 명분이 없었다. 문수성불이 해줘야 했다. 그는 올곧은 불자였다. 엽단평이 청천각주 자리에 있듯, 문수성불은 화내지 않고 사람을 혼낼 수 있는 인물이었다. 과오를 실토하게 만드는 것을 의외로 잘할 수도 있었다.

단운룡은 팔황이라는 여덟 개의 집단이 강호의 난세를 주도하고 있다 말했다. 경남방의 반응이 극적이었던 만큼, 팔황의 개입은 확실했다. 경남방도 그러한 팔황의 계략에 휘말린 것일 수 있으며, 분양파 자체도 팔황의 권속일 가능성에 대해 조사해야 한다고 덧붙였다.

문수성불은 단운룡의 전음을 진지하게 들었다.

문수성불이 재차, 진실을 찾겠노라 다짐했다.

젊은 문주와 늙은 성불이 만나 작은 동맹을 맺었다.

그러는 동안, 마지막 남은 큰 요괴 궁기가 피를 흘리며 날개를 펴고 골짜기를 넘어 도망쳤다. 죽이진 못했으나, 물리치는 데 성공한 것이다. 단리림의 활약은 끝까지 인상적이었다.

열왕, 궁기, 전마인 하나를 놓쳤다.

전마인 하나, 독곡, 사비시를 잡았다.

요괴들이 지리멸렬하여 흩어지고, 귀병 군대는 괴멸되었다.

단리림은 무너진 골짜기 속으로 들어갔다. 궁기를 쫓기 위해서가 아니었다. 바위와 흙에 파묻힌 귀병들은 아직도 땅속에서 꿈틀거리고 있었다. 검은흙이 이곳저곳에서 들썩거렸다.

단리림은 골짜기 끝에 이르러 바위 중턱 위에 있는 작은 돌제단을 찾아냈다. 경공을 펼쳐 바위 위에 올랐다.

제단 주변엔 궁기와 독곡의 발톱 자국과 털들이 수북했다. 요괴들이 줄곧 지키고 있다가 퇴각하면서 버려진 북방대결계 파괴술법의 술식제단이었다. 단리림이 제단 위로 발을 옮겼다. 중앙에는 기이한 고대갑골문이 새겨진 석판이 놓여 있었다.

단리림은 망설임 없이 검을 휘둘렀다. 석판이 깨졌다.

비명성 같은 술법공명이 골짜기를 휘돌고 흩어졌다.

단리림은 생각했다.

이겼다.

적어도 여기에서는.

진무령 전투는 그렇게 인간들의 승리로 막을 내렸다.

*   *   *

큰 새가 날았다.

산정에 뚫린 공동으로부터 튀어나온 새가 바로 방향을 틀어 거대한 날개를 빠르게 펄럭였다. 푸른빛 깃털은 피범벅이었다. 상처에서 핏물이 튀었다.

푸른 새는 봉우리를 한 바퀴 휘돌고는, 근접한 다른 봉우리를 향해 날아갔다. 새가 봉우리 사이의 틈새로 하강했다. 틈새는 점점 좁아져, 거대한 날개로 들어갈 수 없을 정도가 되었다. 그러자 새의 몸체가 줄어들기 시작했다. 날개도 줄어들더니, 늘씬한 여성의 몸이 되었다. 푸른 깃털을 비단 옷처럼 두른 여성체가 절벽 같은 틈새로 들어갔다 나왔다.

여성의 몸이 다시 큰 새가 되었다. 푸른 새의 날카로운 발톱 사이에는 한 자루의 검이 잡혀 있었다. 검신의 길이는 일척 칠촌, 검폭이 십촌에 이르도록 넓었다. 검병은 진한 묵색이며 검날까지도 회흑색의 기이한 광채를 띠었다. 귀갑(龜甲)처럼 주조된 검 받침이 검날을 타고 올라 있었다. 검병 끝으로는 수실 대신에 두 개의 금속 송곳이 이빨을 드러냈다.

새가 다시 하늘로 솟구쳤다. 날아가는 방향은 서쪽이었다. 높은 봉우리를 휘돌아 모습을 감췄다. 푸른 새가 하늘 저편으로 사라진 후, 한참의 시간이 흘렀다.

공동으로부터 빛줄기가 새어나왔다.

우르르릉! 하고 봉우리 전체가 흔들렸다.

산의 기운이 변화하기 시작했다.

어둡게 느껴졌던 북악이 옛 모습을 찾아갔다. 기(氣)가 회복되고 있었다. 점진적이었지만 확실했다.

승리했고, 성공했으며, 실패했다.

공동에서 한 남자가 날아올랐다.

그는 하늘에서 어떠한 종적도 찾지 못했다. 황금빛 눈이 어지럽게 돌아가며 빛을 뿌렸지만, 너무 늦었다. 그의 얼굴에선 승리의 기쁨을 찾아볼 수가 없었다.

환신, 월현이 북악의 전경을 바라보았다. 더 날지 못하고 봉우리에 내려섰다. 산야는 제 빛을 찾고 있었지만, 아직도 요괴와 귀병들이 많았다.

마신안이 사방을 훑었다.

셋이었던 귀병의 대군이 둘로 줄어들어 있었다. 진무령 쪽에서 거대한 사기(死氣)가 섭리로 돌아가고 있음을 감지했다. 그나마 다행이었다.

나머지 둘도 만만치 않았다.

사령곡(死靈谷) 귀병군대는 특히 안 좋았다. 하필 요괴가 현녀(玄女)의 화신이 되어 힘을 부여받은 아주 고약한 경우였다. 항종곡(恒宗谷) 귀병도 문제였다. 그쪽은 수가 아주 많았다.

힘을 빨리 회복해야 했다. 급한 마음으로 가부좌를 틀었다. 그때, 그의 눈빛이 어지럽게 일렁였다.

'어째서?'

그의 눈이 고개가 한쪽으로 돌아갔다.

귀병군대의 사기가 무서운 속도로 흩어지고 있었다.

진무령 쪽이 아니었다. 다른 한 무리였다.

아무도 가지 않은 곳이었다. 월현의 얼굴에 놀라움이 깃들고 있었다.

*　　　　*　　　　*

무시무시한 불길이 땅을 덮었다.

검은 기운을 두른 귀병들이 재가 되어 바스라졌다.

하늘에서 불을 두른 남자가 내리꽂혔다.

쫘아아앙!

불길과 폭발이 사위를 휩쓸었다. 잿더미가 된 귀병들 사이에서, 온몸에 불을 두른 남자가 일어났다.

화염에 휩싸인 신체는 장엄하고 아름다웠다.

그는 화신(火神) 아그니의 불을 두르고, 악귀의 군대를 불길로 정화했다. 벌써 죽음의 기운을 잃고, 재가 된 귀병들의 숫자만 오백에 이르고 있었다.

그는 악귀들 앞에서 누구보다 강한 자였다.

중원인들은 그를 위타천으로 음역했다.

하지만 그는 가면을 쓰고 신을 흉내 내는 이가 아니었다.

그의 이름은 스칸다(塞建駝)였다.

제57장 침공(侵攻)

침공(侵攻)이란 단어의 뜻은 명백하다.

한 국가가 다른 국가의 영토를 침범하거나 한 문파가 다른 문파의 세력권을 공격하는 것을 뜻한다.

문파들은 항상 싸웠다.

무림 문파란 우리 곁에 항상 있으면서도 아주 독특한 성질을 가진 집단이다.

문파라 함은 결국 무장 세력이므로 제국 관아의 엄격한 통제를 받아야 마땅한 일이었다. 하지만 지역 관아는 대부분의 강성한 무림 문파에 강력한 억제력을 갖지 못했다. 일반적인 군사들을 큰 격차로 상회하는 무력 때문이었다.

이와 같은 무장 세력이 민초를 겁박하며 폭력과 살인을 빈번하게 자행할 경우, 지역의 치안은 무너지고, 민간생활의 근간이 흔들리게 된다. 문제는 이런 일이 발생할 때마다 매번 적절한 국가 병력 투입이 어렵다는 데 있었다.

중원은 넓고, 사람은 많았다.

국경을 지키는 병력 운용만으로도 명 제국은 엄청난 자원을 소모해야 했다.

관군만으로 중원 전체의 치안을 유지할 수 없었다.

무도한 사파 무리가 도시를 장악하여 권세를 부리더라도, 관아가 징치하지 못하는 경우가 흔했다. 그것은 힘의 문제가 아니라, 운용 효율의 문제였다.

어떠한 마도의 무리라도 제국의 중앙군을 상대로 직접적인 전투를 벌이는 것은 불가능한 일이라 할 수 있었다. 반역과 역모는 극악의 중죄였다. 황군이 병력을 집중하면 어떤 거대문파도 버틸 수 없었다.

다만 황군 동원이라 함은 현실적으로 제약 조건이 많았다. 황군이 민간 문파에 동원되는 것 자체가 제국 통치력의 균열을 의미했다.

어떤 포악한 문파라도 안전하게 위세를 부리려면 지켜야 할 선이 있었고, 관 또한 명 제국 안위에 치명적인 위해를 가하지 않는다는 전제하에서는 적극적인 병력 개입이 쉽지 않았다.

여기서 중요한 역할을 하는 것이, 민간과 제국 친화적인 정도 문파였다. 소위 명문대파, 정파로 대표되는 무장 세력들은 그처럼 법질서를 저해하는 사도 문파, 또는 개인을 무력으로 징벌 및 계도하여 민간의 치안에 긍정적인 영향력을 행사했다. 이들은 대체로 허용되는 범위 내에서 능동적인 정치력과 협상력을 가지고 관아의 관리들과 협력 관계를 맺으며 영토에 가까운 세력권을 획득하였고, 민간에 대한 정신적 지배력을 갖추기에 이르렀다.

무림이란 결국, 그와 같은 거대 문파들이 공고하게 이룩한 강호질서를 바탕으로, 정파 세력의 공백 지역에서 성세를 구사하는 사파 무리들과, 산발적으로 생성 및 해체되는 정사 군소방파들이 어우러지는 전 중원적 공간으로 개념화가 가능했다.

대체적으로 사람들이 침공이라는 표현을 쓸 때는, 나의 영역, 또는 나와 동일시되는 영토를 상대로 적대세력이 공격을 해올 때를 간주한, 피동적인 언어를 채택할 때가 많다. 우리가 그들을 침공했다, 보다는 그들로부터 우리가 침공당했다, 라 말하는 경우가 빈번하다는 이야기다. 그것은 아마도 침(侵)이라는 글자가 가지는 부정적인 어감에서 기인한 현상일 것이다.

　침범, 침입, 침략, 대체적으로 폭력을 수반한 적대행위를 내포하는 글자는 공격을 감행하는 것보다 받는 것에 의미적으로 더 가까웠다. 무림문파끼리의 침공이란 말은 그렇기에, 대체적으로 정도문파에 대한 사도문파의 침략 행위를 일컬을 때 썼다. 사실은 쌍방에 적용될 수 있는 단어임에도, 침공이란 민간의 평화를 해치는 위협적인 성질을 가지는 것이 사실이었다.

　그래서, 사람들은 신마맹의 발호를 두고, 가면 무리의 침공이란 표현을 자연스럽게 썼다.

그들은 전 중원에 걸쳐 다발적인 전투를 수행하였으며, 그것은 곧 목표 문파의 세력권을 흡수하는 형태로 이루어졌다. 하지만 몇몇 의식 있는 이들은 다른 단어를 썼다. 침식(侵蝕)이란 표현이 그것이다. 실제로, 강호인들은 난세의 심화 과정에서 신마맹의 침공과 단심맹의 침식을 말하며, 문파의 특징을 구분하고자 했지만, 신마맹의 침공은 침식으로도 부를 수 있다는 점에는 나 또한 동의하는 바다.

신마맹은 본격적인 발호와 함께 무력집단으로 직접적인 침략 형태를 취했지만, 사실 본질적으로는 민간에 대한 침식적 요소가 뚜렷했음을 간과해서는 안 된다. 저잣거리의 싸움은 감정의 충돌과 육체의 부딪침으로 발발하지만, 전쟁은 대부분 정신과 사상의 영역에서부터 시작되는 경우가 많다. 그리고 그렇게 정신과 사상으로부터 시작된 침공의 전리품이란 사실, 승리의 도취감이나 사상적 계몽보다는, 대부분 돈과 땅으로 귀결되는 법이었다. …중략.

한백무림서
한백의 일기 중에서

그것은 노점에서의 우연한 발견에서부터 시작되었다.

이제 약관을 두 해 넘긴 청년 진검(眞瞼)은 꽤 부유한 가문에서 자라났다. 운 좋게 건강한 육체를 지녔고, 좋은 머리도 타고났다.

아주 어릴 때부터 글을 배웠다. 예닐곱부터는 무술도 배웠다. 가문에 내려오는 호흡법을 배우면서 어린 나이에 집중력이 좋다는 칭찬을 들었다.

열여섯에 현시를 통과했다. 이른 편이었다. 수재(秀才)가 한 명 더 나오겠구나 모두 기뻐했다. 몇 달에 걸쳐 보는 부시도 붙었다. 가문에서 작은 잔치가 열렸다.

원시는 요원했다. 원시를 통과해야 거자(擧子), 속칭 수재가
될 수 있었다. 하지만 몇 년을 공부해도 자신이 없었다. 공부
가 재미없어졌다. 아니, 재미를 느낀 적이 아예 없었다. 한계를
느꼈다.

권각 연습을 하며 땀 흘릴 땐 마음이 편해졌다. 하지만 그
때뿐이었다. 수련 시간이라 봐야 하루 한 시진에 불과했고 그
나마도 빼먹기 일쑤였다. 호흡법은 매일 거르지 않았다. 그렇
다고 주먹으로 돌을 부수는 내공까지 생긴 것은 아니었다.

진(眞)씨 가문은 꽤 컸다. 큰 장원에 대가족이 함께 살았다.
향시에 합격한 사람만도 장원 안에 셋이 있었다. 돌아가신 작
은 조부는 진사까지 오른 귀인이셨다.

집에는 돈이 있었고, 부모님의 마음은 넉넉했다. 바로 옆옆
침실을 쓰는 사촌 형님이 향시에 붙은 뒤로는 한 세대에 관리
가 여럿일 필요도 없다며 딱히 진검에게 기대도 하지 않았다.
그가 공부에 흥미를 잃자 부모는 가문에서 운영하는 전방 경
영이나 배우라 했다.

외모도 괜찮고 몸도 좋았다. 부잣집 아들이라 따르는 여자
들이 많았다. 부시 합격만 해도 난이도가 상당했던 터라, 시도
제법 읊고, 서화에도 능했다. 흥청망청 가문 재산을 말아먹지
않는 이상, 그런 대로 즐기며 평생 부족함 없이 살 수 있었다.

진검은 삶이 보장된 젊은이의 특권으로 인생을 고뇌했다.
그가 사는 안락한 집에서 바로 담벼락 몇 개만 넘어도, 뒷골목

길거리엔 하루 삶을 걱정하는 이들이 수두룩했다. 배부른 고민임을 어렴풋이 알면서도, 그는 그의 삶에 만족하지 못했다.

글 쓰고 돈 세는 것 외에 다른 일을 하고 싶었다.

번화한 술집 거리에서 쫓고 쫓기는 무림인들을 본 적이 있었다. 수많은 사람들 머리 위를 훌쩍 훌쩍 넘어 다녔다. 그는 젊은이다운 감상으로 무림인의 경공에 매료되었다. 권각술 연마 시간을 늘렸다. 하지만 그가 배운 권각술은 무과(武科) 시험에 쓰이는 군용 무술이었다. 온 힘을 다해 달려 뛰어도 담벼락 하나 타기가 만만치 않았다. 몇 달 만에 무술 수련도 시들해졌다. 수련 시간은 그대로 두 시진 이상을 챙겼다. 몸이 단단해지자 자신감이 붙었다. 마음에 드는 여자를 쉽게 취했다. 전방이나 운영하고 편하게 사는 것도 나쁘지 않겠다 싶었다.

어느 날 그는 저자의 노점에서 하나의 가면을 보았다.

그게 시작이었다.

수상쩍은 노인이 대충 손으로 만든 것 같은 가면들이었는데, 그중 하나가 유독 눈에 띄었다. 아무 무늬도 없는 백색 가면이었다. 코와 입이 제대로 없어, 막상 사람이 쓰면 무서울 수도 있겠다는 생각을 했다. 딱히 돈 주고 살 만한 물건은 아니어 보였기에 조금 들춰 보다가 지나쳤다.

그날 밤부터 가면이 계속 생각났다. 그게 뭐 대단한 물건이라고.

조악한 형태의 가면인데, 보물을 놓친 것마냥 마음속이 허했다. 눈을 감으면 희끄무레한 형체가 어른거렸다. 며칠이 지나도 똑같았다.

진검은 기어코 거리로 나섰다.

노인은 기다렸다는 듯, 백색 가면을 내밀었다. 노인은 은자를, 그것도 두 냥을 원했다. 은자 두 냥은 가면값으로 아주 많이 비쌌다. 그런데도 진검은 두 냥을 서슴없이 내줬다.

홀로 침소에서 가면을 써봤다.

뻥 뚫린 구멍으로 세상을 보는데, 모든 것이 달라 보였다. 뭐든지 할 수 있을 것 같은 기분이 들었다.

야심한 밤 아무도 없는 후원에 나와 가면을 쓰고 주먹을 휘둘렀다. 주먹이 빨라졌다. 무엇을 때려도 주먹은 끄떡없을 것 같았다.

절로 흥이 난 그가 한편에 서 있는 정원수에 주먹을 내질렀다.

꽝! 하는 소리가 밤하늘을 울렸다. 사람들이 깨지 않을까 화들짝 놀라 주위를 돌아볼 만큼 큰 소리였다. 나뭇잎이 우수수 쏟아졌다.

'이럴 수가!'

아름드리 정원수엔 그의 주먹 자국이 또렷하게 박혀 있었다. 이걸 어떻게 감추나 노파심이 들었다. 가까이 와서 살피지 않는 이상, 잘 보이지 않을 곳이었다. 정원을 관리하는 노복에게 함구하라 동전이라도 몇 푼 줘야겠다고 생각했다.

진검은 주먹질을 해보고 뜀박질을 해봤다.

가면이 보통 물건이 아니라는 사실을 깨달았다.

있는 힘껏 뛰어오르자, 담벼락 위에까지 발이 닿았다. 언젠가 본 강호인처럼, 그렇게 뛸 수 있게 된 그였다.

가면을 벗자, 허전함이 밀려들었다. 몸에 충만하던 기운도 사라졌다.

나무에 주먹을 휘두르려다가 그만두었다. 힘껏 치면 주먹이 아플 것 같았다.

가면은 그처럼 요상하고 신비로웠다.

기묘한 일을 겪으면 두려움을 느껴야 마땅했다.

이상한 물건이 분명했다. 사이(邪異)한 것을 멀리해야 하는 것은 글공부와 함께 배운 당연한 법도였다. 그런데도 거부감이 들지 않았다. 유혹임을 알면서도 기꺼이 도취되었다.

분별력이 아예 없지는 않았다. 가면의 정체가 무엇인지 아예 무시할 수가 없었던 그는 날이 밝자마자 가면을 샀던 노점을 찾았다.

없어졌을 줄 알았던 노인은 그 자리에 그대로 있었다. 다만 노인은 그 가면에 대해 아무것도 모른다고 말했다. 가면값으로 받은 은자는 이미 다 써버렸으니 손에 없다 돌려줄 수 없다는 말도 덧붙였다. 가면의 출처를 캐묻자 노인 역시도 옆마을 저자에서 특이한 생김새에 사 온 건데, 거기서도 비쌌지만 안 팔릴까 걱정했다며 횡설수설 말을 돌렸다.

차라리 모르는 게 낫다고 생각했다. 가면에 대해 자세히 알면, 가면 쓰는 것이 꺼려지게 될까 봐 괜히 두려워졌다.

삶이 달라졌다. 세상이 달라 보였다. 묘한 의욕이 생겼다.

아무도 보는 사람 없는 때가, 밤이 기다려졌다.

깊은 밤 가면을 쓰자, 기운이 확실하게 증대되는 것을 느꼈다. 그는 가면에 심취했지만 총명한 두뇌가 없어진 것은 아니었다. 가면을 쓰면서 생기는 신체의 변화를 면밀히 검토했다.

일단 근력이 강해졌다.

집중력도 더 좋아졌다.

어릴 때부터 호롱불 벗 삼아 글공부하던 버릇 때문에 시력이 썩 좋은 편은 아니었다.

가면을 쓰면 눈이 밝아졌다. 귀도 더 잘 들리고, 오감이 증대되었다.

그는 가장 중요한 사실을 놓치지 않았다.

그 모든 변화의 중심에는 호흡법이 있었다.

그는 가면을 씀과 동시에 다르게 호흡하고 있다는 사실을 놓치지 않았다. 호화 흡의 빈도나 주기는 가문의 심법대로지만, 들이켜 운기하는 방식이 달랐다. 며칠 만에 기(氣)를 느꼈다. 내공이 쌓이고 있음을 알게 되었다.

'쓰고 있는 시간이 길어야 해.'

가면을 쓸 때와 쓰지 않을 때가 확연히 달랐다. 가면을 벗으면 내기 축적의 효율이 급격하게 떨어졌다.

진검은 권각연마 중에 얼굴과 허리를 다쳤다며 병환(病患)을 핑계로 거처를 옮겼다. 가문이 갖고 있는 호수 옆 별장엔 장원 관리를 맡은 시녀 한 명, 하인 한 명밖에 없었다. 추워서 가문 어른들이 별장을 잘 찾지 않는 계절이었다.

"의원이 말하길, 얼굴 상처에 햇빛이 들면 안 된다 하였다. 가면을 쓰고 있는 것을 보더라도 놀라지 말거라."

하인들에게 둘러댈 구실을 지어내고 가면을 쓴 채, 별장에서 두문불출했다.

그는 차근차근 가면 쓴 자신에게 적응해 갔다.

먼저 육신을 살폈다.

기감(氣感)을 얻은 뒤로, 무림인들이 어떤 식으로 신체를 다루는지 알게 되었다. 어릴 때부터 운기호흡을 해 온 것이 좋은 바탕이 되었음을 깨달았다. 누구나 가면을 쓴다고 즉각 기(氣)를 다룰 수 있는 것은 아닐 거라 보았다. 그는 논리적으로 추측하고, 활용법을 찾았다. 가면에 의해 흐르는 기의 움직임을 각인하듯 기억했다. 그리고 가면을 벗을 때도 그 방식대로 운기할 수 있도록 연습을 거듭했다.

가면을 벗고도 거의 같은 효율로 기를 쌓을 수 있게 되면서 본가로 돌아왔다. 별장에 오래 있으면 저절로 무슨 일인가 궁금해하는 이들이 생길 터였다. 그는 사람들의 쓸데없는 오해를 받고 싶지 않았다. 이런 집안에서 도련님의 가면이 구설에 올라 좋을 일이 없다는 것은, 굳이 총명한 두뇌를 지니지 않아도 충분히 생각할 수 있는 바였다.

달이 가고 해가 지났다. 두 해, 세 해가 지났다.

가면을 쓴 그는 지붕을 뛰어넘을 수 있었고, 전광석화처럼 주먹과 발을 연이어 날릴 수 있게 되었다. 가면을 벗어도 속도와 힘이 거의 줄어들지 않았다.

그는 이제 준비가 되었다. 무림강호는 더 이상 멀리 있지 않았다. 술집에서 호사가들의 강호사에 귀를 기울였다. 도적 하나가 관부에 호송되던 와중에 탈출하여 호숫가 숲속으로 숨어들었다는 이야기였다.

그는 그날 밤 곧바로 가면을 쓰고 호숫가 주변을 탐색했다. 아직 미숙하여 강호인 흉내를 내기 시작한 그는 도적의 종적을 좀처럼 잡지 못했다.

삼 일째가 되어 도적의 흔적을 찾았다. 한밤을 낮처럼 뛰어서 도적을 발견했다. 도적은 지저분한 몰골에 몹시 지쳐 보였지만, 눈빛은 사납고 형형했다.

사람을 여럿 때려 죽였다고 했다. 아녀자를 강간하고 귀한 재물을 빼앗으며 강호를 전전한 악적이었다.

"거기 누구냐!"

도적은 숨죽인 그의 기척을 쉽게 알아챘다.

파락호 무뢰배가 아니라 내공을 쌓은 강호인이었다.

백면의 가면을 쓴 진검은, 순간 두려움을 느꼈다. 가면이 괜찮다고 속삭였다. 그게 진짜 들린 것인지, 아니면 스스로에게 마음속으로 말하면서 환청으로 느낀 것인지는 알 수 없었다.

진검이 말없이 달려들었다. 말 한마디보다 주먹부터 내지르는 것이 옳았다. 그것도 가면이 가르쳐 주었다.

휘익!

진검의 주먹이 빗나갔다.

도적은 몸놀림이 몹시 날랬다. 도적은 크게 놀란 눈치였지만, 주먹을 용케도 피해냈다. 싸움 경험은 도적 쪽이 비교조차 안 될 만큼 많았다. 피하자마자 주먹을 들어 진검에게로 내리찍었다.

퍽!

진검은 완전히 피하지 못했다.

도적의 주먹이 진검의 어깨를 내려쳤다. 상체가 덜컥 아래로 흔들렸다. 통증이 밀려들었다.

'아프지 않아.'

가면이 요술을 부린 것일 수도 있다.

마음속에 생겨난 목소리와 함께 통증이 씻은 듯 사라졌다.

'신음을 흘릴 시간에 주먹을 휘둘러라. 복부가 비었다. 꽂아 넣어라.'

진검의 일권이 도적의 아랫배를 파고들었다.

퍼억!

"허억!"

도적이 헛바람을 들이켰다. 그의 몸이 새우처럼 휘어졌다.

빠악!

진검의 주먹이 도적의 광대뼈를 부쉈다. 주먹 모양이 찍혔던 정원수는 비바람 심히 불었던 여름밤에 그가 주먹으로 분질러 버렸다. 그의 권력은 이제 사람의 뼈를 능히 부러뜨릴 수 있을 만큼 강했다.

퍼억!

진검의 돌려차기가 도적의 가슴팍에 작렬했다. 도적의 몸이 뒤로 덜컥 날아가 나무둥치에 부딪쳤다. 그의 입에서 피거품이 솟았다. 그러면서도 눈빛은 죽지 않았다. 도적이 진검을 노려보며 말했다.

"귀신 놀음이라니……."

'귀신 놀음이 아니다.'

진검이 말했다. 말하려 했다. 목소리가 되어 나오지 않았다. 백면(白面)에는 입이 뚫려 있지 않았다.

처음 알았다. 가면을 쓴 채, 누구와 대화를 나눠본 적이 없기 때문이었다.

"카악! 퉤!"

도적이 피가래를 뱉었다. 그가 이글거리는 눈으로 진검을 쏘아보며 씹듯이 말했다.

"귀신 놀음이 아니면, 영웅 놀음이겠지. 말도 없고 얼굴도 내놓지 못하는 것을 보니 어디 정파 놈이 살인 연습이라도 하러 왔나 보구나! 어서 죽여라. 내 관아에 끌려가 수치를 당할 바엔 여기서 죽겠다!"

진검은 살인 연습이라는 말에 내심 충격을 받았다.

'충격받을 것 없어. 연습은 필요해.'

누가 어딘가에서 이런 일들을 어떻게 수월하게 하는지 가르쳐 주면 좋겠다는 생각을 했다.

'내가 가르쳐 줄게.'

진검은 이제 그것이 환청이 아님을 알았다.

귀신에 홀린 것 같았다. 가면이 그에게 말을 걸고 있었다.

'괜찮아. 지금 나는 악독한 도적을 잡고 있으니까.'

가면만 말을 하는 건 아니었다.

그도 스스로에게 말한다.

그의 정신은 그와 가면이 섞인 무언가로 대체되어 있었다.

자고로 귀신이란 삿되고 사악한 존재라고 했다. 하지만 이 가면은 그에게 악한 자를 징벌할 힘을 주었다.

그럼에도 사이(邪異)라 할 수 있을까.

강호인은 기연을 말했다.

그가 도적에게 한 발 다가갔다.

"크앗!"

도적이 아주 거칠게 고함을 내지르더니 온 힘을 다해 그에게 부딪쳐왔다. 도적의 손에는 아주 날카로워 보이는 비수가 잡혀 있었다. 경험의 부재로 순간 대응하지 못했다. 도적과 그가 땅을 굴렀다.

푸욱!

정신이 없는 와중에, 손이 움직였다. 기이한 각도로 휘어져 도적의 손목을 휘어잡고, 비수를 빼앗았다. 다음 순간, 비수는 도적의 가슴에 꽂혀 있었다.

"끄으으으으."

도적의 입에서 흡이 없는 호(呼)가 영혼이 빠져나오는 소리처럼 이어졌다. 도적의 가슴팍에서 핏물이 번져 나왔다. 도적의 날숨이 끊겼다. 부릅뜬 눈이 힘을 잃었다.

'잘했어.'

목소리를 들었다. 사람을 죽이고 칭찬을 받았다. 소름 끼치는 칭찬인데, 충만감이 먼저 마음을 채웠다. 진검의 이성이 상황을 점검했다. 그의 정신은 이제 가면에 지배당하고 있었다. 그리고 그는 온전히 이성적으로 그걸 받아들이기로 마음먹었다.

* * *

"일은 어떠하더냐. 할 만하더냐?"

"아침에도 물으셨습니다, 아버지."

"어제 다르고 오늘 다를 수 있는 게지. 어려운 일 있으면 언제든 이야기하여라."

"힘든 일은 없습니다."

"속 썩이는 녀석들은 없고?"

"저도 배우는 중인데 감히 제가 어찌 다른 이들을 판단하겠습니까?"

"허허허, 그건 참 바람직한 자세다만, 그래도 진씨전방 아니더냐. 이곳 형주지부는 네가 이어받기로 오늘 문중 회의에서 결론이 났으니, 앞으로는 그곳이 네 것이라 생각하고 아랫사람들을 살뜰히 챙기거라."

"명심하겠습니다."

가족들과 둘러앉은 식사 자리도 언제나처럼 편안했다.

"그나저나 주아도 얼른 시집을 가야할 텐데."

"어머, 이이도 참, 아직 일러요."

"이르지 않소, 부인. 이번에 연가에서 매파가 들어왔더이다."

"금상 연가요?"

"그렇다오."

"그 집 아들들은 나이가 좀 많지 않아요? 첫째 아들은 이미 혼인을 했는데, 첩실을 원하는 건 아니겠죠?"

"첩실은 당치 않은 소리! 감히 그런 매파는 못 보내지. 물론, 둘째 아들을 말함이오."

"둘째는 악양 학관에 가 있다고 들었는데요."

"그 둘째가 원시에 합격하였다고 하오. 연 수재라 하면 나쁜 조건은 아니라오."

"어머! 원시를요? 그 둘째가 스물여섯? 일곱? 벌써 수재가 되다니! 아유, 공부 열심히 했네요. 나쁜 게 아니라 아주 좋은 거죠."

"스물여덟이라 들었소. 홍복이 내린 게지. 연씨 금상 첫째
도 수완이 좋아. 연가의 미래가 참으로 밝소. 연복진 그 양반
은 자식 덕 많이 누리고 살 거요."

"그러겠네요. 부러워라!"

부모님은 다른 가문의 급제 소식에 부러움으로 아쉬움을
표했다.

진검은 괜찮았다. 그럴 수 있었다.

대신 누이가 나섰다.

"엄마, 아빠! 부럽다뇨! 울 오라버니도 이렇게 헌앙한데요!"

"물론, 그 집 아들들이 우리 아들만 하겠니. 그래도 이십
대에 수재가 된 거면 아주 잘한 거란다."

"엄마!"

"물론 본 지가 오래되긴 했지만, 그 둘째가 인물이 훤했단
다. 원시가 일찍 된 편이니, 향시도 무난하겠다. 좋은 혼처란
다, 주아야."

"난 싫어요! 나도 옛날에 봤거든요! 등도 굽고 삐쩍 말랐잖
아! 그리고, 또, 또, 그리고 나이도 엄청 많아!"

"공부만 쭉 했잖니. 그 나이에 수재가 되려면 나쁜 것을 멀
리하며 열심으로 책만 봐야 해. 아주 순진하고 착할 게다. 그
렇게 생각하면 결코 많은 나이도 아니란다."

"공부만 그렇게 하면 사람이 삐뚤어지지, 어떻게 착해요.

난 싫어요! 싫다구!"

"어허, 주아야."

"아빠, 내가 바본 줄 알아요? 향시 보면 또 학관에만 틀어박혀 있을 거고! 진사라도 되겠다 책만 파면 몇 년이 그냥 훌쩍 가잖아! 그리고, 또, 또, 진사가 되어도, 어디 먼 곳 현령부터 시작할 건데, 나 그렇게 촌으로 끌려다니면서는 못 살아! 작은 할머니한테 다 들었다구! 할머니, 작은 할아버지 돌아가신 게 언젠데 아직도 화나 있어! 난 관리 부인 안 할래. 싫다구요!"

누이가 제법 표독하게 쏘아 붙였다.

"어허, 네 고집을 누가 말리겠느냐. 대신 그쪽 체면도 있으니 한 번만 만나만 보거라."

"아니, 싫다니까요! 만나서 그놈이 나 좋아 죽겠다면 그냥 진행이잖아! 난 촌으로 못 간다구! 요즘 얼마나 흉흉한데!"

"주아야, 말조심해야지? 놈이라 하면 쓰겠니?"

어머니는 말버릇을 혼냈다.

누이는 이제 겨우 열여섯밖에 안 되었으면서 모르는 게 없었다. 미모도 꽃처럼 풋풋하게 피어나는 것이 벌써부터 소문이 날 지경이라, 온갖 이야기를 들으며 세상을 일찍 배운 그녀였다.

누이가 그놈 운운하며 토라졌다. 표정이 제법 사나웠다. 아버지가 먼저 항복했다.

"하긴 부인, 요즘 도적들도 많고, 강호정세가 몹시 불안하긴 합디다. 오늘 문중회의에서도 가문 호위무사들을 더 뽑기로 결정이 났다오."

"그건, 저도 이야기 들었어요. 저번에 시백 어른 회갑연에 오셨던 태평장 장주도 얼마 전 변고를 당했다지요."

"그러게 말이오. 태평장은 표국과 무관까지 운영하는 곳이라오. 소속 무인들만 이백 명이 넘었다고 알고 있었소."

"그렇다니까요? 요즘 세상이 얼마나 위험한데! 엄마, 아빠, 난 그놈 만나보지도 않을 거예요!"

"주아야! 말버릇!"

"주아 말도 일리가 있긴 있소. 얼마 전 죄인 호송마차에서 탈출한 도적 하나가 엊그제도 사람 하나를 죽였다더군. 헌데 그 도적의 시체가 오늘 새벽 추관저 앞에서 발견되었다 하오."

"어머나!"

"죽은 채로요? 관병들이 잡은 것이 아니고요?"

"그렇다오. 그래도 강호의 도리가 여전히 살아 있는지, 영웅협객 하나가 자신의 공을 감추고 악적을 벌한 것이 아닌가 여겨지오."

진검의 젓가락이 멈췄다.

영웅협객이라 했다.

아버지가 그리 말했다.

'그래, 나는 악적을 벌한 거야.'

마음속에서 작은 목소리 하나가 울렸다. 그는 가면을 쓰고 있지 않았다. 당연한 일이었다. 품속에 들고 있지도 않았다.

침소에서도 그만 아는 곳에 숨겨놓았다. 그건 가면의 목소리가 아니라, 그의 목소리란 뜻이었다.

"누가 그런 건지는 모르는 건가요?"

"그렇소, 부인. 들리는 말에 의하면 근자에 남악 형산파에서 고수들이 여럿 하산했다 하였소. 관아에서도 그들 중 누군가가 한 협행이라 보는 것 같소."

'그건 형산파가 아닙니다.'

입 밖으로 나올 뻔했다. 진검은 젓가락을 다시 움직여 입에 음식을 넣고 실수를 삼켰다.

"아빠."

누이가 다시 힘주어 말했다.

"전, 그래도 안 만나요. 얼굴 없는 협객을 믿고, 피바람 부는 시골에서 살진 않겠어요."

"주아야, 향시에 붙는다는 보장도 없고, 진사가 되어 지방직으로 빠지라는 법도 없단다. 연가는 돈이 많아요. 진사 아들이 한직에 발령 나는 것을 눈 뜨고 보겠니? 그리고 네 아빠는? 너를 생각해서라도 어떻게든 사위를 중앙에 밀어 넣을 거야. 악양은 물론이요, 남경이라도 들어간다 생각해 보렴. 거긴 형주보다 훨씬 더 호화롭단다."

"누가 사위래요? 그리고 향시에 붙는다는 보장도 없는 남자를 왜 만나."

표독스럽기까지 하던 누이의 말투는 한결 누그러져 있었다.

"향시에서 떨어지면 또 어떠니? 수재만 해도 대우가 다르단 걸 잘 알잖아. 그리고 향시 안 되고 형주로 돌아오면 이렇게 우리 모두 가까이 살 텐데? 연씨는 금상이 주력이야. 매일 예쁜 옷을 지겹게 입고 살 거란다."

"예쁜 옷은 지금도 많아요."

"거긴 시중에 안 파는 옷들도 많이 만든다고 들었어. 제일 좋은 옷들은 무려 강씨금상 원단을 쓴다더라. 형주가 아니라 악양에서도 아무도 못 입어보는 유일한 비단옷을 주아만 입는 거야. 어떠니? 연 수재 부인만 해도 좋은 게 아주아주 많아요. 한번 만나만 봐."

부모는 누이가 세상을 아는 것보다 딸을 훨씬 더 잘 알았다. 누이가 입을 삐쭉거렸다.

"수재, 수재, 수재. 오라버니 앞에선 아닌 척하면서 엄청 좋아해요. 오라버니, 그냥 공부 다시 시작해야겠다."

누이가 팔꿈치로 진검을 툭 치며 말했다.

"그래, 생각해 보마."

진검이 건성으로 답했다. 그 간단한 대답에, 부모의 얼굴에는 놀람과 화색이 돌았다. 누이도 다소 놀란 눈치였다.

진검은 그런 부모의 마음을 잘 알면서도 부모의 얼굴 대신 젓가락질에 집중했다. 고기 맛이 좋았다.

"거, 검아야. 장육이 입에 맞는 모양이구나. 여기 좀 더 들렴."

"네, 맛있네요."

"그런데 검아야, 그 말은 진심이니?"

어머니가 아주 조심스레 물었다.

"네. 전방 일은 계속 보면서 틈틈이 책도 읽겠습니다."

"흠, 흠, 책 읽는 시간이 부족하다면, 전방 일은 안 해도 된다. 필요하다면 학관에 보내주마. 문중 어른들께는 내 다시 잘 이야기 드리겠다."

"아닙니다, 아버지. 병행할 수 있습니다."

진검이 젓가락을 놓았다.

그가 아버지의 두 눈을 똑바로 보았다.

그는 두 가지 일을 동시에 할 수 있다. 병행할 수 있다는 말은 진심이었다. 다만 그것이 공부가 아닐 뿐.

"허허허허, 오늘 내가 참 기분이 좋구나. 어떠냐, 주아야. 주아도 이 애비 맘을 좀 더 기쁘게 해주지 않겠느냐?"

"저도 생각해 볼게요."

누이가 말했다.

"그럼 언제 날짜를……."

"아이, 너무 서두르지 마세요, 당신."

"생각. 해. 본다구요. 얼굴 보는 것. 만. 요. 시집가겠다는 거 아녜요."

누이는 단어마다 힘을 줬다. 웃음꽃이 피었다. 진검도 웃었다.

그는 할 수 있다.

좋은 아들이자, 숨겨진 영웅협객이 될 수 있었다.

            *   *   *

연씨 가문과 혼담이 진행되었다.

연씨 셋째 딸은 마주쳐도 더 이상 추파를 던지지 않았다. 화를 내는 것 같기도 했다. 겹사돈이 안 될 일은 아니다만, 진씨와 혼인으로 묶이면, 남은 딸은 다른 세도가에 시집보내려 할 것이다. 그러려니 했다. 진검에겐 이제 여색이 그리 중요치 않았다.

세월은 느긋하게 흘렀다.

누이는 혼인을 한다 만다, 변덕을 부렸다.

그사이에 그는 또 한 명의 살인마를 죽였다.

하나 더 죽이고 나자, 조금 더 수월해졌다.

악인 두 명을 더 죽였다. 모두 수배자였다. 형부에서는 형산파 고수가 아니라 알려지지 않은 지역 출신 협객 같다며 술집들을 탐문하고 다녔다. 수배자라 하더라도 살인은 살인이었다. 어설프게 영웅 행세를 하다가 큰일을 저지르는 무인들이 종종 있는지라, 관에서도 정체를 파악하려는 시도 정도는 해야 옳았다. 조사는 제법 본격적이었다. 탐문하는 사복 관인들을 여럿 보았다. 아예 건성이진 않았다.

잠시 살행을 멈췄다.

관에서 주목하는 범죄자들을 죽인 것은 좋은 선택이 아니었다. 가족들이나 관인들이 하는 말을 들어보면, 이것은 살인자의 색출 문제보다 관아의 체면 문제인 것 같았다.

"아니, 악인만 죽이는 걸 보면 협객은 맞는데, 왜 잡아와서 떳떳하게 현상금을 받아가지 않을까?"

"그러게 말이여."

"그 이번에 죽은 놈은 현상금만 백 냥이나 되었다더만."

"어이쿠, 그럼 그 돈도 안 받아간거?"

"그렇다지."

"협객 맞구먼."

"모르는 일이야. 왜 안 나서는지는 하늘만 알겠지."

얼굴을 드러내지 않는 것은 의구심의 구실이 되었다.

어차피 죽을 만큼의 죄를 저지르고도 백주를 횡행하는 악인들은 형주부에 그리 많지 않았다. 형부엔 범죄자를 전문으로 쫓는 포쾌와 포졸들이 있었다. 그들이 못 잡아 현상금을 걸 정도이니, 악인들의 무공도 보통은 아니었다. 가면을 얻기 전이었다면, 진검도 한 주먹에 죽음을 면치 못했을 무인들이었다.

진검은 목표를 바꾸었다.

잡을 수 있을 만한 현상범은 어차피 다 잡았다. 흉악한 놈들이 여럿 남아 있었지만, 깊이 숨어 종적이 묘연한 자들이었다. 그 홀로 추격하여 잡는 데는 한계가 극명했다.

진검은 드러난 자들을 쫓았다.

악행을 일삼는 무뢰배면서 관아에서도 쉽사리 못 건드는 놈들이 있었다. 이름 있는 사파 무리의 악당들이었다.

송자방 서열 삼위, 악수(惡獸)라 불리는 놈을 주목했다. 그냥 별명이 악수였다. 본명은 알려지지도 않았다.

이름처럼 해악을 일삼는 짐승이었다. 사기, 협박, 편취, 강간, 가리지 않았다. 그야말로 죄악의 화신 같은 놈이었다. 그런 그에게 송자방은 훌륭한 뒷배가 되어 주었다.

송자방은 형주 북부에 자리 잡은 지가 백 년에 이른다는 오랜 방파로, 고리채나 인신매매 같은 범죄 사업을 기반 삼아 재화를 긁어모으고 있었다. 형주 유흥업의 절반을 장악하여 창기들이 많은 청루들을 한 손에 쥐고 흔들었다. 관리들에 대한 대접이 극진하여 종구품의 관직만 있어도 최고 미녀들을 옆에 앉혔다. 관아는 어지간한 일로 송자방을 건들지 않았다. 남악의 형산파도 그랬다. 악수를 비롯, 송자방 방도의 악행이 심심찮게 저잣을 떠돌았으나, 형산파는 나서지 않았다. 그래서 일각에서는 송자방이 형산파에 정기적으로 큰돈을 상납한다는 소문도 돌았다.

악수는 좋은 행동 대장이었다. 사파 무리가 일을 수월하게 하기 위해서는 공포만큼 좋은 수단이 없었다. 악수가 그런 일을 했다. 돈 없다고 울고불고하던 빚진 놈은 악수가 얼굴만 들이밀어도 돈을 꺼냈다. 도박판에서 난동을 부리던 취객도 악수가 온다 하면 갑자기 술이 깬 듯 도망치기 바빴다. 그래서 송자방은 악수가 선을 넘어도 내버려 두었다. 일이 지저분해지면 뒤처리까지 도맡아서 해줬다.

진검은 모처럼의 사명감에 불타올랐다.

악수는 안하무인이었다. 그가 남몰래 악수를 쫓아다닌 열흘 동안, 악수는 죄 없는 사람 세 명을 죽기 직전까지 팼고, 수하들까지 동원하여 부녀자 하나를 윤간했다.

혼자 되는 순간을 기다려 망설이지 않고 죽였다.

죽이기는 쉽지 않았다. 악수는 무공이 강했다. 팔과 등에 상처를 입었다.

*   *   *

"반드시 찾아내."

이것 또한 체면 문제였다.

송자방은 혈안이 되어 악수를 죽인 자를 찾았다. 진검은 전방에서 돈을 계산하고, 글을 읽었다. 송자방은 집요했다. 달포가 넘도록 유흥가를 뒤집어 놓았다. 아무것도 모르는 민초들을 협박하고 추궁했다. 영문도 모른 채 두들겨 맞아서 실려가는 장사꾼들도 있었다.

그걸 보며 진검은 고민에 빠졌다.

악인을 하나 죽였는데, 송자방의 악행이 더 심해졌다. 악수

가 끔찍한 악인이었지만, 그가 살아 있을 때가 오히려 평화로
웠다. 관아나 형산파가 괜히 가만 놔둔 게 아니었구나라는 생
각까지 들었다. 강호무림은 그가 멀리서 볼 때보다 훨씬 더 엉
망진창이었다.

송자방이 기승을 부리는 동안, 괴이한 살인들이 일어났다.
불과 한 달도 안 되는 사이에 다섯이 죽어 나갔다. 흉기는 없
었고, 사체는 참혹하게 손상되었다고 하였다. 송자방의 난동
에 이어서 들려온 비보에 형주 거리의 분위기는 어느 때보다
도 안 좋아졌다.

살인이 일어난 곳은 농가들이 밀집한 상녕 쪽이었다.

진씨 전방은 이갑의 조세 최징(催徵)과 계산에도 관여하고
있었으므로, 진검은 경지 검수를 위해 농지로 나다닐 구실이
충분했다. 아무도 진검의 외유를 의심하지 않았다.

'첫 살인부터 마지막 살인까지 다 상녕 안에서 이루어졌
어. 죽은 자는 다섯이고, 연령은 약관부터 불혹까지 다양하
다. 하나같이 남자다. 원한 관계인가?'

그는 타고난 머리를 훌륭하게 활용했다.

이치에 맞게 살인자를 쫓았다. 경험이 많지 않아도 빨리 배
웠다. 어지간한 포쾌보다 사리를 잘 판단했다.

'농가의 양민들 사이에도 괴롭힘이 있을 수 있고, 겁박과
폭력이 있을 수 있다. 사적인 원한에서 비롯된 살인까지도 내
가 징벌할 수 있는 것일까?'

'물론 징벌할 수 있지.'

'나 역시 살인을 해 왔다. 억울함으로, 합당한 이유로 살인을 한 것이라면, 나와 이자의 차이가 어디에 있겠는가.'

'이 짧은 시간에 다섯이나 죽인 것은 정상이 아냐. 아무리 원한 관계라 해도 이렇게 죽이는 것은 이미 마(魔)에 빠진 거다.'

'그러면 찾아서 죽여야 하나?'

'물론이야.'

진검은 망설였다. 그 망설임이 그를 인간답게 만들어서 다행이라 생각했다. 목소리들이 마음속에서 싸우다가 서로 동조하는 과정은 그 자체로 기이한 일이었지만, 진검은 비정상을 자각하지 못했다.

그는 그 나름대로의 방법으로 살인마를 쫓았다.

그 와중에 또 한 사람이 죽었다. 이번엔 여자였고, 그가 가장 먼저 시체를 찾아냈다. 무엇에 끌리기라도 한 듯, 어디서 죽여서 어디에 버렸는지 정확하게 짐작했다.

여자는 아주 잔인하게 죽었다. 한쪽 팔이 아예 어깻죽지에서부터 뜯겨나가 있었다. 괴력으로 잡아 뽑은 듯했다.

진검은 약간의 두려움을 느꼈다. 참혹한 광경 때문이 아니었다. 죽이는 방법이 어설퍼 보였다. 살인마가 제 힘을 주체하지 못하는 것 같았다. 무공으로 죽인 것이 아니었다. 사방에 피가 튀어 있었다. 살인 현장이 지저분했다.

저번에 죽인 송자방 악수는 폭력의 달인이었다. 그는 급소

를 제대로 노릴 줄 알았다. 아마 직접 싸우게 되면 이 살인마
는 악수보다 약할 것이 틀림없었다.

기분이 이상했다. 왜 두려움이 밀려들었는지 알 수 없었다.

그가 의문을 품을 때마다 해답을 알려주던 목소리도 이번
엔 잠잠했다.

진검은 집으로 돌아와 몸과 마음을 잘 다듬었다. 악수에게
입었던 부상은 완치 상태였다. 가면만 쓰면 준비는 만전이었
다. 시체를 보고 확신했다. 실력은 그가 위다. 두려워할 이유
가 없었다.

그는 다음 날 언제나처럼 문안인사를 올리고, 요즘 들어 얼
굴 단장에 한창인 누이의 진한 화장을 놀려주고는, 일상대로
전방에 나가 일을 했다.

한참 문건을 정리하고 잠시 쉬러 나가려는데, 덩치가 우락
부락하고 얼굴이 사나운 남자 둘이 전방에 들이닥쳤다.

"악수 형님을 본 적 있느냐?"

그들은 다른 사람들을 놔둔 채, 진검에게로 성큼성큼 걸어
왔다. 대뜸 하대부터 해 왔다.

"그게 누굽니까?"

진검은 내심 크게 동요했으나, 얼굴로는 드러나지 않았다. 마
치 가면이 없는데도 가면을 쓴 듯 표정이 완벽하게 감춰졌다.

"악수 형님을 모른단 말이렷다!"

얼굴에 흉터가 가득한 남자가 호통 치듯 목소리를 높였다.

"저는 진씨 가문의 아들로, 가문의 전방을 맡고 있는 일개 서생이자 전방주일 뿐이오. 왜 여기 와서 이러시는 겁니까?"

진검은 눈썹을 올리고 입술을 파르르 떨며 애써 당당한 척호기를 부렸다. 정말 그래 보였다.

두 장한의 얼굴이 확 일그러졌다.

"이놈 맞소이까?"

"진씨 집안 서생. 이놈 맞다."

"그래도……."

"악수 형님이 죽기 전, 형님 따라다니는 걸 본 사람이 있다. 확실해."

"제가 누굴 따라……."

"악수 형님 말이다!!"

장한이 버럭 고함을 내질렀다. 전방 직원들은 겁에 질려 옴짝달싹 못 했다. 이들이 송자방 방원들이라는 것은 팔뚝에 새겨진 칼 모양 자문(刺文)으로 진즉에들 알았다.

"사, 사람을 자, 잘못 보신 것 같소이다."

진검은 말까지 더듬어 주었다. 장한들이 눈을 부라렸다. 그러다가 한 놈이 이를 갈며 물었다.

"서생이란 놈이 몸은 무슨 이유로 그리 다부진 거냐!"

"가문에 내려오는 권각술 공부를 조금 익혔으나 재주라 할 것이 못 됩니다."

"그래?"

장한이 그를 노려보더니 냅다 주먹을 휘둘렀다.

아래에서 위로, 진검의 복부에 커다란 주먹이 꽂혀들었다.

"커, 커억!"

진검이 펄쩍 뛰며 배를 부여잡고 땅을 굴렀다. 권각술을 익혔다고 말했다. 아예 그냥 맞아주면 도리어 의심스러울 수 있다. 피하려고 하다가 피하지 못한 채 제대로 얻어맞은 연기를 완벽하게 해냈다.

"어쭈? 지금 피하려고 했어?"

"아니, 그럼 영문도 모르고 맞아주란 말이오?"

얼굴을 있는 대로 찌푸린 채 장한을 올려보며 말했다.

"꼴에 사내라고 제법 강단은 있다만, 우리를 그런 눈빛으로 쳐다봐서야 쓰겠느냐!"

퍼억!

장한이 휙 돌아 그의 옆구리를 걸어찼다.

"으악!"

실감나게 비명을 질렀다.

"이, 이게 무슨 짓이오."

"이게 아직도 입을 놀리네! 고작 진씨 가문 도련님을 우리가 어찌지 못할 것 같으냐!!"

장한이 주먹을 치켜들었다.

진검이 즉각 겁먹은 듯 머리를 감싸고 몸을 움츠렸다. 그것을 본 다른 장한이 장한의 손목을 잡아 만류했다.

"그만해라."

"하지만, 형님!"

"이놈 아니다."

"아니라도, 형님. 눈빛 봤잖아요!"

"그래도 죽여 버리면 귀찮아진다."

"이익!"

장한이 역정을 냈다. 형님이란 장한이 먼저 전방을 나섰다. 주먹과 발을 휘두르던 장한이 '카악, 퉤!' 하고 진검의 머리맡에 가래침을 뱉고 나갔다. 침방울이 뺨에 튀었다.

'죽일까.'

'안 돼.'

마음을 다잡고, 천천히 몸을 일으켰다.

"아이고! 소방주님! 괜찮으십니까!"

"아니, 아니, 저런 못된 놈들이!"

"저들이 듣습니다. 나는 괜찮으니, 어서 일들 보십시오."

하는 짓은 파락호들이지만, 그래도 이름난 사파 무리라고 주먹질에 내공 투로가 담겨 있었다. 여기서 욕하면 다시 들이 닥칠 수도 있다. 얼굴을 찌푸린 채, 전방 직원들을 다스렸다. 너무 태연해서도 안 된다. 전방까지 쫓아온 자들이다. 사파 송자방이라도 아무 단서 없이 이런 곳에서 이 난리를 쳤을 리 만무했다. 지금부터는 아주 조심해야 했다.

집에 돌아왔다.

전방에서의 소란을 벌써 전해 들었는지 가족 모두 난리가 나 있었다. 겉으로 보기에 진검은 멀쩡했고, 실제로도 그랬다. 송자방 방도들은 티 안 나게 때렸다. 그들은 진검의 얼굴을 건들지 않았다. 일부러인 것 같았다. 진씨 가문 아들의 얼굴을 피투성이로 만들거나 아예 거동이 불가능하도록 다치게 했다가는 관아가 나설 수도 있었다. 그들이 관부를 얼마나 두려워하겠냐만은, 마지막 장한들이 했던 말처럼 귀찮긴 귀찮을 것이다. 진검은 강호무림의 생리를 몸으로 체험하며 습득했다.

밤에는 어르신들이 뜬금없는 문중회의를 열었다. 진검도 불려갔다. 가장 상석에는 조부께서 앉아 계셨다. 딱 한 번 물었다.

"악수라 하는 자와 일전에 실제로 무슨 일이 있었더냐?"

"아무 일도 없었습니다."

그 질문으로 끝이었다. 그들은 진검을 철석같이 믿었다.

그들 모두는 진검이 걸음마를 할 때부터 보아 왔다. 그들에게 진검은 어디까지나 이제 막 머리에 피가 마른 일개 서생에 불과했다. 무술 수련을 하는 것은 알았지만, 무과 시험에 응시한 것도 아니었다. 건강을 위한 단련술 정도로만 생각했다. 실제로 전방 직원들은 진검이 송자방 방도들에 얻어맞아 땅바닥을 굴렀다고 말했다. 소방주가 대단히 의연하게 대처하더라 칭찬하는 것도 들었다.

중요하지 않았다. 누구도 진검에게 더 관심을 보이지 않았다.

그들은 송자방이 근거 없는 구실로 진씨 가문에까지 압력을 가하는 사태에 분개했다. 이 문중회의는 그 대처를 위한 자리였다.

문제는 할 수 있는 것이 별로 없다는 사실이었다.

진씨 가문은 나름 부와 권세를 누리고 있었지만, 그 영향력은 형주 땅에 국한되어 있었다. 전형적인 지방 유지였다. 송자방같이 오래된 사도 문파에 맞설 만한 무력도, 그렇다고 돈으로 찍어 누를 만한 금력도 없었다. 정식으로 항의하여 사과를 요구하자니 송자방의 횡포가 두려웠다. 손 놓고 있자니 진씨 세가는 허울뿐이란 세간의 평판이 부담인 데다가 송자방의 기만 살려주는 꼴이었다.

조부부터 당숙어른들, 아버지, 아버지 형제들, 어른들은 하나같이 말이 많았다. 회의는 쓸데없이 길어졌고 일단 추이를 지켜보자는 무가치한 결론으로 끝이 났다. 진검은 보릿자루처럼 앉아 있었다. 회의가 끝나고 아버지가 한 번 더 물었다.

"몸은 괜찮더냐?"

"매일 무술 수련을 해서 튼튼합니다."

"내일 일은 나갈 수 있고?"

"물론입니다."

아버지는 미심쩍어하면서도 기특해했다. 회의 때도 얼핏 말이 나왔다. 진검이 크게 다치지 않아서 다행이라고. 그것은 단순하게 진검의 몸만 걱정한 이야기가 아니었다. 진검이 내

일부터 일을 안 나가고 드러누워 버리면, 그만큼 형주 땅에는 소문이 파다하게 날 것이다. 그러면 추이를 지켜보는 것이 아니라 즉각적인 대응이 필요했다. 체면이란 게 그렇다. 진검이 멀쩡하게 일을 하고 전방도 아무 문제 없이 돌아가면, 일을 키우지 않아도 된다. 어르신들의 생각이 야속할 만도 했건만, 진검은 가문의 입장을 충분히 이해했다. 무엇보다 진검은, 그 스스로가 눈에 띄고 싶지 않았다.

진검은 그날 밤, 상녕에 나가지 않고 잠을 잤다.

똑같이 일을 나갔다. 온당치 못한 일에 종사할 것 같은 젊은이 둘이 저쪽 골목에서 전방 쪽을 하루 종일 바라보고 있었다. 바보라도 알아보겠다. 송자방 놈들이었다. 진검은 의심을 피하기 위해 아프지도 않은 옆구리를 붙잡고 다녔다.

놈들도 지시받은 바가 있는지 집까지는 따라오지 않았다. 어머니는 아들 눈치를 보면서 저녁상으로 진수성찬을 내왔다. 진씨 가문이 아들 때린 자도 못 혼내 주냐면서 시집 잘못 왔다 식사 내내 아버지를 들들 볶았다. 시집갈 날이 얼마 안 남은 누이도 어머니를 거들었다.

진검은 쓴웃음을 지으며 상녕 살인마를 찾아가고픈 마음을 꾹 눌러 참았다.

삼 일을 그렇게 가만히 보내자, 송자방 졸개들이 사라졌다. 그러고도 이틀을 더 조용히 지냈다.

마침내 때가 왔다. 그렇게 느꼈다.

깊은 밤, 담을 넘어 집을 나왔다. 상녕으로 직행했다. 상녕에서는 또 그사이에 변사체가 하나 더 나왔다. 다음 살인을 막아야 한다는 결심만 머릿속에 가득했다.

눈여겨 놓았던 농가 근처 풀숲에 몸을 감췄다.

전방에는 돈만큼이나 오가는 정보가 많았다. 가장 먼저 죽은 두 명은 둘 다 이갑의 갑수(甲首)였다. 대체로 갑수들은 향의 구성원이면서 세금 독촉에도 관여하는 책무를 맡았다. 농가의 촌락이라 해도, 항상 정겹기만 한 것은 아니었다. 사람은 무공 없이도 얼마든지 잔인해질 수 있었다.

진검은 비상한 머리로 관아보다 훨씬 먼저 범인을 특정해 냈다. 핍박과 괴롭힘 속에 억울한 자가 나왔다. 가족이 다치고 물건을 빼앗겼다. 원한이 생겼다. 어디서나 흔한 일이었다.

깜깜하게 불 꺼진 농가에서 그림자 하나가 움직였다. 체격이 좋았다. 가면을 쓰면 달 없는 어둠 속에서도 사방을 훤히 볼 수 있었다.

그림자가 농가에서 소로로 나왔다. 진검은 직감했다. 마침 오늘이다. 그림자는 사람을 죽이러 가고 있었다.

진검은 그림자의 뒤를 쫓았다. 몸은 아주 가벼웠다. 일말의 불안감이 마음 깊은 곳에서 꿈틀거렸지만, 애써 꽉꽉 눌러 담았다.

그림자는 성큼성큼 걸었다. 진검이 따라오는 걸 전혀 눈치채지 못하고 있었다. 그림자는 농가 사이의 작은 길을 아주 익숙하게 걸었다. 그리고 다른 집들보다 조금 큰 농가 한 채 앞에 멈춰 섰다.

그림자가 마당 안으로 들어갔다. 소리 없이 은밀했다.

"왔다!"

기다리고 있는 자들이 있었다. 갑작스레 마당이 환해졌다.

곳간 문이 열리며 횃불 든 자를 필두로, 몽둥이며 갈쿠리를 든 남자들 다섯 명이 우르르 몰려나왔다.

진검은 지붕 위로 올라가 상황을 보았다. 횃불 불빛에 그림자가 걷혔다.

그는 머리에 거친 무명천을 뒤집어쓰고 있었다. 나름 복면을 한다고 한 모양이었다. 체격 좋은 복면인은 말이 없었다. 그런데도 거기 선 자들은 그를 알아보았다.

"너, 너는?"

"설마 네가?"

하루가 멀다 하고 보는 사람이라면 얼굴을 가려도 누군지 금방 알 수 있는 법이다. 얼굴만 가렸지 허름한 옷차림이며 드러나 있는 팔뚝이나 발목은 평소와 똑같았다.

남자들의 얼굴에 경악이 스쳤다.

서 있던 복면인은 모두가 깜짝 놀라도록 갑작스럽게 움직였다. 그가 횃불 든 자에게 달려들었다.

"어어, 어억?"

퍼억! 우직!

소리는 아주 둔탁했다. 얼굴을 맞았다. 뼈가 함몰되고 피가 터졌다. 복면인은 거침없이 그자의 손목을 비틀어 횃불을 빼앗아 들었다. 그러고는 그것을 그의 가슴팍에 내리꽂았다.

퍽! 치이익!

"으아아아악!"

선혈과 비명이 동시에 터져 나왔다.

매캐한 냄새가 밤하늘에 흘렀다. 옷깃에 불이 붙었다. 비명을 고래고래 지르며 땅바닥을 굴렀다.

복면인은 바로 다음 목표를 향해 움직였다. 건장한 남자가 날이 선 갈쿠리를 휘둘러왔다. 사람한테 휘둘러 본 적이라도 있는 모양인지, 힘이 좋고 망설임이 없었다.

퍼억!

복면인은 빨랐다. 무공 투로가 아니라 짐승 같은 움직임이었다. 주먹이 갈쿠리 남자의 가슴팍에 꽂혔다. 우지끈! 소리와 함께 남자가 갈쿠리를 놓쳤다. 팔 한쪽이 덜렁 밑으로 내려왔다.

복면인이 땅에 떨어진 갈쿠리를 들고 놈의 몸에 내리찍었다. 피가 튀었다. 그리고 그 갈쿠리를 다시 뽑아 옆에 있는 다른 자의 얼굴에 휘둘렀다. 관자놀이와 뺨에 구멍이 났다.

유혈낭자의 참극이 이어졌다. 다섯 사람이 순식간에 땅에 누웠다. 세 명은 이미 죽었고, 한 명은 불에 탔는데도 숨이 붙어 땅을 기고 있었다. 농가의 아낙이 붙잡고 있는 이는 피투성이였는데, 죽었는지 살았는지 분간이 되질 않았다.

"아악! 여보!!"

마당에서 그 난리가 났으니, 집 안에 있던 사람이 모를 리가 없었다. 농가의 아낙치고는 피부가 하얗고 후덕한 여자 하나가 안채에서 뛰어 나왔다. 그녀가 비명처럼 울면서 땅에 쓰러진 남자를 부여잡았다.

복면인이 땅에 굴러다니던 곡괭이를 집어 들었다. 복면인은 그녀마저 죽이려 하고 있었다. 여럿을 죽인 뒤라 살기가 충만했다.

타닥!

진검이 지붕에서 뛰어내렸다. 멈추라고 소리치고 싶었지만, 가면이 익숙해졌음에도 목소리는 나오지 않았다.

그가 땅에 내려서자 복면인이 진검을 돌아보았다.

복면인이 흠칫 몸을 떨었다. 몹시 놀란 것 같았다. 복면인이 진검과 아낙을 한 번씩 돌아보더니, 순간 아낙의 머리로 곡괭이를 내리찍었다.

진검은 그가 이런 상황에서 아낙을 죽이려 들 것이라고는 생각하지 못했다. 경험 부족이었다. 진검은 힘껏 땅을 박찼지만, 아낙은 복면인의 바로 한 발 옆에 있었다. 퍼억! 하는 소리가 났다.

아낙의 몸이 기울어졌다.

진검의 주먹이 바람을 갈랐다. 복면인이 몸을 뒤로 젖혔다. 무공신법이 아닌데도 빨랐다. 진검의 주먹이 빗나갔다.

턱! 빠악!

하지만, 진검은 기본공이라도 권각술을 착실히 수련한 이였다. 땅에 진각을 밟고, 복면인의 옷깃을 잡아채며 팔꿈치로 복면인의 어깨를 가격했다. 복면인이 휘청거렸다. 진검의 공격이 이어졌다.

퍼억!

그의 앞차기가 복면인의 명치에 꽂혔다. 복면인의 몸이 땅을 굴렀다. 곧바로 따라가는데 복면인이 벌떡 일어나 진검을 들이받았다. 그 속도가 몹시 빨라 미처 피할 수가 없었다. 같이 어깨를 틀어 복면인의 몸통을 마주 받았다. 높은 곳에서 떨어진 것처럼 충격이 전신을 휩쓸었다.

진검이 뒤로 밀려나자 복면인이 손을 뻗어 진검의 손목을 잡았다. 금나수도 아닌 것이 아주 빨랐다. 그대로 손목을 틀어 잡혔다.

꾸구국.

손에서 뿌득거리는 소리가 났다. 악력이 엄청났다.

진검은 당황하지 않았다. 이 정도 힘으로 잡혔으면 통증도 심해야 하는데, 그렇게까지 아프지 않았다. 그는 무술을 익힌 사람이었다. 바로 잡힌 손을 비틀면서 상대 아귀의 힘을 풀었다. 그러면서 손바닥으로 복면인의 턱을 올려쳤다.

빡!

손바닥으로 전해진 감각이 이상했다. 복면은 무명천인데,

딱딱함을 느꼈다. 복면인은 휘청거리면서도 진검의 어깨를 잡아 힘으로 눌렀다. 무림인의 싸움이 아니라 시정잡배의 개싸움 같았다.

진검은 모양새보다 지금 손으로 느낀 것이 더 중요했다. 힘에 눌려 몸을 숙이면서도 손을 뻗었다. 그의 손가락에 복면한 무명천이 걸렸다.

찍! 찌익!

복면에 쓴 무명천은 꽤 단단히 묶어놨는지, 벗겨지는 게 아니라 찢어졌다.

그리고 진검은 보았다. 무명천 속에는 맨얼굴이 있지 않았다. 코와 입이 없는 하얀색 가면이 거기에 있었다.

퍼벅!

진검은 놀라면서도 놀라지 않았다.

'알고 있었잖아.'

몸부림을 치듯, 주먹과 발을 휘둘렀다. 투로에 따라 틀어박힌 권각이 복면인, 또 하나 흰 가면 농꾼의 자세를 흐트러뜨렸다.

'알고 있었지.'

잡아당기고 밀어젖히면서 넘어뜨렸다.

그대로 올라타서 인후와 명치를 연속으로 찍어 때렸다. 그가 쓴 가면과 똑같은 가면의 몸이 덜컥 덜컥 튀어 올랐다.

'신음성도 없어.'

가면의 몸이 늘어졌다. 죽진 않았다. 죽일 만큼 힘을 싣지 못했다.

'없겠지, 그럼.'

그럴 줄 알았으면서도 혼란스러웠다. 기절한 그를 두고 몸을 일으켰다. 그는 망설였다. 상대는 살인마였다. 죽어야 마땅했다.

'죽여야 하나?'

마음속에서 목소리가 들리지 않았다. 죽이자 말자, 답이 없었다.

'나는 살인마가 아닌가?'

그것도 답하지 않았다.

말리려면 진즉에 말릴 수 있었다. 아낙이 죽을 때가 되어서야 나섰다. 뒤에는 막으려 했지만 막지 못했고, 먼저는 살인을 방조했다.

가면은 아무 말이 없었다. 오롯이 그가 결정해야 했다.

'죽이지 말자.'

그렇게 생각했다. 그런데 그 목소리가 자기 것인지 확신할 수 없었다.

진검이 기절한 가면 남자를 들쳐 멨다. 묵직하게 무거웠다.

횃불은 진즉에 꺼져 사위가 어두웠다. 소란이 난 만큼 동네 사람들이 나와 볼 만도 할 텐데, 계속 나오는 시체들 때문에 두려웠는지 아무도 기웃거리질 않았다.

가면 남자를 어깨에 둘러 멘 진검이 어둠 속으로 사라졌다.

달빛 아래 마당은 참혹했다.

한참의 시간이 흐른 뒤, 어둠 속에서 또 하나의 그림자가 나타나 마당 위에 훌쩍 내려섰다. 그림자 또한 가면을 쓰고 있었다.

옷은 검은색이었다. 가면은 노인의 얼굴이었다. 빙긋 웃고 있는 가면에는 풍성한 흰 수염이 붙어 있었다. 가면의 웃음은 아주 인자해 보였다. 바로 이 근처 토지신당에 모셔진 토지공(土地公) 신상(神像)이 그대로 걸어 나온 듯한 모습이었다.

흑의백발의 가면 노인이 뒷짐을 지고 마당을 한 바퀴 휘적휘적 걸었다.

"죄 짓고 살지 말아야지. 내세엔 불쌍한 사람 괴롭히지 마시게."

가면 노인이 곡괭이에 맞아 죽은 아낙 앞에서 말했다. 아낙은 피투성이가 된 남자 위에 엎어져 있었다. 가면 노인의 발이 남자의 목에 올려졌다.

"끄르륵."

우직.

가면 노인의 발이 남자의 기도를 짓이기고 목뼈를 부쉈다. 그가 다시 발을 옮겼다. 횃불에 옷이 탄 남자가 엎어져 있는 방향이었다. 매캐한 피비린내가 코를 찔렀다.

"자네도 들었지? 내 말을 꼭 명심하여 대왕 앞에 가면 무릎 꿇고 뉘우쳐 빌게나. 자네 평소 행실로 봐서는 그게 가능할지 모르겠다만."

가면 노인의 발이 불길에 그을려 까맣게 탄 목덜미에 올려졌다.

꾹 눌러 밟아 목이 꺾었다. 진흙을 밟는 것처럼 아주 부드럽게 내려갔다. 고강한 내공만이 그런 것을 가능케 했다.

가면 노인은 그렇게 둘을 죽이고도, 마당을 떠나지 않고 집 안을 기웃기웃 들여다보고 다녔다. 어디 아이라도 숨겨졌나 찾는 것이다. 가면의 웃음은 더 이상 인자해 보이지 않았다. 빙긋 웃으며 죽일 자가 더 있나 방문을 열어 보았다.

가면 노인이 밖으로 나왔다. 그가 지붕 위를 향해 물었다.

"황풍괴는 아직 게 있는가?"

"몰라서 물어보시는 게요?"

흰 옷을 입은 한 남자가 훌쩍 뛰어 나타났다. 마찬가지로 가면을 썼다. 옅은 황색의 가면은 족제비처럼 생겼다. 흰 옷 곳곳에는 황토라도 뿌린 듯한 노란색 얼룩이 져 있었다.

"따라왔던 놈들은?"

"그냥 놔줬소."

"잘했군. 자네 보긴 어떻던가?"

"뭐가 말요?"

"백면들 말일세."

"그건 공(公)의 소관 아니오?"

"둘 다 천신회로 보낼까 한다만."

"엥? 한 놈은 마련 아뇨?"

"그렇게 봤나?"

"잊으시오. 내가 뭘 알겠소. 공의 생각이 정확하겠지."

"이만큼 끌어내는 녀석들이 많지 않으니까 생각이 많아지누만."

"공도 참 바쁘겠소. 아직도 방패가 다섯 개나 남았소. 할 일이 많소이다."

"그러게, 얼른 가세."

두 가면이 어둠 속으로 사라졌다.

까만 밤 아래, 시체들만 남았다.

*　　　　　*　　　　　*

방심은 화를 부른다.

온전히 방심한 것은 아니다. 진검은 충분히 조심했다.

부족했던 것이 문제다. 진검은 스스로 강호인이 되어가고 있었지만, 강호의 깊이는 진검이 가면을 얻은 시간보다 훨씬 더 깊었다.

다른 가면을 본 다음 날, 진검은 심란함을 감추고 일상을 영위했다.

둘째 날, 일이 터졌다. 해 져가는 저녁 무렵, 진검이 귀가한 지 얼마 안 되었을 때였다.

꽝!

드넓은 장원에서 곳곳에 다 들릴 만큼 큰 소리가 울려 퍼졌다. 정문 쪽이었다. 그래도 수를 늘린다고 가문에 다섯 명의 호위무사를 더 배치했지만, 아무 소용이 없었다. 그들은 순식간에 무사들을 때려눕히며 무인지경으로 내원까지 쳐들어왔다.

"가주는 어딨느냐!"

선두에 선 자가 소리쳤다. 목소리가 쩌렁쩌렁 울렸다.

송자방주였다. 왼쪽 뺨에 긴 흉터가 있었다. 험상궂은 얼굴에 두 눈이 뱀처럼 잔인해 보였다. 방도들 삼십여 명이 그의 뒤에 우르르 따라붙었다. 해도 아직 안 떨어졌는데, 대감도며 낭아봉 같은 병장기를 들었다. 하나같이 험악했다.

가장 큰 어르신은 진검의 조부였지만, 가주는 백부가 맡고 있었다.

"송자방주가 왔으면 방도가 없소. 원 무사께서는 관아에 달려가 이 사실을 알려 주시오."

"가주, 날 알지 않소. 내가 형주일검이오. 송가 놈은 내 검을 받아내지 못할 거요."

"적은 송자방주 하나가 아니지 않소. 송자방 악적들이 밖에도 한가득일 거요. 우리 하인이나 식솔들은 관아까지 당도하지도 못할 거외다."

백부의 판단은 정확했다. 거금을 들여 영입했던 호위무사를 연락책으로 쓰는 것이 아쉬웠지만, 달리 방도가 없었다.

호위무사의 무공이 아무리 뛰어나도 송자방주와 그 일당을 모두 제압할 정도는 아니었다. 송자방도들은 성정이 사납고 난폭하기로 정평이 나 있었다. 잘못 자극하여 난동을 부리면 연약한 가솔들이 얼마나 죽고 다칠지 모를 일이었다.

"부인, 아이들은 침소 밀실에 숨기고, 절대 나오지 마시오."

문을 걸어 잠그고 내원으로 향했다.

원 무사는 자존심이 상한 것 같았지만, 가주의 결정이 옳다는 것을 알고 있었다. 그가 훌쩍 뛰어 지붕 처마를 밟고 반대편 지붕을 향해 몸을 날렸다. 경공 공부가 대단했다.

가주가 지객당을 지나 내원에 이르렀다.

내원의 광경에 가주가 눈을 한 번 질끈 감았다.

진씨 가문 사람들은 강호인들이 아니었다. 무슨 일이 터지면 일사불란하게 움직이는 무가(武家)도 아니었다.

웬 소란이냐 기웃거리던 어른들과 부인들, 딸들이 줄줄이 붙잡혀 사색이 된 얼굴로 서슬 퍼런 병장기 앞에 무릎을 꿇고 있었다. 그렇게 꿇어앉힌 사람들만 열 명이 넘었다.

"이게 무슨 행패요!"

주먹을 불끈 쥐고 성큼 걸어 나갔다.

그는 대가문의 가주였다. 단칼에 목이 날아가더라도 당당하게 호령해야 했다.

"우리 진씨 가문 가주께서 제법 강단이 있으셨구만!"

송자방주의 얼굴에서 흉터가 꿈틀했다.

"백주에 대가를 침입해 들어와 이렇게 무도한 일을 벌이다니, 강호의 법도는 원래 이런 것이오?"

"물론 이런 것이오. 특히 내가 아끼는 형제가 죽었을 때에
는."

"그것이 무슨 이야기요?"

"모르는 척을 하시겠다? 아, 물론 가주는 알지 못했을 수도
있지. 그러니 일단, 진검이란 놈을 데려 오시오."

"검이는 왜 찾는 게요?"

"처소에도 전방에도 없다더군. 가주가 숨겨놓은 것 아니오?"

"그게 무슨……?!"

"놈의 부모부터 끌고 오거라. 그럼 제 발로 기어 나오겠지."

송자방엔 방주의 수족을 자처하는 방도들이 하나 가득이었
다. 그들이 바람처럼 달려갔다.

오래 걸리지 않았다. 그들이 진검의 부모, 그리고 누이를 내
원으로 질질 끌고 들어왔다.

"오호라. 누이가 얼굴이 참 반반하구나."

송자방주가 진검의 누이를 보고 잔인한 눈매에 욕심을 품
었다. 가주는 가슴이 철렁 내려앉았다. 진검의 부모들도 똑같
은 심정이었다.

진검은 한발 늦게 나타났다.

"누이를 놔주시오!!"

송자방주가 히죽 웃었다.

"거 보라구. 나온다니까."

송자방 방도들은 난폭하기 이를 데 없었다. 어리고 아리따운 누이는 끌려오면서 땅바닥에 넘어지기라도 했는지, 비단옷이 흙으로 잔뜩 더럽혀져 있었다.

"오라버니!"

그녀가 진검을 불렀다. 그렇게 소리쳐 부르면 진검이 뭐라도 해줄 줄 아는 것 같았다. 진검의 아버지가 거의 동시에 목소리를 높였다.

"검아! 이게 어인 일이냐? 이자들이 이상한 이야기를 하는구나!"

"닥쳐!"

퍼억!

송자방도가 진검에게 묻는 아버지를 쳤다.

진검의 아버지는 그와 같은 폭력에 당해본 적이 평생토록 한 번도 없었다. 아버지는 맥없이 풀썩 쓰러졌다. 송자방도가 나뒹군 아버지를 거칠게 다시 일으켜 세웠다.

"아이쿠, 이 새끼야. 어르신을 그렇게 패면 되겠니."

송자방주가 수하를 나무랐다.

"죄송합니다, 방주. 이 늙은이가 오는 내내 계속 시끄러워서 말입니다."

나무라는 쪽이나 사죄하는 쪽이나, 목소리에 웃음기가 배어 있었다.

"이……!"

진검이 이를 악물었다. 해본 적도 없는 욕을 목구멍으로 삼켰다.

진검은 분노했다.

그러나 그는 당장 달려들 수 없었다.

'개죽음이야.'

내원이라 함은 집 안마당과 같았다.

이 대가족의 내원은 서로 반갑게 인사하며 집과 집을 오가는 정겨운 장소였다. 그런 곳이 악몽의 공간으로 변해 있었다.

진검은 그 홀로 아무것도 할 수 없다는 사실을 잘 알았다. 그가 가면을 쓰고 무공을 드러낸다 해도 이 인원을 상대로 이기는 것은 불가능했다.

악수와 싸워봤기에 잘 알았다.

악수 하나는 잡았지만, 그놈 하나 잡을 때도 진검은 제 몸에서 피를 봐야 했다. 송자방주는 그냥 느껴지는 기세만으로도 악수보다 훨씬 강했다. 악수 둘이 아니라 셋이 덤벼도 이기지 못할 고수였다.

"검아, 이게 무슨 일인지 말해 보거라."

가주, 백부가 그에게 물어왔다.

"저도 모르겠습니다."

진검은 모든 것을 부인했다. 지금은 그래야 했다. 진검의 대답에 송자방주가 피식 웃었다.

"모르긴."

"방주, 먼저 자초지종을 말해주시오. 그래야 설명을 할 것 아니오!"

"말로 하자? 내 원래 그런 사람이 못 된다만, 이 집 꼬락서니를 보니, 어린아이 손목 비트는 셈이라 썩 기분이 좋지 않소. 특별히 말씀드릴 테니 귓구멍 열고 잘 들으시오."

송자방주가 진검을 노려보았다. 그가 말을 이었다.

"나의 의형제가 저기 당신 조카 놈에게 죽었소. 내가 왜 이러는지 좀 이해가 되시겠소?"

"아니오! 난 더 이해가 되지 않소이다! 검아가 어찌 송자방의 고수를 죽인단 말이오!"

"저놈이 무공을 익힌 것을 가주는 정녕 모르셨던 게요?"

"당치 않은 소리요. 저 아이는 관군무술을 조금 익혔을 뿐이오. 아주 큰 오해가 있는 것이 틀림없소."

"그 당치 않은 조카 놈께서 간밤에 담 넘는 경공이 상당했다던데… 내가 보고를 잘못 받은 겐가?"

송자방주가 뒤쪽을 흘끔 돌아보았다. 날렵하게 생긴 수하 하나가 째깍 소리 높여 답했다.

"아닙니다! 방주! 제 두 눈으로 똑똑히 보았습니다."

"그렇다더군?"

"뭔가 착오가 있는 걸 거요. 검아가 왜 제집 담을 넘는단 말요?"

송자방주는 혼란스러워하는 가주의 말을 귓등으로도 듣지

않았다. 그의 흥미는 이미 다른 곳에 가 있었다.

"그나저나, 이 여아의 미색이 상당하구나."

그가 진검의 누이를 보며 말했다.

모두의 가슴이 철렁했다.

송자방주가 얼마나 여색을 탐하는지는 형주부 전체에 모르는 사람이 없을 정도였다. 신세를 망친 여인들 소문이 숱하게 많았다. 송자방주가 진검을 보며 말했다.

"다들 끝까지 발뺌을 하겠다면 어쩔 수 없지. 네놈이 나의 형제를 저승으로 데려갔으니, 나 또한 너의 혈육을 데려가겠다."

송자방주가 진검의 누이에게 다가갔다. 그가 선언했다.

"첩으로 삼아주마."

모두의 얼굴이 사색이 되었다. 진검의 누이는 극도의 두려움에 아무 말도 하지 못했다. 그 충격적인 말에 진검의 아버지가 퍼뜩 정신을 차리고 절규하듯 소리쳤다.

"그게 무슨 소리요! 절대 불허하오!!"

"내가 지금 허락을 구하는 것으로 보이시오? 빙장어른?"

"나를 그리 부르지 마시오! 나는 송자방과 사돈지간이 될 수 없소!"

"그럼, 원수지간이 될 셈인 게요?"

송자방주의 목소리는 몹시 위협적이었다. 사람을 여럿 죽여본 그의 기도에 진검의 아버지는 숨이 턱 막히는 것을 느꼈다.

"아니, 그래도 이건 너무하지 않소! 이미 이 아이는 연씨 가문과 혼례가 예정되어 있소이다!"

"고작 연가보다 우리 송자방이 못하다는 이야기는 아니겠지요. 난 아무리 생각해도 내 쪽이 더 좋은 혼처 같소만?"

말이 통할 리 만무했다.

송자방주는 이것이 업인 자였다. 진검의 아버지는 평소의 근엄함을 잃어버린 채, 아들에게 매달렸다.

"검아! 정말 무공을 익혔다면, 뭐라도 해보아라!"

"하하하하하하!"

송자방주는 큰 소리로 웃었다. 그가 어쩔 셈이냐라는 표정으로 진검을 보았다. 진검이 아버지를 보며 말했다.

"아버지, 제가 무엇을 할 수 있겠습니까?"

"옳지! 아드님이 아주 많이 똑똑하시구만."

"아들, 검아야!"

"아버지도 아시다시피 저는 관군 권각술을 조금 연마한 일개 필부이옵니다. 관아에서 시시비비를 가리는 것이 옳을 줄로 압니다."

"그럼 경공 이야기는 무엇이냔 말이냐?"

"사람을 잘못 본 겁니다."

"어허! 내 지금 방금 똑똑하다 칭찬했거늘! 내가 억지를 부리고 있단 말이렷다!"

송자방주가 짐짓 호통을 치며 말했다. 말소리는 거칠었지만 눈은 웃고 있었다. 그는 이 모든 것이 즐거워 보였다. 무력한 이들의 좌절에서 희열을 느끼는 자였다.

"억지인지 아닌지는 차차 밝혀질 것입니다."

"누가? 관병들이? 무슨 수로?"

송자방주는 말로 온 가족을 농락했다. 한 방파의 방주라는 자가 어찌도 저리 경망되며, 또 한 악랄한지 범인들은 이해할 수 없었다.

"자, 그럼 따님은 우리가 받아가겠소!"

"아니 되오! 세상에 이런 법이 어디 있으시오!!"

"거참 시끄럽구만."

송자방주는 더 대꾸하지 않았다.

그가 내려다보듯, 진검을 바라보았다.

진검은 그의 시선을 받아내지 않고, 눈길을 피했다.

"하하하하하! 가자!"

"오, 오라버니! 아빠! 엄마!!"

누이가 끌려갔다.

송자방주가 휘적휘적 보무도 당당하게 정문으로 나섰다. 아무도 그의 앞을 막아서지 못했다. 진검의 아버지와 어머니가 장한들의 옷깃을 잡고 손을 휘저었지만, 덩치 큰 사파무인들은 먼지를 털듯 가볍게 두 사람을 밀쳐냈다. 부모가 땅바닥을 나뒹굴었다.

"혼례식은 바로 내일이라오! 장인어른! 찾아오시면 잔칫상은 내드리리다! 하하하!"

송자방주의 목소리가 멀리서부터 들려왔다. 진씨 가문에 절망을 드리우는 웃음이 악몽처럼 이어졌다.

*　　　　*　　　　*

"이 무슨 변고더냐. 네 설명이 필요하다."

진검의 부모는 이미 넋이 나가 있었다. 백부가 진검을 붙들고 물었다.

"설명할 시간 없습니다."

진검이 단호하게 말하고 백부의 손을 뿌리쳤다.

"다녀오겠습니다."

"어딜 다녀오겠단 말이냐!"

진검은 아무 대답도 하지 않았다. 그가 걸음을 빨리하여 그의 침소로 돌아갔다. 침소 구석, 바닥을 뜯고 가면을 찾아냈다.

서둘러야 했다.

여인의 겁간에는 하루의 시간도 필요치 않다. 불과 한 시진, 아니, 한 다경 안에도 일은 벌어질 수 있다.

누이가 송자방에 잡혀갔다는 사실은, 내일이면 저자에 파다하게 퍼질 것이다. 누이는 강호의 여인이 아니다. 양가 규수다. 송자방에 가서 오늘 밤만 넘겨도 연가와는 파혼이며, 앞으로도 좋은 혼처는 평생 찾지 못한다. 지금 당장, 날이 지나기 전에 찾아와야 했다.

그는 가면을 품에 넣고, 담을 넘어 온 힘을 다해 뛰었다. 송자방 쪽이 아니었다. 그는 상녕 농가로 향했다. 사람들이 보든 말든 상관없었다. 바람이 그의 귓가에서 세찬 소리를 냈다.

"도와주시오!"

해가 거의 다 졌다. 진검은 마음이 급했다. 그는 짚단을 세워 만든 조악한 울타리 앞에서 다짜고짜 안을 향해 소리쳤다.

"도움이 필요하오!"

끼익.

허름한 초옥에서 순박한 얼굴의 사내가 문을 열고 나왔다. 체격이 좋았다. 그가 진검을 보며 말했다.

"날 방해했던 그 사람이군."

그는 진검을 한눈에 알아보았다. 진검이 답했다.

"여인까지 죽이려 하기에 차마 보지 못하고 나섰을 뿐이오."

"그년이 가장 악독했어."

"미안하오. 나는 사정을 몰랐소."

"됐소. 천지신명의 보살핌에, 그들 모두 죽었으니까."

두 사람은 잠시 말이 없었다.

한쪽은 할 말이 딱히 없어서고, 한쪽은 말문이 막혀서였다.

그의 말마따나 진검은 그의 살인을 방해한 이였다. 도와달라 대뜸 말했지만, 명분이 전혀 없었다.

"도와달란 건 무슨 말요?"

급한 건 진검이었다. 다행히 상대가 물어줬다.

"누이가 송자방에 잡혀갔소."

"송자방이면, 북쪽에 있는 악적 무리 말이오?"

"그렇소."

"그걸 왜 내게 말하는 거요?"

"나도 모르겠소. 무작정 여기로 오게 되더이다."

"잘못 오셨소. 나는 그저 억울한 무지렁이 농꾼이라오."

"그렇지 않다는 걸 우리 둘 다 알지 않소?"

"그만 가시오. 아버지의 병환이 깊으시오. 내가 어디 가서 잘못되기라도 하면 아버지는 이틀도 버티지 못하실 게요."

그는 단호하게 말하더니, 정말 집 안으로 들어가 버리고 말았다.

진검은 망연자실, 초옥을 바라보았다. 왜 여기까지 왔을까. 똑같은 가면을 썼다고, 정말 형제인 줄 알았던가.

진검이 돌아섰다. 시간을 헛되게 버렸다. 어쩔 수 없었다. 혼자라도 가야지.

'아니야.'

직접 송자방주나 방도들과 싸울 수는 없고, 은밀하게 침투하여 누이만이라도 안전하게 빼내 올 생각이었다.

진검이 땅을 박차고 뛰기 시작할 때였다.

'기다려.'

마음속 목소리가 말했다.

"후……."

진검은 깊은 한숨 소리를 들었다.

농꾼 복장의 그가 진검의 뒤로 다가왔다.

"이름이 뭐요?"

"진검이오."

"난 심용(謙容)이오."

통성명을 했다.

"앞장서시오."

가면을 든 농꾼, 심용이 말했다.

그들이 송자방 담벼락에 이르렀을 때는 온 세상이 깜깜해져 있었다. 젊은 농꾼은 경공을 펼칠 줄 몰랐다. 서두르기 위해 그들은 인적 없는 길을 골라 가면을 썼다. 겨우 속도를 올려 온 것이 지금이었다.

심용은 진검과 달랐다.

진검은 가면이 없을 때에도 제 실력을 유지할 수 있도록 갖은 애를 다 써왔다. 그래서 그는 가면의 유무에 따른 기량 차가 아주 크진 않았다. 하지만 가면 없는 농꾼은 말 그대로 농꾼이었다. 전력을 다한 뜀박질조차 그리 빠르지 못했다.

"가면은 어디서 샀소?"

진검이 가면을 벗으며 물었다.

도착하자마자 바로 뛰어드는 것은 자살행위였다. 송자방 전각의 형태도 봐야 하고, 누이가 있을 만한 곳도 가늠해야 했다. 먼 거리를 뛰어 온 만큼 체력을 회복하는 것도 중요했다.

그의 질문에, 심용이 뒤이어 가면을 벗었다.

그가 대답했다.

"나는 산 게 아니오. 형씨는 돈 주고 샀소?"

진검은 순간 다소 당황했다.

그러고 보면, 그는 이 가면이라는 엄청난 물건을 얻으며 은자로 값을 치렀다. 그 기이함을 한 번도 진지하게 고민해 보지 않았다.

'그럴 수도 있지.'

심용도 어디선가 샀을 줄 알았다. 말인즉슨, 이런 가면을 어디서든 사서 쓸 수 있다는 이야기가 된다.

짐작의 전제부터가 정상이 아니다.

가면은 하나가 아니다. 그리고 누구든 살 수 있다. 그는 그런 사실을 아무런 의문 없이 받아들였다.

'어떻게 그럴 수 있지?'

그 사실을 깨닫는 순간, 진검은 심각한 논리적 부조화를 체험했다. 이상했다. 이것은 처음부터 이상하게 받아들였어야 했다. 비상했던 머리에 묘한 허점이 생겨 있음을 알았다.

'그래도 누이는 가면이 있어야만 구할 수 있어.'

합리화 과정이 자연스럽게 뒤따랐다.

진검은 순응하지 않고 물었다.

"그럼 가면은 어디서 난 게요?"

"원수들은 우리 가족을 끊임없이 괴롭혔소. 어머니는 일찍이 병으로 죽으셨고, 누이⋯ 내게도 누이가 있었소. 누이는 그놈이 첩으로 데려가 놓고 밥조차 제대로 주지 않았소. 구박만 받다 도망쳤는데, 놈들은 그런 누일 잡아다가 매질을 해서 죽였소."

심용은 가족사부터 말했다. 긴 이야기를 들어줄 때가 아니었다. 그렇다고 중간에 말을 끊을 수는 없었다.

심용이 그를 따라온 이유가 거기 있었다. 누이라는 두 글자다. 그가 비참한 과거사에 잠시 마음을 추스르듯 말을 멈추고는, 이야기를 천천히 이어갔다.

"매일같이 선왕당을 갔소. 금수 같은 놈들을 벌해달라 열심으로 빌었소. 그랬더니 어느 날 이 가면이 당묘 석단에 놓여 있었소이다. 뭐, 그 다음에 어떻게 되었는지는 형씨도 알고 있을 것 같소만."

"그게 언제요? 가면을 발견한 게."

"이제 넉 달인가 되었을 거요."

이제 확실히 알았다. 가면을 얼마나 썼는지 시간이 중요했다. 기존에 권각술이나 심법을 배웠는가도 중요한 요소일 것이다. 농꾼은 그런 게 없었다.

다만 불과 넉 달 만에 사람 몸을 찢는 괴력을 지니게 되었다는 것은 한편으로 놀라운 일이었다. 그게 가면의 선물인지, 아니면 심용이 태생적으로 지니고 있었던 재능인지는 진검도 정확하게 구분해낼 수가 없었다.

"숨은 다 돌렸소?"

"진즉에 괜찮아졌소."

"그럼 이제 들어가 봅시다."

"헌데, 뭘 어떻게 하려는 게요? 송자방은 무서운 곳 아니오?"

"이런 전각들의 배치는 대체로들 비슷하오. 지금 보니, 저쪽 담을 넘으면 방주의 거처가 가까울 거요. 송자방주는 여색을 탐한다고 하였소. 그러니 여인들의 거처 또한 그 근처겠지. 다만, 안 들키고 누이를 빼오는 것은 불가능하오. 우리는 금방 들킬 거요. 경계가 삼엄하고 은밀할 터이니, 담을 넘자마자 알 수도 있소."

"그럼 안 되는 것 아니오?"

"어차피 들킬 거, 형씨는 최대한 소란을 부리며 이쪽으로 와서 다시 담을 넘어 도망치시오. 나는 그 사이 누이를 찾겠소."

"형씨, 머리 좋구만."

사실 따지고 보면 그를 미끼로 쓰겠다는 말이었다. 하지만, 강호인이 아닌 심용은 그 사실조차 인지하지 못했다. 진검 역시도 단순하게 그를 이용하려는 생각은 아니었다. 송자방과 끝까지 맞서 싸우자는 것이 아니라, 도주 정도라면 목숨을 걸지 않아도 충분히 가능할 것이라 여겼다.

두 사람이 가면을 썼다.

희끄무레한 가면들이 어둠 속에서 움직였다.

파락!

진검은 높은 담을 단숨에 뛰어넘었다. 심용은 담벼락을 두 번 박차고 올라와서야 반대편으로 몸을 날릴 수 있었다.

'저쪽으로!'

말은 할 수 없었다.

그런데도 심용은 알아들은 것처럼, 바로 진검이 가리킨 방향을 향해 몸을 날렸다.

삐익! 삐익!

불과 전각 하나를 지나쳤을 뿐인데, 벌써 호각 소리가 들려오기 시작했다. 진검은 전각 그림자에서 그림자로 재빠르게 몸을 숨기며, 안쪽을 향해 전진했다. 건물 너머로 기합성과 호통 소리가 들려왔다. 그가 잘해주고 있음을 보지 않아도 알 수 있었다.

진검이 전각 안쪽으로 계속 들어갔다.

대장원은 익숙했다. 애초에 형주부 대저택이라 하면 건축 방식도 대동소이했다.

그는 누이가 있을 만한 건물을 용케 찾아냈다. 건물에는 따로 담벼락이 둘러져 있었다. 경계하는 무인들이 다른 곳보다 더 많았다. 늦은 밤인데도 안에서 여인들의 목소리가 들렸다.

이미 저쪽에서 일어난 소란 때문에 경계가 어수선해져 있었다. 책에서나 읽던 성동격서 병법을 이렇게 그가 실제로 쓰게 될 줄은 몰랐다. 진검은 틈을 봤다.

쉬익! 우득!

집중력은 최고조였다.

그림자를 타고 무인 뒤로 접근하여 단숨에 목을 꺾었다. 쓰러지려는 몸을 재빨리 붙잡아 벽에 기대 앉혔다. 진검이 마지막 담을 타 넘었다.

전각은 기루처럼 불이 환했다.

전각 앞 정원엔 연못이 있고, 꽃이 만발한 화원이 있었다. 제법 운치 있게 잘 꾸며놓은지라 생경함이 앞섰다.

진검은 나무 뒤에 숨어 안을 살폈다. 전각 안은 분주했다. 깔깔대는 웃음소리도 들렸다. 송자방주에게 잡혀 온 여인들 모두가 불행한 것은 아닌 모양이었다.

진검이 전각으로 좀 더 접근했다.

바깥에서 들려오던 호각 소리는 이제 잠잠해져 있었다. 조금 더 시간을 끌어줬으면 더 좋았겠지만, 그래도 여기까지 온 게 어디냐 싶었다. 잘 도망쳤길 바랐다.

몸을 숨길 나무가 이제 없었다. 정원석에 뒤로 몸을 던져 웅크렸다.

"하하하하하하하!"

갑작스레 웃음소리가 들려왔다.

진검은 놀랐다.

가면을 쓰면 어떤 일에도 감정의 동요가 쉬이 생기질 않았건만, 이번엔 간담이 철렁할 정도로 마음이 흔들렸다.

"살금살금 쥐새끼처럼 다가오는 꼴이라니! 웃음을 참으려고 무진 애를 썼건만, 도저히 못 참겠다! 하하하하하!"

송자방주였다.

성동격서는 글러 먹은 수였다.

머리를 쓴다 했지만, 진검은 강호인으로 한참 미숙했다.

저벅. 저벅.

발소리가 묵직했다. 그보다 훨씬 깊은 내공을 느낄 수 있었다.

"일어나서 모습을 드러내라. 밟아 죽이기 전에!"

진검은 정원석 뒤에서 가면을 벗어 품에 넣었다.

이렇게 된 이상, 가면을 쓰나 안 쓰나 똑같았다. 어차피 무공으로는 안 된다. 그가 순순히 몸을 일으켰다.

퍼엉!

진검은 또 잘못 판단했다.

송자방주는 쥐 한 마리에도 방심하지 않는 사자였다.

진검의 상체가 보이자마자 바로 몸을 날려 일장을 내쳤다. 가슴팍을 정통으로 얻어맞은 진검이 그대로 뒤로 날아가 나무 둥지에 부딪쳤다. 그가 입에서 피를 뿜었다.

쒜액! 콱!

송자방주가 무서운 속도로 달려가 진검의 멱살을 잡았다. 그러고는 전각 앞 땅바닥으로 냅다 집어 던졌다.

꿍! 꾸웅!

건장한 남자의 신체가 공중을 날아 무자비하게 내동댕이쳐

졌다. 내공무인은 가면 없이도, 충분한 괴력을 낸다. 진검은
그 사실을 실감하며 땅바닥을 굴렀다. 온몸이 부서질 듯 아
파 왔다.

"대단하지 않느냐? 이놈이 제 누이를 데려가려 온 모양이
다! 하하하하!"

"와아……!"

"어머나, 딱해라……!"

불이 훤한 전각 안쪽 난간으로 하늘하늘한 옷을 입은 여인
들이 삼삼오오 몰려나와 있었다. 송자방주의 애첩들이었다.
그녀들이 진검을 보며 불쌍하다는 얼굴로 탄성을 내질렀다.

"그래도 여기까지 들어온 것을 보면, 네게 숨겨진 한 수가
있긴 있었구나. 내 형제를 죽인 것은 네 놈이 맞으렷다!"

진검이 땅을 짚고 고개를 들었다.

전각에는 송자방주와 애첩들만 있는 것이 아니었다. 어느새
나타난 십여 명의 무인들이 그를 둘러싸고 있었다.

도망치는 것도 불가능이다. 꼼짝없이 죽은 목숨이었다.

"자, 네놈을 어떻게 할까?"

송자방주가 고민스럽다는 듯 검지를 들어 미간에 댔다. 뒤
에 서 있던 대머리 장한이 대뜸 말했다.

"죽이시죠, 형님."

얼굴 하나 안 닮은 자가 형님이라 하는 것을 보니, 악수마
냥 의형제라도 되는 것 같았다. 송자방주가 손을 딱 들며 고

개를 설레설레 흔들었다.

"잠깐. 아니야."

그가 그렇게 말하고는 갑자기 몸을 날려 진겸의 옆구리를 발로 찼다.

퍼억!

"컥!"

진겸의 입에서 핏물이 더 쏟아졌다. 그가 옆구리를 붙잡고 땅을 굴렀다. 눈앞이 하얗게 변했다. 몹시 고통스러웠다.

"생각해 보니, 날 좀 우습게 본 것 같아. 여기까지 쳐들어온 걸 봐. 그런데 그냥 바로 죽여서야 아깝지 않겠어?"

"듣고 보니 지당한 말씀입니다, 형님."

송자방주가 진겸의 바로 앞에 다리를 벌리고 주저앉았다. 그가 손으로 진겸의 머리를 툭툭 때리더니, 쫙! 하고 따귀를 갈겼다.

"그래도 말이야. 요즘은 이런 놈 드물지. 용기가 참으로 가상해."

송자방주가 히죽거리며 말했다.

그때였다.

"그래, 용기가 참으로 가상하긴 하지. 킥킥킥."

어디서 들려오는지 분간이 안 되는, 기이한 목소리가 들려왔다.

송자방주의 얼굴이 순간 바위처럼 굳어졌다.

그가 벌떡 일어났다.

"웬 놈이냐!"

전각 지붕 위였다.

언제부터 거기 있었는지는 아무도 몰랐다.

지붕 위에 호리호리한 신형 하나가 서 있었다. 옷은 검은색이었다. 구름이 걷히고 달빛이 내려왔다. 지붕 위에 선 자의 얼굴이 금빛으로 빛났다. 이마에는 얼굴색과 같은 금색의 뿔이 돋아나 있었다.

"무슨 해괴한……!"

산전수전 다 겪어 온 송자방주도 당혹감을 금치 못했다.

금빛 뿔을 단 금면(金面)의 남자가 손짓했다.

진검은 담장을 넘어 무서운 속도로 짓쳐오는 하나의 그림자를 보았다. 그의 얼굴엔 코와 입이 없었다. 백면(白面)이었다.

처음엔 심용이 다시 돌아온 줄 알았다.

아니었다.

담장 위로 또 하나의 그림자가 나타났다. 또 하나, 또 하나. 다섯 명의 백면이 날아들었다.

"어디 놈들이냐!"

"태평회인가!"

"복면을 하다니!"

송자방 방도들이 제각각 고함을 질렀다. 백면들은 말이 없었다.

그들은 백면들처럼 말할 시간에 출수를 준비해야 했다. 백면들은 하나같이 하얀 문사복을 입었다. 앞에 두 명은 맨손, 뒤에 셋은 검을 들었다. 그들이 송자방도들 사이로 뛰쳐 들었다. 경고도, 호통도 없었다. 아무 조짐도 없이 살수를 펼쳤다.

스각! 촤아악!

"으악!"

"이놈들, 뭐냐!!"

피가 마구 튀었다. 사도방파의 세력전이라 해도 이렇게 기습적으로 피부터 보는 일은 흔치 않았다.

"크억!"

송자방 방도들이 마구 쓰러졌다. 피를 쏟으며 땅을 구르는 이들 중엔 송자방주를 형님이라 부른 대머리도 있었다. 하지만 송자방주는 곧바로 싸움에 끼어들 수 없었다. 무서운 살기가 그의 전신을 옥죄어 오고 있었기 때문이었다.

그 살기의 주인은 다름 아닌 지붕 위의 금면 사내였다.

파라라라락!

금면 사내가 옷깃을 나부끼며 송자방주의 앞에 떨어져 내렸다. 그가 송자방주에게 물었다.

"그동안 두목질 하면서 제멋대로 잘 놀았지?"

기세부터 눌렀다.

사도(邪道)의 무공은 정종 무공과 달라서 첫 출수를 실기(失期)하면 세를 뒤집기가 지극히 힘들었다.

"하압!"

송자방주가 기합성을 터뜨리며 쌍장을 내쳤다. 그게 그가 할 수 있는 유일한 발악이었다.

픽! 빠악!

쌍장은 끝까지 뻗지도 못했다.

하단을 쓸어오는 번퇴에 다리가 꺾이고, 전광석화처럼 휘둘러진 이권에 관자놀이를 맞았다. 충격이 머리를 휩쓸고, 뇌가 진탕되었다. 그의 몸이 털썩 허물어졌다.

경지가 다른 무공이었다.

일개 사파 무리의 우두머리와 신비 문파의 유명한 요괴는 그렇게나 큰 격차가 있었다.

송자방주가 억지로 땅에 손을 짚고 몸을 일으켰다.

금면 사내가 다리를 벌리고 몸을 낮췄다. 송자방주가 진검에게 했던 바로 그 자세였다.

툭! 툭! 쫘악!

금면 사내가 송자방주의 머리를 두 번 치고는 따귀를 후려갈겼다. 입술이 터지고 피가 쏟아졌다. 그가 일문의 방주였기에 더더욱 지극히 굴욕적인 순간이었다.

"세상 무서운 줄 모르고 날뛰었지? 왜 우리 애 그렇게 괴롭혔어?"

짝! 쫘악!

금면 사내가 다시 연속으로 따귀를 갈겼다. 송자방주가 고

개를 떨구었다. 금면 사내가 머리를 삐딱하게 밑으로 내려 송
자방주를 올려 보았다.

"악수인가 그 개뼉다귀는 원래 쓰레기였잖아! 그딴 놈 죽었
다고 양민들을 이런 식으로 건드려? 아무리 사파 놈이라도 그
건 개씨발놈 아니니?"

송자방주는 금면 사내의 눈도 마주치지 못했다. 송자방주
가 고개를 모로 꺾었다. 금면 사내가 손바닥으로 송자방주의
머리를 연신 내려쳤다.

빡! 촤악! 빠악!

머리와 따귀를 계속 맞아 피투성이가 되었다. 피가 땅바닥
에 후두둑 떨어졌다. 금면 사내의 손은 파락호의 손찌검과 달
랐다. 머리 가죽이 터지고 안면이 찢어졌다. 맞은 쪽 눈은 보
이지도 않을 만큼 삽시간에 부어올랐다.

"봤지? 잘했지? 킥킥킥."

금면 사내의 질문은 진검을 향한 것이었다.

진검은 송자방주가 모욕적 폭력에 무너지는 것을 바로 앞에
서 똑똑히 보았다. 진검이 무릎을 짚고 일어났다.

위치가 바뀌었다. 송자방주는 피투성이가 되어 땅에 머리
를 조아리고 있었고, 진검은 우뚝 선 채 그것을 내려다보았다.
금면 사내가 말했다.

"원래 이렇게까지는 안 해. 수하들 몇 명 죽이고, 팔이나
다리 하나 잘라 놓으면 알아서 기거든. 얘네는 근본이 없어.

지네가 하던 대로 당하면 개처럼 복종하지. 네가 당해서 똑같이 갚아준 거야. 내가 백면뢰부터 커서 그런가, 이상하게 챙겨 주고 싶더라고. 킥킥킥."

웃음소리가 썩 듣기 좋진 않았다.

하지만 진검에겐 노랫소리나 다름없었다.

싸움은 벌써 끝나 있었다.

진검은 주위에 선 백색 가면들을 보았다. 그가 가진 것과 같은 가면들이었다. 두 명의 얼굴엔 기이한 문양이 그려져 있었다. 그것들도 기본적으로는 그의 가면과 같은 것임을 가르쳐 주지 않아도 알 수 있었다.

"대전(大殿)으로 끌고 가."

금면 남자가 백색 가면 하나에게 명했다.

얼굴에 둥근 문양이 있는 백색 가면의 남자가 송자방주의 머리카락을 휘어잡았다.

"악! 크악!"

백면의 남자가 송자방주의 머리채를 잡은 채 그를 질질 끌고 갔다. 송자방주가 계속 고통에 찬 소리를 내자, 백면이 그의 입을 발로 차 짓이겨 버렸다. 이가 후두둑 떨어졌다. 턱이 덜렁거렸다.

"야! 살살해! 죽이면 안 돼!"

금면이 소리쳤다. 백면은 대답 없이 송자방주를 끌고 갔다. 송자방주는 더 이상 비명을 지르지 못했다.

금면이 다시 진검에게 돌아섰다.

"가기 전에, 누이를 찾아와야지?"

금면의 목소리는 부드러웠다. 마치 가족을 대하는 듯했다.

누이는 넋이 나가 있었다.

벌써 몹쓸 짓을 당했나 싶어 가슴이 내려앉았지만, 차근차근 물어보니 겁탈을 당하진 않은 것 같았다. 다만, 사파 무리에게 납치, 감금을 당한다는 것은 그 자체로 크나큰 충격일 수밖에 없었다.

금면은 그가 누이를 찾아서 부축해 나올 때까지 그를 기다리고 있었다. 그는 진검이 꽤나 마음에 든 것 같았다.

"내 이름은 금각(金角)이다. 일단 따라 와."

누이는 처음에 제대로 걷지도 못하더니, 진검과 더불어 그를 도와주는 자가 있음을 알게 되면서 점차 발걸음에 힘을 싣기 시작했다. 진검과 누이는 금각을 따라 전각 사이를 걸었다. 이내, 송자방 커다란 편액이 걸린 대전이 눈앞에 나타났다.

대전 앞마당에는 송자방 무리들이 잔뜩 무릎이 꿇려져 있었다.

바로 오늘 저녁, 진씨 장원에서 본 광경과 똑같았다.

백면 가면들이 즐비했다. 이렇게 많았구나, 진검은 실망도 기쁨도 아닌 묘한 감정을 느꼈다.

그들은 순식간에 송자방 전체를 제압했다.

중앙에 송자방주가 보였다. 박살이 난 얼굴로 거의 쓰러져 있다시피 했다. 횡포를 일삼던 송자방 패거리가 겁을 먹고 무릎 꿇은 광경은 두 눈으로 보면서도 꿈인 양 믿어지지가 않았다. 호광의 중앙 관아에서조차 만들기 어려울, 그야말로 장관이었다.

"오셨습니까? 토지공."

"역시 그쪽에 있었구만."

"말씀하신 대로 재밌는 녀석이더군요."

금각이 웃으며 말했다.

송자방주 앞에는 백발 흑의의 노인이 서 있었다. 노인도 얼굴은 가면이었다.

"황풍괴는요? 같이 오신다지 않았습니까?"

"자네 온단 소식에 남구문으로 갔네."

"혼자 보내도 되겠습니까? 몰살시켜 버리면 무슨 소용입니까?"

"풍술은 쓰지 말라고 단단히 일러두었네."

"그게 지켜질까요? 요마가 괜히 요마겠습니까?"

"허허허, 남 이야기 하지 말게. 정작 자넨 송자방주를 왜 이리 곤죽으로 만들어 놨는가?"

"킥킥. 이 친구가 받은 대로 갚은 겁니다만."

금각의 웃음은 소리만 들렸지만, 백발흑의 노인은 가면 자체가 인자한 웃음을 머금고 있었다.

진검의 눈동자가 가볍게 흔들렸다. 그 노인의 웃음은 기억에 없었지만 목소리가 어딘지 귀에 익었다. 분명히 들어본 목소리였다.

"이렇게 망가뜨려 놓으면 곤란하네. 죽이고 딴 놈 찾아야 할 수도 있으니까."

"죽이진 마시죠."

"말고 어쩌자고?"

"이 친구한테 관리를 맡기면 어떻겠습니까?"

금각이 진검을 가리키며 말했다.

"재능은 있지. 하지만 아직 안 돼."

"공(公), 누가 지금 당장이랍니까? 가르칠 것 가르치고 준비를 시켜야죠."

"허허. 그래, 그것도 나쁘진 않겠군."

토지공이 웃었다. 그의 얼굴은 항상 웃고 있었다. 그가 진검에게 말했다.

"송자방을 너에게 줄 것이다. 우리가 그걸 가능케 너를 만들 것이니, 너는 묻지 말고 그리하겠다 답하라."

진검은 토지공의 목소리를 어디서 들었는지 깨달았다.

토지공은 그에게 가면을 판 바로 그 노인이다.

이처럼 기적 같은 모든 것을 그에게 준 자였다. 그러니, 진검은 달리 대답할 수 없었다. 운명처럼 응당 그래야 할 일이 벌어지고 있음을 느끼며, 그가 답했다.

"그리하겠습니다."

송자방주는 피를 철철 흘리면서도 그들의 말을 들었는지, 붓지 않은 한쪽 눈으로 진검을 올려다보았다. 그의 눈에는 불신과 분노가 활화산처럼 타오르고 있었다.

백발흑의의 노인, 토지공은 송자방주의 눈빛을 놓치지 않았다. 그가 송자방주를 내려다보며 웃었다.

"허허, 송자방주께선 어이가 없는 모양이고로."

토지공이 발을 옮기더니 송자방주의 손을 지긋이 밟았다.

"커… 커어어어어……."

송자방주는 탈구된 턱 때문에 비명 소리도 제대로 내지 못했다. 피와 침이 질질 흘렀다.

토지공이 발을 들었다. 밟은 손이 완전히 뭉개져 있었다. 손가락 하나는 아예 떨어져 나갔다. 송자방주의 손목 아래로 피웅덩이가 생겼다.

"왜 이렇게 되었는지 이해가 안 되겠지. 그러니까, 자네 실수는 하나일세."

그는 공포로 송자방주를 지배했다.

토지공이 몸을 낮추며 속삭이듯 말했다.

"사람 잘못 건든 것. 후회하며 살게나."

허허허, 토지공이 웃었다.

그의 목소리는 할아버지가 손자에게 충고하듯, 몹시 자애롭게 들렸다.

　　　　＊　　　　　　＊　　　　　　＊

　누이는 파혼당했다.

　그럴 수 있었다.

　연씨 가문의 둘째는 과거를 통과하며 중앙까지 승승장구해야 할 재원이었다. 누이는 저녁에 잡혀가 해 뜨기 전에 돌아왔지만, 연씨는 아주 작은 구설도 원치 않았다.

　문중 어른들은 화를 내면서도 연씨 가문의 선택을 이해했다. 그들도 같은 상황이라면 똑같은 선택을 했을 것이기 때문이었다.

　"오라버니, 왜 이렇게 되는 거죠?"

　"다 내 불찰 때문이야."

　"아니야, 오라버니는 잘못한 것 없어요. 오라버니는 혼자 날 구하러 왔었잖아."

　"만용이었어. 그들이 와주지 않았으면 나는 비참하게 죽었을 거다."

　"오라버니, 난 그 이야길 하는 게 아니어요. 왜 아무 잘못도 안 한 우리가 그렇게 짓밟혀야 하고, 왜 난 평생 시집도 못 가게 된 건지, 그걸 말하는 거야."

　"누이가 왜 시집을 못 가?"

　"못 가지, 그럼."

"혼처가 그리 많은데. 당연히 갈 수 있어."

"오라버니, 지금 그런 거짓말은 안 하니만 못해요. 앞으로 누가 날 데려가겠어? 난 송자방에서 더럽혀진 여자야. 세상이 날 그렇게 봐요."

누이의 말은 분명 일리가 있었다.

지금껏 누이가 살아온 세상에서는 분명 그랬다.

누이는 송자방에 다녀오면서 너무 많이 커버렸다. 그녀는 더 이상 비단금침 단꿈 꾸는 소녀가 아니었다.

그래서 진겸은 입 발린 위로를 그만두기로 했다. 이제 그녀는 한 발 더 나아가 인간과 세계의 실체와 만날 때였다.

"그래. 어쩌다 그렇게 되어버렸지. 분명 내 잘못이 크겠지만, 이렇게 된 데에는 그보다 더 근본적인 이유가 있을 거야."

"그게 뭔데요."

"힘이 없었다는 것."

"무공?"

"무공도 하나겠지."

"오라버니, 이제 와서 무공을 익히라고요? 난 여자예요. 게다가 무술을 익히기엔 너무 나이가 많아."

"꼭 무공만을 말하는 건 아냐."

"그럼요?"

"우리를 다른 이들과 다르게 만들어주는 힘을 말함이야. 힘이 있으면, 우릴 둘러싼 세상을 바꿀 수 있어. 힘을 키우면 우리 세상 바깥까지도 바꿀 수 있지."

진검의 눈이 기이한 빛으로 타올랐다.

그가 품속에서 하나의 물건을 꺼내 그녀에게로 내밀었다.

"오라버니, 이게 뭐예요?"

"써봐. 그것이 누이를 자유롭게 할 거야."

그것은 가면이었다.

색깔은 순백색이다.

신마맹 백면뢰의 얼굴이었다.

＊　　　　＊　　　　＊

송자방은 무너지지 않았다.

방주가 바뀌었다는 이야기가 돌았다. 죽었다는 말도 있었
다. 어느 쪽이든 변고가 있는 것은 분명해 보였다.

소문이 돌고 두 달 후, 송자방주가 거리에 나타났다.

송자방주는 얼굴이 삐딱하게 달라져 있었다. 한 손에는 의
수를 찼다. 무슨 일이 있기는 있었구나 사람들이 수군거렸다.

송자방주는 여전히 수하들에게 방주라 불렸다.

그렇게 소문은 흘러간 헛소문이 되었다.

그는 여전히 송자방주였고, 변함없이 성질이 더러웠다.

하지만, 분명 변한 게 있었다.

다시 나타난 그는 제 손으로 살인하지 않았다. 아무 이유

없이 사람을 죽도록 패지도 않았다. 온갖 추측이 난무했다.

이런저런 이야기가 나도는 가운데, 송자방에 도전하려는 놈들이 몇 놈 나타났다. 약해졌으면 잡아먹겠다. 그게 사파의 생리였다.

소소한 싸움이 벌어졌다.

송자방 악한들 사이에서 거칠어 보이지 않는 자들 몇 명이 새롭게 얼굴을 알렸다. 그들은 난동을 피우는 대신 조용히 경고했고, 경고를 무시하는 자들이 있으면 깔끔하게 피를 봤다. 피가 흐를 때, 흰 가면의 무인을 본 자들이 있었다. 소문은 제대로 나돌지도 못한 채 사라졌다. 새로운 자들은 은밀하고, 강했다.

그들이 합류한 뒤로, 송자방의 일처리는 더 빨라지고 명확해졌다.

송자방은 전보다 견고하게 유홍가를 틀어쥐었고, 다른 군소 사파가 감히 저자에 발붙이지 못하도록 철저하게 통제했다. 그들은 여전히 형주부에서 가장 위세 있는 사파 무리가 맞았다.

진검은 무공을 배웠다.

그는 토지공에게 양신기(養神氣)라는 심법을 배우고, 몇 가지 실전 무공을 전수받았다.

백의 문사복도 받았다.

상녕 농가의 심용도 다시 만났다. 그에게도 토지공이 찾아왔다고 했다. 그들은 같은 것을 배웠다.

진검의 누이도 가면을 썼다.

백뢰단 지령으로 나가는 출정은 아직이었다. 누이는 힘 쓰는 법을 빠르게 배워갔다. 그러면서 발랄함을 금방 회복했다. 그녀는 더 이상 파혼 이야기로 침울해하지 않았다. 부모는 걱정하면서도 안도했다.

진검은 무공을 배우면서 그가 지닌 백색 가면을 쓴 자를 백면뢰라 부른다는 사실을 알게 되었다. 백면뢰는 백뢰단 소속이며 그들은 중원 각지에 퍼져 있다고 하였다. 송자방을 틀어쥔 이들도 그와 같은 백면뢰들이었다.

흰 가면이 몇 명이라도 상관없었다. 그가 자신도 모르는 새한 조직의 일원이 되었다는 사실도 개의치 않았다.

백뢰단과 금각, 토지공은 그와 누이를 구해 준 은인이었다.

은인은 그에게 힘을 주었다. 그들은 그를 진정한 강호인으로 만들었다. 어떤 의문도 중요하지 않았다.

진검은 혼을 다해 수련했다. 그의 노력은 마치 구원에 대한 보답과도 같았다.

시간이 빠르게 흘렀다.

실력이 일취월장했다.

일 년 만에 송자방주의 무공을 넘어섰다. 진즉에 허울뿐이었던 송자방주는 완전히 그의 아래가 되었다. 송자방주는 진검의 실력이 그를 상회하게 되었음을 민감하게 알아차렸다. 그 차이는 날이 갈수록 벌어졌다.

송자방주는 금각에게 그랬던 것처럼 더 이상 진검과도 눈을 마주치지 못했다. 송자방주는 어떤 순간에도 진검의 심기를 거스르지 않으려 했다. 그는 충실한 수족을 자처했다.

진검은, 송자방을 완전히 그의 것으로 만들었다.

신선의 신통력처럼, 토지공의 말은 그렇게 현실이 되었다.

진검은 어엿한 백면뢰가 되었다.

진검은 그 홀로 악인을 색출하여 죽이지 않았다.

죽일 자가 있으면, 백뢰단에서 지령이 내려왔다. 홀로 죽이지 못할 것 같으면 세 명, 다섯 명, 때로는 열 명이 일 개 조가 되어 출정을 나섰다.

그는 어떤 원대한 대업의 일원이 되어 있었다. 그는 그 사실이 주는 충만감이 좋았다.

진검의 사명감이 단단해질 무렵, 토지공이 백면뢰 이십이 명을 불러 모았다. 맨 얼굴을 아는 이들이 여럿 보였다. 충성심이 입증된, 유능한 백면뢰들이었다.

"우리 일문은 본디 두 계열 문파의 연합 맹회의 성격을 띠고 있다네. 하나가 천신회야. 이제는 신화회가 되었다만, 난 아직도 옛 이름이 입에 익어서 좀처럼 고치질 못하겠네. 둘은 요마련일세. 이름은 요사롭게 들려도, 이르고자 하는 바는 다를 게 없지. 우리는 인간의 육신으로 진리를 추구하여 신에 이르려 하네."

거기서 토지공은 그들이 속한 문파의 이름을 처음으로 알려주었다.

"우리는 신마맹일세."

진검은 그 이름을 영혼 깊이 기억했다.

신마맹 백뢰단 백면뢰 진검은 여러 지령을 받았다.

한밤중에 부패한 관리를 찾아가 겁을 줬다. 사람들은 하얀 얼굴을 무서워했다. 정도 문파로 알려진 방회에 침투하여 악행의 흔적을 캐냈다. 겉으로는 멀쩡해 보여도 위선의 가면을 쓴 무리가 셀 수 없을 만큼 많았다. 유명한 명문 정파들도 예외는 아니었다. 중원의 질서는 허울뿐이었다. 속이 곪을 대로 곪아 있었다.

호광 남부 서호맹도 그중 하나였다.

백면뢰 오십 명이 소집되었다. 이례적인 숫자였다.

황풍괴와 표자정이 그들을 이끌었다. 새벽의 기습에서 진검은 혼을 다해 싸웠다. 서호맹은 강했다. 호광의 군소 방파들 중에서 전투력이 세 손가락 안에 꼽힌다는 무투문파였다.

백면뢰 이십 명이 죽고 다쳤다.

마음은 아프지 않았다. 싸울 때는 동료라는 의식이 강했지만, 전투가 끝나고 나면 동료의 상실에도 슬픔이 밀려들질 않았다.

'실력을 더 키우면 돼. 그래야 옆에 있는 내가 죽지 않는다.'

집단은 나와 동일시되었다. 내 옆에 있는 다른 가면도 또 다른 나처럼 여겨졌다. 그리고 다른 내가 사라져도 의연하게 받아들였다. 가면이 주는 힘이었다.

해가 뜨도록 이어진 격전 끝에 서호맹을 함락시켰다.

서호맹은 컸다.

송자방 때처럼 백면뢰 몇 명만으로 장악할 수 있는 규모가 아니었다. 문사복을 입은 자들 세 사람이 나타났다. 무공이 별 볼 일 없었다. 가면 쓴 지 얼마 안 된 이들인가 싶었다.

"신마맹은 역시 강하군. 이 전력으로 서호맹을 잡다니."

신마맹 소속이 아니었다.

그들은 서호맹 무인들을 휘어잡는 대신, 문주의 서고와 문파 총관의 업무실을 뒤졌다.

"따라다니면서 배우거라."

토지공이 명했다.

진검은 문사들이 하는 일을 유심히 살폈다. 그들은 글과 숫자로 문파의 기반을 해체했고 구미에 맞게 정돈했다.

돈이 중요했다.

어떤 집단도 돈 없이 유지될 수는 없었다. 문파가 커지면 돈의 흐름도 커졌다. 문도가 많아지면 새는 돈도 많아졌다.

충성스러운 문도도 착복과 횡령을 했다. 강호인들은 대체로 돈에 초연한 척했지만, 실제로 수많은 무인들의 약점 또한 돈이었다. 문사들은 그 점을 파고들었다.

정보를 취합하고 증거를 잡았다.

비협조적인 문도들을 협박하고 회유했다. 끝까지 굴하지 않는 자는 진검에게 말했다.

"저자를 죽여주시오."

진검은 검을 들었다.

서호맹 문도들은 놀랍도록 빠르게 굴복했다. 서호맹을 완전히 복속시키는 데 걸린 시간은 불과 이십여 일에 불과했다.

"저들이 단심맹이다."

토지공이 떠나는 그들의 등을 보며 말했다.

어떻게 하는지 이십여 일 내내 보았지만, 진검은 그들 일을 흉내조차 낼 자신이 없었다. 단심맹은 이런 일의 전문가였다. 하루아침에 배울 수 있는 비기가 아니었다. 다른 의미에서 절정에 이른 고수들이었다.

진검은 단심맹 문사들에게서 두려움을 느꼈다. 손을 잡은 동맹이어서 다행이었다.

금각은 그러거나 말거나 킬킬대며 좋아했다.

"이걸로 호광 일대 아홉 개 목표 문파를 모두 장악했다. 이제 거하게 날뛸 일만 남았어."

이제 진검은 금각이란 이름이 어디서 나왔는지 안다.

당승전설에 나오는 유명한 요괴다.

금각의 언행은 요괴처럼 기오막측했다. 진검은 그것에도 익숙해졌다. 토지신령과 금각요괴가 한 자리에 있었다. 그는 강호에서 가장 신비로운 문파의 일원이었다.

신마맹의 무림 침공은 그렇게 진행되고 있었다.

＊   ＊   ＊

백면뢰 이백 명이 야산의 산신묘에 모였다.

"중원 무림맹이 열린다."

토지공이 말했다.

오늘 그의 말투는 평소와 달랐다.

토지공은 인자한 할아버지처럼 말하는 이였다. 오늘은 사람들을 거느린 신처럼 말했다.

"장소는 군산이다."

동정호 군산은 그가 나고 자란 형주부에서 멀지 않았다. 진검은 예정된 운명 같은 것을 다시 한번 느꼈다.

"땅이 있다. 그 밑에 요괴가 산다. 땅 위엔 사람이 산다. 그리고 사람 위에는 천신이 있다. 사람은 요괴를 두려워해야 하고, 천신을 경배해야 한다. 천신과 요괴는 그렇게 위아래로 사람을 둘러싼 채, 사람의 삶을 결정한다. 이 세상은 본디 그래야만 마땅하다. 하지만 사람들은 하늘을 잊었고 땅을 업수히 여겼다. 우리 안에 천신과 요괴가 모두 다 있음에도, 사람들은 온 세상이 자기들 것인 줄로만 안다."

토지공은 가끔 어려운 이야기를 했다.

백면뢰들은 모두가 진검 같지는 않았다.

그처럼 학문을 배운 이가 몇 없었다. 사상(思想)을 논할 수 있는 이의 숫자도 그랬다.

대부분의 백면뢰들은 홀린 듯 토지공의 이야기를 들었다. 의미의 정확한 해석은 중요하지 않았다. 그래서 진검은, 신마맹의 본질이 종교에 가깝다는 생각을 종종 했다.

"우리는 인신(人身)을 초월한 신마(神魔)를 갈구한다. 그리하여 사람들이 멋대로 만든 질서를 부수고 신마의 세상을 땅 위에 세울 것이다."

토지공의 연설은, 또한 설교 같았다.

진검은 무조건적으로 충성하면서, 때때로 치열하게 고민했다. 그는 신마맹을 맹목적으로 추종하는 자가 아니었다. 그는 맹신(盲信)하고 싶지 않았다. 이성적인 판단하에 스스로를 납득시키고 싶었다. 그래야 진정으로 신마맹에 목숨을 바칠 수 있다고 생각했다.

"구파와 일방은 오랫동안 이 무림을 지배해 왔다. 그들을 비롯한 몇몇 문파들은 한때, 순리를 따르며 올바른 법도를 지켜왔다. 지금은 아니다. 무릇, 천도란 곧 상선약수라, 겸허와 부쟁을 상실한 선(善)은 더 이상 선이 아니요, 흐르지 않고 정체된 힘은 물과 같지 않으니, 구파가 정(正)을 담당하던 시대는 이미 지났다. 그들은 오래 있음으로 스스로 악이 되었다.

구파일방은 타락했다. 가르침은 순환되지 못하여 편협해졌고, 자유는 교묘하게 가려져 누구 하나 오롯이 스스로 설 수 없게 되었다."

이쯤이면 백면뢰들 태반이 정확하게 말뜻을 이해하지 못할 터였다. 그럼에도 백면뢰들의 눈은 뜨거운 열기로 채워져 있었다.

토지공의 목소리엔 그런 힘이 있었다. 가면이 그에 반응하여 그의 말에 더 강력한 주술적 설득력을 부여했다.

진검은 토지공의 언령이 지닌 속박력에 저항하려 하지 않았다. 애초에 저항할 필요가 없었다. 진검이 이 강호에 대해 내린 결론도 그와 동일했기 때문이었다.

다만 그가 궁금한 점은, '그의' 신마맹이 최종적으로 무엇을 이루려고 하냐는 것이었다.

무릇 강호의 도당들이란 종국에 추구하는 목표가 있는 법이었다. 그것은 부(富)가 될 수도 있었고 권력이 될 수도 있었다. 도와 선, 불과 공, 지배와 모략, 또는 폭력 그 자체가 되기도 했다.

진검은 알길 원했다.

구체적으로 이걸 하겠다 말해주길 기대하진 않았다. 신마맹은 호광에서만 산하에 아홉 개 문파를 복속시킨 대세력이 되어 있었다. 호광뿐 아니라, 다른 지역에서도 같은 일이 진행되고 있다 들었다. 그런 대문파의 경우, 문파가 추구하는 이상(理想)은

한두 단어로 형언하기가 어려울 수 있었다.

"우리는 세계의 변혁을 이끌 것이다. 정도를 자처하는 도당들이 군산에서 무림맹을 열기로 하였다. 우리는 그들의 아성을 침공하여 오래되어 빛바랜 그들의 자존심을 빼앗을 것이다. 개맹식은 온전히 열릴 수 없다. 백면뢰들은 전투를 준비하라!"

신마맹의 궁극적 지향점은 아직 모르지만, 당장 앞으로 무엇을 해야 할지는 알았다.

그들은 군산으로 간다.

진검을 비롯한 백면뢰들이 오른손을 들어 왼쪽 손목을 감싸 쥐었다. 그들의 이름이 백면뢰라는 알게 된 직후에 배운, 변형된 포권이었다. 그들은 그 동작을 제례(祭禮)라 불렀다. 가면들은 제례를 취하며 말하지 않고 존명이라 외쳤다.

진명은 충성으로 그 명을 받들며, 어떤 싸움에서도 반드시 살아남겠다 다짐했다.

그는 진정 보고 싶었다.

신마맹이 그를 이끌어 어디까지 가는지, 진심으로 그 끝에 닿길 원했다.

*　　　　　*　　　　　*

중원 무림맹의 개맹식을 저지하라.

지령은 단순했다.

동정호 군산에서 대격전이 벌어졌다.

중원의 무림인들은 강했다.

각양각색 무인들은 저마다의 절기들을 뽐냈다.

진검은 송자방 무인들을 이끌고 용감하게 싸웠다.

그는 백면뢰들 사이에서도 발군이었다. 정종 무공을 익힌 명문 정파의 제자라는 자들을 여럿 죽였다.

'잘했어.'

오랜만에 가면의 목소리를 들었다. 아니, 그건 진실된 그의 목소리였다. 희열이 차올랐다.

군산 모래톱에서의 전투를 승리로 이끌었다.

강력한 요괴 가면 없이 해냈다. 온전히 그의 공이었다.

소강상태에서 태세를 정비했다. 벌써 군산에 들어온 지도 이틀째였다. 싸우고, 또 싸웠다.

송자방 무인들이 많이 죽었다. 데려온 이들 중 삼분지 일이 보이지 않았다.

백면뢰들과 합류했다.

농꾼이었던 심용이 그의 옆에 섰다. 그와는 많은 임무를 함께했다. 백면을 해도 언제나 알아볼 수 있었다.

"지금 저기 오는 함선에는 무기가 실려 있다. 호변에 무기가 내려지면, 목숨을 다해 사수하라!"

붉은색 가면이 중간 지령을 내렸다.

적면귀의 가면은 백면뢰의 가면과 거의 똑같이 생겼다. 다만 입 부분에 구멍이 뚫려 있었다. 그들은 목소리로 지령을 전달했고, 대체로 백면뢰보다 무공이 높았다. 허나, 그들의 무공 수위는 백면뢰를 월등하게 상회하진 않았다. 토지공처럼 지배적인 힘을 발휘하지도 못했다.

지금 소리치는 적면도 진검보다 무공이 아래였다.

진검은 이례적으로 강한 백면이었다.

그래도 적면의 지령을 충실히 따랐다. 제례를 취하고 돌아섰다.

그가 송자방 무인들을 이끌고 호변에 닻을 내리는 함선 쪽으로 달려갔다.

함선에서 무기들이 내려왔다.

처음엔 병장기 보급인 줄 알았다.

계속되는 싸움에 이가 빠진 무기를 든 이들이 많았다.

하선하는 물건들은 크기가 컸다.

단순한 도검이 아니었다.

진검의 인생은 급변과 경이의 연속이었지만, 또 한 번 크게 놀랐다.

쇠사슬에 매달려 내려지는 무기는 군용 화포(火砲)였다.

화포와 함께 소선을 탄 병사들이 땅을 밟았다. 제대로 된 갑주를 갖춘 정규 병사들이었다. 대명제국 관군이었다

"같이 싸울 우리 편이다."

적면귀가 말했다.

*   *   *

관군과 싸운다.

처음 듣는 이야기였다.

적면은 항상 백면보다 상위 가면으로 인정받았다. 말을 할 수 있기 때문이 아니었다. 백면보다 더 많은 정보에 접근할 수 있다는 점에서 그들은 우위에 있었다.

왜 이제야 알려주는지는 스스로 짐작했다.

관군이 화포를 동원하여 무림인의 싸움에 참전했다. 그것도 신마맹 측에서 정도 문파들을 친다.

극비리에 진행되었을 일이었다.

백면뢰는 신마맹을 밑에서부터 떠받치는 일선 전투요원들이었지만, 명백히도 말단병사임이 분명했다. 그 단계까지의 정보 공유는 문파 입장에서 옳지 않았다.

'헌데, 관병이 왜?'

왜라는 질문은 다시 신마맹의 이상에 대한 긍정이 되었다.

대명 관군이 정도 문파를 겨눴다.

토지공은 구파일방의 타락을 설파했다. 관병들이 화포에 바퀴를 달고, 밧줄을 묶어 호변의 백사장을 가로질렀다. 바로 이 광경이 증거다. 대의는 신마맹에 있었다. 진검은 신마맹의 뜻을 논리적으로 신봉했다.

콰아아앙!

싸움은 금방 다시 시작되었다.

화포들이 불을 뿜었다.

아미파는 명문 대파였다. 무림에 불법을 강요하던 아미승려가 화마에 그을린 시체가 되었다. 항마장이 박살 나는 것을 보았다. 숨 막히게 짜여진 질서가 무너지는 순간은 그처럼 통쾌했다.

정파 무림인들은 속절없이 무너졌다. 그들에게 창을 내지르는 것은 대명제국의 정규 관병들이었다. 정도인들은 당황한 기색이 역력했다. 그들은 관군을 상대로 살수를 좀처럼 휘두르지 못했다. 그들이 후퇴를 거듭했다. 그 과정에서 거만하고 가증스러운 정도인들이 숱하게 죽어 나갔다.

"꼴좋다! 이놈들!!"

"명문이란 놈들도 별것 없구나!!"

사파 무리들이 승리의 함성을 내질렀다.

진검도 함성을 내지르고 싶었다.

피가 끓었다.

눈이 내렸다.

눈 내리는 군산은 아름다웠다.

전장도 아름다웠다. 피와 눈의 대비는 강렬했다. 흰 눈밭에 뿌려진 붉은 피는 그 자체로 그림 같았다.

불길과 연기도 그랬다. 도전적인 화풍으로 군산 산수화를 그리면 그렇겠다 싶었다.

눈발 사이로 핏방울이 튀었다.

진겸은 생사가 갈리는 순간의 미학(美學)을 느꼈다.

그들은 이기고 있었다.

분명 그랬다.

신도 요괴도 사람도 간사했다. 지고 있으면 지옥도라 여겼을 광경이, 이기고 있기에 아름다워 보였다.

"발사!!"

포병들의 고함 소리가 들렸다.

언덕 아래, 눈 덮인 땅바닥에는 화포 세 기가 굳게 박혀 있었다. 대포들이 불을 뿜었다.

대포를 중심으로 포격진을 구축했다.

견고하게 진을 치고 정도 무림인들을 물리쳤다.

싸우는 와중에 흑의를 입은 무인들이 대거 합류했다. 단심맹 무인들이라 했다. 그들은 훌륭한 전력이 되었다. 몇몇 무인들은 백면뢰보다 훨씬 수준이 높았다.

퍼엉! 콰아아앙!

폭음이 연이어 터졌다.

화포는 아주 강력한 진형 억제 병기였다.

무림맹 무인들은 뭉쳐 싸울 수가 없었다. 밀집 진형에는 곧바로 대포가 겨눠졌다.

화탄이 정도 무인들의 산개를 강제했다. 그들은 흩어져 싸울 수밖에 없었다. 신마맹 가면무인들과 산하 문파의 무인들은 관군과 단심맹 무인들의 가세로 수적인 우위를 최대한 활용했다. 정도 무인들이 고립되면, 곧바로 포위하여 죽을 때까지 괴롭혔다.

"청성파 도사를 잡았다! 내가 죽였다!"

이름도 없는 원강방 무인이 청성파의 직전 제자를 시체로 만들었다.

원강방은 신마맹이 복속시킨 구개 문파 중 하나로, 송자방보다도 규모가 작은 방파였다. 구파 무인 살해자라는 전적은 사파 무인으로서 평생의 자랑거리였다. 내가 죽였다며 기뻐 날뛸 만했다. 하물며 원강방 같은 군소문파의 무인임에야 대대손손 무용담이 될 터였다.

"이놈은 점창이다! 핫하하하하!"

그들은 점창파 무인의 배를 갈랐다.

종남파 무인의 목이 날아갔다.

무림맹에겐 치욕의 전장이, 사파 무림인들에겐 영광의 전장이 되었다.

수많은 무인들이 눈 내리는 군산에서 고혼이 되었다.

진검은 언덕 위에서 검날로 몸을 버티고 바로 세웠다. 체력이 많이 소진되었다. 아래쪽에 버텨 선 대포들을 바라보며 숨을 골랐다. 든든했다. 화포의 화력은 무술과 내공을 가볍게 무시했다. 무림인의 무공이 그리 강해도 감히 반란을 일으키지 못하는 이유를 실감했다.

'이겼어.'

그렇게 생각했다.

'우리는 무림에 이길 거다.'

신마맹이 주도하는 새로운 무림질서의 변혁이 바로 눈앞에 온 것 같았다.

그때였다.

터엉!

진검은 한 남자가 땅을 박차는 소리를 들었다.

한 발 진각이 땅을 울렸다. 눈가루가 비산했다.

멀리서도 알 수 있었다.

그는 눈이 번쩍 뜨이는 미남이었다.

그자는 검을 네 자루나 지녔다. 두 개의 검이 등 뒤에 열십 자로 매달려 있었다. 허리춤에서는 푸른 검자루, 푸른 검집이 흔들렸다. 그의 뒤에는 한 여인이 따라오고 있었다. 복장으로 봐서는 화산파였다.

그가 하얀색 검을 검집째로 휘둘렀다.

쩌저저정!

하얀 참격이 가로막는 병장기를 박살 냈다. 뽑지도 않은 검에 창날과 칼날이 산산조각으로 깨져나갔다.

일당백이라는 표현도 부족했다.

얻어맞은 관군들이 풀썩풀썩 쓰러졌다. 단심맹 무인들은 피를 토했다.

구파일방 어떤 무인들도 돌파하지 못했던 화포 앞 포격진이 단숨에 뚫렸다.

형언할 수 없는 무위였다.

나아가는 그 앞에 길이 열렸다.

'뭘 하려고……?'

진검은 못 박힌 듯, 그 자리에 서서 경악으로 그를 보았다.

아군이 돌파당하는 와중에도 뛰쳐 내려갈 수 없었다. 다른 전장이었으면 가장 먼저 용감하게 몸을 날렸을 그였지만, 이번엔 발이 굳어 움직이지 못했다.

진검은 공포를 느꼈다. 저것에 가까이 가면 죽는다. 저건 구파 무인 따위가 아니다. 백색 호랑이가 강력한 이빨을 드러냈다. 무적의 짐승이었다.

그는 흉악한 백색 검으로 인의 장벽을 무너뜨렸다.

포병을 죽이는 대신, 대포 앞에 섰다.

그가 왼손으로 하얀색 검갑을 쥐었다. 오른손이 검자루에 올려졌다.

하얀 짐승의 검집에서 백색의 검신이 뛰쳐나왔다.

찌어어엉!

진검의 눈이 찢어질 듯 커졌다.

검날이 강철을 꿰뚫어 부수고 있었다.

대포의 포신이 두 쪽으로 갈라졌다. 믿을 수 없는 위력이었다.

'저게 무슨……!'

진검은 그토록 말도 안 되는 광경을 두 번이나 더 봐야 했다.

화포 세 기가 두 쪽이 났다.

발검술 일검격으로 강철 대포를 잘라내는 것은, 천신과 요괴의 조화를 말하는 신마맹에서도 일찍이 들은 바가 없는 괴이(怪異)였다.

대포들을 박살 낸 그는 아무 미련이 없다는 듯 몸을 날렸다. 쪼개진 대포는 다시 봐도 진짜 같지 않았다. 즐비하게 쓰러진 자들이 신음성을 내고 있었다.

진검의 시선이 그를 쫓았다.

그는 부나방처럼 그에게 달려드는 단심맹 무인들을 파죽지세로 격파하고는, 그를 뒤따르던 여인 앞에 섰다.

"다음은 이쪽으로 가겠습니다!"

그의 목소리는 맑아서 듣기에 좋았다. 박대정심한 내공이 깃들어 있었다.

그가 저편에 있는 포격진으로 질주했다. 신법조차 엄청났다. 저쪽에서 불을 뿜는 대포들도 똑같이 파괴될 것을 알았다. 결과가 불을 보듯 훤했다.

정신을 차리고, 신마맹 산하 무인들을 추스르려는데 그 남자가 급격하게 방향을 꺾는 것이 보였다.

그쪽으로는 신마맹 단심맹 무인들이 대거 집결 중이었다.

적면괴는 많은 정보를 주지 않았다.

무림맹 척살 목표를 추격 중이라는 것만 기억했다.

"대포가 망가졌으니, 이곳을 지킬 이유가 없다. 따라와! 추격대에 합류하라!"

설조조(說曹操), 조조취도(曹操就到)라 했다.

호랑이도 제 말 하면 온다더니, 적면괴가 날듯이 뛰어와 진검을 재촉했다. 포격진에 있던 그들 무리는 너 나 할 것 없이 적면괴를 따라서 눈밭을 가로질렀다. 바람이 찼다. 만끽하던 승리감은 눈바람과 함께 등골을 스치고 사라져버렸다.

그가 달리는 방향은 바로 하얀 검의 괴물이 질주한 바로 그쪽이었다.

거기로 가면 안 될 것 같았다.

전의가 완전히 꺾였다.

진검은 가면을 쓴 뒤 처음으로 싸우기 싫다는 생각을 했다.

한참을 달려 아군과 합류했다.

수없이 많은 무인들이 있었다.

모두 다 신마맹과 힘을 합친 아군들이었다. 진검은 하나의 백면뢰가 되어, 그 해일 같은 무인 덩어리의 일부가 되었다. 그러자, 불안하게 날뛰던 마음이 다소 진정되었다.

그들은 빽빽하게 모여 뭉쳐진 집단으로 거대한 힘을 지니게 되었다.

이 정도 숫자면 그 어떤 고수라도 잡을 수 있다.

'죽일 수 있어.'

'죽을 거야.'

마음이 마음에 동의하지 않고 충돌을 일으켰다.

무인들이 급류처럼 한 방향을 향해 쏟아져 나갔다.

"쫓아라!"

"저쪽이다!"

진검은 생각을 지우고 무인의 물살에 몸을 맡겼다. 거기에는 그와 같은 백면뢰도 있고, 생전 처음 보는 가면도 있었다. 단심맹 무인과 어깨를 나란히 하다가, 신마맹 산하 문파의 무인과 보조를 맞췄다.

"이쪽에 있다!"

누군가를 추격하고 있는데, 추격당하는 기분이 들었다.

'도망치지 마.'

'설마 그자를 쫓는 건 아니겠지.'

'신과 요괴가, 우리가 이렇게 많아.'

'맞서 싸우면 죽어.'

그는 물결처럼 흘렀다. 그는 정처 없이 굽이치고 꺾이다가, 끝에 이르렀다.

눈앞이 밝아졌다.

빽빽했던 무인들이 갑작스레 보이지 않았다.

이유는 단순했다. 모두 쓰러졌기 때문이었다.

그가 눈앞에 있었다.

그가 양손을 움직였다. 하얀 검을 옆으로 늘어뜨리고 푸른 검을 뽑았다.

그의 등이 꿈틀 움직였다.

치링! 치리링!

검명에서 공포를 느꼈다.

그의 등에서 붉은 검과 검은 검이 솟아 나와 공중으로 떠올랐다.

'어… 검……!'

두 개의 진검과 두 개의 어검을 보았다.

"오라! 내가 바로 화산의 청풍이다!"

목소리를 들었다.

그의 검이 질풍처럼 몰아쳤다.

진검 옆에 있던 송자방주의 머리가 단숨에 쪼개졌다.

'화산… 질풍검……!'

머릿속이 하얗게 변했다.

진검은 무작정 몸을 돌려 땅을 박찼다. 하얀 죽음이 그를 엄습했다.

스각!

등 뒤에서 불에 덴 듯한 통증을 느꼈다.

그를 노린 일격이 아니었다.

그를 베려고 한 것이었으면 벌써 두 쪽이 났을 것이다. 등 뒤에서 두 명의 무인이 가로로 쪼개져 쓰러지고 있었다. 둘을 베고도 참격의 검력이 남아 그의 등까지 베어낸 것이었다.

진검은 있는 힘껏 달렸다.

쐐액! 퍼억!

주작검이라고 했다.

청홍무적, 강호에 소문이 파다했다.

붉은 검이 하늘에서 휘어져 날아와 진검 옆에서 뛰던 단심맹 무인의 가슴을 꿰뚫었다.

미치도록 두려웠다.

도망치는데, 양옆에서 무인들이 픽픽 쓰러졌다.

청풍이란 자는 사방신의 검으로 몸을 두른 채, 한줄기 질풍과 함께 짓쳐들었다.

도망쳐야 했다.

이대로 죽을 수는 없었다.

바로 옆에 백면뢰가 보였다. 눈에 익었다. 심용이었다.

송자방주가 죽는 것은 괜찮았다. 심용이 죽는 것은 싫었다. 심용은 가면이 주는 만용의 요력에 휩쓸렸는지 저 강력한 질풍을 보고도 그 앞을 막아서려 하고 있었다.

'안 돼!'

'나는 말을 할 수 없어.'

'도망쳐!'

'너는 입을 열 수 없어.'

'나는.'

'너는.'

'이대로 죽지 않을 거야.'

'모두와 살아 나갈 거야.'

'신마맹은.'

'무림을 바꿀 거야.'

진검의 하얀 얼굴에 기이한 문양이 나타나기 시작했다.

그것은 피처럼 붉었으며, 혈관처럼 자라났다. 그 문양이 진검의 뺨을 타고, 입에 이르렀다. 뻥 뚫린 붉은 원이 되었다.

"피해!!"

하얀 가면에서 강렬한 목소리가 터져 나왔다.

백면뢰 심용이 깜짝 놀라 발을 멈췄다.

"대적불가의 괴물이다! 백면뢰는 맞서 싸우지 마라! 신마맹은 후퇴한다! 화산의 질풍검과 맞서 싸우지 마라!!"

진검이 양신기 내공을 실어 소리쳤다.

그 목소리는 강한 기운을 담고 넘실넘실 백면뢰들의 가면으로 스며들었다.

백면뢰들이 일제히 몸을 돌렸다.

질풍이 거세게 몰아쳤다.

바람과 함께 강호가 격변했다.

신마맹과 단심맹이 본격적으로 이름을 알렸다.

무림맹과 팔황 양측에서 수많은 무인들이 죽었다.

사람들은 그와 같은 군산의 격전을 일컬어, 군산대혈전이라 불렀다.

그리고.

진검을 비롯, 백면뢰의 피해는 생각보다 크지 않았다.

『천잠비룡포』 17권 끝.